阳光下的谎言

百年如歌 著

江苏凤凰文艺出版社
JIANGSU PHOENIX LITERATURE AND ART PUBLISHING

图书在版编目（CIP）数据

阳光下的谎言 / 百年如歌著 . -- 南京 : 江苏凤凰文艺出版社 , 2021.3
ISBN 978-7-5594-5486-7

Ⅰ . ①阳… Ⅱ . ①百… Ⅲ . ①推理小说 - 中国 - 当代
Ⅳ . ① I247.5

中国版本图书馆 CIP 数据核字 (2020) 第 241785 号

阳光下的谎言

百年如歌　著

责任编辑　白　涵
出版发行　江苏凤凰文艺出版社
南京市中央路 165 号，邮编：210009
网　　址　http://www.jswenyi.com
印　　刷　三河市京兰印务有限公司
开　　本　880mm × 1230mm 1/32
印　　张　10.5
字　　数　220 千字
版　　次　2021 年 3 月第 1 版
印　　次　2021 年 3 月第 1 次印刷
书　　号　ISBN 978 - 7 - 5594 - 5486 - 7
定　　价　48.00 元

这个世界很大，我们各自活在自己的方寸之间，

回顾那些走过的日子，你会发现，

即便再孤独的旅途，也有一缕温暖的阳光伴你左右。

上部
upper part

01

时针指向凌晨两点，赵苒依然毫无睡意。尽管她上床前特意泡了个热水澡，还趁热喝下一杯牛奶，此时已经疲惫到顶点，无奈就是偏偏无法入睡。

赵苒记不清从什么时候开始失眠的，好像是突然某一天的夜里，躺在床上的她发现自己怎么也睡不着觉了，随之而来的，是发自内心深处的焦虑与彷徨。从那以后，她经常整夜整夜地凝视黑暗中的天花板，直至天色将明，才能迷迷糊糊地睡上一两个小时。

按亮台灯，赵苒看向放在床头柜上的坤包，包里装着医生开的安眠药，最痛苦的那一阵子，她是靠这东西挺过来的。但是医生告诫，失眠症主要是由精神紧张和焦虑恐惧引起的，安眠药治标不治本，长期服用容易上瘾。赵苒深以为然，最开始只吃一片就见效，后来增加到三片甚至四片才能勉强入睡，她不希望自己的后半生都依靠药物活着。

盯着坤包看了一会儿，她强迫自己把心思从服药上移开，顺手调暗台灯的光线，摸出枕边的手机翻看起来……终于在晨曦浸透窗纱的时候，沉沉睡去。

被铃声吵醒时，赵苒以为是手机设置的起床闹钟响了，脑子还没有完全清醒，身体已经条件反射般一下子从床上坐了起来，同时下意识地喊了一声："轩轩，起床了！"

喊了两遍没有回音，这才反应过来今天是周六，昨天晚上轩轩就被他爸爸接走了，拍了拍依然发沉的脑袋，看向墙上的挂钟，不到十一点半。

铃声还在响，赵苒拿起手机，屏幕上显示着来电人的姓名——纪红岩，不由得一阵心烦，按下通话键，没好气地道："什么事？"

"刚接到通知，上头临时决定成立一个检查组，你看能不能……"电话那头的男人赔着小心。

赵苒没心情听他解释，直接问道："要我把轩轩接回来？"

"我实在是推不开……"

"不用说了，你们在哪儿？"

对方的声音立刻轻快起来："在我家，徐州街这儿，你不用上楼，到了打电话，我带轩轩下去。"

挂断电话，她才意识到这个难得的休息日又泡汤了，呆呆地失了会儿神，忽然抓起被子把头蒙进去，狠狠地大叫了一声："啊——"

街上到处都在施工，包裹着厚厚保温层的管子沿着齐腰深的沟渠远远铺陈开去，一眼望不到尽头，所有的车辆都挤在仅存的半边马路上，大量的路人骑着电动车见缝插针地在车辆间隙中穿行，全然不顾车主的鸣笛和咒骂。这种场面对实际驾龄不满半年偏又赶时间的赵苒来说，无异于上战场般的考验，接连绕了好几个路口，最终被堵在平时她认为车流比较少的一条路上。

赵苒的印象中，这条马路前一阵子刚刚因为铺设光缆封闭了半个多月，没想到今天又被挖开了，似乎一夜之间整个城市变成了一个巨大的建筑工地。她有些奇怪，为什么这么多条马路非得同时施工，就不能先后错开时间吗？市政部门难道从来没有考虑过一个数百万人口的城市交通拥堵和市民出行的问题吗？

看看天空，厚重的乌云几乎覆盖了整个苍穹，空气闷得要命，似乎又要下雨。赵苒摇上车窗，打开空调，让冷风灌满整个车厢，然后慢慢松开刹车踏板，小心翼翼地随着车流一点一点往前蹭。

中间电话不知响了多少次，都是纪红岩打来的，问她怎么还没到，赵苒说已经在路上了，连接了两次，不禁烦了，顺手按了静音，把手机扔到一边。

终于拐进了徐州街路口，远远地看到纪红岩领着七岁的纪宇轩正站在楼下张望。

"怎么才到？幸亏我提前给你打的电话。"纪红岩一边看表一边抱怨。

“堵车。”赵苒淡淡地回了一句，弯腰抱住扑过来的儿子，问道，“作业写完了吗？”

“昨天在学习班就写完了，老师也检查过了。”

“中午吃饭了吗？”

“吃了，爸爸买的汉堡。”

“怎么又吃汉堡？不是告诉你了吗，别给孩子吃这些垃圾食品。”赵苒回头嗔道。

“方便嘛，打个电话就送来了。”说话间，纪红岩注意到她的眼泡有些浮肿，眼角也有血丝，问道，“昨晚没睡好？”

赵苒懒懒地嗯了一声。

“精神不足就别开车，容易出事。”

赵苒不耐烦地摆摆手：“不是说好了这两天你带孩子吗？”

“别提了，昨晚洛阳路的粤菜馆发生了一起食物中毒事件，今天早晨上头决定成立一个调查组，除了我们工商，还要联合税务、食药监、卫生防疫部门共同搞一次食品安全问题的大普查，就在咱们铁东区。”

“洛阳路又不是你们所的辖区，怎么还劳动你到这位所长大人？”

“我这个所长顶多就是个跑腿的，这次牵头的是铁东区区长，几个副组长也都是各个分局的一把手。”

纪红岩左右瞅瞅，压低了声音说：“出去别乱传，那帮中毒的里面有一个是刘副市长的儿子，我们分局局长在省城开会都被临时叫回来了，我着急让你来接轩轩，就是等一下要去接站。”

“你们局长又不是没有司机……”说到一半，赵苒把后面的话咽回去了。

看到纪红岩要走，忙叫住他：“这个月的生活费打了吗？”

“周四开完工资就打到你卡上了，有时间你查一下。”

“快放暑假了，我给轩轩报了个假期补习班，学费五百，一人一半。”

“轩轩才上一年级，不适合压这么重的担子，这个年龄的孩子应该让他多玩玩……”看到赵苒的眼神，纪红岩闭了嘴，乖乖掏钱，“二百五不好听，给你三百，嗯，到时候我不一定有时间接孩子下课。”

赵苒不客气地接过去：“没指望过你，我报的全天托管班，下了班我去接，你有时间陪你的狐狸精去吧。”

纪红岩皱了皱眉：“当着孩子的面，别说这些。”

赵苒正要反唇相讥，忽然感到眼角的余光瞥到了什么，扭头望去，身侧的楼道里出来一个人，正是刚刚说到的狐狸精，手里拿着一杯可乐，娉娉婷婷地走到近前，冲赵苒笑道：“都到楼下了，怎么不上去坐坐？”

“不了。”赵苒冷冷地把脸转向一边。

狐狸精不以为意，蹲下去把手里的可乐递给轩轩：“你的饮料忘拿了。”

轩轩没接，偷看了赵苒一眼，小声说：“可乐对牙齿不好，妈妈不让我喝，说这东西喝多了还容易得白血病。”

狐狸精笑得花枝招展：“饮料而已，又不是毒药，怎么会得白血病？轩轩啊，要从小养成相信科学的好习惯，不能被那些迷信的观念误导了。”

说着，把可乐塞到轩轩手里，站起身道：“你们慢慢聊，我去店里了。”朝纪红岩柔柔地摆了摆手，摇着纤细的腰肢走了。

赵苒的不痛快瞬间攀升到了顶点，当着儿子的面不好发作，劈手夺下轩轩手中的可乐，四处找垃圾箱。

“别浪费东西。”纪红岩见了，顺手接过来，叼着吸管大大地喝了一口。

赵苒用力深吸了两口气，待到把心火平息下来，又觉得自己有些小气，既然已经离了婚，再为这种鸡毛蒜皮的小事生气就不值了，可是看到对方光洁紧致的皮肤，不禁在心里轻轻叹了一声，还是年轻好啊。

纪红岩上了自己的大众，从车窗里探出脑袋，说：“周三下午学校不上课，估计到时我也忙完了，那天我去接轩轩。”

赵苒无精打采地点点头："往南边去的几条街都修路呢。"

"嗯，我走城西，从原来的机场辅路绕过去。轩轩，跟爸爸再见。"

"爸爸再见。"

随着大众轿车的远去，赵苒心中莫名地生出几分怅然，抬头朝城西的方向望去，那里的天空黑得厉害，似乎正酝酿着一场暴雨。

02

雨点落下来的时候，李家祺顿住脚步，瞅瞅手中的雨伞，不由得回头望去。

身后是一条正在扩建中的公路，以前是通往市郊机场的辅路，自从年初机场搬迁到海边的开发区，周边一带区域都被纳入了城乡一体化建设的改造规划，在拆迁老旧住宅的同时，这条路的南端也被打穿，连接到通往南站以及开发区的疏港公路上。目前工程尚未完工，道路中间的隔离护栏还没有竖起来，虽然路的两头都立着"前方施工禁止通行"的警示牌，但是警示牌两侧都有足够的空间令车辆通过，因此经常会有个别车主为了避开市内的交通拥堵特意从这里绕道出城。不过今天是休息日，整条路空荡荡的，一辆车也没有。

李家祺翘首张望片刻，没有看到妻子冯丽的身影，掏出手机看了下时间，刚好一点，已经和对方分开二十分钟了。

那就没必要折回去送伞了，李家祺在心里道，再有三五分钟妻子就能到家。他轻轻叹了口气，撑开手中的雨伞，继续向前走去。

其实除了时间来不及，真正令他不愿掉头回去的原因，是他实在不知怎样面对那个叫许桂芝的女人。

就在二十分钟前，李家祺和冯丽刚刚爆发了两个人相识以来最激烈的一次争吵，起因就是许桂芝——冯丽的母亲。

许桂芝是在春节过后冯丽刚刚确认怀孕时搬过来住的，虽然现在的年轻人早已不习惯与父母同住，但是李家祺的父母过世得早，对于岳母愿意过来照顾妻子的起居还是心怀感激的，于是早早收拾好了屋子。他知道岳母的腰不好，特意在客厅里支了一张折叠床，把仅有的一间卧室留给妻子和岳母住，自己晚上就睡那张折叠床。

许桂芝出身于地地道道的工人家庭，嫁的丈夫也是个老实本分的普通工人，长年的劳作使她养成了做事麻利、手脚勤快的好习惯。每天天不亮就跑到两公里外的早市上去买顶着露水的头茬菜，隔三岔五就拎回来一只鸡或几斤排骨，熬了汤给女儿女婿补身子，尽管菜钱都是找李家祺报销的，但不管怎么说，下了班就能吃上热乎乎的饭菜，李家祺感到心里也热乎乎的。

不过私底下，李家祺还是很有些疑虑的。他太了解自己的这位岳母大人了，除了手脚勤快，强势、抠门，而且重男轻女，这些习俗也都在许桂芝身上得到了淋漓尽致的体现，当初就因为看不上自己的家庭条件坚决不同意把女儿嫁给自己，若不是冯丽的以死相逼和自己的百般逢迎，这门婚事早就黄了。冯丽过门时一分钱陪嫁也没有带过来，而自己四处举债借到的十多万元彩礼全部被许桂芝留给了冯丽的弟弟冯硕，说是准备给他娶媳妇用，而彼时的冯硕初中还没有毕业。

即便如此，许桂芝仍觉得亏了，女儿出嫁，连弟弟的一套婚房都没有挣回来，以至于两人结婚四年多，她登李家门的次数一个巴掌就能数过来。

好在冯丽没有遗传母亲的这些习性，四年来陪着李家祺省吃俭用口积肚攒，终于还清了结婚时欠下的债务。

李家祺总有一种错觉，自己的妻子是水做的，温婉、恬静，无论对家人，还是对自己，性情都柔和得近乎逆来顺受，除了那次也是唯一一次——坚持嫁给自己而表现出来的抗争，其他时候更像一只离群的小兽，似乎随时会受到惊吓。每次看到冯丽怯生生的眼神，李家祺都想，能娶到这样的妻子，自己吃再多苦也都值了。

不过该来的迟早会来，自从拆迁改造办公室公布了具体的房屋拆迁补偿金额后，一次和李家祺独处的时候，冯丽期期艾艾地说出了一个请求：能不能把即将到手的补偿金拿出一部分借给她弟弟冯硕做点小生意。

“借多少？”李家祺并不感到突然，冯硕初中毕业后没有继续读高中，而是上了一所五年制大专技校，学的是动漫设计专业，却没有读完，只读了两年多就说什么也不再上学了，专业学得怎么样不知道，只知道这小子辍学后整天泡在网吧里玩游戏。

“一半吧。”冯丽异常艰难地吐出这句话。

“整个补偿款的一半？”

冯丽无声地点点头。

他们现在住的房子原本是市线路器材厂的家属住宅，李家祺的父母生前都是该厂职工，房改的时候购买了产权，这是辛苦半生的父母留给儿子的唯一财产。如果没有这套房子，当初就算冯丽真的死在许桂芝面前，恐怕她也不会答应这门婚事。

“那我们怎么办？”李家祺深吸了一口气，看向妻子，“咱们家是搬迁，不是回迁，拆迁补偿款是用来买房子的，以现在的房价，就算是郊区的房子，这一半的钱连最小的户型都买不下来，将来我们住哪儿？”

“暂时……租房住，你看行不行？”

李家祺似乎看到岳母那张尖刻的嘴脸与妻子为难的表情重叠在一起，沉默片刻，说：“据我所知，你弟弟玩游戏买装备欠了不少钱，现在外面还有人追债，你能保证他不拿钱去填那个窟窿吗？”

“可是，人家追上门要账了……”

“看来你是知道这事的，对不起，这钱不能借。”

眼看妻子要哭出来了，李家祺就把“为什么不找你妈替他还钱”这句话生生打住，改口道：“你弟弟今年十九，来的多了，也就熟了：“岁，已经是成年人了，成年人就应该为自己做的事情负责，我们不能照顾他一辈子。你想想过去的四年时间我们是怎么走过来的，为了省钱，结婚的日期你特意选在冬天，因为可以不用穿婚纱；因为没钱，租不起饭店，酒席我们是在家里办的，只请了身边几个亲朋好友，连两桌人都没凑齐。为了还当初借来的彩礼钱，我们一个月至少有二十天在吃挂面，这四年里你一共买了不到十件衣服，还都是在夜市和路边摊买的，最贵的一件羽绒服不超过三百块钱，你穿上还开心得像过节一样。看看身边的朋友、同事，有谁像我们这样结婚后还挤在三十多平方米的筒子楼里？更要命的是，这四年来我们连小孩都不敢要，因为我们养不起。现在终于把债还清了，马上就能换一间大点的房子，再有几个月我们的孩子也要出世了，就算我们不考虑自己，你希望我们的孩子出生后连个固定的住处都没有吗？”

李家祺把已经哭成泪人的妻子搂在怀里，柔声道：“不知我前生做了多少善事，这辈子有幸娶到你，但是你嫁给我，太委屈了。我打算买了新房之后，给你补办一个婚礼，到时把所有的亲友都请来，好好地庆祝一下，这是我欠你的。”

交谈的结果当天晚上就显现了，李家祺下班回到家后，发现和他预料的一样，灶是冷的，桌上是空的，许桂芝没有给他留饭。冯丽挺着肚子想给他做，被许桂芝拦住了，还把卧室的门摔得山响，下方便面的时候，他隔着门听到了妻子的抽泣声……

今天的孕检结果很好，医生建议冯丽多运动，两个人就在前面的路口下了出租车，沿着路边慢慢往家走。扫兴的是，快到家时冯丽再次提到了借钱的话题，这些日子李家祺被这个话题折磨得烦不胜烦，他不理解妻子为什么只考虑母亲和弟弟而全然不顾自己的感受，就像亏欠着父母天大的情分一样，每次他都耐着性子搪塞过去，今天终于爆发了。大吵一通后，李家祺掉头就走，由于在气头上，忘了把手中的雨伞交给妻子。

雨很快地大了，远处有一辆车迎面驶来。

马路空旷，车开得飞快，当李家祺注意到路面有积水时，已经来不及躲避了，被飞驰而过的车辆溅了一身，回头看去，是辆蓝色的别克商务。

他冲远去的别克骂了一声，掸掸衣角的滴水，转身推开路旁一家小饭馆的店门。自从许桂芝“罢工”之后，李家祺经常来这里解决晚饭，白天来吃饭还是第一次。

大概错过了饭时，店里没有客人，只有饭馆老板的儿子，一个两岁多点的小男孩正趴在桌子上玩积木。

饭馆老板是一对外地的小夫妻，丈夫负责后厨掌勺，妻子在前面迎来送往，来得多了，也就熟了："呦，今天怎么这么早？"

"今天家里有点事，不开火。"李家祺把雨伞收起来，戳在桌边。

"嫂子快生了吧？"

"早呢，刚五个多月。"

"日子快着呢，几个月说到就到了。"年轻的老板娘指着一旁的儿子说，"感觉昨天还在怀里抱着呢，今天就长这么大了，秋天就该上幼儿园了。"

"是快啊。"想起婚后四年的漫长生活，李家祺不由得感慨，一千四百多个日日夜夜啊，不也是转眼就过来了吗。

凭窗独酌，冯丽泫然垂泪的情景不自觉地浮现在眼前，李家祺微微有些后悔，妻子天生就不会拒绝别人，尤其面对一贯强势的母亲，更是很少能够坚持自己的主张，此时在家里，指不定又受到许桂芝怎样的责骂和刁难。

但是在这件事上，他不打算妥协。

天光幽暗，雨越下越大，仿佛整个世界都淹没在滂沱大雨中。忽的，一道红蓝相间的光影迅疾地从视野中划过，李家祺眨眨眼睛，向窗外看去，雨幕依旧，什么都没有。

酒精的发散使身体温热起来，低落的情绪渐渐被驱散，抛开那些艰辛和不顺，生活中还是有很多美好的东西，比如那个即将出生的小生命。每次想到自己终于要有孩子了，他都激动不已。

哗啦一声，一旁桌上的积木飞散到地上。转头看去，原来是小家伙反复搭建也弄不成自己想要的形状，发起了脾气。老板娘赶紧过来收拾，小家伙依然不依不饶，把妈妈捡到桌面上的积木四处乱扔，有一块差点砸到自己。

还是女孩好，男孩太淘气了，如果能生一个像妻子那样安静乖巧的女孩，自己一定会把她疼到骨子里的。李家祺努力回想妻子腹部的形状，没错，是圆的，按老话说这就是生女孩的特征，如果是尖的，那多半怀的是男孩。

抿下一口白酒，他微笑着望向窗外，雨越发温柔了。

放在桌上的手机响起来，是冯丽的号码。按下通话键的时候，他想，自己从来没有发过这么大的脾气，妻子一定吓坏了，肯定在担心自己怎么这么久还没有回家。

奇怪的是，听筒里传来一个陌生的声音："请问你认识这个手机号码的主人吗？"

"这是我妻子的手机，你是谁？"李家祺莫名地想到不久前窗外划过的红蓝相间的光影。

"我是交警三大队的，在你妻子的手机通信里找到你的。"

"交警……我妻子的手机怎么在你手上，她人呢？"

"我们正要通知你，你妻子遇到了车祸。"

03

自动道闸的横杆升起后，郭少卿顺手打开车灯，缓缓驶进金港大厦的地下车库入口。进入螺旋弯道时，他特意鸣了两声喇叭，以防对面有上坡不愿减速的冒失鬼突然冲出来。

拐弯的地方应该安装几面广角镜的，在经历过两次剐蹭后，他特意找大厦的物业部门反映过这个问题，但是对方根本没把他的话当回事。

没办法，这幢大厦太老了，20世纪的90年代初期就已落成，是本市第一栋超过20层的单体建筑，曾经是各大公司开设办事处首选的写字楼。进入新世纪后，随着城南新区的建设和越来越多现代化办公大楼的崛起，金港大厦辉煌不再，各大知名公司纷纷迁走，如今留在这里的多是打着各种名义收费的培训班以及少量租不起豪华写字楼的小公司。大厦的产权不知易了多少手，以致物业管理每况愈下。

进入地下车库，整栋建筑的衰败迹象随处可见，昏暗的照明，斑驳发霉的墙体，开裂的水泥地面……有的裂缝里竟渗出地下水来，车轮碾上去发出令人不安的吱吱声。

郭少卿顶着不时闪烁的日光灯在车库里转了大半圈，终于在一个监控探头对面看到了他想找的那辆车，一台限量版的长安铃木迷你，酒红色的车身，奶白色的篷顶，后挡风玻璃上贴着“新手”两个字。

他把车挨着迷你停好，拿起放在后座上的一个包装精美的礼品盒，想了想，又从副驾前的储物箱里找出一个普通的纸袋，把礼品盒放进去，然后背上挎包，锁好车，走进电梯间。

红色的电梯灯在22楼亮起，郭少卿迈步走出轿厢，如往常一样，他朝对面墙上看了一眼，那里镶嵌着一行金灿灿的大字——鲲鹏商贸有限公司。每个字都有近半人高，在狭窄逼仄的空间里，给人一种沉重的压迫感。

郭少卿听公司里的老人说过，公司原来不叫这个名字，据说老板金满堂在某次商务讲座上听到了那个著名的“鹰的重生”的故事，就萌发了给公司改名的念头。最初想叫“雄鹰商贸”，考虑到国内有一家以生产移动通信设备和家用电器制造闻名的TCE集团（Today Chinese Eagle——今天的中国雄鹰英文缩写），于是把名字改成了鲲鹏。

更名似乎真的给金满堂带来了好运，公司业务如今已从单一品牌的小家电代理拓展到整个日用快消品行业的全系列经营。公司扩张后没有另迁新址，因为金满堂笃信风水，认为这里是他发迹的地方，肇基之地，不可擅离。

走进公司，左手边的玻璃门上贴着客服部几个字，数排戴着耳麦话筒的小姑娘正对着面前的电脑忙碌，郭少卿朝最里面客服主管的格子间望去，位置是空的，赵苒不在格子间里。

他收回目光，一路和同事打着招呼走到自己的座位，先把装有礼品盒的纸袋放进抽屉，然后打开挎包，整理好准备汇报的材料，朝金满堂的办公室走去。

到了门口，却见平时一向敞开的门紧闭着，他有些诧异，问坐在外间的文员小芳：“老板有客人？”

“嗯，刚进去的。”小芳说，“你要是不急就等一会儿吧。”

“哦。”郭少卿向屋内看了一眼，透过百叶窗的缝隙，隐约能看到金满堂的大班台对面坐着两个人影。

他犹豫了一下，转身回到自己的座位，放下手里的材料，从抽屉里拿出纸袋，悄悄出了公司，沿着安全通道爬了两层楼梯，来到楼顶。

不出所料，赵苒正独自站在天台边上，指间夹着一只燃到半截的香烟。

公司里是允许吸烟的，毕竟每天都要迎来送往大量的厂商销售人员，全面禁烟不现实，但赵苒不想在客户面前吸烟。女人抽烟会让人觉得轻佻，同时会降低初次见面的客户对自己的观感和亲和度，投诉客户更是如此。郭少卿一次无意中跑到天台撞见对方后，赵苒这么告诉他的。

但是郭少卿不这样认为，他反倒觉得女人抽烟——确切地说是赵苒抽烟——的样子很迷人，水润红唇衬着袅袅青烟有一种难以言说的魅力。

一支烟抽完，赵苒扔掉烟蒂，取出一块口香糖放进嘴里，似乎察觉到身后有人，回头看过来，见是郭少卿，不由得嗔道：“讨厌。”

“不是故意偷窥啊，我刚刚上来。”郭少卿笑着走到对方身边。

“你不是出差了吗，什么时候回来的？”

“前天就回来了，昨天在家休了一天。”

“差事办得怎么样？”

“还算顺利，找到两家物流公司，愿意在当地建中转仓，物流保障没问题，就是其中一家的报价比预算高出一成，不过我估计老板能同意。”

“唉，老板每次都把难做的项目抛给你，你怎么不知道拒绝？”

“再难也得有人做啊，遇到难题大家都往外推，生意只能越做越小，公司早晚得垮，说到底还是砸自己的饭碗。”

“你境界高，当我没说。”赵苒吐掉口香糖，转身打算下楼。

郭少卿忙拦住她，把手里的纸袋递过去："给你的。"

"什么东西？"

"拆开看看不就知道了。"

赵苒疑惑地拆开包装，不由得吓了一跳，里面是香奈儿智慧紧肤系列的六件套化妆品套装，她在CBD广场的银珠购物中心见过这个系列，接近六千元的标价彻底浇灭了她的购买欲望，她抬起头，警惕地看向对方："什么意思？"

"这么紧张干什么？"郭少卿尽量把语气放得轻松，"本来是给我妹妹买的，但是她最近皮肤过敏，医生说不能用化妆品，就只好借花献佛了。"

赵苒脸色一僵，把纸袋递回去："那就等你妹妹好了再用。"

郭少卿顿时意识到自己说错话了，这套说辞是他担心对方不肯接受时为了缓解尴尬特意设计的，没想到弄巧成拙了，忙道："到时就过期了，等她好了我再给她买新的，这套……"

"你送给别人吧。"

"除了你……"郭少卿鼓了鼓勇气，说，"我没有其他人可送。"

赵苒的脸色更难看了，咬着牙把纸袋往对方手里塞去，郭少卿死活不接。正争执着，赵苒的手机响起来，见是公司的座机号码，只好先接电话。

"赵姐，你去哪儿了？赶快回来一趟，有人找你。"对面是小芳的声音，听起来颇为紧张。

这么着急应该是碰到投诉客户了，不过赵苒有些奇怪，为什么不是客服部自己手下的小姑娘给自己打电话，难道投诉到老板那里了，不由得问道："什么类型的客户，知道投诉内容吗？"

"不是客户投诉，是警察找你，我安排他们去会议室等你了。"

"警察？"赵苒有点发蒙，"好，我马上过去。"

来到会议室门前，赵苒没有立刻进去，刚才下楼有点急，稍微有些气喘，她在门前伫立了片刻，呼吸调匀之后，在门上轻轻敲了两下，抬手推门的时候，才发现手里仍拎着装有化妆品的纸袋。

屋子里有两个人，坐在长条会议桌对面，都穿着便服，靠近门口的是个二十出头的年轻人，腰杆挺得笔直，面前摊开一个巴掌大的小本子，本子上横着一支笔。

在他右手边隔了一个座位，是个脸颊削瘦的中年人，四十来岁的样子，额间的川字纹很深，面前的烟灰缸里已经有了两个烟头，此时手里还夹着一支刚点燃不久的香烟。听到门响，两人同时望过来。

赵苒放下纸袋，先到饮水机前接了两杯水，送至二人面前，然后在长条桌对面坐下："两位好，我是鲲鹏商贸的客服主管赵苒，请问找我有什么事？"

"赵女士你好，我们是铁东分局的，我姓陈，这位是韩警官。"

年轻人掏出警察证，赵苒看到照片下面印着他的姓名，叫陈律。一旁被称为韩警官的中年人只点了下头，没有出示证件。

谈话是由年轻警察陈律主导的："我们有几个问题想咨询你，可以开始吗？"

"可以。"赵苒下意识地挺直了身体。

"不用紧张。"陈律冲她微笑了一下，问道，"纪红岩你认识吧？"

"他是我前夫。"

"你们什么时候离的婚？"

"2015年12月4号。"

"你最后一次见到他是什么时候？"

"前天中午……嗯，你们找我就是想了解关于他的事情吗？"

"不全是，"陈律从上衣兜里掏出一只录音笔，按下开关，放在桌上，"接下来的谈话内容需要录音，希望你能理解。"

看到录音笔，赵苒开始意识到事情的严重了："能告诉我到底发生什么事了吗？"

陈律道："前天中午，城西发生了一起恶性交通事故，造成两人死亡，经确认，其中一人就是纪红岩。”

赵苒一下子捂住了嘴巴，震惊地望着面前的两个人。陈律微微抿起嘴角，似乎在等待自己消化这个信息。那个韩警官则一语不发，大口吸着烟，吐出的烟雾几乎把整张脸遮住了，赵苒看不清他的表情，只是隐约感觉对方的心思并不在这里。

“事情是这样的——”

停了片刻，陈律继续道：“前天中午一点半左右，一辆别克商务车沿城西机场辅路由南向北行驶，经过一处弯道时，遇到一辆由北向南行驶的大众轿车。根据报案人的陈述，当时大众轿车没有沿着弯道转向，而是脱离了自己的车道，朝对面的别克逆行过来，别克紧急避让，冲下了路肩，大众轿车撞在别克车后不远的路边矮墙上，驾驶员当场死亡。”

“你的意思是，纪红岩是自己开车撞到墙上的？”

“是的，交警部门的事故勘查结果与报案人的陈述内容一致，另外，现场没有发现大众轿车的刹车痕迹。”

“怎么会这样？纪红岩驾龄快二十年了，从来没有出过事故……呃，你刚才说有两个死者，另一个是谁？”

“别克车避开了纪红岩驾驶的大众，但是没有避开恰好经过这里的一名路人。这名路人是个孕妇，怀孕五个月了，所以，准确地说，这起事故一共死了三条性命。”

“啊——”赵苒再次掩住了嘴巴。

“讲讲你最后见到纪红岩的情况吧，据我们了解，发生车祸前，也就是当天中午前后，纪红岩给你打了七八个电话，其中有三次接通。”

“那天我是去接孩子的，离婚后孩子一直跟着我过，休息日他爸爸有时候会把孩子接过去带一两天……”

“打断一下，请问是男孩女孩，今年多大？”

“男孩，小名叫轩轩，今年六岁半，刚上小学一年级。”

“嗯，你继续。”

“头一天晚上我加班，孩子是他直接从学习班接走的，我俩没见面，只通了一个电话。本来约好了这个周末他带孩子，但是第二天快中午的时候，他突然临时有事，打电话让我把轩轩接回来。”

“临时有事是指？”

“听说准备调查一起食物中毒事件，他下午要去南站接主管局长，没时间带孩子，所以给我打了电话。”

“你们见面时有没有发现他的情绪，有和平时不太一样的地方？”

赵苒仔细回忆当时的情景：“其实当时我们没说几句话，我问他这个月的生活费打没打，他说打了。我告诉他给轩轩报了个暑期补习班，学费五百。按照之前的商定，所有关于孩子的费用，我俩各付一半，不过他嫌二百五不好听，给了我三百，临走时还说周三下午来接轩轩。嗯，就是这些，没觉得他什么地方和平时不一样。”

“也就是说，你只和纪红岩见了一面，接到孩子就分开了？”

“是的。”

“你们见面有多长时间？”

“顶多十分钟，他着急去南站接局长，哦，对了……”

“什么？”

“我不是唯一一个最后见到纪红岩的人。”

“你指艾薇？”

“是的，那天她也在。”赵苒脑子里浮现出狐狸精姣好的面孔，补充道，“临走的时候她还跟我和轩轩打了个招呼。”

“我们已经找过她了。”

“哦。”赵苒不知该说些什么了。

短暂的沉默后，陈律问道：“听说你平时睡眠不太好？”

赵苒愣了一下，说：“我是做客服的，这行压力大，经常加班。”

“吃过安眠药吗？”

赵苒不知对方为何突然谈到这个话题，不过还是实话实说：“以前经常吃，近期只是偶尔吃，安眠药吃多了容易上瘾，而且药效会越来越弱，我不想对它产生依赖。”

“最近一周吃了吗？”

“没有，周五晚上我加班到十点多，因为第二天休息，就没吃，但是不吃又很难过，直到早上天亮了才睡着。”

“你平时带在身上吗？”

“什么？”

“安眠药。”

“哦，带着，平时放在包里。”赵苒疑惑地看向对方，问道，“包在办公室，需要拿过来吗？”

“麻烦你。”

“稍等一下。”赵苒拎起桌上的纸袋，站起身向门口走去。

“不在那个袋子里吗？”那个从头到尾一句话没说的韩警官忽然问了一句。

赵苒一愣：“啊，这个不是……”说着，把装着化妆品的包装盒从袋子拿出来，问道，“用打开吗？”

“不用了。”对方面无表情地点了下头，随手把燃尽的烟蒂摁在烟灰缸里。

04

从看守所回来的路上，徐森发现蜷在副驾驶的刘丹精神有些萎靡。他以为是天气闷热导致的，顺手打开空调，正准备关上车窗时，刘丹在座位上挺了挺身子：“开着吧，徐律师，通通风挺好。”

“困了就眯一会儿吧，到了公司我叫你。”

“不困，就是有点累了。”

“穿着高跟鞋在外面跑一天能不累？别说你，我每周都坚持健身，今天跟你跑了一大圈下来，腿都快断了。”

“真要谢谢你呢，徐律师，今天多亏有你，要是我一个人来，他们准不让我见人。”

“一般来说，在法院判决之前，除了辩护律师，看守所是不允许其他人与嫌疑人见面的，主要是防止串供。不过胡中兴在本市没有亲属，你又是他的单位领导，这个其他人里面不包含你，只不过需要提供证明材料，并且要预约，不是想什么时候见就什么时候见。”

“所以才要谢谢你呢，这趟没白跑，回去我也好跟邱总交差了。”

徐森侧头看了看她，淡青色的衬衣，深灰色的职业套裙，保养得宜的肌肤，配上一头利落的齐耳短发，整个人显得很干练，只是神色间难以掩饰的倦意和眼角轻微的皱纹暴露了年龄——她已不再年轻了。

徐森移开目光，笑了一声：“谢什么，我跟你们邱总是大学同学，相互利用是应该的，倒是你这个总经办主任，他给你开了多少钱，值得你这么替他卖命？”

“邱总是我的老板嘛，这条命不卖给老板卖给谁？”

“那你可要小心了，邱志达就是个雁过拔毛的主儿，不把你身上的最后一丝剩余价值榨出来不算完。上学那会儿哥几个里面就数他最精，自从进了你们TCE公司，哥几个连同我们的亲友家里，所有的电器只要TCE有的全都换成TCE了。当初我结婚买家电的时候，他还没当上分公司总经理呢，好像是……什么职位来着？”

“区域经理，”刘丹说，“手底下管着七名销售代表，我就是那个时候进公司的，之后一直跟着邱总。”

“嗯，当时我媳妇本来相中了一台进口电视，什么牌子我忘了，反正货款都交了，只等商场送货了。结果他背地里找到商场把货款退了，换成了全堂的TCE，不光电视，连冰箱空调洗衣机一起给拉来了，说是到月底了帮他冲销量，你说他一个月几百万的业绩就差我这几台电器吗？那个洗衣机用了不到半年就坏了，修了几次也没修好，现在还在地下室扔着呢，气得我媳妇想起来一次就骂他一次。”

刘丹笑得扶着座位直喘气。

“对了，你不是也做到区域经理了吗，怎么转到总经办了？”

“我酒量好算不算理由？”

“不算，你们做销售的都能喝，随便拎出来一个都能灌我七八个来回。”

“唉，”刘丹叹了口气，脸上的笑容渐渐消失，“做销售压力太大了，过去管理不完善的时候还有人情可讲，比如这个月的销售业绩比较好，可以私下里截留一部分销量，等到下个月销量不好的时候报上去，因为那时考核的是全年的销售业绩，只要完成年初定的指标就好。领导知道了也睁一眼闭一眼，有时还会帮我们遮掩，因为他们往上面报销量的时候也经常这么干。但是现在不同了，数据化管理之后，每个人每一天的销量都能在网上查到，对销售人员也是一个月一考核，采取的是末位淘汰制。不管你之前的任务做得多好，只要连续三个月排名进入公司的后百分之三十，公司就跟你自动解约，领导想维护我们也做不到。”

大概是年龄的问题吧，徐淼心道，尤其对女人来说，精力再充沛也是有限的，至少要分出很大一部分去照顾家庭。他隐约听说刘丹家里有老人长年卧病在床，负担比一般人要重，再次瞥了一眼对方眼角的皱纹，随口把话岔开：“末位淘汰，够残酷的，对了，公司这么做，不违反劳动法吗？”

“劳动合同上清清楚楚写明了这些条款，大家都是自愿签的。”

“自愿？”

刘丹的神色有些落寞：“不自愿又能怎么样？现在市场竞争这么激烈，每个企业都是一样的。”

车厢里沉默下来，一时间两人都没什么话说，似乎为了打破这种气氛，刘丹笑道：“对了，徐律师，我们邱总不是总让你照顾他的生意吗，这次你可以狠狠地宰他一回了。”

徐淼一手操控着方向盘，一手摸着下巴，沉吟道：“交通肇事的案子通常没有什么复杂的案情，只要交警部门的责任认定出来了，保险公司该怎么赔就怎么赔，法庭也是该怎么判就怎么判，中间不存在找人说情的地方。你们邱总这次给我打电话也是想了解一下案情的进展，并不是委托我做辩护律师，连法律顾问都算不上，顶多是给朋友帮忙，所以我虽然很想宰他一顿，也找不着借口。”

“我不是指这个官司。”

“那是什么？”

“邱总升职了，你不知道？”

“我们俩有大半年没见面了，这个案子也是在电话里谈的。”徐淼的好奇心一下子被勾起来，“他现在已经是分公司的总经理了，再往上升是不是该进大区了？”

“没错，是TCE北方大区销售总监。在这个位置上，就算不再继续奋斗，只要不犯什么明显的错误，基本上可以让TCE养老了。”刘丹满脸的艳羡之色。

“哈哈，这次真要让他多放点血了。”

二人赶回位于城南的TCE公司，已经接近下班时间了，邱志达正在办公室里等着他们。

“辛苦了！”一进门，邱志达就热情地站起身，张开双臂打算给徐淼一个拥抱。

“太肉麻了。”徐淼忙不迭地推开他。

“听说你前一阵子进修去了？”

“报了个培训班，主要是针对合同法和企业知识产权这一块，顺便把这么多年学到的知识系统地梳理一下，没想到一学就是八个月，刚回来就接到你的电话。”

“怎么样，兄弟够意思吧？”邱志达得意地冲他扬了扬眉毛，“我这儿八百年碰不到一场官司，碰到了第一时间就想到了你这个大律师。”

“你还好意思说？这算什么案子？一分钱不花就把我支使得乱转，还真把自己当雇主了？你要是真想照顾我，就把你们TCE公司委托法律顾问的合约签到我们事务所，我就不用辛辛苦苦地去挣那点诉讼费了。”

“嗯，可以考虑，先把你们律所的资质证明报过来，等我再努力奋斗个三五十年，当上了TCE的CEO，会在集团董事会上讨论你这个提议。”

“看来我是等不到这一天了。”徐森拉了把椅子在刘丹对面坐下。

邱志达不再玩笑，目光在两人间游移了一下，落在刘丹脸上：“见到小胡没有？”

“见到了。”刘丹点头。

“怎么样，他在里面？”

“徐律师和那儿的人比较熟，情况比我更清楚，还是请徐律师说吧。”

“目前的情况还好，”徐森道，“我已经关照管教了，让他跟同监舍的号长打了招呼，胡中兴不会吃苦头的。”

见邱志达面有忧色，徐森笑道：“放心吧，看守所没你想的那么恐怖。现在大家的法律意识提高了，在法院正式判决下来之前，所有人都是犯罪嫌疑人，而不是真正的罪犯，就算日后判决下来进了监狱，基本的人权还是有保障的。”

邱志达的眉头稍微舒展了一些，说：“上个周末我没在市内，我是周一回来才知道这事的，你们给我讲讲，这起事故到底是怎么回事？”

徐森以为刘丹会接过话头，等了一会儿却没听到对方开口，斜眼望去，见她的目光虚虚地凝在身前某一点上，不知心里在想什么，只好自己说下去：“为了防止警方做笔录的时候有所遗漏，整个过程我仔细询问胡中兴了。他周五下班后开着你们公司的别克商务车去开发区给当地的几家经销商送促销品，到了那边天已经晚了，就在开发区住了一宿。周六上午送完促销品，中午回来正赶上城南堵车，于是打算从城西的原机场辅路绕道回公司，经过一处弯道的时候，对面来了一辆大众轿车，没有顺着弯道打转向，直接冲他开过来了。据他回忆，当时双方的车速都在80迈以上，由于事发突然，加上天正下雨，他下意识地往旁边打了把方向，大众紧贴着他的车过去了，然后听见咣的一声。这时候他还没有意识到自己撞人了，以为那声响是大众撞在墙上发出来的。当他下车察看时，才发现自己车后躺着一个人，浑身是血……”

“听说是个孕妇？”

“是的，她叫冯丽。”

见邱志达没有提出新的疑问，徐森继续道：“胡中兴立刻打电话报案，同时给120急救中心和——”他向对面的刘丹示意了一下，“你们的刘主任，打了电话。”

此时刘丹似乎刚回过神，有些机械地说：“当时大概是下午一点四十分左右，雨下得正大，路上又堵车，等我赶过去的时候，小胡已经被警察带走了，两名伤者也被120送去医院了。后来听说，那个大众司机当场就死了，冯丽是在送医途中死亡的。”

“让小胡去开发区送赠品是周五下班时我临时安排的，因为那边的经销商决定周六周日搞活动促销，早知这样……”邱志达懊恼地握了下拳头。

徐森安慰道：“没必要自责，这种事谁都无法提前预料。”

“对了，”邱志达问道，“那个大众车的司机是怎么回事？好好的怎么就跑到对面车道来了？开车时睡着了？”

徐森点头：“还真让你说中了，那人叫纪红岩，是铁东区工商分局红星所的所长，确实是开车时睡着了，但不是因为疲劳驾驶造成的。”

“那因为什么？”

“听说警方在他的血液中检测出安眠药的成分。”

“哦？”

“具体情况还不太清楚，我们询问的是处理事故的交警部门，对方说这个案子已经移交给分局刑警了，我和刘主任因为赶时间去看守所看望胡中兴，还没来得及去分局，回头我了解一下。”

邱志达诧异道：“变成刑事案件了？”

“在道路上发生重大交通事故，致人重伤、死亡或者使公私财产蒙受重大损失，就已经触犯交通肇事罪了，本身就是刑事案件。但是具体情况要具体分析，首先，胡中兴当天没有饮酒，肇事后也没有选择逃逸，而是第一时间报警并保护现场，这些都是有利条件。如果他当天是酒后驾驶或者肇事后逃逸，量刑至少三年以上七年以下，有可能还要更高。其次是划分责任，造成这起事故的诱因是那辆大众轿车。如果对方转弯时没有逆行，后面的事故就不会发生，当然胡中兴也存在车速过快和瞭望不足的过失，但无论如何都不应该负整个事故的全部责任。至于纪红岩为什么开车吃安眠药，那是警方的事，和咱们没有关系。对了，那辆别克的保险额度是多少？”

“不算交强，三者的理赔金额是一百万。”

“应该够了，后期办理赔偿时，可能会涉及保险公司免责的部分，具体情况要等交警部门的事故责任认定，到时候这部分的赔偿就需要TCE公司出了。当然，公司有向胡中兴追偿的权利。”

邱志达迟疑了一下，问道：“小胡不用坐牢吧？”

“没那么严重，如果不出现特殊情况，加上各方面理赔顺利的话，嗯，最好能让受害人家属签一份交通事故谅解书，那么庭审过后，胡中兴就能出来了。”

“不用坐牢就好，赔偿是应该的。”邱志达点点头，随即望向刘丹，“见到冯丽的家属了吗？”

“那天在医院就见到了，亲戚朋友去了一大帮。其他人还好，主要是她的母亲和弟弟，闹得很凶。”

徐淼笑了一下：“无非是想借机多要点钱罢了。”

刘丹连连点头：“我觉得也是这个意思，她母亲只看了一眼女儿的尸体就出来了，嚎了半天也没挤出多少眼泪。倒是冯丽的丈夫哭晕过去了，醒来之后还在找妻子，要不是旁边有人劝着，估计他得哭死在太平间里。”

邱志达叹了口气，道：“不管怎么说，人家一个大活人，还带着肚子里的孩子，一下子全没了，家属闹一闹也在情理之中。同样的事情放到你我身上，恐怕比人家闹得还凶。最近公司的事情比较多，这件事就拜托二位了，如果涉及刚才说的保险公司免责部分，随时告诉我，我好向公司打报告单独申请这块费用。”

刘丹提醒道："小胡的驾照吊销了，出来之后就算公司不与他解除劳动合同，他也不能继续开车了，咱们是不是考虑再招一名司机？"

"你不说我还真忘了，刘主任，这事你转告何蜜琳让她去办吧，我记得她那儿有之前的招聘档案，看看有合适的没有。你主要负责和冯丽家属的沟通工作，务必要让他们把谅解书签了，小胡毕竟是公司的员工，咱们该尽力的地方一定要尽力。还有，这周六公司要召开经销商年会，你近期就把精力放在这两项上吧，其他事情安排下面的人去做。"

刘丹答应一声，见没有别的吩咐，推开门出去了。

邱志达拿起桌上的香烟，打开递给徐淼一支，自己也抽出一支叼在嘴上，徐淼掏出打火机帮他点燃，笑道："对了，还没恭喜你高升呢。"

"听刘主任说的？"

徐淼点头："什么时候走马上任？"

邱志达用夹着烟的手指挠了挠额角："手里还有点事情没处理完，另外，要等新经理从总部那边过来，交接了工作才能走。"

"你们公司的惯例不是由老经理向上面推荐自己手下的人选吗？不但有经验，熟悉当地业务，而且容易理顺公司内部关系，我记得你当初就是这么上来的，这回怎么改空降了？"

"那都是陈年的老皇历了，现在光有经验和熟悉业务不管用了，这几年总部招了大批的管理培训生，如今在基层岗位锻炼得差不多了，这会儿该接班了。"

"国外的先进经验不见得适合我们国情，虽然我不懂销售，但是管培生除了自身素质和学历高点，我看不出这种速成化的管理人员能给企业发展带来什么好处。"

"现在到处都在推进企业队伍年轻化，你知不知道我们家电行业的从业员工平均年龄是多少？"

徐淼摇头。

邱志达定定地看了他一会儿，吐出一个数字："三十一岁。"

"这么年轻？"

“和互联网行业比起来就不年轻了，四年前Facebook的员工平均年龄就达到了二十八岁，谷歌是二十九岁，听说过Epic Games吗？”

“这是美国的一家游戏制作团队，我玩过他们开发的《战争机器》。”

“他们的平均年龄只有二十六岁。”

“我们都老了？”想起自己半个月前过的三十五岁生日，徐淼有些发愣。

“不是老了，是被行业淘汰了。”

邱志达脸上浮现出落寞的神情，徐淼感到似曾相识，不久前刘丹说起大家自愿签署末位淘汰合同的时候，脸上也出现过同样的神情。据他所知，刘丹比自己和邱志达都大了两岁。一句近期在网络上流行的话一下子从脑子里冒出来——在这个时代，你的工作会背叛你，你的行业会背叛你，你的专业会背叛你，唯一不会背叛的，是你的认知和能力。

“就没有什么行业是人越老越值钱的吗？”徐淼不禁皱眉道。

“有啊，中医就是，年纪越大给你把脉你心里越踏实，换个二十几岁的小年轻坐在那儿，开出的方子你喝得放心吗？”

“说得也是。”徐淼点头，呆呆出了会儿神，忽然想起一事，“对了，前两天我碰到潘广洲了。他这几年一直在南方，上个月才回来，说好久没有看到咱们同学了，想把大家聚到一块热闹热闹，人由我和潘广洲联系，你负责买单就好。”

“凭什么？”

邱志达话刚出口，徐淼就恶狠狠地瞪向他：“你都升总监了，还不该请客？”

“好好，我买单。”邱志达只好投降。

“时间是周日晚上，正好你们的年会也开完了，饭店还没订，订好了通知你。”

徐淼满意地吐出个烟圈，来回踱了几步，目光落在一旁的书柜上。那里摆着一张照片，拍的是夜幕下的一处海湾，由于用了慢门，本应漆黑如墨的夜空变得清澈湛蓝，满天星斗拖着长长的轨迹组成一幅奇妙的同心圆。最神奇的是近岸的海水，仿佛被倾倒了荧光剂，发出迷雾般的蓝色幽光，显得浪漫而神秘。

“你还在玩摄影？”徐森看着照片道。

“现在哪有这时间？”邱志达顺着方向看去，说，“那是三年前拍的，为了拍这张照片，我在当地的一家客栈住了差不多一个星期。”

“这地方在哪儿？”

“就在咱们开发区，当地人管那儿叫月亮湾，海水沙滩都特别干净，风景也不错，关键是没有其他景区那么多人，有机会带你去那儿游泳，比市里的游泳馆强多了。唯一不好的就是那地方电压不太稳，偶尔会停电，我还帮客栈老板换过电源开关呢。”

两人正说着，办公室的门一开，走进来一位打扮入时的年轻女郎：“邱总，这是你要的司机档案……呦，怎么这么大的烟！”说着，蹬蹬跑到窗前，把能开的几扇窗户全部推开。晚风立刻灌了进来，吹得桌上的纸质文件哗哗直响。

徐森的目光被她吸引过去，同样是淡青色衬衣和深灰色的职业套裙，在她身上穿出了与刘丹截然不同的韵味。

大概就是邱志达刚才提到的何蜜琳了，徐森心道，这家伙什么时候招来这么漂亮的一个下属？朝邱志达瞅去，黄昏的阳光从窗外洒进来，把他原本就很耐看的五官勾勒得更加棱角分明。

这家伙一点都没老，徐森在心里叹了一声，摁灭了香烟，站起身说：“你忙吧，我走了，别忘了周日晚上，不许开车。潘广洲说了，要找你喝个痛快，对了，把你老婆也带来。”

“同学会还带家属？”

“狗屁的家属，当初班上那么多同学，就成了你们这一对，肖婷要不是你老婆，还轮得着你通知她？”

05

狭窄的客厅里摆着一套廉价的组合柜，柜子旁边支着一张简易折叠床，李家祺坐在床边，久久地凝视着挂在对面墙上的照片。

眼泪早已哭干了，视线有些模糊，他拼命瞪大眼睛，努力地看清照片。画面里的男人把耳朵贴在妻子隆起的腹部上，似乎在倾听肚皮里面那个小生命的心跳，妻子垂下头温柔地注视着自己的丈夫，两人脸上的幸福之情溢于言表。

这是李家祺还完最后一笔欠款后特意拉着妻子拍的写真，以此纪念那段共同走过的日子。照片挂到墙上的那天，距今还不到一个月，昔日的欢声笑语似乎依然在耳边回响：

“你想要男孩女孩？”

“女孩。”

“骗人，你是李家的三代独苗，生了女孩怎么传宗接代？怀孕好辛苦，我可不想要二胎。”

“不要二胎，有这一个就好。”

“那你还想要女孩？”

“嗯。”

“你上辈子有情人？”

“我上辈子打了一辈子光棍，你信不信？”

“不信。”

“那就没办法了。”

“为什么想要女儿？不许说谎。”

“女孩贴心嘛，是爹妈的小棉袄，嗯，最好长得像你。”

“都说男孩长相随妈妈，女孩随爸爸，哎呀，你嫌我丑，所以才想要女孩。”

“胡说……”

“李家祺——你居然嫌我丑！”

“没有……”

“你有！我要罚你。”

“罚什么？”

“罚你……给我做红烧猪蹄，好久没吃猪蹄了，馋了，还有你炖的胖鱼头……”

“好好，我做，还有什么？”

“我想想……呀，又抽筋了，快帮我揉揉……不行，脚凉，给我捂捂。”

冰凉的脚丫伸进温暖的怀里，妻子闭上眼睛满足地发出猫一样的呻吟。窗外树影婆娑，新月如钩。

“我知道，你心里想要男孩的，你这么说是怕我生不出男孩难过，特意安慰我的。”

“没有，我真的喜欢女孩，男孩太淘气了。”

“唉，我上辈子做了什么，让我今生遇到你。”

……

李家祺头抵在床沿上，发出野兽垂死时绝望的哀号，极度的悔恨和无以名状的悲恸毒蛇般噬咬着早已破碎成千疮百孔的心。为什么要和妻子争吵？小舅子想借钱，拿去就是了。租房就租房，自幼就已习惯了经济拮据的苦日子和由此遭受的世人的白眼，为什么偏要为了换个大房子而负气离去？

妻子的心跳是在送医途中停止的——如果能早送来半个小时，情况就不一样了，至少，还有抢救的机会——医生说这句话时，脸上的神情和外面的天色一样阴郁。

如果能提前半个小时……不，不需要那么久，如果刚刚下雨的时候，自己就立刻跑回去给妻子送伞，也许就能躲过这场致命的车祸，如果当时没有和妻子争吵，如果自己没有抛下妻子转身离去，也许这场车祸根本就不会发生……

可是，世上没有如果。

原来，世上最残忍的东西，是时间。

想到时间，李家祺生出一种怪异的感觉，仿佛自己遗漏了某件重要的事情。自从车祸发生后，这种奇怪的感觉一直萦绕着自己，可是仔细琢磨的时候，却怎么也想不出来。

环顾四周，一切冰冷如昨，屋子里静悄悄的，家里只有自己，许桂芝在妻子车祸当天就搬回去住了，如今陪伴自己的，是被整个世界遗弃的孤独。

那件事是什么？明明有东西在脑子里闪了过去，应该是一条至关重要的信息，为什么偏偏抓不住？

“啊——”

李家祺痛苦地撕扯自己的头发，眼前再次浮现出妻子那张凝固了车祸瞬间的惊恐面容……

这个卑劣不公的世界，你夺走了我唯一的亲人！

算了，与永恒的死亡比起来，没有什么事情是重要的。黑暗已经降临，我的世界就此沉沦……

李家祺艰难地站起身，来到厨房，灶台下面放着一个液化气罐，是上周新换的。他脚步僵硬地走过去，接了一锅水放在炉灶上，拧开液化气罐的安全阀，点火，待到无数细小的气泡从锅底升起，找出一匝挂面扔进锅里，然后走回客厅，静静地躺在折叠床上。

水沸腾起来，发出咕嘟咕嘟的响声，面条在锅内翻滚，随着淀粉的溶解，泛起大量白色的泡沫。很快，泡沫溢出锅沿，洒在炉灶上，蓝色的火苗瞬间变得橙红，片刻之后，泡沫完全扑灭了火苗，乙硫醇独有的臭味迅速在屋子里弥漫开来。

亲爱的，等等我，我来找你了……

缓缓合上双眼，感官在静谧的房间里变得敏锐起来，心脏跳动的怦怦声，炉灶发出的咝咝声，仿佛就响在耳边。

嘀嗒、嘀嗒——另一个声音加入进来，是墙上的挂钟秒针行进的声音。与此同时，怪异的感觉又出现了，且比以往更加清晰。

那件重要的事情是什么？

嘀嗒——

到底是什么？

嘀嗒——

那仿佛是身处另一个世界的妻子传递给自己的提示。

嘀嗒——

蓦然间，一道闪电从脑海中划过，是时间！一个至关重要的时间，一个与妻子发生车祸密切相关的时间！

李家祺猛地睁开眼，想从床上坐起来，却发现手脚麻痹得不听使唤了，不光是手脚，整个胸口也是麻的，连呼吸都变得艰难起来。顿时，李家祺心中被巨大的恐惧淹没，自己还不能死，至少在弄清那件事之前还不能死。

他拼尽全身的力气大叫，嗓子里只发出微弱的呃呃声，视线渐渐模糊，各种感觉也慢慢离身体而去，此时唯一能感受到的，是前所未有的绝望。不知是不是错觉，意识消失前，他听到屋门方向传来开锁的声音……

06

经历了一连数日的阴雨，终于迎来久违的阳光。陈律靠在路边的护栏上，百无聊赖地打量着面前的CBD广场。午休时间已过，现在正是一天中气温最高的时候，偌大的广场只有一群鸽子在悠闲地觅食，发出咕咕的声音，人们都躲进空调房去吹冷气了。广场四周汇集了这个城市百分之八十的写字楼，胡中兴供职的TCE公司就在东边那栋最豪华的银珠大厦的十一层。

交警部门转过来的资料显示，胡中兴是“6・30”交通肇事案的重要责任人。他在给公司送货的过程中为了躲避对面来车撞死了一名孕妇，但这并不是此案的关键，此案的关键在于导致这起车祸的罪魁祸首——纪红岩体内的安眠药是从哪里来的？陈律要做的就是厘清这到底是一起普通的交通意外，还是一个带有预谋的刑事案件。

准确地说，这个案子不是派给自己的。陈律心里清楚，自己的作用是协助调查，说白了就是跑腿的——刚从警校毕业半年的新人是没有资格独立办案的，所有的新人都要经过老人手把手的传帮带才能成长为一名合格的基层刑警。

韩长庚，才是这起案件的真正负责人。一想到这个名字，陈律就头疼不已，自从第一次见面拒绝自己叫他师父，陈律就觉察到了对方的难缠。

“不要叫我师父，你我只是搭档，叫我老韩就好，你的师父是老周。”韩长庚一句话就在两人之间竖起了一堵看不见的墙。

如果不是老周上个月体检时查出了肺部结节，需要住院手术，陈律才不愿和这个木头一样的家伙做搭档。

木头，是陈律背地里给韩长庚起的外号。因为他发现对方除了不喜言辞，而且什么时候见到都给人一种心事重重的感觉，那张满是忧愁的脸上从来没有出现过第二种表情，这家伙似乎天生就不会笑。

老周就不同了，虽然这位老刑警在队里的破案率不高，勉强属于中游水平，但是待人亲和，不藏私，凡是自己会的都毫无保留地传授给陈律。作为引路人，他对陈律的生活也很关心，半年来的朝夕相处，两人混得比爷俩儿还熟。老周甚至把自己当幼师的侄女介绍给陈律，虽然最终没能和那个女孩走到一起，但无论于公于私，陈律都愿意发自内心地喊老周一声师父。

对于接替自己的韩长庚，老周也不清楚对方的底细，只听说这家伙是从市局下放出来的，至于什么原因就不知道了。老周临走的时候，特意把陈律叫到无人的地方，嘱咐他机灵点，尽量和韩长庚搞好关系，上面的人不管什么原因下到基层，总有很多看不顺眼的地方。

接下来差不多一周的时间里，陈律方知老周多虑了，韩长庚这人别说挑刺，自己连他的面都很少见到，加起来总共说话没超过二十句。除了队里例行的案情通报会，平时干脆连对方的影子都摸不着，也不知这家伙整天在忙什么。

奇怪的是，一向对下属偷懒耍滑现象深恶痛绝的队长钟庆魁似乎对此视而不见。陈律猜测，如果不是最近队里的积案太多导致人手不够用，眼下这个案子应该不会如此轻易地抛给他们。

最让陈律无语的则是今天，中午临下班的时候，接连三天没去队里报到的韩长庚忽然打来电话，约自己到城南CBD广场见面，说是汇总一下案情，以至于自己连午饭都没顾上吃就匆匆赶来了，可是眼下距约定时间已经过了二十分钟，这家伙仍没有露面。

看了一眼头顶明晃晃的太阳，陈律抬手抹去顺着脸颊流淌下来的汗水，再次按下手机的重播键，听筒里传来的依旧是机械的声音："对不起，您拨打的电话已关机……"

真没见过作风这么散漫的警察！陈律揣起手机，打算先找家快餐店填填肚子，没等想好往哪个方向走，忽见不远处正在觅食的广场鸽扑棱着翅膀惊飞起来，抬头望去，一个瘦削的身影正快步向这边走来，正是方才在心中问候了无数遍的韩木头。

"老韩——"

陈律招呼对方的同时左右看看，没看到韩长庚平时开的哈弗车停在哪儿，却发现对方看上去和平时不太一样，模样怎么瞅怎么古怪。到了近前，才发现他身上的衣服裤子全都紧贴在皮肤上，虽然有些地方已经煽得差不多了，细看胸前和衣服的下摆还是有明显的水迹，裤腿也是如此。天气再热也不至于出汗出成这样，分明是不久前落过水。

"你这是……"

"没事。"韩长庚显然不愿解释，面无表情地吐出两个字，把手伸进裤兜。

陈律以为他会取出什么重要的资料，谁知抠搜了半天掏出一盒早已泡烂的香烟，打开看看，随手扔到一边，问道："有烟吗？"

陈律摇头："我不抽烟。"

韩长庚吸了下鼻子，抬起头向四周打量，见银珠购物中心就在广场东南角，迈步朝那个方向走去，同时做了个手势，示意陈律边走边说。

陈律翻开随身携带的小本子，开始汇报："化验结果出来了，技术科对我们从赵苒那里拿回来的药物进行了取样检测，与包装盒标注的一致，是地西泮，而从纪红岩血液中提取到的主要成分是三唑仑。两者都属于镇静类催眠药物，区别是三唑仑的药效更强，是普通安眠药的30到50倍，而且具有较强的致幻作用，有些吸毒者把它当作一种毒品使用。丁法医说，这东西在坊间还有一个名字，叫迷奸水，犯罪分子通常把它下到年轻女性的食物或饮料中，待对方晕倒后趁机性侵受害人。以前局里突查夜总会和酒吧等娱乐场所的时候，收缴最多的除了摇头丸就是三唑仑，不过近些年这种药受到了严格控制，市面上买不到。纪红岩家里的电脑和他单位的办公电脑都查过了，没有发现通过网络购买的迹象。"

这个结果似乎在韩长庚的意料之中，点了下头："说说那个叫艾薇的。"

"艾薇今年二十八岁，老家是辽西山区的，之前在保险公司工作，离职后在宜昌路开了一家时装店。据她说，她是办理时装店的营业执照时和纪红岩认识的。当时纪红岩刚刚离婚，接触了几次互有好感，就确定了关系，不过考虑到纪红岩大她十多岁，而且有个儿子，尽管由前妻带着，心里终归不舒服，所以一直拖着没有领证。虽然两人经常在一起过夜，但不是你来我家就是我去你家，至今没有搬到一块居住。纪红岩出事前，她回老家探望父母，出事那天刚好回来，本打算在纪红岩家过周末，不想正赶上纪红岩接到参加检查组的通知，下午要去南站接主管局长，就叫了麦当劳的外卖。吃完不久，纪红岩带着儿子下楼去等他前妻赵苒。艾薇帮纪红岩收拾完屋子才走的，在楼下还碰见了赵苒，跟对方打了个招呼就去店里了。"

见韩长庚没什么反应，陈律继续说："就目前的情况看，艾薇经济独立，且和纪红岩没有婚约，不存在财产继承方面的纠葛，跟对方在一起，可能更多的是出于情感或生理上的需要。而纪红岩离婚后，每个月需支付给赵苒1500元抚养费，直到儿子年满十八岁为止。我查过纪红岩的银行记录，几乎都是每个月开支的当天，最迟不超过两天，就把钱打过去了，证明这些钱对他构不成经济压力。反观赵苒，她是单亲家庭，三年前父亲去世后自己一个人带着孩子，压力可想而知，1500元虽然不多，但毕竟是每个月的固定收入，纪红岩要是死了，这笔钱也就断了，是有害无益的事情。所以……”

“所以这两人没有动机？”

“目前看是这样。”

“还有其他情况吗？”

“暂时没别的了，之前痕检员在纪红岩家里没有找到有关三唑仑和其他有价值的线索，昨天再次对纪红岩的办公室做了搜查，还是一无所获，只在办公桌的抽屉里找到一瓶VC，出于谨慎，已经送去检验了，我来的时候还没出结果。”

韩长庚不言语了，闷着头往前走，陈律在他身后紧紧跟着。到了购物中心门口，韩长庚冷不丁地问了一句：“纪红岩当初因为什么离婚的？”

陈律愣了一下，说：“这个没问过。应该是性格不合吧。他们当初是协议离婚的，没走法院诉讼这个环节，证明两个人之间没有不可调和的矛盾，而且因为有个孩子，离婚后两人也经常见面，所以关系不是很僵。”

韩长庚没吭声，迈步走进商场。充沛的冷气扑面而来，陈律不由得打了个哆嗦，通身燥热一扫而空，见韩长庚越过了自动扶梯入口，忙道：“超市在地下一层。”

韩长庚恍若未闻，继续头也不回地朝前走。

不是来买烟的吗？陈律心中纳闷，只好默默地跟在对方身后，一路上被两侧琳琅满目的珠宝首饰和连品牌都叫不上来的高档钟表晃得眼花缭乱，走了好几分钟，终于在香奈儿化妆品展区前停住了脚步。

大商场的导购员素质就是不一样，没有立刻迎上来围着你喋喋不休地推销商品，而是神色矜持地站在一边，连头都没转动一下，似乎自己根本不存在，良好地贯彻了不打扰顾客选购的职业操守。但陈律发现她暗暗地向这边偷瞄了好几回，四周望望，偌大的化妆品展区内顾客寥寥，自己和韩长庚是这片卖场中仅有的男性。

陈律有些不自在，韩长庚却毫不在意，左瞧瞧右看看，一副兴致盎然的样子，瞅了半天大概没找到可心的，回头冲导购员招了招手。

“先生想选购什么类型的化妆品？”年轻的导购员应召而至，说话时保持着只露六颗牙齿的标准微笑。

“你这儿有没有套装？”

“看来先生是在挑选礼物了，我们这里从三件到七件的套装都有，不知您心仪哪一款？”

“看看六件的吧，嗯，我想想……好像叫什么智慧紧肤型的。”

导购员的笑容顿时明媚起来：“先生真有眼光，智慧紧肤是我们品牌中的一个系列产品，请您移步到这边……喏，您现在看到的就是，这个系列的产品适用于所有肤质，具有保湿补水和紧致皮肤的功效，尤其是三十岁以上的女性使用，效果更好。我能冒昧地问一下吗，先生是在为您的太太选购纪念日的礼物吧？”

“嗯。”韩长庚含糊地应了一声，盯着眼前几个做工精致的黑色玻璃瓶看了一会儿，说，“麻烦你把它的包装拿出来让我看看。”

“好的，您稍等。”

工夫不大，导购员从柜台下面找出包装，外面的手提袋是白色的，印着CHANEL字样，袋子里的包装盒是黑色的。

韩长庚把盒子拿在手里仔细端详片刻，问道：“这套多少钱？”

导购员的笑容愈发真诚：“5985元。”

陈律听了直吸冷气，偷眼看向韩长庚，见他的眼角也微微抽搐了一下，接着，听他问道：“我有会员卡，能打几折？”

导购员的笑容瞬间垮了下来：“对不起，先生，我们品牌实行的虽然是会员制，但是从来没有给顾客办理过会员卡。不过就算是会员也没有折扣，购买产品只能获得积分，同时享受提前预留服务以及所有款式优先选购的权利，我们还会定期给您邮寄一些小礼物和画册。先生，您需要办理会员吗？我现在就可以为您填表。”

韩长庚似乎并未觉察到对方的态度变化，仍在想方设法套磁：“我记得前几天从这附近路过的时候，你们商场好像在搞活动，如果那个时候购买是不是有优惠？毕竟这么贵的东西，哪怕打个八折，也能省一千多呢。”

“不好意思，商场是商场，专柜是专柜，我们品牌从来不参加任何促销活动。”说话时，导购员的目光不停在韩长庚尚未干透的衣服上打转，这还是她在两人进店后第一次肆无忌惮地打量面前的顾客。

陈律看到她的六颗牙齿还在，嘴角已经垂下来了，一双水汪汪的大眼睛变成了两个卫生球，忙尴尬地拖着韩长庚往外走：“谢谢你的介绍，我们再转转。”

一直走出老远，陈律仍能感觉到对方鄙夷的目光牢牢盯在自己的后背上，转到商场门口，不由得埋怨道：“想问什么直接把证件亮出来不就行了吗，何苦受这白眼？实在不行就把商场经理找来，调他们的销售记录。”

韩长庚看着陈律不作声，好一会儿才说：“你知道为什么现在很多人不愿意和警察打交道？”

陈律被他盯得有点发毛，一时间不知如何作答，却见他说完就把头扭了回去，显然并未期待自己给出答案，不由得有些发窘，沉默了片刻，讪讪地道：“我没记错的话，你刚才看的化妆品好像和那天赵苒手里拿的那套一样。”

韩长庚恍如未闻。

“老韩，”陈律赔着笑脸，问道，“你查赵苒买的化妆品干什么？”

“你怎么知道是她自己买的？”韩长庚淡淡地说。

陈律想想那个价钱，确实超出了普通工薪阶层的消费能力，何况赵苒还拉扯着一个正在上学的孩子，就算有前夫每月给的1500元钱，恐怕她也舍不得在自己身上这样挥霍。

“你的意思是别人送给她的？这个人或许和纪红岩的死有关？”

韩长庚干脆地摇头：“不知道。”

陈律正要开口，兜里的手机响起来，掏出来一看，是队长钟庆魁打来的，忙接起来："钟队，哦，我们在一起呢，您稍等……"说着，把电话递给韩长庚，"钟队找你，说你的手机打不通。"

韩长庚接过去听了一会儿，脸色变得有些古怪，最后嗯嗯两声挂了电话，从头到尾一句话也没说，就把手机还给了陈律："不用查下去了，案子撤了。"

"为什么？"

"技术科化验了在纪红岩办公室找到的那瓶VC，发现瓶子里装的是三唑仑，而且在瓶子上没有找到除纪红岩外其他人的指纹，说明这东西是他自己的。工商所的同事证实，曾经有一阵子纪红岩说自己夜里失眠睡不好觉，需要服用药物辅助睡眠。钟队核实了一下时间，正好是纪红岩离婚前的几个月。因此队里得出结论，应该是时间久了，纪红岩忘了瓶子里装的是三唑仑，于是错把它当VC吃了。"

"他把三唑仑放VC瓶子里干吗？为什么不用原来的包装？"

"因为三唑仑是管制药品，被人看到容易产生不必要的联想。"

"那就是说，不存在有人给他下药这回事？那个车祸纯属意外？"

韩长庚没有言语，面无表情地望着商场外面灿烂的阳光。

"可是……"陈律觉得哪里不对劲，一时又说不出来。

忽然间，韩长庚猛地一拍大腿，陈律以为他想起什么了，却听他骂了一句："忘买烟了！"

说罢，转身朝地下超市走去。

07

一栋普通居民楼一楼的低年级学习班里，补课的张老师刚出去，坐在后排角落里的一个小胖子立刻把手伸进了书包，摸索了一会儿掏出一样东西，然后捅了捅身边趴在桌子上玩削笔器的男孩。

对方低头见他手里拿着一袋撕开包装的小食品，不由吃了一惊，左右看看，见没人注意，压低声音说："上次你带的糖都被老师没收了，怎么还敢往学校带吃的？"

小胖子同样压低声音："不在学校里吃不就完了，这里是学习班，怕什么？"

说着，满不在乎地抓出一把塞进嘴里，嚼了两下，恨恨地说："上次带的糖被小四眼看见了，他找我要，我没给，一定是他背后告诉老师了。哼，我姥爷说这样的人在过去就是汉奸，让我离他远点儿。"

"嗯，以后咱们都不理他。"男孩也伸手在袋子里抓了一把，边吃边道，"我妈从来不让我吃零食，说是垃圾食品，饮料都不让喝。"

"我妈也不让我吃，说容易得蛀牙，是我姥爷怕我在学校里饿，偷偷给我零钱让我自己买的。"

"嗯，我姥爷要是活着，也会给我零花钱的……"男孩含糊不清地说，手里和小胖子比着速度。

小食品的量不大，很快就被两人瓜分干净了。

小胖子扔掉包装袋，拿出放在书包侧袋的矿泉水，拧开盖喝了一口，说："对了，上次你借我的漫画书前四册都看完了，什么时候把后面的也借我看看。"

"明天吧，你把前四册带来，我把第五第六册借你。"

"小气，才两本，把后面的一起借我呗。"

"你知道这套书一共多少本？"

"多少本？"

"二十七本，这还只是第一季的，不算你看过的还有二十三本，书包根本装不下。"

"二十七本你全有？"

"上次我爸只给我买了前六本，说看完了再买新的，本来上周六就要去书店的，但是我爸临时有事没去成。今天是周三，我爸答应来接我，一会儿我就让他带我去买。"

正说着，门外传来张老师的声音："纪宇轩，书包收拾好了吗？"

"收拾好了。"男孩赶紧抬手抹了抹嘴巴，把削笔器装进书包，冲小胖子说，"我爸来接我了！"

"明天别忘了把书带来。"

"知道了——"纪宇轩头也不回地应了一声，背上书包兴冲冲地跑出教室，却见赵苒独自站在门外，左右看看，没瞧见纪红岩的身影。

"爸爸怎么没来？"和张老师道别后，轩轩立刻问道。

"你爸爸……"

来的路上，赵苒就想好了一套说辞，可是在看到儿子的瞬间，却怎么也说不出口，张了两下嘴，说："他工作忙，没时间。"

"那周末呢？"纪宇轩立刻追问道，"爸爸能来接我吗？"

赵苒不禁有点后悔，说了一个谎话就需要无数个谎话去弥补，心中挣扎了好几次，终于还是不忍告诉他真相，只好含糊道："嗯，到时看情况吧。"

纪宇轩不吭声了，垂着头默默走到停在路边的铃木轿车跟前。

赵苒掏出钥匙打开车门，抚着儿子的头顶，说："妈妈今天下午特意请了假，带你去游乐场好不好？"

纪宇轩没精打采地哦了一声，钻进车里。

瞅着后视镜里儿子蔫头耷脑的样子，赵苒感觉勒在胸前的安全带似乎变成了一块大石头，压得胸口透不过气来，一路上由于走神，好几次差点剐蹭到前面变道的车辆。

在游乐场一直玩到太阳落山，又带着轩轩吃了他平时最爱吃的卤肉饭，赵苒才把萦绕在心头的低落情绪赶走。可是回到家中，一通电话又把好不容易平复下去的心思扰乱起来。

彼时，赵苒刚刚监督轩轩洗漱完毕，手机就响了，看了一眼屏幕，是多日未见的舅妈打来的。她催促着儿子上床睡觉，掩好门按了静音往外走，经过客厅时顺手从放在餐桌上的挎包里取出香烟，一直来到阳台，把烟点着才按下通话键。

“舅妈——”

“怎么才接电话？”

“刚刚看着轩轩洗脸洗脚呢。”

“我说这么半天呢，嗯，小敏下午给我来电话了。”

赵苒哦了一声，大概猜到舅妈要说什么了。小敏是舅妈的女儿，丈夫老薛也在工商局工作，虽然和纪红岩不在一个区，但同一个系统内的消息流通是很快的。

果然，老太太在电话那头问：“听说纪红岩出事了？”

“嗯，开车撞墙上了。”

“哎哟，怎么这么不小心，好好地开着车也能撞墙上？”

“那能怪谁？是他自己开车睡着了。”

“开车怎么还敢睡觉？是不是最近工作太忙，没休息好？”

赵苒笑起来：“舅妈，这话您可问错人了，我又没跟他在一起，您该问问那个狐狸精，是不是她折腾得人家没休息好。”

“你这张嘴啊，从来说话就不饶人，你们都离了还不许人家再找？”

“找呗，爱找谁找谁，我又没拦着，也没有资格拦。”

电话沉默了一会儿，舅妈接着道：“当初你爸就不同意你们俩在一起，我和你舅舅也劝过你别找年纪相差这么多的，你就是听不进去。好家伙，纪红岩足足大你十岁呢，你上初中的时候，人家已经大学毕业参加工作了，说话都没有共同语言，而且还离过一次婚，也不知你怎么想的？”

“当初鬼迷心窍了呗，舅妈，您就别给我吃后悔药了，鞋子合不合脚，总要试过了才知道。其实啊，这事谁都不怪，是他自己错把安眠药当成维生素吃了，药劲上来就睡着了。具体情况我也不清楚，反正警察是这么说的。”

听到警察两个字，老太太有些吃惊：“警察找你了？”

“出事后隔了一天就来了。”

“找你干吗？”

“他们说在纪红岩血液里查出安眠药成分，就把我平时吃的安眠药拿去化验了。”

“警察怀疑你？”

“怀疑我什么？人家是例行公事，正好赶上那天我去纪红岩家接轩轩，不久就出事了，我是最后见到他的人，警察当然要过来问问情况。舅妈您不用担心，什么事都没有。”

“没事就好，小敏也是今天上午才知道这事的，给你打了一天电话也没打通。她晚上要陪着孩子练琴，抽不出时间，特意让我打电话问问你。”

“我上午去消协处理一个投诉用户，有消协的领导在，就把手机关了，下午带着轩轩去游乐场玩了半天，晚上到家才开机。舅妈，您就别操心了，我们既然离了就不会重新走到一起，如今他是死是活的跟我没关系，要说有关系那就是他这一死，原来每个月1500的抚养费没了，再有就是星期天的赶上我加班，没人带孩子了。”

电话那端再次沉寂下来，赵苒正要找个话题说点什么，舅妈问道：“轩轩知道这事吗？”

赵苒喉咙哑了一下，轻声道：“没告诉他，开不了口。”

“可怜呐，轩轩才这么小，爸爸就……唉，不说这个了，你最近怎么样，遇没遇到合适的？”

“搁您您愿意找个带孩子的？还是男孩？舅妈，现在是男人越老越吃香，女人过了三十五就是老太太了。”

“净胡说，舅妈我都快七十了，还没觉得自己老呢。”

“那是舅舅疼您啊，有人疼就不觉得自己老。我看过您年轻时的照片，用现在的话说，颜值不是一般的高，我要是舅舅，也会把您疼到骨子里的。”

“你个死丫头，消遣起舅妈来了。”

“对了，舅舅干吗呢，怎么没听电话？”

“有几个外地的游客要过来，下了火车找不到地方，你舅舅去接了。”

“民宿的生意不错嘛。”

"还好吧，最近两年游客多了不少，但是开客栈的也多了，原来整个月亮湾只有三四家客栈，现在已经有十多家了。好在各家离得都挺远，不扎堆儿，所以竞争没那么激烈。对了，快放暑假了，你和轩轩什么时候来？"

"今年恐怕走不开，最近单位忙，我要培训新文员，轩轩假期还要上补习班，要不等春节吧，正好轩轩放寒假，我带他去看您。"

"让你来是想让你们看看大海散散心，冬天海都封冻了，你们来干什么？算了，你什么时候有时间再说吧，不用特意来看我。"

话虽如此，舅妈语气中深深的落寞仍令赵苒感到歉然，挂断电话，望着漆黑的夜空出了会儿神，低头时见脚边的地上有好长一截烟灰，才发觉夹在指间的香烟自己一口没吸。

她扔掉烟蒂，走回屋内，先来到儿子的房间，轻轻推开一条门缝，看到轩轩已经睡着了，身上的被子蹬到了一边。她蹑手蹑脚地走过去，把被子重新盖好。

轩轩可能梦到了什么，眼睑不停地微微转动，长长的睫毛也不时抖动一下。赵苒心中猛地一痛，儿子小小的年纪，从此没有爸爸了……她拼命忍住不让眼泪掉下来，轻轻在儿子脸颊上亲了一下，走出屋去，靠着墙站了一会儿，才进卫生间洗漱。

温热的水流喷洒出来，小小的浴室内水汽蒸腾，氤氲在镜子上，幻化出那个熟悉的影子。

"你现在对我这么好，是不是装的？"

"你觉得我在骗你？"

"你整整大我十岁，骗我也看不出来。"

"那我实话跟你说吧，确实是装的。我已经把从前的事情都告诉你了，就算不告诉你，以我这个年纪，说没经历过感情也没人会信。不过，我打算在你面前装一辈子，一直装到我死的那一天。"

……

赵苒发誓这是她平生听到的最美妙的情话，确实，装假能装一辈子也就成真的了。到底是受到了年龄和阅历的加持，与之相比，那些年纪轻轻尚未遇到生活挫折与磨难的海誓山盟就显得苍白稚嫩了。

赵苒承认，正是这句话最终打动了自己。

可是，你为什么不继续装下去？说好的一辈子呢？

不知不觉中，泪水顺着眼角滑落，她没有去擦，任凭眼泪肆意流淌，只把手攥成拳头塞进嘴里，不让自己哭出声来。

不知过了多久，热水器的水慢慢凉了，她才止住泪水，抬手抹开一片镜面，打量镜中的自己——高挑的个头，修长的大腿，胸前的乳房依然坚挺丰满，并没有因为生完孩子变得干瘪下垂，原本有些偏瘦的身材反倒因为生产变得圆润，除了腰腹间淡淡的妊娠纹，岁月仿佛没有在自己身上留下太多痕迹。不过她知道，这是浴室中朦胧的水汽滤掉了细节。至少，自己的皮肤已经不如从前光洁了，甚至有些粗糙，早上起床的时候偶尔还会出现眼袋，这是长期失眠熬夜以及吸烟造成的。

心里动了一下，朝盥洗台的一角望去，那里摆着几只精致的黑色玻璃瓶，在一堆廉价化妆品中间显得格外扎眼。她束起湿漉漉的头发，用毛巾把脸擦干，拿起一瓶精华液，小心地往掌心里倒出一点，轻轻涂抹在面颊上，想到郭少卿送给自己这套化妆品时的窘迫样子，嘴角微微翘了起来。

郭少卿是两年前来到总公司的，之前一直在辽南办事处任职。名义上是负责大客户营销，不过像鲲鹏商贸这样的民营企业管理机制并非十分完善，尤其底下资源有限的办事处，很多时候胡子眉毛一把抓，为了完成业绩，恨不得一个人当几个人用。说是负责大客户，实际上市场调研、活动策划、销售公关、拟定预算、展台布置……总之，哪儿有事哪儿到，人手不够的时候，披上绶带就能冒充临促，脱光膀子也能卸车。因此，办事处一级的人员流失率是最高的，可是一旦熬下来了，个个也都磨炼出了一身过人的本事。

遍数公司内的员工，老板金满堂最愿意支使的就是郭少卿，但凡有了难以解决的问题，往往第一反应就是抛给他。这家伙倒也不负厚望，每次都能完成得很好，而且从不抱怨。赵苒还从没见过像他这样踏实刻苦的人，同时也暗暗替他不值，只要金满堂的小舅子坐在市场部经理的位置上一天，他这个经理助理就一天别想升职。

除此之外，赵苒知道郭少卿能有如此旺盛精力投入工作的一个重要原因，就是他的妻子数年前病故了，且没有留下子女。身边没有女人照顾，他的衬衫却永远整洁干净，证明这是个对生活不苟且的人。头脑灵活，平时面对用户滔滔不绝，可是看到自己却总是脸红，有时紧张得话都说不利落了，笨得让人想撕他的嘴。如今的年代，居然还有对女人害羞的男人，真是太难得了。

无论从哪方面看，郭少卿都是很好的人选，重要的是，他是发自内心喜欢自己的。唉，为什么早几年没有遇到他？以致彼此错过了最好的年华……

走出浴室，赵苒看到桌上的手机闪着提示灯，划开屏幕，是一条添加微信好友的通知。不禁拍了拍额头，上午在消协答应给那个投诉用户退换产品的，需要对方把购买发票和身份证拍张照片传过来存档，结果自己光想着下午要陪轩轩就把这事忘到脑后了。

看看时间，快十点了，不知对方是不是休息了。说得好听这是个服务至上的时代，客户就是上帝，说得难听这是个道德与信仰缺失的时代。每个人都只从自己的视角去打量这个花花世界，没有人愿意体谅他人的苦衷，所有在日常工作生活中遭遇的不顺都会通过购买商品产生的分歧将怨气发泄到服务人员身上，哪怕仅仅花了不到十块钱买的卫生巾，对方也会以质量不好为由将它摔到你脸上以掩盖发现自己老公出轨的尴尬与怒火。原因无他，只因这样做不需要承担后果，只因——老子花钱养活了你——然后再放下身段回到自己的位置上低眉顺眼地去承受他人的羞辱。

这种事情赵苒遇到的太多了，想想白天那个差点把消协秘书长办公桌玻璃拍碎的客户，就知道明天又免不了一场战争。

略感意外的是，通过了添加好友之后，对方很快有了回应，发过来一条视频。赵苒有些纳闷为什么不是照片，顺手点了一下屏幕。视频播放起来，看着看着，不由得眼睛越睁越大。

视频播放完毕，赵苒的脸色一片煞白。

08

手机屏幕已经暗下去了，刘丹仍直勾勾地盯着它，感觉心在不断往下沉，一直以来最担心的事情终于发生了，看来那个哄传已久的小道消息并不是空穴来风。

在椅子上木然坐了良久，她才勉强说服自己，既然消息还未公布，自己还是装作不知道的好，眼下还有一大摊子事情亟待处理呢，而且从来是计划不如变化快，到时候万一有转机也说不定。

抬头打量了一下四周，透过玻璃隔断能看到走廊对面的总经理办公室的门关着，今天有一位重要客户来公司拜访，需要邱志达亲自设宴款待。外间屋的三张办公桌前，只有方玲正在伏案整理这个月的报销单据，其余两张桌子都空着。

张茜被自己打发去协议酒店落实客房和会议室了，周末将在那里召开一年一度的经销商大会，这是邱志达任内的最后一次经销商年会，同时把继任的新经理介绍给大家。听说这位新经理特意从总部带来一位高级讲师，看样子是打算通过一场高规格的培训作为新官上任的头一把火。因此公司上下高度重视，否则像往常那样打个电话就把酒店预订了，用不着派人亲自确认现场。

看到靠近门口的办公桌，刘丹的目光刺了一下。那个位置是何蜜琳的，邱志达陪同客户下楼时，不经意地把她叫走了。

而以往，每逢这种重要的应酬邱志达一定会喊自己作陪的。不单因为自己有一副千杯不醉的好酒量，知道何时替老板挡酒，何时重点关照某位客户，重要的是作为贴心的下属，自己能够在谈判陷入僵局而老板不方便表态的时候与咄咄逼人的客户据理力争，也能够在席间冷场的时候借着酒酣耳热讲几个擦边球的笑话来化解尴尬气氛，最后使宾主尽欢。

公司能有今天的业绩，有一半是刘丹挣回来的——邱志达在酒桌上不止一次当着下属的面这样说过。

尽管是酒话，当不得真，但无论是最初做销售代表，还是后来的区域经理，及至现在的总经办主任，刘丹自问都是合格的。这一方面源于自身的勤奋努力，另一方面则要归功跟老板邱志达多年合作下来形成的默契。

自从何蜜琳到来之后，这种局面就打破了，邱老板似乎更喜欢与这个比自己小了近十岁的职场新人发展属于他们之间的默契。无论何时，年轻和颜值都是女人的第一资本。如今看来，这种默契已经形成了。每次只要对面办公室的门一响，何蜜琳就会心有灵犀地找自己告假，自己稍一犹豫，就会看到邱志达在门口晃动的身影……

狠狠吐了口气，把这两个影子从脑海里赶出去，刘丹继续寻找方才通话前就一直没有找到的票据，明明记得放在钱包里的，怎么不见了？她把钱包里的现金和各种卡片全部抽出来，连整个挎包都翻遍了，还是没有。

正在懊恼，方玲拿着整理完的一叠单据走了过来："刘姐，这张取药单是你的吧？"

刘丹长出了口气："在哪儿找到的？"

"夹在你刚才给我的报销单里了。"方玲把报销单连同一支碳素笔递过来，等她签字。

刘丹接过来，翻开单据与最上面的报销明细逐一核实。

"刘姐，阿姨的身体恢复得怎么样了？"

"上周能下地了，有人扶着就能走几步，时间长了不行，身边还是离不开人。"

"伤筋动骨一百天嘛，年轻人骨折还得养好几个月，别说阿姨上年纪了，这才不到半年就能下地，已经很快了。"

"主要是我妈原来就有糖尿病，长期卧床容易加重病情，现在连胰岛素都不敢天天打。这不嘛，医生让配合着喝中药来控制血糖。"

"那就是不能吃荤的了？我还想熬点骨头汤给阿姨送去呢。"

方玲今天有点反常，平时她没有这么多话的。刘丹抬起头，盯着她的脸看了一会儿，说：“荤的不是不能吃，是要尽量少吃，骨头汤肯定是不能喝了。谢谢你，有心了。”

“瞧你说的，跟我还客气什么？对了，刘姐，你见到阿姨，帮我带个好吧。”

“好的。”

刘丹展颜一笑，松开了攥在手里准备撕掉的几张报销单，抬笔在部门主管栏上签下了自己的名字。那不过是一些普通的出租车发票，金额加起来也就三百多元，无论是贪污罪还是职权侵占罪都远远谈不到，自己犯不上因为这点钱弄得小姑娘下不来台。这年头，谁活得都不容易。

把单据交给对方，刘丹收拾了挎包往外走：“我提前走一会儿，邱总要是回来问起我，就说我去取药了，明天早上我不来公司，去徐律师那儿了解一下情况。”

“OK。”

刘丹走到门口又站住：“回头你通知张茜和蜜琳，让她俩也把打算报销的单子整理出来。我听财务说这个月的预算可能要超，想报销得赶紧，晚了就得排到下月了。我要是不在，放到我桌子上就行。”

“知道了。”

刘丹一路乘电梯下楼，出了大厦，发现路边乘降点空荡荡的一辆出租车也没有。现在距下班时间还早，以往这个时候至少应该有四五辆车的。

在毫无遮拦的街边站了一会儿，刘丹就觉得身上黏黏的，头皮被午后酷热的阳光晒得发烫，可是又不敢退回身后大厦的阴影里。那里距离路边有点远，她怕出租司机看不见自己招手。

今天奇怪了，大马路上跑的除了各种公车，剩下的全部是私家车，抬腕看看手表，二十多分钟了，居然没有一辆出租车经过，这是怎么回事？糟糕的是这里距自己要去的中医院足足有三公里，中间不通公交，要是走过去，估计没到地方就中暑了。

刘丹从包里掏出手机，打算给老公贾学明打个电话，让他开车接自己一趟。反正他待的气象局是清水衙门，没考核没绩效没油水，也没有升迁的盼头，虽然也坐班，但不像企业里管得那么死，溜会儿号还是没问题的，关键是再等下去自己就要烤熟了。

偏是这么巧，电话刚拨过去，还没听到对面的振铃，一辆出租车就停在了身边，司机从车窗里探出头大声问："去哪儿？"

空车灯没亮，应该是拼车了。刘丹朝车后座望去，果然，后排坐着一个二十岁左右的女孩，看上去像是学生。

"我去中医院，你们去哪儿？"

"师专。"

不顺路，两个地方不在一个方向，一来一回又要耽误不少时间，刘丹正在犹豫，司机已经替她打开了车门："上来吧，少收你个起步费。"

刘丹不在乎那几块钱起步费，反正公司给自己全额报销车费，不用像方玲那样搞得偷偷摸摸的，但她实在不愿再等下去了，抬脚上了车。

司机是个四十来岁的中年汉子，穿着一件半袖衫，左边胳膊的肤色明显比右边深了好几个层次，操着一口地道的本地口音跟她搭讪："幸亏遇见我了，要不是刚才在前面加油，正好从这儿路过，你等到天黑也等不到出租车。"

"到了叫我。"刘丹懒得理他，闭上眼睛假寐。

司机见状，只好闭上嘴巴默默开车。把同车的女孩送到地方后，掉头往回开，恰逢刘丹睁开眼睛，朝车外看了一会儿，发现司机在绕路，原本从师专到中医院，走市府路是最近的。

"市府路封道了，过不去。"司机解释道。

刘丹才不信这套："你在故意绕远，赶紧倒回去，我赶时间，不然投诉你。"

司机指着前面说："从那个路口能看到市府路，一会儿到跟前你就知道我说的是不是真的了。"

果然封路了，两辆警车头对头地横在通向市府路的道中间，无声地闪着警灯，眼下还没到交警上岗的时间，路口已经站满了身穿制服的警察。司机得意地扬了扬眉毛，意思是我没骗你吧，刘丹悻悻地说不出话来。

好在司机的服务很到位，一直把车开到中医院的停车场。因为中间要过道闸，一般很少有出租车愿意开进来，煎药处就在停车场旁边，可以少走很长一段路。刘丹的心情这才好了一点，临下车时告诉司机："你开等时吧，一会儿去晶体管厂住宅。"

"好嘞。"

拎着一大袋子煎好的中药出来，再次坐上出租车，刘丹发现司机的脸色有些阴郁。顺着他的目光看去，停车场的出口外面聚了好几个人，正冲着这边指指点点。她记得之前进来的时候没看到这些人，瞅了一会儿没觉得有什么不对的地方，见司机没动，提醒道："可以走了。"

司机嗯了一声，发动了车子。随着距离临近，刘丹注意到这些人手里都不是空的，有的拿着维修用的扳手，有的拿着大号螺丝刀，其中一人手里握着半块砖头，眼看着他们迅速围拢上来，刘丹才忽然意识到对方是冲着这辆车来的。

"他们……"话刚出口，刘丹就感到后背重重地撞在椅背上，耳边响起发动机过载的轰鸣，没等明白怎么回事，车子猛地蹿了出去，接着眼前黑影一闪，头顶咣的一声，不知什么东西砸在车顶上，接着听到司机的怒吼："撞死你个王八蛋——"

待回过神来，出租车已经蹿上了公路。刘丹从后视镜里看到那几个人被甩在身后，开始还跑着追了一段，眼见追不上了，就把手里的东西朝出租车掷过来，所幸没有砸中，她惊魂未定地望向司机："他们是什么人？"

"同行。"

"同行？"

司机沉默了片刻，忽然爆发开来："都是臭开车的，都天天看人家脸色吃饭，欺负人有意思吗？啊？有意思吗？！你们这些王八蛋，老子也得养家啊！"边骂边用力拍打方向盘，车子顿时在路中间画起S形。

刘丹非常害怕车辆突然失控，两手紧紧抓住侧上方的拉手，好在司机很快控制了情绪，车子也平稳下来，她这才把提到嗓子眼儿的心放下，细声问道：“他们为什么拦你的车？”

“我没参加集会呗。”

“什么集会？”

“抵制网约车。”

刘丹心里咯噔一下：“市府路封路就是因为这事？”

“这些天他们一直在串联，约定了今天去市里请愿，要求取缔网约车，听说已经去了上百台出租车，把市政府大门堵上了，特警都来了。刚才要是被他们拦住，车被砸了还是轻的，弄不好我踩油门的这条腿都保不住。”

司机见她脸色煞白，安慰道：“放心吧，他们恨的是我这种不参加集会还趁机拉活儿的人，不会针对你们乘客的，就算被拦住了，你也没事，他们会放你走的。”

刘丹心中稍稍安定了一些，想了想，说：“他们可能记住你车号了。”

“明天我就不在市内跑了，去郊区躲躲，等风头过去了，大家都忙着拉活儿把这几天的损失补回来，谁还有闲工夫专门来找我的麻烦？人心真那么容易聚齐的话，什么事都干成了。再说今天偷偷拉活儿的又不是我一个人……”

“对了，他们为什么要抵制网约车？”

“网约车在咱们市没有取得运营资质，私自拉活是违法的。”

“可是政府也没有明令禁止网约车运营啊，说违法有些过了吧？而且网约车的车况新，叫车方便，服务态度也好，不像你们出租车遇到天气不好的时候，不是拼车就是拒载，就像刚才那样。”

“能挣钱谁不愿意换好车？自己开着也舒服，问题是现在私家车越来越多，出租车的生意本来就不好干，网约车还跟着抢活儿。他们什么成本都没有，挣的每一分都是赚的，我们每天睁开眼睛就欠公司二百块钱车份儿，得先把这二百块钱挣出来，剩下的才是自己的，这还没算油钱、维修、保养，那些乱七八糟的费用。还有，你光看到网约车的优点了，缺点怎么看不到？网约车缺乏监管，出了事连人都找不着，近期这样的新闻还少吗？”

刘丹不说话了，咬着下唇望向窗外，心头像压了个秤砣，喘口气都觉得困难，好不容易挨到下车，立刻拿出手机按下重播键：“老公，我在妈这儿呢，你下班过来接我。”

“下班有人约车……”

“取消吧，我今天有点不舒服。”

“那……好吧，你怎么了，是不是感冒了？多喝点……”

“没感冒。”刘丹眼前浮现出平日里贾学明没心没肺的样子，想发火，又觉得没道理，只好说，“就是有点头晕，可能中暑吧，不说了，就这样吧。”

09

刘丹走进晶体管厂住宅小区，刚到楼前，就见母亲李秀琴坐着轮椅被保姆小高从单元门里推出来，忙紧走几步迎上去：“妈，大热天的怎么不在屋里待着，出来干吗？”

小高抢着道：“阿姨嫌屋里憋闷，想出来透透气。”

老太太抬起头笑呵呵地说：“上午才走了六十来步，今天的任务还没达标哩。”

刘丹知道她说的任务是指医生建议糖尿病人每天要适量地做一些运动，不要求太大强度，简单的散步就好，不由得道：“在屋里活动活动就行了，何苦到外面来遭罪，您看我坐车过来的，一路上都快被晒晕了。”

“屋子里施展不开嘛。”

刘丹笑得伏倒在轮椅上：“您是打拳呢，还是要参加运动会啊，还施展不开？得了，我推您去。”说着，把手里的中药交给小高，嘱咐她赶紧放到冰箱里。

楼后面就是小花园，中间有个半亩方圆的鱼池，周围栽着几株大叶杨，长得枝繁叶茂，树冠比旁边的居民楼还高。

来到树荫底下，李秀琴挽着刘丹的手臂从轮椅上站起来，就死活不让她搀着了，一定要自己走，刘丹不由得发急道："您这腿还没好利索呢，这么逞强干什么？"

李秀琴扶着池边的护栏慢慢朝前走，笑着说："妈没你说的那么娇贵，你们这代人享福啊，从小就过好日子，连挨饿的滋味都不知道。当年我和你爸下乡那会儿，什么苦没吃过，上山伐树，下地种田，赶上插秧的季节，来了例假都得光脚在冰凉的水里泡着……"

"知道了——"刘丹拖着长声说，"你们年轻时都吃过苦受过罪，连工厂都是你们一砖一瓦建起来的，可是您怎么不说您和我爸的病也都是那个时候攒下的？您再看看现在，厂子黄了，地也卖了，钱却一分都没见着，你们这些当初的建设者也都下岗了，除了我这个亲闺女，谁还记得您？"

李秀琴不言语了，停下脚步怔怔地望着面前的鱼池。

刘丹有些后悔，知道她触景生情想起不久前故去的爸爸了，刚想安慰几句，老太太已经回过神来，扶着栏杆继续往前走："你和学明把自己的日子过好了比什么都强，用不着替我操心。前两天你赵阿姨来看我，我们都约好了，准备下月报个旅游团一起去爬长城呢。"

下个月就去爬长城当然是开玩笑，老太太坚强了一辈子，即使在自己女儿面前，也不愿流露出软弱的一面。与当下年轻人不同的是，他们那一代人有属于自己的坚持。

刘丹心里有点发酸，同时也有几分骄傲，觉得自己在这一点上得到了母亲的遗传——正是这种不服输的性格，使她短短几年就在TCE这种国内顶尖企业中由一个彻头彻尾的销售白丁变成了精明干练的职场精英。昔日的同学如今见了她都不敢相信，这还是上学时那个和男生说话都会脸红半天的木讷女生吗？

金城一品是全市数一数二的高档住宅小区，住在那里的说自己不是成功人士都没有人相信。老公贾学明是温柔体贴的理工男，谈不上浪漫，却胜在专情，几乎把她宠到了天上，家里大事小情自己一个人说了算不说，光是三十七岁了两人还不着急要孩子，有大把的闲暇时间可以逛街泡吧看电影这一点，就足以让那些整天除了上班还要接送孩子和买菜做饭洗衣服，连参加同学聚会都要跟自己老公商量的女同学们羡慕嫉妒恨了。

毫无疑问，自己是幸福的，可是，为什么内心却时常感到焦虑？

随着近年来网络电商突飞猛进的发展，以往专注于线下销售的实体店迎来了前所未有的寒冬。不记得从什么时候开始，几乎每个月都会听到经销商转向、卖场租金上涨、销售人员下岗的消息。没有人知道，自己是付出了怎样超于常人的努力才走到了今天。

不是不想要孩子，现在光是每个月要还的房贷车贷就已经压得人喘不过气来了。不多存些钱，怎么敢要孩子？奶粉、打针、看病、入托、择校、上学，哪样不花钱？竞争如此激烈的时代，大家都削尖了脑袋拼命往前挤，怎么敢让孩子输在起跑线上？眼看着互联网走进生活，连无人驾驶的汽车都上路了，怎么敢生个废物？不聪明迟早会被人工智能抢走饭碗。如今全民经商的时代，连街边卖菜的小商贩都会用手机支付了，不提那些跨界抢夺大宗贵重商品销售资源的电商寡头，光是硬生生造出一个购物节的网购平台就使多少人失业了？自己这代人活得都如此艰难，孩子长大了让他干什么？给人送快递？还是送外卖？自己家里底子薄，父母都是普通的技术工人，就吃亏在起跑线上了，说什么也不能让孩子走自己的老路了。

更重要的是，在TCE这种从来不缺乏高精人才的企业中，一旦离开，没有人会给你留着位置。邱志达对自己很好，因为自己能给他带来业绩，可是生完孩子回来，就算他念及旧情肯收留自己，自己还能适应原来的工作节奏吗？况且，连他也马上就要离开了。

原计划三十五岁前升到分公司经理的，可是总部推出了令人心灰意冷的管培生计划，看来做到区域经理就已经触到自己职业生涯的天花板了。

既然向上的通道被阻，那就转向内勤行政好了。总经办的薪水待遇都不错，尽管绩效奖金没有做销售经理时高，但好处是无须那么拼命了，同时能腾出更多时间照顾因伤病早早办理退休的老爸。工作嘛，无非挣钱养家而已，只要能继续留在高薪酬的TCE公司，适当的时候做一下岗位交换没什么不可以的。

对于她的想法，贾学明是认同的，或者说，贾学明的内心深处也不想背着债务要孩子。为了早日还清贷款，他注册了网约车司机，开着那辆结婚时购买的丰田卡罗拉利用早晚上下班的工夫做起了专车。

其实有件事情两人谁都没有挑明，就是论起对家庭的贡献，刘丹远远超过了贾学明。当初买房子的时候，刘丹建议买个离双方老人家近一点的，既方便两头跑又能节省不少开支，可是贾学明偏偏相中了全市最好的景观房，原因是他的领导就住在这个小区。离领导近就是离Social ladder（社会阶梯，或上升通道）近，这是显而易见的。问题是，贾学明没有积蓄。准确地说，他的积蓄全都拿去资助农村老家的穷亲戚了，这也是唯一令刘丹诟病的地方。尽管如此，在踌躇了两个晚上后，刘丹还是毅然拿出了自己打拼多年积攒下的全部家当，又找到老爸老妈死磨硬泡地求得一部分援助，终于凑齐了首付。

搬进新居不到半个月，Social ladder的神奇之处就显现出来了——贾学明的领导顺利调进了省厅。新来的领导是个女的，这下连换房子做邻居的念头都绝了，作为一个读书人，贾学明这点气节还是有的。

至于贾学明开的那点死工资就更拿不出手了，每个月的生活开销和各种银行还款都是刘丹拿大头。尽管贾学明对刘丹没有和他商量就擅自修改了自己的职业规划颇为不满，但是忍住了没有发表意见。刘丹也就假装没看到，有些事情心照不宣就好，说出来会伤了男人的自尊心。

好在老爸是开明的，理解现今的生存压力和做女儿的不容易，即使病重的时候还笑着鼓励她，说丁克家庭其实也不错，如果自己还年轻，也想试试这种无牵无挂的生活方式，一句话说得刘丹笑中带泪。

半年前，在床上躺了多年的父亲终于走完了坎坷而平淡的一生。刘丹怕老妈一个人伤心难过，就把她接到自己家住。没想到闲不住的李秀琴在家里帮女儿打扫卫生擦玻璃的时候从窗台上跌下来摔断了腿，好不容易做完了手术，出院的时候说什么也不在女儿家住了，嫌冷清。小区治安和环境虽好，可是自己谁都不认识，连对面屋那家人姓什么都不知道。

对面屋住的是一对新婚不久的小两口，人很和善，什么时候遇见都笑呵呵地打招呼。有两次碰到李秀琴下楼倒垃圾，都被他们主动接过去了，李秀琴还拉着他们聊了好半天，刘丹才不信老妈连对方姓什么都不知道。说到底还是老太太一个人太寂寞了，想她那些在一起住了几十年的老邻居了。没办法，只好把老妈送回去，找了个保姆照顾她……

回家的路上，刘丹说起下午发生的事情，本以为贾学明会大吃一惊的，没想到向来没什么大局观的贾学明说出了令她印象深刻的一番话："法无禁止皆可行，任何新生事物刚出现的时候都会遭到质疑的。这不奇怪，因为我们生活的世界是遵循着一定的客观发展规律向前进步的，之所以会出现新事物，是因为旧的事物已经不适应这个发展规律了。与此同时，新事物的出现必然会触动原来把持着旧事物的团体的利益，所以会遭到抵制甚至强烈的反抗，但是被新事物取代只是时间问题。革命，就是这么产生的。"

"政治经济学？"

"道理是一样的。知道柯达吧？胶片界的百年巨头，早在1975年就造出了世界上第一台数码相机。想想1975年这个世界是什么样子，你就知道他的伟大了。当时上天已经把改变行业甚至改变世界的钥匙交到他手里了，他却没有握住，而且只浪费了这一次机会，以后就再也没有机会了。数码相机刚开始流行的时候，受技术所限感光元件不能做大，照片分辨率太低，没有人认为这东西能取代传统的胶片相机，可是你看现在，连数码单反都快被智能手机淘汰了。"

"是啊，手机既能拍照，又能上网，重要的是携带方便。"

"这就是新生事物带给世界的改变，就像当初汽车取代马车一样，网约车只要能给经济发展和社会民生带来更大的便利，那么淘汰掉出租车行业就是必然的事情。”

“那些被淘汰的出租车司机怎么办？”

“你怎么不问当年的那些马车夫怎么办？这个问题轮不到我们操心，这个世界总会有一些人的利益被更大的利益侵占，说是物竞天择也好，说是客观规律也罢，总之没有人能阻止。遇到这种事谁都不能怪，只能怪自己当初选错了行业。”

刘丹想到互联网行业对传统销售渠道的冲击，难道这就是现代企业的生存法则——我毁灭你与你无关？顿时心里空落落的，一句话都不想说，把脸扭向窗外，默默看着城市的灯火和车水马龙。

一直驶进小区大门，心里才踏实了一些，只有家才让她感觉自己属于这座城市，自己的身体也不再是一具四处飘荡无处安放的躯壳，可是一想到还有将近十年才能还清房贷，刚刚平复的心理又失衡了。进了门，衣服也不脱，就把自己重重地抛在客厅的沙发上，两眼直勾勾地望着屋顶。

“你今天怎么了？不像中暑的样子。”贾学明在她身边坐下，抬起她的脑袋放在自己腿上，用拇指帮她揉按着太阳穴。

面对体贴的老公，刘丹权衡良久，终于说出了那个让她揪心了一个下午的小道消息：“TCE要裁员了。”

“大公司裁员很正常，就像你们那儿搞的末位淘汰一样，这是企业维持自身活力和激发员工斗志的一种手段。”贾学明并未感到惊讶，揉按穴位的拇指依然有力，“你现在已经是总经办主任了，就算裁员也波及不到你这个层面吧。”

“这次不一样，上头要裁撤的就是总经办。下午我给华南区的莉莉打了电话，她们那边已经开始了，估计很快就轮到我们了。”

贾学明的动作停了下来，在沙发上坐了一会儿，默默站起身去卫生间洗漱，然后换刘丹洗漱，直到熄灯上床，两人都没有说话的欲望。

黑暗中，刘丹以为贾学明已经睡着了，忽然听到他幽幽地冒出一句：“你现在还不能失去工作。”

10

一大片乌云飘过来遮住了太阳，给人流熙攘的南站广场投下了巨大的阴影。一辆现代轿车从排队等候进入停车场的出租车长龙旁边快速驶过，不多时上了疏港公路，朝市区方向开去。

望着车窗外不断倒退的广袤田野，马三心里说不出的畅快，最近的运气不错，已经接到六七单去南站和机场送人的生意，今天回来的时候又意外地抢到了一张返城的单子，加上平时在市里跑的，近期的收入快赶上自己一个月工资了。重要的是，除了用手机下载一个打车软件，自己任何成本都不用出——车是单位的，不但上了全额保险，连油钱、保养费都由单位报销。换句话说，利用这辆车赚到的每一分钱都可以偷偷揣进自己的腰包。唯一略伤脑筋的是，过会儿到了单位该编造一个什么借口来解释上班迟到的事，总是拿修车来推搪自己都有些说不出口了。这辆现代是去年购置的，车况很新，维修次数多了会引起领导的怀疑……

行进了十来分钟，道路西侧出现了一个路口。这是一条新开辟出来的公路，通往搬迁之前的西郊机场，目前尚未通车，路中间立着“前方施工禁止通行”的警示牌。走这条路虽然绕远，但可以避开城南的堵车。马三看了一眼后视镜，见乘客正在后座上闭目养神，就没有出声打扰。

确认了身后没有来车，他打开转向灯，绕过警示牌，驶上了这条新修的公路。尽管还没有竣工，路面灌浆早已结束，车跑在上面毫无问题，而且由于原来的机场辅路需要拓宽，连早先设置在路边的监控探头都拆除了，超点速也不用担心被拍到。

过了一片芦苇丛生的水塘，就进入了正在拆迁的城乡接合部，这里是这座城市早期的工业区和蔬菜大棚种植区。早在年初，大部分工厂就已搬到了开发区新建的工业园，各种蔬菜大棚也都拆除了骨架，留下一道道长长的土墙在日晒雨淋中慢慢风化。曾经人口稠密的聚集地如今只剩下被彩钢板围起来的残垣断壁和满目疮痍，再有就是少数尚未拿到拆迁补偿款的动迁户们坚守在20世纪遗留下来的筒子楼或低矮的平房里憧憬着美好的明天。

越过一片不知属于哪个工厂的家属住宅区，路旁出现一块瓜地，马三放慢了车速，前面是一个弧度非常大的急弯。他第一次经过这里的时候是个傍晚，周围没有路灯，由于没有及时减速，他差点撞到对面的矮墙上，从那以后，就长了教训。

控制着车速小心地驶过弯道，正要提档，猛然看到前方不远处的路中间站着一个男子，手里高举着一块牌子。马三急忙一脚踩死刹车，坐在后面的乘客被强大的惯性抛起来撞到前排椅背上，揉着撞疼的脑袋连声问："怎么了？"

"大概遇到碰瓷的了。"马三不确定地说，上周经过这里的时候还是畅通无阻的。

说话间，手上快速挂了倒挡，打算后退一段距离从旁边绕过去，随即发现整条车道堆满了石块树根废旧塑料桶之类的障碍物，只有那名男子身后有个仅容一辆车通过的豁口，也被一根横过来的木杆挡得死死的。

马三这才意识到可能不是碰瓷那么简单，朝两边看看，风吹禾叶沙沙作响，四下里阒无人迹，远处只有一个瓜棚，也看不到里面是否有人。眼瞅着对面的男子向自己一步步走来，心下不禁有些发慌，但他怎么也不相信光天化日下对方就敢在这里拦路打劫。

正惊疑不定，男子已走到近前。马三看到对方手里的牌子上写着一行大字——寻找目击者。

"抱歉，耽误你一分钟。"对方嗓音嘶哑，大概看出马三有些紧张，指了指牌子，说，"我没有恶意。"

那行字的下面贴着一张放大的打印照片，拍的是一处交通事故现场。拍摄的时候正在下雨，一辆蓝色的别克商务车斜在满是积水的路边，车后不远处仰面朝天躺着一个人，头部被一柄撑开的雨伞遮住，不过从身穿的白裙和隆起的腹部能看出是一名孕妇，除了满身泥污，白裙的下摆已被殷红的血迹染红，看上去触目惊心。稍远一点，有辆黑色的大众轿车撞在一堵矮墙上，车尾冲着镜头，看不到驾驶室，也不知司机是死是活。照片右下角印着拍摄日期，是上周六下午十三点五十五分。

马三越看越觉得照片里的场景眼熟，朝四周张望了一下，立刻看到了那堵矮墙，就在身后不远的地方，与车头等高的位置有一处明显受外力撞击形成的凹陷，想起自己第一次经过这里的场景，心中仍有余悸。

“车祸？被撞的是谁？”后座的乘客此时凑到前面来，看着照片问道。

马三趁机向对方打量过去。男子三十左右的年纪，细高的个子，骨架不小，却没多少肌肉，一件半新不旧的衬衫穿在身上像套了个衣服架子，晃里晃荡的。脸上两颊深陷，颧骨显得很高，眼圈是黑的，一双眼珠却红得吓人，下巴上胡子拉碴，头发也蓬乱得如同草窝，不知多长时间没有打理了。

“是我妻子。”男子闭上眼睛，深吸了一口气才从嗓子里挤出这几个字。

马三能感觉到他的悲伤不是装出来的，这才稍稍把心放下，松开一直握着挡杆的手，但仍不敢轻易下车，隔着敞开的车窗，说：“她现在……嗯，伤得重吗？”

“死了。”

马三点了下头，他已经猜到了这个结果，迟疑了一下，问道：“肇事司机逃逸了？”

“没有，就是肇事司机报的案，这张照片是处理事故的交警赶到现场时拍的。”

“那……”

“报案时间是下午一点三十八分，而车祸是一点钟刚过就发生的。医生说如果提前半个小时把人送来，我妻子就不会死……”

仅仅耽误了半个小时，就导致一个年轻的生命……不，是两个生命告别了这个世界。马三也替对方感到难过，同时心里有个想法觉得不太好说出口。同样是交通事故，被撞到的人是死是伤，对肇事者来说是完全不同的两个概念——如果死了，只需付出一笔赔偿金即可，纵使金额不低，好歹是一锤子买卖，没有后续问题；如果伤了，情况就复杂了，万一撞成高等级伤残，除了一次性赔付外，还会产生巨额的后续治疗费和护理费，要是当初购买的保险不够完备，这些钱大部分要由肇事司机来出。

看到照片里孕妇的惨状，马三都觉得头疼，他不相信面前的男子想不透其中的道理，那半个小时的黄金抢救时间十有八九是被肇事司机故意耽误掉的。如果这个猜想是正确的，那么毫无疑问，这种行为等同于谋杀，这名男子此刻正在寻找自己妻子被谋杀的证据，或者是，目击证人。

“上周六我还真的经过这里了，大约十点钟吧，去的机场，不到中午就回来了，来回走的都是这条路，要不是你……”马三指了指牌子，“我都不知道那天这里出过车祸。”

男子不说话，眼睛直勾勾地看着马三。

马三以为他不相信：“我真的没有目击到现场，我记得那天早上起来就开始阴天，一路上我还在心里念叨可千万别下雨，因为前一天刚洗的车。结果路上没下，回到单位没多久，十二点多吧，就下雨了。”

男子迅速地接道：“雨是一点钟开始下的。”

“是吗？”

“是，我绝不会记错。”男子脸上浮现出痛苦的神情。

马三有点惊讶于他的反应，男子闭目调整了一会儿呼吸，睁开眼睛说：“请你回忆一下，那天你走这条路的时候，有没有看到一辆白色的车？”

“白色的车……好像有一辆。”

男子的手一下攀在车门上，几乎把头探进车里，急切地问道：“那辆车有什么特征？”

两人近在咫尺，马三都能感到对方口中的热气喷到自己脸上了，不禁微微侧了下头，指着身后的方向，说：“就在后面的水塘边上碰到的，是辆江铃凯悦。”

“货车？”

“对，货车，后厢封闭的那种。”

男子似乎不死心，接着问道："除了这辆货车，还碰到别的白色车了吗？"

"都这么多天了，就算有哪还能记得住？再说会车也就是几秒钟的工夫，我能想起那辆江铃，是因为他挡在我前头，开得慢不说，挺宽的路面偏占着路中间。我超车的时候看了一眼，那个司机在打电话，我还特意按下车窗骂了他一句，所以才有印象。"

一番话说完，马三看到对方的眼神瞬间黯淡下去，心中有些不忍，不禁提醒道："我经过这里的时候是上午，那个时间不可能目击到车祸发生。"

"他一定还会经过这里的。"男子没头没脑地说了一句，语气异常坚定。

马三莫名其妙，不过还是打算劝劝对方："兄弟，我觉得你现在的做法和大海捞针差不多，这条路上没有监控，你这么找完全是碰运气嘛。这种事到最后总要经官的，你不如找找交警队和法院，跟他们反映一下情况。"

男子摇了摇头："交警队说没有证据表明肇事司机故意拖延报案时间，法院是以交警队的出警记录作为庭审依据，他们说如果对案情有疑义，需要我自己举证。"

"这样啊……"马三也没了主意。

男子从兜里掏出一张名片："拜托你回去之后再帮我回忆回忆，要是想起什么了，请一定给我打个电话，无论多细微的事情都行。"

"好吧。"

"谢谢，耽误你时间了。"男子转过身，搬开挡在路上的横杆。

看着对方的身影在倒车镜中逐渐远去，马三觉得心里有点堵得慌，顺手拿起名片看了一眼，上面印着男子的名字，李家祺。

忽然间，他发现自己忽略了一个问题，李家祺是如何知道车祸发生的准确时间的？

11

两千六百九十二步，这是车祸现场到刘记餐馆的距离。就在餐馆门口，李家祺目睹了那辆地狱之车驶向妻子生命的尽头，这段需要他竭力狂奔九分二十秒才能跑完的距离，在机械化引擎的驱动下仅用不到两分钟就能抵达。

三百二十七步，是车祸现场到自家筒子楼的距离。正常情况下需要走三分钟，考虑到妻子的步伐较自己稍小，加之怀孕行走略感吃力，五分钟完全可以走完。

然而，数百步的距离变成了人鬼殊途的天堑，短短的五分钟竟需要用妻子剩余的生命来填补，望着面前的致命弯道，李家祺泪如雨下。

冷静后，闭上眼睛再次计算了一下，即使把天正下雨、路面湿滑等因素全加进去，这场车祸发生的时间绝不会晚于一点零五分。

除了亲自测量无数次得到的这些数据，还有一个客观的佐证帮助李家祺锁定了案发时间。

就在这条道路西边与车祸现场平行的地方，有一块阔达三亩的瓜田。七月初是东北地区香瓜成熟的季节，为了防止附近的小孩捣乱以及有人偷瓜，独身鳏居的老邢头早早地把铺盖卷搬进了瓜棚。夏日里白昼漫长，躺在两头通风的瓜棚里听收音机就成了唯一的消遣，老邢头最爱的是交通广播电台每天午间十二点到下午一点播放的空中书场栏目。

6月30日中午，老邢头和往常一样听完评书，想到外面方便一下，走出瓜棚发现天上掉起了雨点，这时收音机里刚好响起下午一点的整点报时。他赶紧跑到瓜地边上，方便完回到瓜棚的时候，雨点开始密集了。

过了两三分钟，外面忽然传来砰的一声闷响。老邢头正在听收音机里播放的一条关于膨大剂的广告，由于这种膨大剂适用于自己种植的香瓜，所以他对当时的情况记得很清楚。

那声闷响动静挺大，把他吓了一跳，赶紧坐起来朝外面看。这时雨已经下得很大了，天也黑得厉害，从方向上判断，刚才的响动是从对面的马路上传来的。老邢头知道那里是一处很急的弯道，心里猜测是不是发生了车祸，不过由于弯道与自己的瓜地中间隔着一座废弃的蔬菜大棚，没有拆除的残余土墙恰好挡住了从这个方向眺望的视线。

老邢头等了一会儿不见动静，既没听到有人呼救，也没看到有车从土墙背后开出来，想了想觉得多一事不如少一事，加上自己没带雨衣，就更不愿走进大雨里了。恰在这时，远处的马路上来了一辆车，是从开发区方向过来的。老邢头目送着那辆车经过自己的视野，消失在土墙背后，就重新躺下接着听广播，听着听着就睡着了，迷迷糊糊中被120救护车的警笛声惊醒，爬起来看到路边停着警车，才知道真的出了车祸。

李家祺特意跑到广播电台，费了一番周折后，确认了当日午间交通台播放的内容，以及那条时长三十秒的膨大剂广告的准确播放时间——一点零五分。

然而，122平台的接警记录显示，肇事司机的报案时间是一点三十八分。一分钟后，120平台接到紧急求救电话。

此时距车祸发生已经过去了半个小时，那个叫胡中兴的司机在这半小时里做了些什么？是不是联想到事后的高额赔偿而陷入了救人还是不救的巨大彷徨中？随即发现造成这起重大车祸的罪魁祸首——大众司机当场死亡，于是从最初的恐惧慌张中平静下来，然后在时间一分一秒的悄然流逝中，眼睁睁地看着柔弱的妻子倒在血泊里痛苦无助地挣扎、呻吟、哀求，最后慢慢地没有了声息……

人心何等的冷酷！肇事者面对自己亲手施加的伤害却无动于衷，与谋杀何异？！

很可惜，老邢头的说法并不能成为有效证据，因为他没有目睹车祸的发生，甚至连肇事车辆都没看到。唯一可能提供目击证据的，是当时恰好途经此处的那辆车，准确地说是当时驾驶那辆车的驾驶员。

遗憾的是，跟土地瓜果打了一辈子交道的老邢头根本不认识那是什么车，只知道车身是白色的，别说具体车型，他甚至连SUV和轿车的区别都说不上来，加上时间过去了好几天，目前唯一能肯定那不是一辆货车，因为后面没有能装载货物的车厢。

由于旧城改造工程进入了后期，沿街的住户大多已经迁走，剩余不多的民居中只有五六家小得可怜的门市依然在顾客越来越稀少的局面下苦苦支撑，那天李家祺光顾的刘记餐馆就是其中之一。其余的多数是小卖部，还有一家经营日用五金土杂的小杂货店。

这些门市零零星星地分布在全长超过三公里的原机场辅路两侧，李家祺满怀希望地一一拜访这些门市，结果却大失所望。其中只有两家小卖部和那家杂货店安装了监控探头，却是安装在室内的，完全拍不到外面的情况，至于早期街道居委会联合当地派出所安装在巷子口的治安监控，都在城区改造过程中拆除了。只有老邢头，是他跑遍了整个路段找到的唯一于案发时间出现在现场附近的，然而却拿不出像样的证据。

如今，李家祺唯有把全部希望放在寻找那辆不知型号的白色车上。好在知道城西机场辅路的人虽然不少，但平时真正走这条路的车却不多，一是因为走这条路实在太过绕远，二是很多人并不知道这条路的南端已被打通和疏港公路连接，从这里走可以直接出城。

基于此，李家祺判断凡是走这条路的人就算不住在城西，也一定对周边环境比较熟悉，既然案发时走过一次，没有道理案发之后就不再走了，无法确定的只是对方走这条路的时间和频率罢了，目前自己能做的，只有守株待兔。

有兔子撞上来了，而且一来就是三只，两大一小，但都不是李家祺期望的那只兔子。

把许桂芝一家三口比作兔子未免缺乏尊重，但看到对方在妻子死后的表现时，李家祺就已经不把他们当成自己的姻亲看待了，尤其那两个老的。虎毒尚不食子，这世上恐怕没有几个父母会在自己女儿尸骨未寒的时候就急匆匆地算计向肇事方索要多少赔偿金合适，仿佛刚刚推进太平间的不是流淌着与自己相同血脉的亲生骨肉，而是一堆放进冷柜贮藏的价值不菲的高档海鲜。

人心，如此冷酷。

“家祺，吃饭了吗？”三人走到近前，先开口的是许桂芝的老伴儿冯大民。

李家祺尽量不让脸上带出厌恶的情绪，默默点了下头。

冯大民今年刚五十出头，人却颇为显老，右腿明显短了一截，走路一拐一拐的，据说是早年间在工厂卸货被盘条砸断的，气息也有些不够用，说话的过程中总要不时停顿一下，深吸一口气才能接着说。

他瞥了一眼支在路边的简易帐篷，那里有一条毯子，两个大号的电瓶手提灯，一箱撕开包装的矿泉水剩下不到一半，旁边放着几袋真空包装的面包，地上扔满了食品袋和空矿泉水瓶子，不由得叹了口气，说：“家祺，回家吧，这样下去你的身体就垮了。”

许桂芝适时地把拎在手里的袋子在他面前晃了晃：“家祺，妈买了你最爱吃的排骨，回家就做，吃饱了好好睡一觉，看你这几天都瘦成什么样子了？”

李家祺木然地坐在马路牙子上，连头都没抬：“我哪儿都不去。”

许桂芝的手尴尬地悬在半空，瞅了眼老伴儿，对方冲她轻轻摇了下头，然后艰难地在李家祺身旁坐下：“我知道你心里难受，我和你妈，还有小硕，大家心里都难受。我现在到了晚上都不敢睡觉，合上眼睛就能看见这孩子……唉，小丽没福气啊，再有几个月就是当妈的人了，偏偏这时候……不过她知道你这么惦记她，也该知足了。”

说着，冯大民从兜里掏出香烟，同时按着了打火机递过来：“知道你戒了，抽一根吧，解解乏。”

李家祺迟疑了一下，接过烟就着他的火点着，刚吸了一口就呛得差点背过气去，咳嗽得眼泪都下来了，好不容易喘匀了气，又缓缓吸了一大口，这次忍住了没有咳嗽，慢慢寻找着久违的感觉。

冯大民自己也点上一支，慢悠悠地说：“不过呢，事情已经发生了，再不情愿也得接受这个现实……小丽虽然走了，但是咱们活着的人日子还长着呢。小丽如果地下有知，肯定也不希望咱们这些人谁再有个三长两短的，你说是不是？”

李家祺仿佛什么都没听到，闭上眼睛感受着烟雾弥漫在胸腔中的淡淡刺激。

见没有得到回应，冯大民皱了皱眉，说："告诉我，你是怎么想的？"

李家祺依然闭着眼睛，长长吐了口烟雾："这是谋杀，凶手应该受到惩罚。"

"谋杀？没那么严重吧？"

冯大民和许桂芝对视一眼，后者不耐烦地向怀里指了指，冯大民示意她稍等，回头继续对李家祺道："姓胡的司机那天是给单位出车，半道出了事责任自然是单位的，而且那辆车有保险，一百万呢，给咱们家的赔偿就是保险公司从这一百万里面出，要是不够，剩下的钱由他们单位负担……说句难听的话，就算小丽被撞成高位截瘫了，也用不着他个人花钱，而且我听说要是开车把人撞死，司机是要判刑的，所以……无论从哪方面来说，姓胡的都没有必要等小丽不行了再报案。你说他故意拖延报案时间，从道理上讲不通啊。家祺，会不会是你把时间记错了？"

"绝不会错！"李家祺竭力压制着心底的愤怒，猛地睁开眼睛，"老邢头也听见车撞到墙上的声音了。"

"但他什么都没看到，家祺，说这话不是我这当爹的心狠，天底下哪有不关心自己儿女的父母？我和你妈都相信你，问题是警察和法院不相信啊，咱们没有证据。"

"我正在找。"

"家祺啊，"许桂芝插话道，"既然你说报案时间有问题，我们都相信你。不光我们，要是真能找出你说的真相，小丽在地下也会感激你。但现在不是还没找到吗？咱们也不能在一棵树上吊死，你先把这个签了，对方还等着回信呢。"

一张交通事故谅解书递到了面前，李家祺扫了一眼，看到最底下谅解人签字的地方已经签上了冯大民和许桂芝的名字，只余受害人配偶一栏空着，不由得心头掠过一片悲凉。

是的，他们有原谅的理由。当梦寐以求的财富突然有一天真切地摆在面前，什么骨肉亲情，什么良心道义，什么事实真相，都不重要了，只要支票上面的0够多，这世上没有什么事情是不可以原谅的。不过，那是你们的选择，不是我的。

他把谅解书推回去："在知道那半小时内发生了什么事情之前，我不会签的。"

许桂芝的面色沉了下来，声调也不由自主地拔高了："你整天待在这里就能知道那半个小时发生了什么事情吗？这都多少天了，你拦了多少辆车？找到证据了吗？"

"这些天过去了162辆车，除了最开始的3辆没有拦下来，在我设下路障后一共拦住了159辆车，有23辆是货车，面包车14辆，越野车46辆，商务车9辆，其余的67辆全是各种型号的普通轿车，不算货车，其中的白色车一共有51辆。"

李家祺快速说完这番话，方缓缓吐了口气，说："目击者不在这些车中，但他一定会再次经过这里的。"

许桂芝愣了一下，讥讽道："那你记这么多车有什么用？显摆自己记性好？"

"行了，少说两句！"冯大民站起身斥道，"家祺这么做图什么？还不是为了找出真相？万一像他说的，小丽真的有冤屈呢？"

攥着手里没有李家祺签字的谅解书，许桂芝也没什么顾忌了，大声说："有什么冤屈？就算有冤屈警察都找不出来，他能找出来？再说，就算找出来了又怎么样，能让小丽死而复生吗？要不是咱家冯硕发现得早，他早就睡死过去了。你看看他现在的态度，这还是一家人的样子吗？小丽才刚走几天，他就不认我这个妈了！"

李家祺忽然不生气了，慢慢站起身，看了一眼在旁边一句话也插不上的冯硕。许桂芝说的没错，如果不是这小子恰巧来取之前落在家里的游戏点卡，自己确实已经被亲手打开的液化气熏死了。

见李家祺瞅着自己，冯硕有些局促："姐夫，我也相信你……"

李家祺摆手止住他，抬头看向许桂芝，一句一顿地道：“不错，这条命是我欠你们冯家的，我会还给你们，但不是现在。”说罢，拿起立在身边的牌子，转身而去。

许桂芝和老伴儿面面相觑，冯硕目光复杂地望着李家祺离开的方向，远远的，一辆白色的越野车正朝这边驶来。

12

有阳光的地方就有影子，陈律站在红星工商所门前的屋檐下看着午后的阳光印在地上的影子。

撤案的原因终于弄清了，根子还是出在这次的联合执法检查上。经过持续一周的不懈努力，检查小组顺利完成了预定任务，有力打击了涉及食品安全行业的违法犯罪行为，深入整顿了餐饮业的服务规范与流程。此次行动共查处存在食品卫生问题的餐饮场所9家，强行关停整改的有3家，吊销营业执照的1家，以及没有办理健康证的从业人员若干。市内各大媒体也对此次行动做了大量报道，社会舆论反映良好。总之，各方皆大欢喜。加之最初食物中毒的几名消费者由于抢救及时已经痊愈出院，上头希望此次执法行动最终能够画上一个圆满的句号，尤其眼下临近尾声的时候，不愿看到有瑕疵出现。

纪红岩的死按因公殉职处理——据说是区里的意思。鉴于迟迟没有找到直接证据，分局决定将卷宗发还交警队，此案以交通意外处理。

可是，事情真的是这样吗？警方在纪红岩家中和大众车内都没有发现三唑仑存在的证据，那个装有三唑仑的VC瓶子是在纪红岩的办公室里找到的，而事发当天纪红岩是从家里出发直接去南站的，并没有去单位，他什么时候吃的药？三唑仑药效强烈，服用后半小时就能起效，绝不可能前一天晚上下班时吃完药，过了二十个小时才发作。

也许同样的药物有两瓶，除了在办公室找到的，纪红岩还随身携带着一瓶，出事那天，他刚好吃完最后几粒三唑仑就把空瓶子顺着车窗扔出去了。但问题是，在吃剩到最后几粒之前，纪红岩一直没有发现自己吃的是安眠药而不是VC?

陈律想把自己的想法跟韩长庚说说，却一直找不到机会，这家伙自打上次在CBD广场见过一面之后又消失了。

脑子里在跑马，就没注意到身外，直到一个声音在耳边响起："你是小陈吧？"

陈律抬头看去，只见一个胖子站在自己面前，三十左右的年纪，长得白白净净，额头上的汗迹在太阳下直反光，身后不远停着一辆印有工商标志的面包车。

"您就是方所长吧？"

"副的，挂名而已。接替老纪的人选局里另有安排，不是我。"胖子龇牙一笑，伸出手来，"我叫方一同，朋友们都叫我一筒。"

"你好，我叫陈律。"

陈律忙伸手和对方握了一下，指着身边的两个纸箱说："这是前几天技术科从纪所长办公室拿回去检验的物品，如今案子撤了，局里让我送回来。"

"刚才正好从你们分局门口经过，你要是早点打电话，我就直接拉回来了，省得你大热天的专门跑一趟。"方一同说话很爽快，掏出钥匙开门，一连试了好几把才找对钥匙。

"应该的，倒是辛苦你特意跑回来了。对了，你们工商平时都这么忙吗，所里连个人都不留？"

"以前登记制度没改革的时候忙，整天不是办证的就是年检的，还要抽时间下去走访商户。自从三证合一之后，办照年检这块都挪到办证大厅去了，就没那么忙了。这几天是忙着处理那起食物中毒事件，人手都抽调出去了，没办法，上头重视嘛。"说话间方一同开了锁，还回身帮他搬起一个纸箱。

纪红岩的办公室在二楼，正对着楼梯口。陈律手里抱着纸箱，看不见地面，刚一进门，脚下不知绊到了什么东西，差点跌倒，把箱子放下，才看清是根鱼竿，弯腰捡起来，道：“纪所长喜欢钓鱼？”

“是我们局长喜欢。”

“真够下本的。”陈律啧了一声。

“为什么这么说？”

陈律指着鱼竿上的本汀两个字说：“这根竿子至少六千，如果是限量版的汀神，就要过万了。”

方一同接过去看看，眉毛顿时扬了起来：“你这么一说我想起来了，老纪送给我们局长的那根好像就是限量版的。当时我问过老纪多少钱，他笑笑没说话，感情这玩意儿这么贵？前两天你们局里来人取证的时候，我差点嫌碍事给扔了。对了，兄弟，你也喜欢钓鱼？”

“我一般，我师父瘾大，没事就拉着我去钓鱼，不过他钓了半辈子也没舍得买一根这么贵的鱼竿。”说着话，陈律取出物品清单，“麻烦你核对一下吧。”

“有什么好核对的？”方一同看也不看，拿起笔在上面签了字。

下楼时，陈律想到上次韩长庚问自己的问题，不由得道：“你知不知道纪所长因为什么和赵苒离婚的？”

“离婚是赵苒提出来的。”

“哦？”陈律愣了一下，此前他一直有个先入为主的印象，总觉得离婚应该是纪红岩先提出来的。

“起因是赵苒的父亲死于一场意外，赵苒是单亲，从小跟着父亲长起来的，老爷子突然过世，她就受不了了。听老纪说，这好像叫心理创伤后遗症，严格说是心理疾病的一种——由于过度沉湎于亲人去世的悲痛，对其他任何事情都提不起兴致，久而久之导致夫妻感情破裂。在此之前，两人的感情一直很好，所以那一阵子老纪也很痛苦。你们不是在抽屉里找到安眠药了吗，他就是那时开始吃的。”

“你说的意外，是指什么？”

“赵苒家的老房子——在白塔公园那边，由于年久失修，煤气泄漏，遇到明火就爆炸了，当时正赶上老爷子在屋里。”

方一同叹了口气，补充道：“事后他们两口子把燃气公司告上了法院，但燃气公司说不是他们的责任，官司拖了好几个月，两人离婚时还没打完。”

“听说在赵苒之前，纪红岩还有过一个妻子？”

“对，他和赵苒是二婚。除了轩轩，老纪之前还有个闺女，是他第一个老婆生的。那女的是导游，带团的时候认识一个做进出口贸易的，就把老纪甩了，现在定居在日本，这事局里的老人都知道。离婚时他老婆几乎是净身出户，钱和房子一样没要，只带着闺女走了。刚过去的时候，到了圣诞节老纪还能收到闺女寄来的明信片，他一次也没回过，后来就逐渐断了联系。”

出门后，两人相互留了电话，方一同拍着陈律的肩膀说：“兄弟，哥哥是爱交朋友的人，咱们日后多联系，最近太忙了，等过了这两天哥哥找你喝酒。”

陈律含糊地答应一声，目送对方上了车一溜烟地开走，这才发动特意从队里借来的奇瑞匆匆赶往交警三大队交还卷宗。

刚进走廊，就听见紧挨着大门的事故科里传来训斥的声音：“这是最后一次警告你，私设路障是违法的，下次再这么胡搞我们就采取强制手段了！你是当事人家属还不清楚？那个路段本来就容易出事，你还把它堵上，要是把人撞死了，你就是故意谋杀！”

另一个相对温和的声音接着道：“你的心情我们理解，但是用的方法不对，太危险了！李家祺，就算不为别人着想，你也得为自己的安全着想是不是？回去吧，下周就要开庭了，有什么问题到时在法庭上说。”

陈律认出后一个说话的正是自己要找的王队长，刚要进屋，忽然听到李家祺三个字，心里一动，觉得这个名字有点熟悉，好像在卷宗里见过。心里想着，手上已把案卷打开，翻了几页，很快在受害人冯丽的死亡确认书上找到了签字，是死者的丈夫。

事故已经处理完了，他还来干什么？陈律正犹豫着要不要进去，一个身材瘦高的男子从屋里走了出来，没来得及看清长相就从身边过去了，与自己错身的时候隐约闻到一股酸酸的汗馊味。

陈律的视线不由得落在对方的背影上，见他走出楼门口停住了脚步，仰着头朝天上望去，正奇怪他在看什么，忽听对方发出一声长长的叹息，声调苍凉凄楚，似乎胸中充满了愤懑与无奈。待回过神来，对方已经去得远了，陈律只好把心思放下，走进事故科。

“王队长。”

“小陈来了？”

“钟队让我把卷宗送回来，对了，案子的事他跟您说了吧？”

“早上通电话的时候老钟跟我说了，先放桌上吧，一会儿我让人归档。坐下歇会儿，大热天的还特意跑一趟。”王队说着话，从旁边拿起一瓶矿泉水递给他。

陈律道了谢，坐了片刻，还是压不住好奇心，问道：“王队，刚才那人不是这个案子的当事人家属吗，他来干什么？”

没等王队开口，对面有人接茬：“别提了！也不知那小子怎么想的，硬说胡中兴拖延了报案时间，故意致他老婆死亡，他就在事故现场设路障拦截过往车辆，说是寻找目击证人。这不，我们接到十多个投诉电话了，都是过路司机打来的，其中有两个差点出事。”

说话的是方才训斥李家祺的那名交警，陈律不认识，只在之前听到别人管他叫大刘，不禁道：“刘哥，那就按他说的查查监控呗，费不了多大工夫吧？”

大刘没好气地说：“能查早就查了，还用生这个气？机场辅路的监控探头年初就拆了，要查就得在疏港公路的交通监控上查。但他连车型车号都不知道，光知道车是白的，你教教我怎么查？”

陈律讪讪地不好作声，大刘的气依然没消：“这都拆了三回了，要不是王队拦着，早把他拘起来了！不出事怎么都好说，万一出了事又得我们背黑锅！”

王队在一旁对陈律说：“122平台接到肇事司机的报案是一点三十八

分，李家祺当时不在现场，却一口咬定说事故是一点零五分发生的，但是又拿不出证据，就算他真的有苦衷，我们也没办法证实。”

大刘嗤了一声：“有什么苦衷，他就是一神经病！”

“行了！少发牢骚。”王队抬腕看了看表，对大刘说，“该上岗了，少喝点水，一会儿没地方上厕所。”

陈律起身跟着出来，外面阳光猛烈，晃得到处白花花的，不觉间走到李家祺曾经站立的位置，也抬头向天上望去。只见一轮炫日高悬于苍穹，惶惶然不可逼视，令人连一丝龌龊的念头都提不起来，似乎心底所有的阴暗都被这炽烈的阳光一扫而空。可是不知怎的，陈律脑海里始终回响着李家祺离去前发出的那声浩叹。

呆呆地发了会儿愣，不由得抬手抽了自己一巴掌，胡琢磨什么呢？局里那么多经验丰富的老刑侦都找不到证据，自己一个刚参加工作的小警员跟着瞎操什么心？老周经常挂在嘴边的一句话就是，做人要认清自己的定位。放着跑腿打杂这份大有前途的工作不好好做，尽想些乱七八糟的干什么，真以为是个人就能当神探？赶紧把最后的取证物品送回去，然后把这辆四处乱响的破车加满油，赶在下班前平平安安地交还给队里，今天的工作就圆满完成了。

“对不起。”陈律刚迈进店门，一个二十不到的小姑娘就迎过来，指着挂在门上“男士止步”的牌子对他说，“我们这里是女装店，不接待男士。”

这小姑娘是新来的，陈律此前来店里数次都没见过她，只好一手抱着纸箱，一手从裤兜里掏出警察证：“我是铁东分局的，艾薇女士在吗？”

“老板年检去了，临走时说今天不回来了，您有什么事吗？”

陈律把纸箱放到地上，四处打量，想找之前见过的一名老店员，打算让她把这箱东西转交给艾薇。对方曾经陪同艾薇来队里做过笔录，知道部分案情，不会东打听西打听的。

小店不大，百十平方米的空间一目了然。试衣间前的空地上，新到的货品堆得像座小山，一名年纪稍长的店员正拿着到货单逐一开箱核对，也是个新面孔。

陈律不由得奇怪："之前的店员呢，姓吴，圆脸的那个，大概这么高……"

"你说的是吴佳吧？"小姑娘说，"她不在这儿干了，去别的店了，我就是接替她的。"

陈律有些犯难，纸箱里装的是从纪红岩家里提取的一些私人物品，经手人是艾薇。本着案情不扩散的原则，就算案子已经撤了，也不适合交给陌生人。眼前的小姑娘目光直往箱子里瞟，好奇心肯定不小。看来又得跑一趟了，只是不知道到时能不能再把队里的车借出来。

"那我改天再来吧。"陈律重新抱起纸箱，走到门口忽然停住，回头问道，"刚才你说老板干什么去了？"

"工商年检，就是验营业执照。听说上个月就到期了，老板一直没时间去，今天上午人家又打电话催了，她才去的。"

小姑娘说完，见对方半天没有反应，伸手在他面前晃了晃："哎——"

"哦？"

"你要是有急事，就打老板手机吧。"

"呃，不用了。"陈律这才从愣神中醒过来，同时改变了主意，问道，"对了，吴佳去的那家店在哪儿？"

"就在前面那条街上，路北，东数第二家，店名叫女人街。"

"谢谢。"

尽管时隔多日，吴佳依然记得这个之前见过几次面的年轻警察，看到陈律抱着纸箱站在店门口，不由得道："原来是你啊，刚才同事喊我的时候还以为是送快递的呢，我还纳闷呢，最近没在网上买东西啊。"

"不好意思，来麻烦你了。"

"这是？"吴佳的目光落在他怀里的纸箱上。

"这是上次在纪红岩家里提取的一些证物，本来应该交给艾薇的，刚才我去她店里，碰巧她不在，东西放在那儿不放心，来回搬又实在不方便，所以想请你帮忙转交给她。”

“需要我送到她家里去吗？”

“不用，挺沉的你不好拿，暂时放在你店里就行，回头我通知她来你这儿取。”

“好的。”

“能问你个问题吗？”

“什么？”

“你在艾薇那儿干得好好的，为什么要跳槽？不光是你，之前和你在一起的那个店员好像也走了。”

“艾薇都两个多月没进货了，一直靠之前剩下的那点库底子撑着呢，没货卖就开不出支来，不然我和小爽为什么要走？”

“你们是因为开不出工资跳槽的？”

“是啊，要不是她一直不进货，拖欠了我们每人两个月工资，我们也不愿意跳槽，在哪儿不是打工呢？”

“她的店生意不好？”

“生意还是不错的，但是她把挣到的钱都拿走了，以前还能留出一部分钱用来进货和给我们俩开支，直到最近两三个月，她连这部分钱都不留了。”

“她把钱拿去干什么？”

“人家是老板，这样的事我们怎么好问？反正我离开的时候她的账上只有不到五百块钱。上次她回老家之前就说要把店兑出去，她走的那几天我和小爽商量了一下，她的店不知什么时候能兑出去，就算兑出去了，我们的工资能不能拿到手也两说，于是我俩就各自找了新的工作，要不是紧接着纪红岩出事了，我们早就走了。”

“可是……”陈律想到艾薇店里新到的货和那两名新招来的店员，怎么看也不像打算出兑的样子，不禁问道，“那你们的工资后来拿到手没有？”

“拿到了，前天她给我们打的电话，本来我和小爽以为这钱要不回来了，毕竟人都已经离开了嘛。而且她还想让我们俩回去，但是我们已经在新店干上了，就没回去。不管怎么说，艾薇这人挺好的。”吴佳圆圆的脸上流露出了一丝感动。

通往加油站的道路两侧栽种了好多高大的国槐，风挡玻璃上洒满了细碎的树影，斑斑驳驳，忽明忽暗，陈律的心情也跟着不时疏密变幻的树影忽明忽暗。刚才还是响晴的天，不知从哪儿飘来的乌云遮住了太阳，天空暗下来，光线变得柔和，看不见杂乱的影子了。但陈律知道，那些影子并没有消失，而是钻进了自己心里。

继续闷头朝前开了一段，他突然往旁边一打方向，把车停在了路边，掏出随身携带的小本子，找到当天与赵苒的谈话记录，很快，他的目光定格在这几行字上——

纪红岩你认识吧？

他是我前夫。

你们什么时候离的婚？

2015年12月4号。

……

陈律合上本子，拿起手机，在通讯里找到刚刚存入不久的一个号码，犹豫片刻，拨了过去。

工夫不大，电话接通，对面传来一个爽快的声音：“是陈老弟吗，这么快就想哥哥了？”

“方所长……”

“叫我一筒就好，大家都这么叫。”

“呃，好吧，我想问一下，你们工商的登记制度改革是什么时候的事？”

“2015年10月1号。”

“就是说从2015年10月以后，你们所里不再办理营业执照注册业务了？”

“对，打这天起，所有关于证照审批的业务都移到行政审批服务中心去办了，咱们铁东区的办证大厅就在自来水公司对面。你想办什么业务？哥哥我在那儿有熟人。”

“不是办业务，我想请你帮忙查一个商户的营业执照是什么时候办的。”

“把那个商户的注册名称告诉我，还有经营地址。”

“具体的注册名称我不知道，店门招牌上写的是薇薇衣坊，蔷薇的薇，地址也是咱们铁东区的，宜昌路四段19号。”

“好嘞，我正在开车，过会儿给你回信。”

方一同的效率比想象中要高，不出十分钟，电话回过来了：“兄弟，我现在就在办证大厅，你是要办照日期吧？”

“对，什么时候？”

“我看一下啊……哦，是2016年6月27号。”

陈律心里倏地一沉，艾薇说她是在办时装店的工商执照时与纪红岩相识的，彼时的纪红岩刚刚离婚。而这一句话中就包含了两个谬误——2016年6月27日，纪红岩所在的红星工商所早已不再受理办照业务，也就是说，艾薇不可能在办工商执照的时候遇见纪红岩。这个日期距纪红岩离婚也过了多半年的时间，并非她所称的“刚刚”。

艾薇到底什么时候认识纪红岩的？警方找她不过是了解车祸当天纪红岩的相关情况而已，她为什么要在这个问题上说谎？她想隐瞒什么？

13

“怎么搞的，这么简单的一条信息也能录错……不熟悉系统？发给你们的操作手册是干什么用的？整天光知道玩手机！公司花钱是请你来工作的，不是让你来玩手机的！都半个多月了还说不熟悉系统，这么下去怎么过试用期？”

郭少卿拿着在楼下取的快递走进公司，刚一进门，就听见赵苒训斥下属的声音。他有些奇怪，赵苒很少发脾气，客服主管这个位子就是让人收敛个性的。赵苒平时给人的印象也总是和蔼可亲的，无论跟谁说话都能把声调语气控制得恰到好处，不激越、不卑恭，态度温婉如春风拂面，今天这是怎么了？

探头看去，只见客服部的小姑娘们一个个噤若寒蝉，偶尔几名正在接听客户电话的也都把嗓音压到最低，那名被赵苒训斥的信息员满面羞红，看样子就快哭出来了，坐在外间屋的一众同事和几名来办事的厂家销售代表正伸长了脖子朝客服部的方向张望。郭少卿瞥了一眼老板的办公室，门关着，金满堂今天不在。

他掏出手机，一边往自己的座位走一边在QQ上给赵苒发了个微笑的表情，还没想好说什么，赵苒的信息就回过来了：有空吗，来天台。态度坚决得不容置疑。

接着，就看到赵苒重重地关上客服部的玻璃门，一脸阴郁地走出公司，她身后的那群小姑娘如释重负地齐齐吐了口气。

郭少卿赶紧快步回到座位，放下手里的快递，也转身出门。上到天台，赵苒已经点燃了香烟，狠狠地吸着。

“怎么了？”郭少卿笑着走过去，“今天这么大火气。”

“没事。”赵苒烦躁地摆摆手，“现在的年轻人不知怎么想的，面试的时候一个个都扮成乖宝宝，说什么不怕吃苦受累，希望公司给一个证明自己的机会，结果入职了一个比一个娇气，手机游戏比谁玩得都溜儿，却连最基本的客服系统都不会用，说几句还顶嘴，脾气大得吓人。这还没敢让她们接听服务热线呢，要是碰到个刁蛮点的客户，还不得跟人家对骂起来？”

“你招来的？”

“不是我招来的至于这么大火吗？”

“你不能把所有人都当成你自己，说实话，把你对自己的那些要求放到我身上，我都吃不消。售后服务本身就是熬心血的活儿，每次看到你没日没夜地加班，我看着都……心疼。”

心疼两个字是郭少卿在嘴边犹豫了一两秒钟之后说出来的，之前他还从未在赵苒面前这么直白地表达过自己的情绪，偷眼看看对方，见没有生气的意思，才接着道：“现在的孩子和我们这代人不一样了，刚毕业正是心高气傲的时候，既没有养家的压力，又没经历过生活的磨砺，而且自尊心强得厉害。你刚才当着那么多人说她，我担心她面子上下不来……”

“大哥！这是社会啊，不是校园，更不是自己家，没人能迁就你一辈子，我刚才没把手机摔了就已经给她留面子了，还想怎么样？咱们这儿的管理就算很宽松了，连这都适应不了还出来找什么工作？轻松、体面、高薪、身边到处都是美女帅哥，整天不干正事只知道搞对象的公司，只有电视剧里才有，就算生活中真的有人见人爱的霸道总裁，也得先掂量掂量自己是不是那块料，人家凭什么看上你？人活着要长脑子啊！”

郭少卿忍不住笑了一下，赵苒立刻瞪起眼睛：“很好笑吗？”

“看来你的境界也不低嘛。”

赵苒想起自己上次嘲讽对方的话，不由得叹了口气，说：“我一个女人有什么境界，辛苦工作还不是为了把儿子拉扯大？算了，不说这些，找你出来也不是为这事，我记得你说过有个朋友是做二手车生意的吧？”

“嗯，是我初中时的一个同学。”

“你帮我联系联系，我想把车卖了。”

“你的铃木？不是刚开了半年多吗，卖它干吗？”

“让你卖你就卖，问那么多做什么？”赵苒说着，把手里的烟蒂扔掉，又点了一支。

郭少卿踌躇了一下，低声说：“你是不是急着用钱？告诉我，不用卖车。”

赵苒避开他探询的目光：“之前买车是为了早晨送轩轩上学方便，免得阴天下雨的时候打不到车。买了之后却发现并没有方便多少，现在路上的车太多，我的驾驶技术又差，反倒经常迟到。这回好了，我家楼下的

126路公交新改了路线，正好经过轩轩的学校，到我家只有三站地。”

“但还是有车方便，就算不为了送轩轩上学，临时有事也比打车来得快，而且新车贬值得厉害。”

赵苒依然摇头：“我们家是老小区，没有车库，我要是加班晚了，回家连车位都找不着，每次都要停到很远的地方。帮我卖了吧，市场价就行，车况你知道，刚过磨合期，除了后车灯和右边的倒车镜剐蹭过两次，没修过，帮我快点卖。”

郭少卿看着赵苒的眼睛，沉吟片刻，再次道：“你要是用钱跟我说一声。”

“你好烦啊，知道你是财主，我要是用钱一定找你借，行了吧。”赵苒边说边推着他下了楼。

下班的时候，郭少卿打算再劝劝赵苒不要卖车，或者说以此为借口跟对方套套近乎，但赵苒要接提前放学的孩子先走了。本以为被她训斥的小姑娘会愤而辞职的，可是从天台下来后，那个温婉可人的赵苒又回来了，三言两语就把这个涉世不深的职场新人给哄好了。赵苒临出门时，她还甜甜地说了一句，赵姐开车小心。

带着微微失落的心情，一路乘电梯来到地下车库，坐进车里，看着身边空旷的车位出了会儿神，想起早上收到的快递，从包里翻出来，拆开包装，里面是一个崭新的行车记录仪。他熟练地掰开卡子，把记录仪夹在后视镜上，然后顺着风挡玻璃与车顶模具间的缝隙找到暗藏的电源线，接到记录仪插口，屏幕亮了起来，机器里面附带的存储卡开始工作。

设定好时间日期后，郭少卿摸出手机，给倒腾二手车的同学打电话。打了好几遍也没有人接，只好暂时把这事放下，琢磨晚饭去哪儿打发，一连想了好几个地方都嫌离家太远，干脆还是在家门口的那个面馆糊弄一顿算了，主意刚打定，手机就响了起来。

他以为是初中同学打回来了，顺手按下通话键：“干吗去了，怎么才回电话？”

“我一接到消息就立刻给你打的这个电话啊。”对方是一个年轻的女声，听上去明显一头雾水。

郭少卿偷空看了一眼屏幕，原来是猎头小王的号码，忙道：“呦，不好意思啊，我刚才给一个朋友打电话，以为是他回过来了，怎么样？是好消息还是坏消息？”

“恭喜你，二面过了！EM的HR让我通知你准备一下，他们东北区的老总可能会亲自主持你的最后一轮面试。”

郭少卿感觉喉咙有点发干：“不是说由分公司的贺伟经理给我面试吗？我只是应聘分公司的市场部经理，这个级别用不到大区老总亲自面试吧？”

“EM的分公司不久前刚刚经历过重组，贺伟接任经理还不到一个月，很多方面的情况不熟悉，我猜老总可能对他也不是很放心，打算亲自把把关。对了，你的面试时间定在下周四下午两点半，千万别迟到哦。”

“肯定不会迟到，哎，小王，你知不知道一共有几个人参加最后一轮面试？”

“在你之前还有三个，我听HR说，她本来打算把你安排在上午的，但是慎重考虑后决定把你安排在最后一个出场。”

“最后出场可没有什么优势啊，HR不是对我有看法吧？老总之前见了三个人，已经很疲惫了，到了我这里弄不好就成走过场了，而且我在鲲鹏一直是经理助理，属于越级应聘。”

“你的情况我如实向HR反映了，她也对你做了详细的背景调查，知道你们那里的市场部经理是老板的小舅子挂名，但实际上的业务操作都是由你主持。另外，EM的老总今年刚四十出头，据说精力非常旺盛，而且看人的眼光很准，所以你放心吧，不会出现走过场的情况。”

郭少卿还是觉得底气不足，想了想，说：“我听说海虹公司的刘强也进入了最后一轮面试，他原来就是海虹分公司的市场部经理，这次是平级跳槽，不但岗位对等，而且海虹是国家控股的，企业规模跟EM不相上下，鲲鹏只不过是民企。”

“哈哈哈……”小王爆出一连串的笑声，“现在是公平竞争和比拼能力的时代，只要能胜任岗位，谁管你出身国企还是民企？实话跟你说吧，在四名应聘者中，综合指标排在第一的确实是刘强，毕竟他的资历摆在那儿，你排第二，其他两位不足论，但是我敢赌上全部家当押你胜出，知道为什么吗？”

“为什么？”

“因为刘强之前收受商业贿赂，被人举报了，虽然事发后主动上缴赃款，但在海虹也干不下去了，所以这次会来EM应聘。但不知怎么搞的，这段经历没有记录到他的档案中，而且还拿到了上司的推荐信，要不是我无意中知道了他的这段黑历史，哼哼……”

听到小王话里明显的邀功示好的意思，郭少卿心中有了几分明悟，他推断刘强曾经也是小王的猎物，但这个隐私让小王向用人单位推荐时吃了暗亏。换句话说，刘强的黑历史被用人单位查出来了，小王一定也受到了对方的奚落——连猎物的底细都没摸清，还当什么猎头？心高气傲的小王哪能忍受这样的羞辱，所以这次有了机会，她一定会毫不犹豫地在最后关头把这件事捅给EM的HR。

说到底，自己只是纷繁的人际斗争中侥幸的受益者而已，与公平竞争无关，但他还是诚恳地致谢：“小王，真的谢谢你了。”

挂断电话，郭少卿决定不去面馆了，这样的好消息值得一顿上好的红酒加牛排庆祝一下，城南新开的塞纳左岸西餐厅就不错。

天知道想用红酒加牛排来庆祝的人怎么这么多，直到临近八点，才等到了一个空座，饥肠辘辘的他根本品尝不出牛排的味道，一整瓶波尔多红酒也被鲸吞牛饮地灌了下去，待到走出西餐店，才想起自己是开车来的，无奈只好叫了代驾——万一要是因为酒驾被拘进去十天半个月的，导致错过了面试日期，那才是欲哭无泪了。

回到家中，郭少卿酒意醺然地躺在床上，目光不由自主地看向身旁的床头柜。那里摆着一个精致的相框，里面镶嵌着妻子生前的最后一张照片，是深秋的午后在肿瘤医院楼下的小花园里拍的。

那天午后的阳光很好，妻子戴着一顶宽松得有些夸张的绒线帽，眉头轻蹙，眼光温柔，只是苍白的脸上缺少笑容。妻子以前很爱笑的，自从确诊了子宫颈癌后，笑容再也没有回到她的脸上。没在身体好的时候怀上孩子，是她终生最大的憾事，她固执地认为是该死的病情拖累了自己，更加觉得亏欠了自己的丈夫，每当看到别人家的小孩在身边跑来跑去，眼中的愧疚更是浓重得无法掩盖——殊不知无法受孕并不是自己的原因。

对于偷偷跑去体检这件事，郭少卿没有告诉妻子，或许是男人的自尊心作祟，令他羞于启齿，以致妻子直到去世前，始终心怀愧疚。

其实应该感到愧疚的人，是自己。

自己的心，随着妻子的亡故，也已经死了——直至遇见了赵苒。

其实这样说并不准确，郭少卿以前在辽南办事处的时候就认识赵苒。作为前端销售人员，与负责公司产品售后的客服主管不打交道是不可能的，不过两人平时见面的机会很少，更多的时候是通电话。谈不上了解，印象中这是个说话得体、办事爽利的女子，大概由于每天周旋于形形色色的客户中间，比较擅长把握人的心理，仅此而已。

至于赵苒的家庭状况，是他调来公司很久之后才听同事无意中说起的，但也没有给予更多的关注，只是觉得一个单身女人独自带着孩子生活挺不容易的，顶多在原来的印象上多了几分刚强。

真正对赵苒产生好感源于半年前的一个晚上。时值隆冬，为了赶写文案加班的郭少卿去墙边的档案柜找资料，不知谁把一个种着多肉植物的花盆放在了柜顶的边上，随着柜门开启，一下子掉下来砸在他头上，血登时就淌出来了，人也差点砸晕过去。当时也在加班的赵苒听到声音从客服部跑出来，见纸巾止不住流血，便毫不犹豫地摘下自己脖子上的围巾，把他的脑袋裹了个严严实实，然后开车拉着他去医院缝针。

看着跑前跑后忙得脚不沾地的赵苒，郭少卿有那么一刹那的恍惚，觉得枯寂已久的心似乎动了一下，这种感觉似有似无，自己也分不清到底是真实的还是虚幻的。低头看看手里的围巾，是新买的，连商标都未来得及拆，一行英文在嘴里反复叨咕了两遍，才想起对应的中文名称，博柏利。

在家休养了几天之后，郭少卿一上班就找到赵苒，递给她一条同款的酒红色羊绒格纹围巾，赵苒接过去的时候显得很高兴，可是当天下午就送回来了。

“怎么？不喜欢？我特意挑的跟你那条一模一样的。”

“款式一样，但你这条是原版的，我那条是山寨的。”

“你不喜欢原版？”

“自己买的才喜欢。”赵苒大大方方地说，“太贵了，我不能接受这么贵重的东西，哪怕是你赔给我的。”

郭少卿心中一下子唤起了对妻子的记忆，当年与妻子交往不久尚未确定关系时，自己送给对方一条价值不菲的项链，也是被同样的理由拒绝了，赵苒说话的神态几乎与当年的妻子一模一样。

郭少卿没有坚持，以后的日子里也没有因为这件事和对方变得关系更加密切，但是赵苒这两字在自己心里的分量却不同了，不再像之前那样可有可无。而且每当思念亡妻的时候，总会有一个影子不经意地从内心深处的某个角落里冒出来，与妻子苍白的面容重叠在一起。

渐渐地，他发现自己越来越喜欢看到赵苒的样子，看她工作的样子，看她加班的样子，最喜欢的则是看她在天台上抽烟的样子。

“落花人独立，微雨燕双飞。”郭少卿总是不经意地想起这两句诗，尽管彼时的天台上没有落花缤纷，也没有烟雨蒙蒙，但并不妨碍自己的欣赏。

赵苒抽烟的时候总是凝望着一个方向，那里是位于城北的白塔公园，茂盛的树冠挡住了公园附近低矮的老旧住宅。蓝天绿树，流云飞逝，居高远眺，风景如画，他总觉得赵苒眺望那里的样子像是在怀念什么。

我小时候就是在那儿长大的，那时候还不是公园。赵苒这样告诉他。

他将信将疑，单纯地追思童年不会令一个人如此伤感，甚至偶尔眼噙泪花，应该有一段故事的。但是，他没有问出口。

郭少卿有些痛恨自己，为什么在客户面前就能滔滔不绝口若悬河，面对赵苒时却往往紧张得手脚都不知如何安放。

值得欣慰的是，那套香奈儿化妆品没有退回来，这是迄今为止自己送给对方的唯一的礼物。

手机响起来，是倒腾二手车的初中同学。电话里乱哄哄的，好像有人在吹唢呐，高一声低一声的，其中还夹杂着断断续续的哭声。郭少卿问对方在哪儿，同学说在乡下，参加媳妇家一个亲戚的葬礼，要等过了头七才能回来。

郭少卿不好强人所难，只好拜托对方回来后立刻与赵苒联系，并且按照自己心中拟定的价格去收购那辆铃木。对方刚要抱怨这个价格赔钱，他立刻说，差多少钱，回头我补给你，但补差价的事情不许告诉赵苒。

撂下电话，郭少卿拉开床头柜的抽屉，取出一条叠得平平展展的酒红色羊绒围巾。同样的围巾有两条，但那条原版的早就不知扔到什么地方去了，倒是这条布满了淡褐色血渍的山寨货被他珍而重之地一直藏在身边。

他拿起妻子的相框，端详了一阵，轻轻在照片上吻了一下，然后把相框反过来扣在抽屉里，最后将围巾折叠平整，小心地压在相框上。

做完这一切，郭少卿瘫倒在床上，溺水获救般的，深深地长长地吐了口气，如同吐出了尘封已久的灵魂。

14

咣的一声，随着一名身穿白大褂的护士推门进来，回位器坏掉的门扇猛地弹回去撞到门框上，发出重重的响声，惊得在水池前洗手的刘丹一哆嗦，激射的水流立刻溅到了身上。她没有理会，通过面前洗手池上方的镜子，看着那名护士急匆匆钻进自己身后的隔间把门关上，才稍稍松了口气，然后，她把目光移到之前一直紧紧盯着的侧后方的另一扇门上。

不多时，里面传来冲水的声音。紧接着，门开了，走出一名二十五六岁的妇女，手里拿着尿样杯，正要上前说话，刘丹急忙用眼神止住对方，示意这里有人不方便，有话到外面再说。

出了厕所，来到走廊斜对面的楼梯间，往下走了半截楼梯，刘丹停住脚步，侧耳听了片刻，确认楼道里没有人，从包里取出三百元钱递过去，刚要从对方手里接尿样杯，对方却一下子缩了回去，一只手在尚未隆起的肚皮上来回抚摸，另一只手把尿样杯攥得紧紧的："我已经生了一个闺女了，身子健康得很，这胎虽然才两个月，但我婆婆说了，一定是儿子。"

你生儿子又不是我生儿子，跟我有什么关系？刘丹强压着心中的不快，皱眉道："什么意思？"

刚刚怀了二胎的孕妇立刻伸出五根手指在她眼前晃晃，刘丹看到那只手掌比自己的还细嫩，不禁咬牙道："你这是坐地起价，刚刚说好三百的。"

对方叹了口气，把手收回去摆弄着自己的指甲："这里化验室的白护士是我堂姐，她姑姑管我二叔叫表哥，过年时她还带着孩子来我家给我奶奶拜年呢，嗯，不过呢……我这人从小嘴巴就严，不该说的从来不会乱说。"

不是说一孕蠢三年吗，这都怀了二胎怎么没见她傻掉，刘丹恨恨地又抽出二百元："你今天没见过我。"

"我从来就没见过你。"笑容一下爬到了对方脸上，接过五百块钱，把尿液杯交到刘丹手上，也不坐电梯，美滋滋地顺着楼梯下去了。

刘丹看到杯子外壁残存着淡黄色的液体，顿时一阵恶心，从包里拿出纸巾擦拭，忽然听到身后有轻微的声响，转过头见侧上方的安全门正轻轻翕动，不由吓了一跳，赶紧三步并作两步上了楼梯，推开门却没看到人，只见走廊尽头的窗户开着，风从那里进来，把挂在墙上的安全通道指示牌吹得摇摆不定。

原来是自己吓自己，刘丹吐了口气，拿着尿样杯准备去化验室，刚一迈步，就觉得身后有人拉扯自己的坤包。回头一看，原来是包在安全门外面的铁皮豁开了一角，勾住了自己的背包带，抬手摘下包带，目光却被脚下吸引住了。

她慢慢蹲下身子，从地上捡起一截亮晶晶的珠链，珠链底部镶嵌着一颗粉色的水钻，看起来像是某种挂坠的一部分。

刘丹端详片刻，把它握在手里，站起身顺着走廊出去，外面是门诊挂号和取药大厅，虽然是周日，依然到处都是人。她定定地在人群中看了半晌，也没有看到一张熟识的面孔。

这个小小的插曲很快就过去了，从医院里出来，刘丹脚步轻快，心中充满了上学考试作弊时瞒过了监考老师的那种窃喜。

看看时间还早，打了辆车直奔单位。最近光顾着筹办经销商年会和跟冯丽家属打交道了，手里的工作积攒了一大堆，虽然按照邱志达的意思把大部分工作分派给下面的几个文员去做了，但不是所有事情都能交给文员的，否则还要自己这个总经办主任干什么？尤其是公司年报和员工考核这两块，涉及一些不宜扩散的敏感内容，刘丹不想假手于人。

由于年会已经开过，公司的作息时间恢复了正常，除了前台的值班人员，整个TCE公司在休息日里一个人也看不到。刘丹踩着自己的脚步声一路走进办公室，见桌上有一摞整理好的报销单据，用自己的马克杯压着，扫了一眼底下的报销人签字，是张茜与何蜜琳的。她拿起杯子，先给自己冲了一杯咖啡，然后回到座位上一边小口轻啜着一边审核单据。

张茜上个月照顾工伤的老公，请了半个月假，需要报销的单子没几张，刘丹信手翻了翻就草草签了字。剩下的单据全部是何蜜琳的，她把咖啡放在一边，睁大眼睛挨张仔细查看，她不打算给这个女人任何一次损公肥私的机会。

很快，几张可疑单据出现在视线里。两张是关于办公用品采购的，每张都过了千，刘丹清楚地记得上个月除了购进几包打印纸，以及维修过一次会议室的投影仪，压根就没有产生其他有关耗材的费用。

另一张是机打的餐费发票，很普通，金额也不大，要不是特别留意了一下发票日期，就从手边溜过去了——6月30日，就是胡中兴发生车祸的日子，那天是周六，休息日。这个贱人凭什么把与工作无关的费用拿到公司来报销，真把TCE当自己家了？

刘丹撕下这几张发票，揉成一团顺手扔进旁边的垃圾桶，想了想，又捡起来，捋平后放进自己包里。她打算找个合适的机会向上面反映一下，当然不是反映给邱志达，而是新来的总经理。

审完余下的单子，刘丹打开电脑，开始做上半年度的工作总结。这是总经办主任的岗位职责之一，因为要与年初制定的工作计划进行对比评估，涉及大量翔实的数据，就不是一时半刻能完成的了。刘丹打起精神，把全部心思投入进去，不知不觉中忘了时间。当她敲下最后一行回车键的时候，发现室内的光线很暗，这才惊觉已经到了晚上，自己在电脑前坐了整整一个下午。

揉着酸痛的肩膀按亮了日光灯，虽然满身疲惫，刘丹心情却很愉悦，有一种完成任务后的满足与踏实的感觉。看来工作不仅仅是用来养家糊口的手段，更多时候能够填补人在精神层面的空虚，或许就是人们常说的成就感吧。

收拾完毕打算出门的时候，刘丹猛地想起一件事，忙掏出手机，找到徐森的号码，拨出去好半天才接通。对方好像在大街上，背景嘈杂，不时有汽车喇叭声传来。

"刘主任，你们邱总太剥削员工了吧，周日也不让你休息？"

"可别冤枉我们邱总，今天大家都休息了，我是手里有点活儿没干完，来单位加会儿班。徐律师，问你件事，交通事故谅解书上只有冯丽父母的签字，没有她丈夫李家祺的签字，行不行？"

"不行，必须要有受害人配偶的签字，否则法庭不会采纳。"

刘丹有些为难："原以为冯丽的父母闹得很凶，可能不会在谅解书上签字，没想到反过来了，他们两口子很痛快地把字签了，倒是她丈夫死活不肯签字。"

"哦，等一下……"徐森让过身边一辆疾驰的电动车，快速穿过马路，接着道，"她丈夫为什么不肯签字，嫌补偿的钱少？"

"那倒不是，我听冯丽的弟弟说，李家祺怀疑胡中兴车祸后故意拖延报案时间，才造成冯丽的死亡。"

徐森第一次听到这个说法，眼睛望着街边不断在暮色中变换颜色的霓虹招牌，想了想，说："交警部门的责任认定已经出来了，证明这次车祸不是胡中兴的主观故意，所以那份谅解书不是必需的，实在没有就算了，不会影响给整个案子定性。她丈夫要是对案情有疑义，得拿出切实的证据，法庭不会听他空口说白话的。"

刘丹这才把心放下，捧着手机道："那好吧，徐律师，不打扰你了，下周开庭见。"

"下周见。"

15

挂断电话，徐森朝前方不远的四海居酒家走去，没走几步，手机再次响起来，刚接通就听到潘广洲的大嗓门在嚷嚷："徐森，你怎么还没到？咱们同学好不容易聚一次，你小子不当回事是吧？"

"哪能呢，我快到楼下了，都看到招牌了，对了，包房在几楼？"

"一楼，水云间，两分钟不到就你买单！"

说话的工夫，一辆出租车停到四海居门前，车门一开，邱志达从后座钻了出来。徐森乐了，这家伙也迟到了，扬起手刚要打招呼，却见对方回过身，冲车内说了句什么。

原来车里有人，徐森把手放下，打算等车走了再过去，忽然看到车厢里伸出一条雪白的手臂，一把勾在邱志达的脖子上。正弯着腰的邱志达站立不稳，半个身子跌进车里，只露个屁股在外面乱拱，样子颇为滑稽。

徐森想笑，邱志达已挣脱出来，警惕地向四周打量。徐森忙隐到路边的花丛背后，透过枝叶间隙朝那边窥视，但碍于车膜太深，看不清车里坐的是谁，只知道是个年轻女人。

邱志达见周围并无异样，抬手把车门关上，眼看着出租车开走，低下头整理衣襟，似乎发现哪里不妥，半天也没弄好，来回转了两个圈子，一副懊恼的样子，最后一跺脚，快步进了酒店。

徐淼不好立刻跟过去，掏出香烟，点燃一支慢慢抽着。一支烟抽完，又特意在外面等了几分钟，才走进四海居。

在服务员的指引下找到水云间包房，一进门见屋子里几乎坐满了人，还未来得及向大家打招呼，坐在窗边的潘广洲就冲他大声道：“都五点半了，这就是你说的两分钟？亏你还是当律师的，也太没时间观念了吧？”

立刻有人跟着起哄：“让一屋子人等你们两个，太拿自己当腕儿了吧？”

徐淼连忙作揖打躬地致歉，回头问潘广洲：“还有谁没到？”

“就差邱志达了。”

徐淼一愣，看到邱志达的妻子肖婷坐在靠里的位置，身边空了个座位，显然是留给老公的。

见有人催自己给邱志达打电话，肖婷笑着说：“老邱最近单位忙，周日也不休息，我刚才打电话了，他没接，应该是正往这儿赶呢。咱们别等他，开席吧。”说着，站起身就要通知门外的服务员。

徐淼离门口最近，忙止住她：“你别出来了，我去吧。”

来到门外，徐淼告诉服务员可以上菜了，随后信步走到饭店大堂，心里犹豫要不要给邱志达打个电话，忽见角落里的洗手间门一开，邱志达从里面走了出来，胸前的衬衫湿了一大片，边走边用纸巾擦拭，不经意间抬头看见了徐淼，开口抱怨道：“你和潘广洲挑的什么破地方？这里的服务生走路不长眼睛，我都出声提醒了，还把菜汤洒了我一身。”

徐淼笑笑：“别把气撒到我头上，这地方是潘广洲一个发小开的，所以定在这儿了，回头让他赔你一件阿玛尼。”

时近深夜，邱志达和妻子带着一身酒气回到家中。没有了外人，肖婷终于忍不住发起了牢骚：“他们太过分了，轮番灌你！”

邱志达倒是不太在意：“高兴嘛，好些人都十多年没见了，这回难得聚到一块。”

“潘广洲大家也是十多年没见了，怎么没人灌他？还不是看你升职了，嫉妒。”

“别这么说，把同学间的这点情义都说没了。”

“他们灌你酒的时候怎么不说情义？有些人就是见不得别人比自己强。”肖婷捧着丈夫的脸左右看看，嘟着嘴道，“老公是我的，我心疼。”

“没事，我中间不是去了好几次厕所吗，都抠嗓子吐出去了。”

“我知道，就是这样我才看着难受。”

“好了好了，挺高兴的事让你这么一说，就剩下龌龊了。”

“嫌我龌龊你找个高尚的去！”

“好好，是我龌龊。”

“唉——”

“又怎么了？”

“你说怎么这样啊？头几年海燕离了，前年靓靓离了，刚才听高婧说，向小斐也离了。当初我们寝室一共五个女生，现在离了一大半，就剩下我和孙娅楠了，哎——志达，你说说，是不是男人到了这个年纪就开始管不住自己了？”

“别一竿子打翻一船人，我听冯老三说，向小斐傍上了一个做什么投资的，是她主动提出离的。再说不是还有你和孙娅楠吗，日子过得好好的，发什么感慨？”

“孙娅楠今天没来，听高婧说她家里也不消停，她老公是歌舞团的，身边一天到晚围的都是小姑娘，迟早也得沦陷。”

“同学一场你就不能盼着点好？放心吧，就算所有人都沦陷了，你还有我呢，我永远也不会沦陷。”

“你马上就要升总监了，应酬比过去只多不少。”肖婷忽地一笑，“没关系，男人嘛，在外面逢场作戏，理解！就算你在外面真养了个小的，别带到家里就行。”

“别拿我和他们比，我跟他们不一样。”

“女人到了这个年纪，什么资本都没有了，就是为了这个家活着，一旦这个家毁了，她活着还有什么意思呢？不过——”

“不过什么？”

“我相信自己的眼光，不会错的。”

“说到底你相信的是自己的眼光，不是我。”

肖婷把额头顶在丈夫的脑门上，腻声道：“信，为什么不信？你一直都是我的骄傲嘛。”

邱志达在她颈窝闻了一下，说：“这一身酒味儿，先冲个澡吧，有什么话待会儿再聊。”

“你先冲吧，我头有点晕，坐一会儿。”

邱志达把妻子扶到客厅的沙发上，沏了一杯花茶，放到她手边，然后把自己脱得只剩个裤头，钻进浴室去了。

肖婷捧起茶杯轻啜了一口，满足地吐了口气，听着浴室传来的水声，心中越发踏实，头枕在沙发靠背上，闭上眼睛假寐。

迷迷糊糊中听到身边传来嗡的一声轻响，肖婷睁开眼睛，找了一圈，最后从邱志达扔在沙发上的裤子口袋里摸出手机，屏幕亮着，上面显示着一条微信留言：到家了吗？

发送人是Angel。

紧接着，又一条信息进来：决定了吗？

肖婷感到对方的语气有点奇怪，想点开看看两人之前的对话，顺手输入数字1126。这是自己的生日，邱志达一直用这组数字作为开机密码，从未更换过，可是今天，却提示错误。

肖婷一愣，恰逢邱志达拿毛巾擦着湿漉漉的头发从浴室出来，她扬起手机问道：“谁啊？”

“小蒋，人力资源部的一个专员，负责校园招聘和管理劳动合同的。”邱志达走到近前看了一眼，继续擦头发。

“这么冲，跟你说话连个称呼都没有？不知道的还以为是你上司呢。”

“新来的大学生，什么都不懂。”邱志达的脸蒙在毛巾里，声音听起来闷闷的，“你帮我回，就说——等庭审之后再决定胡中兴的去留。”

“工作上的事就不能白天说吗？非得大半夜的在微信上说。”肖婷有些不满，再次输入自己的生日，自然不能解锁，“密码改了？”

“1016。”

“为什么改密码？”

“不觉得眼熟吗？”

1016……肖婷想起来了，这一天是他们的结婚纪念日。

“每年这一天咱们都是在一起庆祝的，结果去年我工作太忙就给忘了，所以用这个方式提醒自己，今年千万不能再忘了。”

肖婷甜甜一笑，输入新的密码，按照邱志达说的打字，发送后，问道：“还是车祸那事？”

“嗯，下周法院开庭。”

“到时你去吗？”

“那天我有事走不开，刘丹代表公司去。”

“你的办公室主任？”

“嗯。”

“你自己慢慢聊吧，我去冲澡了。”肖婷把手机交给邱志达，见他往书房走，叮嘱道，“抽烟就把窗户打开，别弄的满屋子烟。”

“知道了。”

入夜，睡梦中的肖婷被一阵心悸惊醒。她感到下体有些温热，伸手一摸，知道这个月的例假又提前了，幸亏早有准备垫了卫生巾，否则新换的床单被罩都白洗了。

她轻轻下了床，来到卫生间，打开灯，从盥洗台下方的柜子里找出新的卫生巾换上。洗手的时候，腹部忽然传来的疼痛令她差点跌坐在地上，弯着腰按了好一会儿，腹痛才慢慢消失，与此同时，一个莫名的念头从心底滋生出来。

她蹑手蹑脚地走进卧室，看着床上熟睡的丈夫，犹豫片刻，悄悄绕到床的另一边，把放在床头柜上的手机拿起来，再次回到卫生间，掩好门，坐在马桶上输入开机密码，找到与Angel的聊天记录，看到邱志达的最后一句话依然是“等庭审之后再决定胡中兴的去留”，在这之后，对方只回了一个“哦”。

除此之外，整个对话框里再无其他聊天记录，接着点开Angel的头像，里面的标签备注和个人相册全是空白的，通讯录里连对方的电话号码都没有。

无意中，肖婷的指尖触到屏幕下方的对话框，一组最近使用过的表情弹了出来，排在最前面的一个是亲亲，另一个是代表示爱的大红嘴唇。

肖婷心头一片茫然，这么暧昧的表情邱志达从未给自己发过。此刻，她满脑子尽是那组勾起了尘封记忆的数字——1016。

去年的10月16日，是两人结婚9周年纪念，原打算在外面庆祝的，鲜花和酒店都订好了，但是当晚却临时取消了。原因并不是邱志达的工作太忙，而是整整一天，肖婷都被强烈的腹痛和下坠感折磨得痛苦不堪，实在没有心情出去庆祝——那天恰巧来例假了。

16

“艾薇？这人我有印象，长得挺漂亮的，她应该是2015年的……等一下啊，”戴着无框眼镜的钱经理打开电脑里的员工履历表，输入艾薇的名字，屏幕上立刻弹出搜索项，“她是2015年6月入职的，同年9月中旬离职。”

陈律诧异道：“艾薇只在你们公司干了三个月？”

“还要加上入职前为期一个月的上岗培训。”

“她的业绩怎么样？”

“谈不到业绩，虽然她最开始应聘的是保险业务员，实际上只干了一个月就转到内勤了，是她自己提出来的。”

“内勤具体做什么？”

“就是文员，负责把业务员签成的保单录入电脑，审核信息、打印单据什么的。不过这种方式现在已经过时了，从去年开始，业务员用自己的手机就能完成这些操作了，不用像过去那样因为保户写错了一个字或漏填了一个地址就得来回跑好几次。”

“她为什么要转岗？”

“这就不清楚了，我记得当时公司刚好要招一名行政内勤，所以她的申请报告递上来我就批了……”

说着话，恰逢一名业务员从身边快步经过，钱经理抬手叫住他：“常凯——”

陈律顺着方向一转身，不料正和对方撞了个满怀，对方的挎包和手里拿的几张A4纸散落一地。

“慌慌张张的成什么样子？”钱经理对下属的毛躁颇为不满，那名叫常凯的业务员赶忙向陈律致歉。

陈律弯腰帮他捡起地上的A4纸，发现其中一张印满了车牌号码和车主信息的纸上被自己踩了半个脚印，不禁歉然道：“不好意思，弄脏了。”

“没关系。”对方接过去顺手放进挎包。

“常凯，这位是铁东分局的陈警官，有事情要咨询你。”钱经理转头向陈律介绍道，“艾薇在外面跑的一个月就是他带的，算是艾薇的师父，你们聊，我去隔壁打个电话，有什么事随时叫我。”

送走了钱经理，两人在桌旁坐下。

听到陈律询问艾薇转岗的原因，常凯迟疑了一下，道：“这个问题怎么说呢？表面上看是她对保险行业性质的认识问题，当然，也有可能是我的工作做得不到位。不过她一直强调自己不是本地人，在这边没什么亲戚朋友，所以才导致跑了一个月只签成一张保单。其实这就是走进误区了，如果所有人都只靠亲戚朋友签单，那我们就不是保险公司，变成传销了。”

“你刚才说，从表面上看？”

“嗯……主要体现在她对工作没什么热情，或许只是我个人的看法吧，感觉她好像并不太在意这份收入。”

“这么说有什么依据吗？”

“大约是艾薇转到内勤的一周吧，我的组员签了一张大单，晚上我们组的几个人到常去的一家酒吧庆祝，无意中看到艾薇也在，当时她和一个男的在一起，看上去两个人很亲密的样子。不过他们坐在靠墙的角落里，没看到我们。”

陈律点点头：“你是说艾薇交了一个有能力支撑她消费的男友，所以不在乎这份工作的收入？”

“是否支撑她消费我不敢肯定，但他们……肯定不是男女朋友关系。”常凯的眼神有些古怪，“那男的不但有家，孙子都上小学了，所以当时我没过去打招呼。”

孙子？陈律开始以为对方说的那个男人是纪红岩，但现在看不是那么回事了，不禁追问道：“你认识那男的？”

“他恰好是我之前的保户，叫郑光明，是铁路工务段的一名主任，他开的本田雅阁就是找我投保的。而且不止这一次，后来在同一家酒吧，我的同事又碰见她了，还是和一个男人在一起，不是郑主任，但年纪和郑主任也差不多。这之后过了没几天，艾薇就离职了。”

“那家酒吧叫什么名字？”

“慢时光，在锦华街上。”

陈律面前浮现出艾薇面容姣好的样子，想了想，说：“我能看看艾薇签成的那张保单吗？”

“这张单子后来转给其他组员了，我的权限看不到，得找我们经理。”说着，起身到隔壁办公室去请钱经理。

输入权限密码后，钱经理再次打开电脑，扫了一眼，说：“很普通的单子，储蓄型的，金额不大，没什么特别的。”

常凯在一旁道：“我记得艾薇说过，这个叫姜琳琳的保户是她的大学同学，也是她在本地唯一的朋友，本来没打算买保险，实在抹不开同学面子，才勉强签了一单。”

走在爬满了枫藤的小巷里，陈律一边查看墙上的门牌号码一边拨打电话，振铃响了十几声，就在他以为无人接听的时候，电话通了，他立刻道：“我到爱民巷了，但是没找到你说的地址。”

“你右手边是不是有棵大柳树……对，你顺着路走到头，左拐就看到了，在路东，别挂电话，我去门口迎你。”

按照电话里的指引，陈律终于看到了“琳琳西点屋”的招牌，一个胸前扎着围裙的年轻女人正站在门口举着手机冲自己招手。

西点屋的店门上装饰着镂空的铁艺栅栏，映在台阶两侧灿烂的夏花中，显得别致典雅。微风拂过，悬于门楣的风铃发出清脆的响声。

“为什么要问艾薇的事情？她犯了什么案子吗？”姜琳琳透过烤箱窗口观察着蛋糕的成色问道。

“别误会。”陈律尽量让自己的声音听上去若无其事，“只是一起案件的周边调查，与艾薇本人无关，恰巧她与当事人认识，我们想多了解一些情况……”

话未说完，烤箱发出叮的一声，定时器复归为零。

“稍等啊——”姜琳琳戴上隔热手套，打开烤箱，从里面取出烘焙好的蛋糕，空气中立刻弥漫出诱人的甜香。

姜琳琳夹出两块小的分别放在托盘里，将其余的放入货架，端着托盘递给陈律：“尝尝我的手艺如何？”没等他拒绝，已经把小叉子插在了蛋糕上，“好吃的话帮我做做宣传。”

陈律无奈，只好接过来，打量着四周问：“店里只有你一个人？忙得过来吗？”

“还有一个人，送货去了，我们店的位置偏，主要在朋友圈里销售。”姜琳琳说着，插起自己那块咬了一小口，皱起眉，眯着眼睛品鉴蛋糕的味道。

“味道不错，回头加一下你们店的微信。”陈律三两口把自己那份吞了下去，噎得有点上不来气。

姜琳琳给他倒了杯水，自己一边慢条斯理地吃着蛋糕，一边展开了回忆："大学时艾薇和我是一个寝室的，当时寝室里只有我们俩是外地的，所以走得比较近，一起实习，一起找工作，毕业后进了同一家公司。那家公司待遇一般，离市区远还不提供住宿，没干几天我俩就离开了，分头找别的工作，但我们还是住在一起，是毕业时租的房子。艾薇家里条件挺困难的，她是老大，下面有两个弟弟一个妹妹，她父亲的身体不好，常年吃药。刚离职的时候我曾经陪她回过一次老家，临走时我不明白她为什么一定要拉着我和她一起回去，到了她家才知道，是她妈想让她嫁人，对象都给她找好了，是隔壁村一个养猪的，答应结婚后出钱给她爸治病，同时供她的弟妹上学。那天晚上她抱着我哭了半宿，说不想结婚，一旦结了婚，她这辈子就再也走不出那个山沟了，她不想养一辈子猪，那比杀了她还难受。挨到后半夜我俩就偷偷跑了，因为第二天早上男方家里就过来迎亲。她拉着我一起回去的目的是万一无法拒绝家里让她成亲，就让我帮她作证，说自己的身份证押在我们打工的那家公司了。想要结婚登记就得把身份证取回来，但后来发现这招行不通，人家根本就没打算先登记再办婚礼……"

陈律默然不语，他知道一些偏远山区人们的法制观念不强。很多人孩子都生完了才去民政局补办结婚登记手续，目的是给新生儿上户口，不过这一般指的是生的男孩，如果是女孩恐怕连户口都不愿意上。

"说来好笑，那天晚上她妈特意让她的两个弟弟守在外屋给我们做伴，开始我还以为是在大山里，她妈担心我们半夜醒了害怕，后来才知道人家是盯着我们呢。好在两个弟弟和艾薇的感情很深，看见我俩翻窗户逃跑也没吭声，就站在那儿眼巴巴地看着我们。艾薇把身上的钱全留下了，还给家里留了一封信，让他俩交给她妈，说自己这辈子不打算嫁人了，然后搂着两个弟弟哭得生离死别似的，最后还是我把她拽走的。"

姜琳琳轻轻叹了口气，把吃剩一半的蛋糕放在一边，接着道："回来之后艾薇就拼命打工，她说只要能把家里的负担扛起来，她妈就不会逼着她嫁人了。不过对我们这种普通高校的应届生来说，好工作找不到，能找到的工资又很低，想挣钱只有做兼职。那一阵子我觉得她都快疯了，推销员、临促、发传单、擦玻璃、洗厕所……只要挣钱，什么活儿都干，多的时候一天同时打三四份工，挣的钱除了交房租，她只留下一点点生活费，剩下的全给家里寄回去，经常连续一个星期天天吃泡面。那时候我挣得也不多，但没有她那么大的家庭压力，偶尔帮她改善一下。这样的日子持续了两年多吧，她就从我们租的地方搬走了。”

“具体是什么时候搬走的？”

“2015年的国庆节前，当时她在保险公司工作，说公司组织一批员工去深圳培训，名单里有她，大约要去半年，但我知道她根本没去。”

“你怎么知道她没去？”

“因为隔了不到一个月，我在商场买东西时看见她了，她和一个男的在皮草专柜挑大衣呢。当时我正在交款，心里想着一会儿找她问问为什么没去深圳，结果交完款她已经走了，手机也打不通，估计是换号了，之后我就再也没见过她。”

“那个男的长什么样？”

“没看到正脸，但是感觉年纪比她大上不少。”

“刚才你说艾薇曾经同时做过很多兼职，她在保险公司上班期间也做过兼职吗，比如说晚上？”

“做过啊，那两年她几乎每天晚上都做兼职，主要是保洁员和快餐店的钟点工，后来……”说到这里，姜琳琳停了下来，似乎在犹豫后面的话该不该说。

陈律追问道：“后来怎么了？”

姜琳琳迟疑片刻，说：“大概去保险公司应聘前的半个多月吧，当时她在一家车行打工，经常大半夜的满身酒气地回来，有的时候喝得大醉，这明显不是打工的状态了。我问她怎么回事，她支支吾吾地不肯说，被我问急了，才说自己在酒吧做兼职。”

陈律忍不住道：“在酒吧打工需要陪客人喝酒吗？”

姜琳琳闻言抬眼望向他。

“有人先后两次在同一家酒吧看到过她，她都在陪人喝酒。”陈律顿了顿，说，“两个年纪很大的男人。”

“你是不是以为她在坐台？”姜琳琳直接问道。

陈律抿了下嘴角，没有否认。

姜琳琳摇摇头，语气坚定地说：“以我对艾薇的了解，说她逢场作戏欺骗一下对她心怀不轨的男人，我是相信的。因为她上学时谈过两次恋爱，都没成，尤其第二个伤得她最深。从此她就对婚姻有一种发自内心的恐惧和厌恶，当初她给家里留信说自己这辈子都不打算结婚嫁人了，这是真话。所以我相信她无论再怎么想挣钱帮助家里，也绝不会去坐台的。”

17

离开爱民巷，陈律一路走一边琢磨姜琳琳的那番话。由于失恋进而对婚姻产生恐惧，这个说法或许可以解释艾薇拒绝与纪红岩同居的心态，却无法解释她在酒吧陪酒的行为——如果不是出于特殊的职业需求，这样做必定存在一个能够让艾薇说服自己的理由。

这个理由是什么呢？陈律想不出头绪。不经意间，三唑仑这几个字从脑子里跳出来，抛开其他因素不谈，酒吧夜店等娱乐场所几乎是除了网络之外能够获得这种管制药物的唯一途径。假设纪红岩手中的三唑仑是通过艾薇得到的，那么就解开了艾薇为什么要在认识纪红岩的时间上说谎的问题，因为纪红岩也是她曾经陪过的客人之一，这种不光彩的历史换成谁都不愿广为流传。

想要证明这一点很简单，只要找到纪红岩和艾薇在慢时光酒吧同时出现过的证据就行了。

心里琢磨着，耳边响起手机铃声。陈律抬头看看身边过往的路人，好一会儿才反应过来是自己的手机响了，掏出来一看，是方一同打来的，说手头的事情终于忙完了，要约自己喝酒。

陈律听他的声音无精打采的，不像前几天那样中气十足，便客气了几句，却被对方一句“瞧不起我是不是”给顶了回来，想着早晚要去慢时光酒吧摸摸情况，就随口报了这个地址。方一同说了句下班见，挂了电话。

放回手机的时候，手掌触到了包里的一件东西，是装着地西泮的药瓶。陈律不禁拍了下额头，这是之前送还取证物品时自己顺手放进包里的，当时光想着送那几样用纸箱装的大件，就把这个小东西忘了。看看时间刚过五点，便拨通了赵苒的电话，问她是否正在单位，打算先去金港大厦把药送过去。

赵苒大概没想到警方还记着这么档子事，显得有点意外，在电话那边停顿了几秒钟，说：“我刚从单位出来，一会儿要去接孩子，要不先放在你那儿，明天我去取。”

“干警察的整天四处跑，明天我指不定被派到哪儿去了，你给我个地址，我给你送过去。”

“那就上海路的电子市场吧，我家就在那楼上，正好我要回家取点东西。”

陈律从126路公交车下来，一眼就看到斜对面的马路边停着一辆酒红色铃木迷你，车身刚刚洗过，纤尘不染，金属烤漆在夕阳下映出优雅的光泽。赵苒正从车后卸下备胎，立起来往路边推。

陈律紧走几步过了马路，来到近前问道：“怎么了？”

“你来得好快。”赵苒冲他点点头，指着右后轮说，“车胎扎了，都没感觉出来，还是过路的人告诉我的。”

陈律这才发现车身明显朝另一侧倾斜，绕过去一看，见轮胎瘪瘪的趴在地上，一旁放着十字扳手，轮毂上的螺丝已经拧下来了，不禁咋舌：“这活儿你也能干？”

“光拧下了螺丝，轮胎卸不下来。”赵苒懊恼地道，“中午洗车的时候还好好的，一定是刚才在路上扎的。”

陈律笑道："你应该先用千斤顶把车身支起来，这样压着轮胎怎么换？"说着，让赵苒打开后厢，找到千斤顶，支起车身，工夫不大，把备胎安了上去。

"换下来的轮胎你抓紧时间修上，免得别的胎扎了，想换都没法换。"陈律搓着手上的泥土嘱咐道。

"真是谢谢你了，你要是不来我真不知怎么办了。"赵苒锁好车，见陈律满手泥污，说，"走，上楼去洗洗手。"

和赵苒给人的干净得体的印象不同，她的家略显邋遢，沙发上扔着没来得及洗的衣服，客厅的地板和茶几上胡乱堆放着小孩玩具和儿童读物，透过半开的卧室门，能看到床上凌乱的被子。

"不好意思，太乱了。"赵苒有点脸红，赶紧把卧室门关上，指着厨房说，"水池上有洗手液。"

看来单身女人带着孩子过日子挺不容易的，陈律垂下目光，要是看见一些女性用品就更尴尬了，听着赵苒四处收拾东西的脚步声，低头朝厨房走去，经过饭厅时看到餐桌上放着一套紫砂茶具，旁边摆着好多不同包装的茶叶。

进到厨房，陈律拧开水龙头，想接洗手液的时候连按了好几下也没按出来，不禁冲外面道："洗手液空了。"

"水池下面的柜子里有。"赵苒的声音从卫生间里传来，夹杂着洗衣机启动的声音。

陈律拉开水池下方的柜门，见里面放着蒸饺子用的笼屉和一口蒸锅，看上去许久没用过了。拉开旁边的柜门，也是些杂七杂八的厨房用具，再打开一扇柜门，里面堆着好多根电热棒，外观虽然很新，但所有的加热丝表面都泛着暗淡的哑光，旁边还有一只老式的暖水瓶。直到打开第四扇柜门，才找到洗手液。陈律把它拿出来，替换掉水池上的空瓶子。

洗完手出来，他发现沙发上的衣物和地板上的玩具都不见了，到处乱扔的儿童读物也整整齐齐地放在一边，赵苒正在用茶海上的电水壶烧水。

陈律从包里掏出地西泮递过去："不好意思，前几天就应该给你送来的，我忙忘了。”

“麻烦你特意跑一趟了。”

赵苒顺手接过去，请他坐下，用开水烫了两只杯子，从一旁的罐子里挑了两撮茶叶放进去，先用热水把茶叶冲洗一遍，然后把洗茶水倒掉，重新添了水，最后用盖碗焖住。整套动作如行云流水般熟练轻盈，连陈律这种很少喝茶的人都能体会到一种恬静优雅的美感。

“对了，纪红岩的事最后怎么样了？”赵苒问道。

“按交通意外处理了。”陈律说。

赵苒点点头，没说什么，打开盖碗，把其中一杯递给他：“尝尝，这是普洱，不知你的口味，所以什么都没加。”

“我平时不怎么喝茶的。”陈律拿起来喝了一口，不禁皱起眉头，感觉除了一丝淡淡的清香，更多的是苦涩的味道。

“那恐怕你喝不惯了，普洱是女人茶。”赵苒端起杯，轻啜了一口。

“茶叶还分男女？”陈律头一次听到这个说法。

赵苒笑道：“只是它的去脂消食功效更好一些，适合一天到晚嚷着要减肥瘦身的女人，不是说你们男人就不能喝了。给你冲这个茶叶，是刚刚看到你出了不少汗，喝普洱能够清热降火。”

“我印象中好像女人喜欢喝茶的不多。”陈律又试着喝了一口，还是觉得接受不了这个味道。

“我原来也不喜欢喝茶的，受了我爸的影响。”赵苒指着一旁的普洱茶饼，说，“那就是我爸留下的。”

听她提起父亲，陈律想到三年前的那个爆炸案，不由得问道：“后来官司打赢了吗？”

赵苒一愣：“什么官司？”

“三年前，煤气泄漏的官司。”

“你说那件事啊，别提了。燃气公司说煤气泄漏的原因是连接燃气热水器的塑胶软管老化造成的，那根软管是当初安装热水器时带来的，属于私自安装，不归他们管。但热水器是南方一家小厂二十多年前生产的，厂子早黄了，负责人也找不到，官司拖了好几个月，最后不了了之了。”

“原来是这样。你父亲之前一直没发现异常吗？胶管老化肯定有个过程，煤气泄漏味儿很重的，应该能闻到。”

“我爸平时不在那儿住，那天是过去关窗户的。”

“关窗户？”

“我家的老房子是电容器厂住宅，紧挨着白塔公园后面的一块水塘。原本那里地势就低，我家又是一楼，南风天返潮的时候湿气重，夏天如果不开窗通通风，墙壁和地板就会发霉。反正屋子里也没有值钱的东西，外面又安了防盗栏，所以我爸平时就把窗户打开，隔三岔五回去看看，要是天气预报说有雨，他就会提前过去把窗户关上。出事那天就是这个情况，如果之前的窗户一直关着，他一进屋就能闻到了……”

“抱歉，勾起了你的伤心事。”

“都过去了。”赵苒轻轻摇头，把脸转向窗外。

18

夏日漫长，陈律走进慢时光酒吧时，天色尚未暗下来，方一同也还没到。酒吧内顾客寥寥，服务生把他领到一张靠近乐池的散台坐下，得知他在等朋友，就礼貌地上了一杯柠檬水，正要离开，被陈律叫住。

“这个人你有印象吗？”陈律从手机里调出艾薇的照片，“她以前在你们这儿工作过。”

服务生凑近看看，摇着头说：“没见过，大概什么时候？”

“两年多前，不到三年。”

“我来酒吧还不到半年，我帮您问问其他人吧，对了，她叫什么名字？”

陈律不确定艾薇当初用的是不是自己的真名，犹豫了一下，还是告诉了对方：“艾薇。”

“您稍等。”

过了大约几分钟，一名看似领班的年轻人走到陈律近前，微微弯下腰问道：“先生在找人？”

陈律见他年纪和自己相仿，肤色白皙，一双细长的眼睛给人感觉总是笑眯眯的，身体前倾时左侧脖颈处露出一小块刺青，形状有点像鸟类的羽毛，不过大部分图案被衣领挡住，看不出具体纹的是什么，便把手机顺着桌面推过去。

对方没看手机，直接说：“您可能搞错了，我们这儿没有叫艾薇的员工。准确地说，我们这里从来没有招过女员工，因为酒吧通常营业到后半夜，考虑到安全问题，这里的服务生只招男的。”

“那有没有以其他形式在这儿工作的？虽然不属于你们酒吧的员工，但是天天晚上来你们这儿上班？”

领班很机灵，一下子听出了他的话外音，笑道：“我们这里是正规酒吧，不提供特殊服务。”

“确定没有？”陈律掏出警察证，冲对方晃了晃，“你要为自己说的话负责任。”

对方见了，神情一滞。

“想起什么了？”

“您也知道，来酒吧消费的不可能全都是夫妻或者情侣，如果是客人自己从外面带来的那种，我们也无法干涉。”

一句话就将酒吧的责任摘了出去，这让陈律一时拿不准对方的话是否可信，无奈下找出纪红岩的照片：“这个人呢，你见过吗？”

“这不是纪科长吗？他可是常客了，但是有一段时间没来了。”

“纪科长？”陈律注意到他说的是纪科长，而不是纪所长。

“具体叫什么名字不知道，听我们经理说，纪科长是工商局的，专管我们这片儿，嘱咐我们一定要搞好关系。”

“纪……科长经常自己来，还是和朋友一块来？”

“都有。有时和朋友一起，有时自己一个人来。”

陈律再次调出艾薇的照片：“你再看看，她有没有和纪科长一起来过？”

对方这才接过手机，仔细看了看，摇头道：“真的没见过这个人。”

陈律只好收起手机，想了想，问道：“纪科长最后一次来你们酒吧是什么时候？”

“端午节那天，算起来差不多一个月了。”

“他自己吗？”

“和另一个人一起来的。”

“那个人是谁？”

“那个人是我。”身后传来一个无精打采的声音。

陈律扭头看去，却是方一同到了。几天没见，这家伙差不多瘦下去一圈，眼窝也陷进去了，原本胖乎乎的圆脸上居然露出了颧骨，整个人憔悴得一塌糊涂。

陈律不禁惊呼：“这几天你干吗去了？”

“一会儿再说。”方一同重重地往对面的沙发里一坐，冲领班招了招手，“孟磊——”

“筒哥，您喝点什么？”年轻的领班立刻迎上去，看样子这家伙也是酒吧的常客。

“给我下一碗方便面，要海鲜的，卧两个鸡蛋，快点，我都要饿死了！”

“酒吧还能点方便面？”陈律惊讶道。

“很奇怪吗？”方一同笑笑。

陈律没工夫理会奇不奇怪，叫住领班：“再加一碗，和他的一样。”

“你也没吃饭？”

“在外面跑了一整天，只吃了一小块蛋糕。”

工夫不大，两碗热气腾腾的面条送过来，二人丝毫不理会其他客人的怪异目光，风卷残云般连汤带水全部填进肚子，方一同的脸上终于有了几分血色。

“你这是怎么搞的？”陈律看着他问道。

方一同点燃一支烟，叹道：“还不是上次的食物中毒那件事，说是收尾了，结果顺藤摸瓜查出一个加工销售地沟油的制假团伙。不是你想的那种捞地沟泔水的，是把病死的猪牛羊这些家畜的皮肉、内脏统统放到大锅里熬，炼出油来打好包装流入市场，多半做了火锅底料，剩下的全做了火腿肠。我们在车里足足守了三天，才跟踪到他们的窝点，一进院子看到锅里熬的东西，大家全都吐了，你知道为什么？”

不等陈律回答，方一同突然愤怒起来：“有个死婴！锅里有个死婴！”

陈律听得毛骨悚然，惊问：“死婴从哪儿来的？”

方一同大口地喘息了两下，才勉强把气平下去，身子靠在沙发里，怏怏地道：“是一条流浪狗从村后的坟地里刨出来的，被那帮家伙看到就把狗打死了，连同死婴一块扔到锅里了。”

“这帮畜生！”陈律恨恨地道。

方一同吐了口烟圈，悠悠地说：“知道我们这三天在车上吃的火腿肠，还有临收网前在那个镇子上吃的火锅，这些食材都是从哪儿来的吗？”

陈律瞪大眼睛看着他。

方一同点点头：“都是那个黑加工点流出来的。”

陈律感觉胃里在翻腾，连忙捂住嘴。

“调查组解散到现在，我是吃什么吐什么，这几天光喝水了。”

“事情怎么处理的？”

“移交公安了，还没出结果，估计得判。”

“那就好。”陈律努力压下干哕的欲望，道，“说点别的吧，纪红岩最后一次来这家酒吧，跟你聊了点什么？”

“你还在查老纪的死？案子不是已经撤了吗？”

陈律没说话，自从上次请对方帮忙查薇薇衣坊的注册日期，他就知道这件事瞒不过对方。

好在方一同没有多问，而是笑了一声，说：“老纪求婚又失败了。”

“跟艾薇？”

方一同点头："就我知道的，老纪至少向她求了四五次婚了，那女的就是不答应。老纪说她有婚姻恐惧症，心里郁闷，下了班拉我来这儿喝酒。"

"你知不知道他俩是怎么认识的？"

"不清楚，老纪把这个女人藏得很深，离婚后差不多一年，他才把这个女人带出来。在那之前，我们都不知道他又处了一个，这中间我们局里的大姐还给他张罗过相亲呢，他也没漏过口风。"

陈律想起方才那名领班对纪红岩的称呼，问道："来你们红星所之前，纪红岩在局里是做什么的？"

"我和老纪原来都是铁东工商分局消保科的，他是科长，主要负责处理消费者投诉和查处制售假冒伪劣商品这一块。后来因为市场容量扩大，上头决定成立红星工商所，就把老纪调来任所长，我也跟着一块过来了。"

"赵苒和纪红岩又是怎么认识的？"

"他俩是不打不相识。老纪当初买了一款鲲鹏公司代理的小家电产品，具体是电水壶还是电饭煲记不清了，拿到家里一通电就跳闸，产品表面还漏电，手摸上去麻酥酥的。老纪怀疑是假冒伪劣产品，就给鲲鹏公司打电话投诉，正好是赵苒接的。她是带着产品的质量认证书和出厂合格证来的，有了这两样东西，就证明不是三无产品，如果要判定产品有质量故障，就需要到质监局开具质量鉴定书。当时咱们市的质监局不具备家电产品的鉴定资格，想鉴定最近也得去天津，这下就把老纪将住了。因为老纪的意思是想借着这件事罚鲲鹏公司点钱，把当年的指标完成了，那时候我们局里从上到下都有罚款任务。然后赵苒提出带一个维修工去他家里看看，是不是使用环境造成的问题，结果还真不出她所料，是老纪家墙壁插座的零线断了，重新接上就好了。从那以后，再遇到有关电器产品的投诉问题，老纪就经常打电话向她请教这方面的知识，接触多了，两个人就自然地走到一起了，大概不到一年就结婚了。赵苒这人随和，跟我们也熟悉，大家能玩到一块，这间酒吧，我们那时候就经常来——"

方一同看向乐池旁准备上场的歌手，说："赵苒歌唱得好，有时候我们待的晚了，歌手走了，她就上去秀两嗓子。不得不说，这个女人挺有味道的，只是婚后有了小孩，出来的时候就少了。”

陈律想了想，问道：“纪红岩和赵苒在生活中有没有矛盾？”

“有没有矛盾我不知道，但是谁家过日子马勺能不碰锅沿？说起来老纪这人有点大男子主义，不太愿意让赵苒上班，因为她那行比较受气。老纪不想让自己的老婆整天低声下气地笑脸迎人，但主要还是因为赵苒经常加班。赵苒要是一加班，带孩子的事就全落到老纪身上了。”

“赵苒的父亲那时候不是还在吗？”

“但是没跟他们生活在一起啊，周末休息让老人帮着带带孩子没问题，平时还不都是他们两口子的事？所以老纪就想让赵苒辞职回家专心带孩子，赵苒不愿意，现在的女人不都是追求独立自主嘛，反正因为这事老纪不止一次地跟我们抱怨过。”方一同摇摇头，随手摁灭香烟，叫服务生把酒单送过来。

陈律抬头看向四周，此时酒吧里的客人已经不少了，多数是年轻人，有很多十几岁的半大孩子，幽暗的灯光映在一张张年轻稚嫩的面孔上，陈律怀疑他们可能高中都没毕业。也有些中年男女，衣装整齐，坐在角落里神情暧昧地低低私语。陈律想着领班说过的话，越看越觉得他们不像夫妻。

音乐流淌起来，一名年轻的女歌手走到立麦前，轻轻哼起一支不知名的曲子。陈律脑子里不自禁地浮现出赵苒身穿长裙站在那里，陶醉于音乐中的样子。

19

常凯经过三楼拐角时向下看了一眼，那个人还在。午后的阳光酷毒暴烈，身外二十多米的地方就有一个带遮阳棚的公交站点，他偏偏站在太阳底下，守着身边的一辆破电动车。

也不嫌晒，常凯嘀咕了一句，快步向楼下走去。快到二楼的时候，一个念头忽然冒了出来：每次都这么快把东西给他，会不会让他觉得自己弄到这些资料很容易？想到上次交易时对方掏钱的爽快，不禁有点后悔，早知道这些唾手可得的东西对他这么重要，当初应该把价格要高一些……

常凯的脚步慢了下来，打开挎包，看看不久前放进去的几张A4纸，然后拉上拉链，来到二楼缓步台前，透过巨大的玻璃幕墙仔细打量对方。

和三天前初见时一样，这家伙的头发依然蓬乱得如同野草，半新不旧的衬衫和牛仔裤穿在身上松松垮垮的，隔得这么远，常凯都感觉鼻腔里充斥着酸溜溜的汗馊味。如果是平时，自己对这样的人连多看一眼的兴趣都没有，进入保险界以来，和自己打交道的大多是恨不得把全部家当都穿戴在身上，唯恐被人低看一眼的所谓成功人士。如果被同事知道这家伙是自己的客户，会活活笑死的。

李家祺，常凯轻声念着这个名字，到现在他仍想不起对方是怎么认识自己的。朋友聚会？4S店开业？抑或公司的推广讲座？自己所在的保险公司以车辆保险著称于业内，可是这家伙哪像能买得起车的样子？不过作为保险推销人员，随手散发名片几乎成为一种生理本能了，没准某次发名片的时候这家伙恰好在场，自己顺手递给他一张也未可知。

算了，这个问题并不重要，重要的是把价格抬一抬。估摸着时间差不多了，常凯转身下楼，出公司大门时，他刻意收敛了挂在脸上的习惯性笑容，皱起眉头朝对方走去。

到了近前，李家祺掏出事先准备好的五百元钱，常凯没接，面色阴沉地道："刚才给你打印资料的时候被经理发现了。"

李家祺神情一滞："他怎么说？"

"怀疑你寻仇。"

"你知道我不是。"

"我解释了，他不信，打算报警，不过——"常凯故意停顿了一下，道，"被我拦下了。"

"我明白了。"李家祺又掏出五百块钱，"这样他信不信？"

常凯一愣，恨不得抬手抽自己两巴掌，咬着牙说：“人家是经理，要一个整数。”

“以后都是这价钱？”

“对，以后都是这个价。”

李家祺没有吭声，慢慢地从裤兜里掏出香烟，抽出一根自顾自地点燃，然后轻轻吐了口烟雾，整个过程他的眼睛一直盯着常凯看，脸上没有一丝表情。

大热的天常凯竟然感到后背有些发寒，不由自主地想避开对方的目光——那是一双毫无生机的眼睛，令他有一种错觉，仿佛自己正被一个死人盯着，或者说，对方正盯着一个死人在看。

他下意识地咽了口唾沫，说：“这次是我不小心，我保证这个价以后不会变了。你也知道，私下泄露保户信息是违法的……不过呢，换一个角度看也未尝不是好事，经理在这行里的资历比我老，朋友也多，你给我的车牌号有不少是在其他保险公司投保的，他可以通过朋友把这些车主信息要过来，省得你自己去了。你去其他公司找人也得花钱吧，以后这笔钱可以省下了。”

说话间，常凯从包里取出那几张A4纸，李家祺接过来看了看，扔掉抽到半截的香烟：“好，毕竟咱们合作过一次，我信你，但是下次不能再出岔子了。”

常凯长长松了口气，赶忙道：“不会不会，你放心。”

李家祺翻翻口袋，只找出一百元钱，连同手里的一千元一起交给他：“没带这么多钱，找个提款机吧。”

“哦，马路对面就有。”

“那走吧。”李家祺说着，推起电动车。

常凯没想到会这么顺利，连讨价还价的过程都没有，看着对方竹竿一样的背影，心情有些复杂，取款的时候，终于忍不住问道：“还没找到目击者？”

“找到了我就不会来了。”

李家祺毫不避讳地当着他的面输入密码，常凯还是自觉地把头转向一边，沉默了一会儿，说：“其实……”

“其实你想说这是大海捞针吧？”

常凯犹豫了一下，点点头。

“这话已经有人说过了，不止一个人。”

李家祺从取出的钱中数出四百递给他，同时递过来的还有一张写满了车牌号的稿纸：“但我总要试试，或者说，我要干点什么，才能证明自己还活着。”

“证明自己活着？”

“实际上我已经死了。”李家祺看到常凯把稿纸小心地放进挎包，牵了牵嘴角，似乎想笑，但笑容没有扩散开，抬腿跨上电动车，很快，就消失在人海中。

夕阳挂在原野的尽头，在微阑的暮色中像一颗巨大的红丸。

冯硕拎着一个硕大的袋子沿着路边向前走，这条路他不知走过多少次了，哪里有游戏厅、网吧、小卖部……甚至连哪里有垃圾箱，他闭着眼睛都能准确地说出位置，可是如今都不在了，满眼尽是拆迁过后的残墙断壁。或许是要给尚未迁走的住户继续供电，只留下两根中间架着变压器的电线杆仍矗立在原来的位置。

冯硕来到变压器底下，抬起头顺着电线杆往上看，距离地面六七米高的地方，安装着一个长筒形的枪式摄像头，镜头对着自己刚刚经过的公路，那里是一个非常急的弯道。他扭过头盯着弯道看了一会儿，目光重新回到摄像头上，摄像头后面有两根线，他知道黑色的是电源线，另一根是网线，两根线交错着架空甩到邻近的一栋老式筒子楼的三楼阳台上。

冯硕踩着外跨楼梯上到三楼，循着两根线来到一户住宅前，抬手在门上敲了敲，没有反应。他叹了口气，从兜里掏出钥匙，开门进屋，先把手里的袋子放进厨房，然后走进客厅，看到狭小的空间里多了一张桌子，就在折叠床前边，原本放在卧室一角的电脑被搬出来摆在上面，机箱旁边有个黑色的盒子，是交换机。他上前动了一下鼠标，屏幕立刻显示出外面公路的情景。

他在一旁的单人沙发上坐下，瞅了一会儿电脑，没敢动，抬头看向对面墙上的照片。他还是第一次认真地看这幅照片，原来姐姐打扮起来还是很漂亮的，小时候居然没发现，就是挺着赤裸的肚子有点难看，不过看到把耳朵贴在她肚皮上的姐夫，又感觉两个人的样子很幸福。

走了很长的路有些困倦，冯硕打了个哈欠，歪在沙发上不知不觉地睡着了。不知过了多久，感觉身边有动静，睁眼一看，天已经黑了，李家祺正坐在电脑跟前。

“姐夫。”

“嗯。”

“厨房里有排骨，我妈炖的。”

没有回应。

自打发生车祸后，冯硕已经习惯了这种冷漠，站起身来到桌前。李家祺正根据回放的视频，抄录白天监控拍摄的车牌号，旁边放着打印好的车主信息，冯硕不知道这些车主信息是怎么弄来的。自从私设路障被交警连续拆除几次之后，李家祺就买了个摄像头，白天拿着车主信息逐一上门寻找那个神秘的目击者，晚上整理白天的监控记录，凡是联系过的无用信息就拿红笔划掉。冯硕看到纸上大多数信息被划掉了，也有几行空着没划的，应该是当天没有联系上的，估计会纳入第二天的行程。

站在旁边看了一会儿，冯硕转身来到厨房，从袋子里取出装着排骨的保温桶，拧开盖子见已经凉了，打算重新热一下，在家里他是从来不干这活的。

刚打开液化气罐，身后传来李家祺的声音：“不用热了，你拿回去吧。”

“我妈特意给你炖的。”

“所以让你拿回去。”

冯硕关掉阀门，回到客厅的沙发坐下，沉默了片刻，说：“姐夫……”

“嗯？”

“你别生我爸妈的气，好不好？”

“我没生气。”

“你明明在生气！”冯硕大声道。

李家祺干脆连声都不吭了，头也不抬地整理资料。

“其实……”冯硕顿了顿，说，“不像你想的那样，他们对我姐挺好的。”

李家祺放下笔，斜眼看着他。

“我小的时候，一次我姐得了急性阑尾炎，那时城西刚刚通煤气，到处都在施工，很多道路被挖开了，出租车不愿意往这边来，当时又是晚上，根本打不到车。我爸和我妈就轮流背着我姐往市里跑，一直跑到西大桥上才拦到一辆车，不是出租，是一个卖菜的开的农用三轮车。那时候我姐已经疼昏过去了，脸白得跟纸一样，卖菜的可能是怕我姐死在车上，嫌晦气，死活不愿意拉，给钱也不行，我妈都给他跪下了，就是不拉。我爸逼急了，抄起他车上的扁担要跟他拼命，这下他尿了，乖乖掉头把我们送到医院。大夫说幸亏送来的及时，要是晚个十来分钟，我姐的命就保不住了。你知道我家到西大桥有多远，我那时还没上小学呢，也一路跟着跑，直到把我姐推进手术室，才发现脚上的鞋子跑丢了一只……”

说到这里，冯硕的眼圈有点泛红。

李家祺慢条斯理地拿起桌上的烟，点燃后悠悠地吐了个烟圈，才开口：“谁让你编的这个故事？”

冯硕瞪着无辜的眼睛，说：“我没编故事，这事是真的，不信你问我妈。”

李家祺用夹着香烟的手指向墙上的照片：“告诉我刀口在哪儿？”

冯硕一下子怔住，照片中冯丽下腹的肌肤光洁完好。

李家祺冷笑道：“你让我怎么信你，和你的父母？”

冯硕的脸涨得通红，盯着照片看了足足两分钟，才下了决心似的转过头，说：“没错，刚才的故事是我编的，但是有一件事一直瞒着你，你别说是我告诉你的，我姐……在你之前处过一个对象。”

“我之前也处过对象，所以我没奢望找个……”李家祺把后面的两个字咽了回去，他不觉得在当今社会这种事也能算个问题。

冯硕轻蔑地道：“你初中就把人家肚子搞大了？”

“你说什么？”

“就是那次，我姐不是得了阑尾炎，是堕胎。”

“你胡说！”李家祺揪住冯硕的领子一把将他拎了起来。

“不敢接受事实？”冯硕毫不避让地直视他的目光。

李家祺盯着对方看了好一会儿，慢慢松开手，重新坐回到床沿上。

默然半晌，冯硕小声说：“知道我爸的腿是怎么瘸的吗？”

李家祺怔怔地瞅着他不说话。

“跟你想的不一样，我们家根本没有重男轻女这回事，只有重女轻男。从小我爸我妈就偏疼我姐，什么好东西都尽着我姐来，我只能用她挑剩下的破烂儿，我上小学二年级了，还穿我姐穿剩下的旧凉鞋。我爸总说男孩要锤炼要摔打，长大了才会有出息，女孩就不一样了，顶多在家里养十几年，高中毕业上了大学就要离开这个家了，等日后结了婚就是别人家的人了，到时候想宠她也没机会了。我姐就是这么被宠坏的，特别任性，上初中时又赶上叛逆期，就跟班上的一个男生好了。这种事刚开始还能瞒住，时间长了哪有不露馅的？”

冯硕再次看向照片中冯丽隆起的腹部，幽幽地说：“我爸知道后差点气疯了，去派出所告那个男生强奸。结果警察把那小子和我姐叫来一问，两人都不承认是强奸，说是处对象，加上当时不满十六周岁，警察就没给立案。从派出所回来后，我爸在家喝了一顿闷酒就出去了，谁也不知他去干什么。到了晚上我妈接到一个电话，说我爸在医院，让家属赶紧去。原来他找到那个男生家里了，中间的过程不知道，我爸后来没说，我们谁也不敢问。那小子他爸是跑运输的，家里有十多台大车，当时叫了七八个人把我爸打了一顿，然后用车拉着扔到医院急诊室门口，同时扔下两万块钱……”

冯硕有点说不下去了，拿起桌上的烟，抽出一支点上，吸了两口，接着道：“即便是这样，我爸从头到尾都没动我姐一根指头。我姐经历过这事也变了，再也不任性了，和原来几乎就是两个人。但是也晚了，我爸的心被她伤透了，从那以后再也没和她说过一句话，就像家里没有我姐这个人似的，直到后来我姐上大学后认识了你，才逐渐开始说话。姐夫，你现在知道我妈为什么对我姐那么冷漠了吧？”

李家祺呆坐好久，才缓缓道：“我不信，你说的我一个字都不信。”

“信不信无所谓，你和我姐处对象的时候，我妈特意嘱咐我不许把这件事告诉你。呵，这件事在我心里憋了十多年，今天终于吐出来了。”

冯硕轻松地靠在沙发上，看着一脸木然的李家祺，挑了挑眉毛，说：“我带酒了，你喝不喝？”

月上中天，两人坐在阳台上，冯硕满脸通红，口齿有些不清：“电子竞技不是你想的那种玩游戏，这也是竞技体育，国家承认的，马天元，听过吗？中国电子竞技第一人，世界冠军啊，还有SKY，ALEX……大神多了去了！”

“玩个电子游戏也成世界冠军了？”

“不是玩游戏，是打比赛。”

“在哪儿打？”

“在网上，游戏里。”

“还不是玩游戏？”

“都说了不是玩游戏！”冯硕激动地站起身大声嚷着，抬手就把刚打开的一罐啤酒扔了出去。

“那是最后一罐了。”李家祺望着扔出去的啤酒，有点可惜。

“你知道去年《魔兽争霸2》的国际邀请赛冠军奖金是多少吗？一千万美金，相当于六千万人民币！”

李家祺看到他的眼睛在黑暗里发出亮亮的光，像某种夜行的动物，不禁笑道：“你能参加这样的比赛？”

“现在还不能。”冯硕吸了下鼻子，说，“我的水平组业余队没问题，暂时还够不上专业线，但只要努力练习，我早晚能打进职业队。”

李家祺哼了一声：“那奖金再多跟你有什么关系？对了，你爸妈支持你玩……哦，打比赛？”

冯硕顿时沮丧下来，身子贴着墙慢慢坐到地上：“他们说我不务正业，我爸早就不给我零花钱了，我妈偶尔偷偷给我一点，但是不够。他们想让我早点参加工作，我不想去，不是只有打工才叫工作，电子竞技是我的梦想。”

“但那不是你爸妈的梦想，他们辛辛苦苦把你从小养到大，最后你连个毕业证书都没拿到手，玩游戏又欠了一屁股债，家里不给钱，你玩游戏也挣不来钱，难怪你妈会惦记我的房子呢。”

“唉——”

说回到家庭，冯硕长长叹了一声，低声道：“你别怪他们，他们穷怕了，我爸妈都是普通工人，我妈那个厂子黄了以后，家里四口人都靠我爸一个人的工资生活，把我和我姐拉扯大了不容易。我姐都把他们气成那样了，他们还是用这些年攒的钱把她供上了大学，要不怎么说他们对我姐没你想的那么坏呢？我妈惦记你的房子，是为了我将来结婚犯愁。我早跟他们说过，以后结婚不找家里要钱，我要自己去挣……”

李家祺懒懒地道：“挣电子竞技的奖金？”

冯硕没有接他的茬，继续道：“但他们还是找你要了那么多彩礼，我姐觉得自己欠这个家的，说不出拒绝的话。对了，你是不是觉得我姐的胆子特别小，有点懦弱？她原来不是这样子的，就是那件事之后，她觉得对不起爸妈，什么事情都顺着他们的意思，其实，这些年她一直在赎罪。”

梦想和现实之间总是有差距的，李家祺忽然发现自己没有评判这一家人的资格，哪怕他们都是自己的直系亲属，连朝夕相处了那么久的妻子也有这么多不为人知的过往。

他举起手里的啤酒，冲遥远地夜色敬了一下，在心中默默地道：就算你曾经亏欠过这个家，现在，你已经还清了。

然后，仰头喝光了罐子里的最后一滴啤酒，用力把空罐子向黑暗中掷了出去，不知落到了哪里，连个回响都没有。

20

高婧打来电话的时候，肖婷正站在阳台上望着楼下那株高大的合欢树发呆。七月的阳光里，合欢花细长的花丝犹如一柄柄粉色的小扇子，微风拂来，在碧翠摇曳中荡起一抹抹嫣红。盯着活动的东西看久了，眼前有点发晕，其实不只是眼睛，肖婷感觉最近自己的精神也有些恍惚，注意力很难集中，脑子里也总是空空的，比如她知道合欢花还有一个别名，却怎么也想不起来。

突然响起的铃声吓了她一跳，在原地怔了片刻，才意识到来电话了，转身回到客厅拿起放在茶几上的手机。

“婷婷，刚才孙娅楠给我打电话，周日那天她有事没来参加聚会，说想咱们了，让我问问你现在有没有时间，她想聚聚，就咱仨。”

肖婷的第一反应是想拒绝的，毕业这么久，昔日同窗间的情感早已不那么纯粹了，上学时邱志达就是系内公认的校草，毕业后也是这些同学中混得比较得意的，眼下的这次晋升又刺痛了某些人的神经。

同样生而为人，没有谁愿意承认自己不如别人，他们看不到或者说不愿看到别人的努力和付出，而宁愿把邱志达的成功归于他有个在市检察院工作的岳父身上。可是他们怎么不想想，TCE那种国家控股的全球化产品制造企业的内部人事任免是一个地级市的小小检察官能插手的吗？他们不管这些，把嫉妒两个字藏在心里的同时相互传递着心照不宣的眼神，在一片浮夸的道喜声中拼了命地劝酒，希望看到这个优秀的男人醉酒失态的狼狈场面——可惜没有。

嫁了这么优秀的老公，本来就是值得炫耀的事，自己为什么总要低调示人？转念之间，到了嘴边的拒绝变成了：“去哪儿？”

“凯伦咖啡，两点。”

肖婷看向玄关的挂钟，一点半刚过：“好，一会儿见。”

放下电话，肖婷走进卫生间，重新洗了把脸，然后开始精心地化妆，平时很少描眼线的，今天也特意描了，她总觉得最近自己的眼睛看上去有些呆滞无神。

全都弄好了，挂钟已指向两点十分，看着镜子中淡雅又不失精致的妆容，不由得微微吐了口气，感觉一直僵硬的脑子也逐渐活泛起来了。

临出门的时候，她想起了合欢花的别名，叫作苦情花。

“都两点半了，你怎么才来？上次聚会你老公就迟到，你们两口子是不是有迟到的基因啊？”肖婷还没走到跟前，高婧就冲着她大呼小叫。

“小点声，人家都看着你呢。”肖婷在她身旁坐下，朝对面的孙娅楠道，“娅楠，我们多长时间没见了？”

“三年了吧，上次咱们还是在邵军他爸的七十大寿上见的，哎，婷婷，我说你怎么一点也不老啊，怎么保养的？”

“你也没变啊。”

“谁说没变，我这儿都一堆皱纹了。”孙娅楠扒着眼角让她俩看。

“但是你气色真好。”高婧羡慕地说。

肖婷也点头，孙娅楠的气色确实好，简直是容光焕发，一点也不像传闻中受到婚姻困扰的样子。

“聚会那天你怎么没来？可热闹了，伍斌追着问了我好几次，你为什么没来，那个傻子以为你至今仍躲着他呢。”

“真的假的？”

“不信你问婷婷。”

“真的，伍斌那天喝多了，不过看得出来，他确实对你旧情不灭呢。”

“那我就去找他，你们俩有他电话没有？”

“你不会真的去找他吧，你那位团副怎么办？”

“我现在自由了，想找谁找谁。”

肖婷有点害怕听到自由两个字，向小斐她们几个离婚的时候都说自己终于自由了。

高婧心直口快："怎么，你们也离了？"

"我傻啊，现在离婚？奋斗了这么多年好不容易才有了今天的生活，我可不想放弃，我要是离了就是给人家腾位子呢。"

"他在外面真的……"肖婷想问问究竟是怎么回事，又感觉有点问不出口。

"咱们之间没什么不能说的，是真的。"孙娅楠满不在乎地从坤包里拿出香烟和打火机，抽出一根点燃，长长地吐了口烟雾。

肖婷惊讶道："你什么时候学会抽烟了？"

"有些事不用学，到了一定的时间自然就会了。"

高婧追问道："接着说，那女的是谁？"

"团里去年新来的一个舞蹈演员，小腰就这么一掐儿。"孙娅楠用手比画了一下，肖婷觉得有点夸张。

"知道聚会那天我为什么没去吗？"

看到两人同时摇头，孙娅楠脸上现出一丝得意的笑容："抓奸去了。"

"啊？"肖婷脑海里立刻涌出无数网络上的视频画面，都是妻子带着娘家人破门而入揪住赤身裸体的两个人暴打的场景。

"跟你们想的不一样，我谁也没叫，自己去的，拷贝了他们在宾馆前台登记和进出房间的监控视频。"

"光有这些……算不上证据吧？"高婧有些怀疑，"他要是耍赖不承认，说在房间里什么都没干，你怎么办？"

"给他看了，他立马就尿了，跪在地上求我千万不要说出去。"

"这男人也太脆弱了吧？"

"关键是时机好，他们的老团长年底就要退了，他这辈子最大的野心就是想扶正，争这个位子的人不止他一个，只不过他的机会最大。所以就算没有确实的证据，我只要一闹起来，他的机会也就泡汤了。"

“然后呢？”

“协议呗，我今天来得匆忙，没带出来，哪天带来让你们看看。”

“怎么写的？”

“财产归我，孩子归他，名义上我们还是夫妻，在外面要相互照顾对方的面子，不给对方难堪，在家里分房睡，等他扶正了再办手续。”

“说到底还是要离？”

“不离怎么办？一想到他搂着那个狐狸精睡过，我就恶心，这辈子我们是不可能再过到一起了。不过啊，离的时间很重要，早了晚了都不行，不能保证利益最大化。”

肖婷怔怔地听着，她不敢想象这种貌合神离的日子怎么过，想了想，问道：“孩子你也不要了？”

“带个孩子在身边，我还怎么找下一家？现在的孩子成熟得早，跟咱们小时候傻不拉几的可不一样，多多今年九岁了，什么都懂，谁对他好他心里明白。我跟你们说啊，对孩子好不好不在于他跟着谁过，就算你再找十个，他也会认你这个妈，但是咱们女人的青春太有限了，不趁着现在还算年轻好好把握，后半生就彻底交代了。记住我这句话，你们要是有一天也走到我这步，一定一定，不能要孩子。”

“呸呸呸，我们的日子过得好好的，才不会走到你这一步。”

“那可说不定，当初我也以为能跟他白头偕老呢，女人呐，总有老的一天。”

“说说呗，你怎么发现的？”

“微信。去年夏天他们团里出去旅游，回来发朋友圈，我发现凡是他的照片里都有一个女的，而且这女的跟团里几个领导都有单独的合影，唯独跟他没有。我就趁他睡着了翻他的微信好友，结果找到一个叫念念的，里面所有的资料信息都是空白，连一句聊天记录都没有。”

肖婷感到心脏似乎被揪了一下，脸上仍装成若无其事的样子，说：“聊天记录或许是在清理手机垃圾的时候无意中删除的，资料空白……嗯，是对方设置权限屏蔽了，这不能说明什么问题。”

孙娅楠瞅着她叹了口气：“我要是像你这么单纯，一定会很快乐。”

高婧不满话题被打断，催促道：“娅楠，你接着说，怎么确定这个念念就是那个狐狸精的？”

“很简单，我直接在微信上跟她说——把咱俩的合照挑好看的发过来几张。”

“她就发过来了？”

“她问我你不是有吗，怎么还要？然后就发过来了，你猜发过来的是什么？”

“不是他们旅游时的合影吗？”

“哼——”孙娅楠脸色有些发青，肖婷看到她的脸颊在动，心想她一定把牙关咬得很紧，接着，看到她从手机相册里调出几张照片，不禁愣住了，竟然全是床照。

高婧也愣了，看着照片半晌才道：“这也拍下来了？”

“不然他为什么跪下来求我？”

“我还以为你只给他看了旅馆的监控呢，原来……”

看到孙娅楠小心地收起手机，肖婷终于忍不住问道：“去年夏天的事，你一直忍到现在？”

“去年他们的老团长还没决定这么快就退休，实际上他还没到退休年龄，但是身体一直不好，直到上个月才决定干到年底就不干了，所以说——”孙娅楠的手指在桌面上有节奏地敲击，总结道，“把握时机最重要。”

“佩服佩服！”高婧把双手举过头顶，在桌子上拜了几拜，转头瞥见肖婷，奇怪地问，“你怎么了，脸色这么白？”

“亲戚来了吧？”孙娅楠大咧咧地说。

肖婷强笑着点点头，忽然轻呼了一声：“哎呀——差点忘了，今天轮到我们家东东值日，我得去学校打扫卫生。”

“这么扫兴，刚聚到一块你就要走？”

“改天，咱们去吃西餐。”

“不是我说你，以你们家的条件，为什么不请个保姆？攒那么多钱干吗？万一哪天老邱在外面找个相好的，就全便宜人家了。”

“闭上你的乌鸦嘴啊！自打有了孩子，老邱就不让我上班了，我整天闲着也是闲着，请保姆干什么？要是临时有事就把孩子送到他爷爷或者姥爷家，什么都不耽误。”肖婷说罢，站起身跟两人告辞，匆匆走出咖啡店。

到了外面，她迫不及待地从包里拿出手机，找到潘广洲的号码，手指在屏幕上方犹豫了好几次，终于下了决心按下去。

“美女，有什么可以效劳的？”听筒里传来潘广洲惫懒的腔调，背景的噪声很大，像是很多台车床在响。

“你那边怎么那么乱，能听见我说话吗？喂？”

“我在工厂呢，有批货要赶工……”潘广洲似乎到了户外，噪声小了不少，“找我什么事？先说好啊，吃饭喝酒没问题，约会就算了，最近太累了，身体虚。”

“你嘴贱的毛病什么时候能改好？整天没个正形，问你个事，上次咱们聚会的四海居酒家是不是你朋友开的？”

“对，那儿的老板是我发小，你要办酒席？是不是生二胎了，上次没看出来啊。”

“你能不能好好说话，不能我就挂了。”

“别挂别挂，有什么指示，您说。”

“那天聚会我落了点东西，不知是不是落在他们那儿了，想看看监控，怕他们不让我看，就给你打过来了。”

“看监控还不是一句话的事，你等会儿，我打个电话，对了，什么东西落在那儿了？”

“你别问了，是女人的东西。”

“丢儿包卫生巾不至于要查人家监控吧，告诉我什么牌子，我买给你……”

“去死吧你！”肖婷狠狠地挂断电话。

工夫不大，潘广洲就打了过来："我跟发小说了，他没在店里，交代给大堂经理了，姓宋，你直接过去找她就行。"

"谢了。"

"咱们之间客气什么？"

肖婷沉默了一会儿，轻声说："广洲，今天的事你别跟志达说。"

"好……"对方明显愣了一下，随即道，"有什么事情需要我帮忙的，就打电话。"

出租车缓缓停在四海居酒家门前，肖婷从车上下来，望着饭店的大门再次犹豫起来。在没有揭开答案之前，纵使心里猜疑，也可以自欺欺人地安慰自己，当作什么事情都没有发生，只不过那一点猜疑会慢慢长大，终有一天会刺破信任的壁垒，但那终究是日后的事情，中间或许还有弥补的空间，可是一旦揭开答案，就彻底无法挽回，连掩耳盗铃都做不到了。

现在就揭开答案还是留待日后？肖婷感觉此生从未如此纠结，但她没有犹豫多久，一个穿着西装的年轻女孩从门口迎了出来。

"您是肖女士吧？"

"哦，是。"

"我姓宋，是这里的大堂经理，老板刚刚打过电话，请跟我来。"

监控室在二楼走廊的尽头，年轻的大堂经理领她进入房间，把值班保安打发出去，还特意给她接了一杯水，问道："您想看什么时候的？"

"上周日晚上的。"

"哪个位置呢？"对方示意她看墙上的液晶电视，那上面正实时显示着饭店内不同区域的监控画面。

肖婷指向其中一格画面："这个。"

"能提供一下具体时间吗？"

肖婷回忆着当天聚会前的情景，说："晚上五点半左右。"

画面调了出来，这是安装在一楼大堂的监控头，角度刚好把饭店大门和通往一楼包房的走廊覆盖进去，屏幕上不时有客人进进出出。

很快，徐淼从外面走进来，在迎宾员的引导下进入水云间包房。工夫不大，徐淼又从包房中出来，对走廊里的服务生说了句什么，肖婷知道他在通知对方开席。

接着，徐淼顺着走廊来到大堂，从兜里掏出手机。在监控画面中能看到手机屏幕亮了，证明已经解锁，但他迟迟没有拨出去，拿着手机来回踱了几步，似乎在犹豫什么。正在这时，邱志达从画面左下角走了进来，一边用纸巾擦拭着衣襟一边和徐淼交谈了几句，然后两人有说有笑地走进水云间包房。

画面左下角的方向是饭店一楼的洗手间，邱志达在进入包房之前被走廊里的一名莽撞的服务生撞了一下，菜汤洒到了身上，所以去洗手间清洗，邱志达进屋时解释了这一点。

“能不能往回倒倒？”肖婷看着屏幕说。

“好的。”

视频以二倍的速度回放，画面上的人全都倒退着往后走，看上去有些滑稽。倒了接近十分钟，一直没有出现邱志达与服务生相撞的一幕。这中间不时有端着菜盘的服务生给各个包房上菜或撤桌，举止表现得训练有素，在看到客人的第一时间就侧身贴墙而立，待客人过去之后再走。

视频继续回放，肖婷看了看屏幕上的时间，又退回了十多分钟。终于，五点零五分，邱志达出现了。

肖婷急忙示意停止快退，让视频正常播放——邱志达从饭店大门进来，经过大堂时向一位迎宾员问了句话，对方伸手指向洗手间的方向，邱志达快步走出画面。

肖婷感到眼角似乎扫到了某种异样，连忙叫停：“就是刚才，往回倒一点儿。”

画面定格在邱志达向迎宾员问话的一刻，肖婷看到邱志达白衬衫的胸前有一块颜色，比一节指肚大点儿，是红的。

“能放大吗？”

画面在鼠标的滚动下逐渐放大，大堂内光线充足，监控头也是高清的，放大后的画面很清晰，但那块颜色的轮廓却有些模糊，单凭形状很难分辨那是什么东西造成的印记。

如果是男人可能还真的不太好猜，年轻的大堂经理心中暗道，不过对于女人来说，这样的印记实在是再熟悉不过了——那是一个口红印。偷眼向身边的女人看去，只见她整个人都僵了，眼睛直直地盯着面前的屏幕，牙齿深深地咬在下唇上。

半晌，肖婷才声调毫无起伏地说："外面也有监控吧，能看到饭店门口的。"

"哦，有。"

画面迅速切换到饭店门外的监控头。一辆出租车停在四海居酒家门前，邱志达从车后座下来，弯下腰冲着车里说话，忽然一只女人的手臂伸出来，搂住邱志达的脖子将他拉进车内。过了几秒钟，邱志达从车里挣扎出来。

口红就是这时候蹭上去的，肖婷把牙齿咬得更紧了，门外的监控安装得较高，从这个角度看不到车里的人，只能看到后座上放着一只女式双肩包。

片刻之后，出租车载着女人开走，邱志达注意到了胸前的口红印，整理了半天也没弄下去，最后走进饭店。

大堂经理再次偷眼看向肖婷，发现她的下唇有鲜血渗出，刚要出声提醒，忽见对方的神色变了一下，忙把视线回到屏幕上。

画面中，徐淼从不远处的花丛背后走了出来，望着出租车离开的方向，脸上挂着一丝坏笑。他没有立刻进入饭店，而是从兜里掏出香烟，点燃后慢慢抽着。一支烟抽完，又在原地磨蹭了好一阵子，才走进饭店……

肖婷不知道自己怎么回到家的，进门后呆立了好半晌，才慢慢走进厨房，从冰箱里找出一瓶冰镇矿泉水，拧开盖子一口气灌下去大半瓶，散发开的凉意令她麻木的思维慢慢复苏。闭上眼睛思索了一会儿，转身来到书房，打开电脑，登录邱志达的股票账户——又一个猜想被证实了。

短短的半年多时间里，几只业绩良好的股票被陆陆续续套现了60

多万，成交记录几乎每个月都有，金额最大的一笔达到了30万，时间是上周。

肖婷关掉电脑，呆呆地坐在椅子上，目光不由自主地落在窗外的合欢树上。此时夜幕尚未降临，扇子状的花朵在金色的夕阳中灿若烟霞，正是一天中最美的时刻，肖婷却感到天已经黑了。

苦情花，她喃喃道。

21

陈律走进分局四楼的小会议室，准备参加每周一次的例会，刚进门就惊奇地看到了消失许久的韩长庚，更惊奇的是，两个人在会后都领到了任务。不同的是，韩长庚要跟队长钟庆魁等人跨省追捕一名网上逃犯，这是韩长庚自己主动要求参与的，而陈律的任务则是韩长庚派给他的。

“我的车年检到期了，你帮我去检一下。”随着这句话扔过来的除了车钥匙，还有一个装着检车手续的牛皮纸袋。

“我……”陈律本想跟他汇报一下自己这些天发现的疑点，却根本没有机会，眼看着众人相继往外走，只好把到了嘴边的话咽回去。

韩长庚忽然想起了什么，走到门口又转了回来，从身上摸出钱包，抽出三百元钱：“有违章的话，帮我缴下罚款。”

韩长庚往外掏钱的时候，陈律看到他的钱包里有张女孩的照片，虽然嵌在塑料膜里不是十分清楚，但能感觉出女孩的年龄不大，顶多也就初中生的样子，不禁暗道，老家伙今年快五十了，女儿初中还没毕业，要孩子够晚的。

“你最好直接去车管所，南山检车线我昨天去了，那边正升级系统呢，不知什么时候能开通。”出门前，韩长庚又嘱咐了一句。

“好的。”

下了楼，陈律在停车场找到老韩的长城哈弗。这辆车是韩长庚自己的，挂的也是私人牌照，他平时不开的时候就扔在楼下当公车，谁有事谁开，多少缓解了一些队里车辆紧张的状况。

打着了火，陈律开车直奔位于城市北郊的车管所。到了窗口一查才知道，这辆哈弗居然挂了七八条违章，韩长庚给的钱全填进去都不够，陈律还垫了好几百，好在没有严重情节，多数是在违反车辆停放规定的地方违章停车。

陈律见其中有三张罚单的处罚地点是在同一位置，不由得好笑，吃亏不长记性，这家伙还真是根木头！仔细看看地址，是爱民巷，那不是琳琳西点屋所在的街道吗？韩木头去那儿干吗？难道也是去找姜琳琳调查艾薇的过往经历？

核对了日期后，陈律知道自己想多了，三次违停的时间全部在纪红岩发生车祸之前，那就和这个案子没什么关系了，随手把罚款收据装进袋子里。

手机响了起来，看到来电号码，陈律精神一振，是顾超——当初和自己一届的警校同学，毕业后被分配到了辽西山区某乡派出所，急忙按下通话键："怎么样？"

"查到了。"顾超的声音听起来有些疲惫，"她家在山里，是我们所辖区内最远的一个村子，翻过山梁就是内蒙古了。"

"说说她家里的情况。"

"一家五口，她的父亲叫艾国强，确实长年卧病在床，得的是前列腺癌，之前一直打针，2015年夏天病情恶化，医生建议吃一种叫阿比特龙的靶向药。对了，陈律，你知道这药多少钱一盒吗？"

"不知道，我听都没听说过。"

"如果是美国强生的原版药，大约是五万五到六万一盒，国产的三万七，如果能从印度代购就便宜了，大约三千多一盒，但是国内抓得严，代购药轻易过不了关。"

陈律感到这个情节很熟悉，前一阵子有个很火的电影拍的就是这个内容，不禁道："不是说国家已经把这类进口药纳入医保了吗？"

“纳入医保的只是国内的少数医院，绝大多数医院都没有采购这种药，想吃自己去外面的药房买，三万七，不二价。就算纳入医保的医院也不是免费的，只是把价格降到了一万七一盒，也不是普通家庭吃得起的。”

顾超顿了顿，接着说：“况且她还有两个正在念书的弟弟，大的今年刚考上大学，小的正读初三，面临择校的问题，都是需要用钱的时候。上月底她回来的那次，就是专门给两个弟弟筹钱的。这么说吧，她家简直就是个无底洞，多少钱都不够往里填的，要是没有她在外面挣钱，这个家恐怕早就散了。对了，她的本名叫艾兰兰，艾薇是上高中时改的名字。”

“多谢你了，什么时候来我这儿，请你吃饭。”

“乡下忙，走不开，还是你有空来我这里吧，最好把班上的同学也带过来。这里经济不行，但是自然环境好。”

“好，一言为定。”

检完车回来的路上，陈律的脑子就没停过——2015年夏天艾国强病重，恰好艾薇就是那个时候开始去酒吧陪酒的，这样看来艾薇确实被生活逼迫得走投无路了。而认识纪红岩，应该是艾薇人生中的重要转折，不清楚当时的细情如何，不过根据后来事情的走向可以做一个合理的推测：艾薇在纪红岩的帮助下结束了陪酒生涯，开了一间属于自己的时装店。此前一直困扰店员吴佳的问题也找到了答案，艾薇把挣到的钱都拿去支援家里了，所以店里的开支经常捉襟见肘。

但还有一件事陈律想不明白，纪红岩出车祸前，艾薇为了筹钱曾打算把时装店转让出去，紧接着纪红岩就死了，艾薇的店却重获新生般又正常营业了，问题是艾薇并没有因纪红岩的死获得丝毫利益，她从哪儿弄来的一大笔钱去进货？

此外，艾薇在保险公司打工的这段经历也令陈律感到困惑，他下意识地觉得这里面隐藏着一个晦涩的目的……

此起彼伏的鸣笛声响起来，陈律朝前面望去，一辆拉着集装箱的大货车与一辆抢道的小车发生了剐蹭，把直行车道堵得严严实实，看样子一时动不了了。

陈律烦躁地拍着方向盘四处打量，无意中看到右前方不远处的树冠背后露出一截塔尖，那是白塔公园的位置，不由得心里一动，前面路口右拐就是电容器厂住宅，与其堵在这里徒耗时间，不如去赵苒家的老房子看看煤气爆炸的现场是什么样子。想到这里，便打开转向灯，沿着右侧车道拐了过去。

市电力电容器厂是挂靠在原机械电子工业局下面的一家大型集体所有制企业，和东北大部分地区一样，这些曾经做出巨大贡献的企业，在经历了计划经济时期的辉煌之后，最终还是淹没在市场经济的大潮中。如今工厂早已破产倒闭，原来的厂址变成了豪华气派但入住率并不高的时尚住宅小区，只余下一片老旧残破的职工家属楼在荒草斜阳下默默见证着历史的变迁。

据说这一带早已纳入城市拆迁范围，但不知为什么迟迟没有动工。因住宅面积狭小和房屋老旧以及户口冻结无法出售等原因，原来的住户大多已经搬走，只有极少数无处可去的空巢老人留在这里继续困守蜗居，困守着来日无多的日暮时光。

在一位看车棚大姐的指点下，陈律找到了赵苒家的老宅。进楼道时发现整栋楼的地基已经下沉了，以普通人的身高仍需低头弓背才能走进单元门，本就狭窄的楼道还被改造一户一阀的供暖管道占去不少空间，墙上到处贴满了维修电器、通下水道和开锁的小广告，空气中弥漫着潮湿霉败的气味。

安装在户外的电表箱令陈律生出熟悉的感觉，这种老式的闸刀开关如今已经很少见了。小时候家里经常因为使用电炉子造成负荷过大烧断保险丝，记得一次自己没找到合适的铅丝，就随便拿了一截差不多粗细的铁丝代替，结果没有在过载的时候熔断，反倒把电炉子烧坏了，因此挨了老爸一顿胖揍，至今想起来仍觉得后背发寒。

一楼东户就是赵苒家——准确地说，是赵长发的家。站在油漆斑驳的铁门前，陈律才反应过来自己没有钥匙，根本进不去屋，转身出了楼道，趴在北屋的窗户上往里面看，不由得大失所望。屋子里空空如也，连把椅子都没有，四周墙壁全部粉刷过了，完全看不出火烧的痕迹，可能因为损毁过于严重，屋门被整扇拆掉了。对面也是间卧室，隔壁应该是厕所，但大部分视线被挡住，这个角度看不到全貌。

陈律记住位置，沿着楼根绕到楼的南侧。由于这一侧面向阳光，很多一楼住户都在自家窗前围起了小院子，同时为了方便进出，还在窗户旁边开了一道门，赵长发家也不例外。陈律推推院门，见没有挂锁，走进去看到院子里堆满了残破的家具和从火场里抢出来的各种生活用品。所有物体表面都蒙着厚厚的烟灰，只能通过熔化扭曲的外形大致判断这是一台严重烧毁的电冰箱，那是一张烧剩了半边的单人床，更多的是根本辨别不出是什么东西的黑疙瘩……

尽管时隔三年，陈律觉得依然能闻到空气中的焦煳味。他避开满地狼藉，来到窗前，透过玻璃向屋内看去。里面是厨房，空无一物的灶台上残存着昔日炒菜时留下的油渍，旁边是砌着白瓷砖的老式洗手池。再往里是一条窄窄的过道，连接着南北两间卧室。厨房背后是厕所，朝南的外墙上留有钻孔的痕迹，根据位置判断，就是当初安装燃气热水器的地方。

陈律转过身，再度打量着遍地疮痍，忽然看到墙角有一块东西的颜色似乎与其他地方不一样。他上前把它拽出来，原来是一个渔具包，虽然外表沾了不少黑灰并且布满了风吹雨打的痕迹，但明显没有被火烧过。

打开拉链，里面是一根老式鱼竿，手柄处磨得锃亮。看到绑在鱼钩上方的铅丝，陈律知道赵长发生前也是钓鱼老手了，和师父老周一样，他们这些老钓迷更注重的是垂钓技巧而不是先进的器具。在不断追求便捷的钓鱼爱好者手中，铅丝是过时的东西，早已被更加方便的铅皮或铅坠取代，就像在纪红岩办公室看到的那根高级本汀鱼竿，不但配了电动鱼线轮，连绑钩器都是自动的。

包的内袋放着渔具盒，同样完好无损，盒子里分成大大小小的格子，浮漂、线圈以及各种型号的鱼钩，应有尽有，全部按照规格整齐有序地放在里面，只有一个格子里是空的。

陈律合上拉链，想了想，把渔具包放回原来的角落，然后走出院子，抬头打量这栋阳光照耀下的老旧红砖楼。这时他才注意到包括赵长发家在内，周围很多住户的窗玻璃是后换的，看来除了院子里被火烧过的东西，这大概是三年前那场爆炸留下的唯一痕迹了。

“赵长发家现在没人住了。”一个声音突然从身后响起来。

陈律吓了一跳，回头看去，见七八步外的树荫下坐着一个纳凉的老头，六十左右的年纪，正眯着眼睛看着自己。

“您是这栋楼的？”

“我家在赵长发家楼上。”老头指着三楼一扇敞开的窗户，说，“我们在一个单元里住了将近四十年。”

陈律顺着方向望去，他家的玻璃也是后换的，不由得问道：“窗户是爆炸的时候震碎的？”

“何止窗户，连墙上的挂钟都震停了。当时我正在屋里看电视，玻璃一下子就碎了，那个动静大得，比1975年海城地震还厉害。我差点坐到地上，半天才反应过来，赶紧往外跑，到了楼下才知道是赵长发家的煤气爆炸了。”

阳光照在一旁的水塘上，老人脸上映着水面反射的波光，一漾一漾的，陈律能感到他至今仍心有余悸。

“唉——”老人慨叹道，“下雨前还好好的，就那么一会儿工夫人就没了……”

“爆炸前您见过赵长发？”

“那天我和4号楼的老黄在这树底下下棋，正好看见他背着鱼竿过来。赵长发前些年就搬走了，平时不怎么来这边，我俩跟他打招呼，他应都没应一声就进屋了。”

“他当时背着鱼竿？”

“嗯，赵长发爱钓鱼，只要天气好，他有时间就往河边跑。”

“可是那天不是下雨吗？”

“那天的天气说来也怪，我和老黄下棋的时候还是大晴天呢，赵长发来了没一会儿天就黑得跟锅底一样。老黄还说赵长发是属乌龟的，只要看见他就要下雨了。我们赶紧收拾棋盘，结果刚到家雨就下起来了。”

一种怪异的感觉从陈律心中升起来，却一时抓不住要领，他努力追寻着心头的那缕感觉，抬起头四处打量。蝉鸣阵阵，老槐树下浓荫如盖，水塘中映着岸边绿树和白塔的倒影，远处林立的高楼中有一栋很眼熟，是金港大厦，在这里能清楚看到通信公司安装在楼顶的抱杆。

“赵长发平时钓鱼是自己一个人去，还是和别人一起去？”陈律问道。

“6号楼的孙炳坤，他们俩年轻时就好钓鱼，谁也不服谁，一般情况下他们会结伴去。”

“孙炳坤现在还住在6楼号吗？”

“早搬走了。”

“您有他的联系方式吗？”

“你是……”

见老人脸上现出戒备的神情，陈律无奈，只好掏出警察证出示证件。

“有。”

陈律开着车在南街口附近转了一大圈，才找到孙炳坤在电话里说的好运来旅馆。这里是城市的老区，人口密集，不知名的街巷多如蛛网，小吃、冷饮、洗衣店、小卖部……操持各种营生的小门市鳞次栉比，只有这家规模尚可的个体旅馆勉强算是醒目点的地标。

陈律把车停在路边，朝站在旅馆斜对面一家小超市门前的孙炳坤走去。

“都过去三年了，怎么想起问这件事？”尽管陈律提前在电话中表明了来意，孙炳坤的目光中依然透着疑惑。

“一个案子的周边调查，我们有责任把相关情况掌握得更细些，还请您理解。”

对方不置可否地点了下头，回忆道：“那天是周日，因为前一天我看到晚间新闻里说上游的水库刚放完水，就给赵长发打了电话，约好第二天中午他来我家找我，一起去钓鱼。结果周日上午我去儿子家送点东西，回来得有点晚，走在路上赵长发打来电话，说他到我家楼下了，我让他在这儿——”

孙炳坤朝身后的超市指了一下，说：“这家超市的老板原来也是我们厂的同事，姓吴，平时大家都很熟，我让赵长发在这儿等我一会儿，我马上就到。可是等我赶到这里，老吴说赵长发已经走了，然后我给他打了两次电话，他都没接，弄得我挺扫兴，也没去钓鱼，谁知没过多久他就出事了。”

陈律目光看向超市：“吴老板在里面吗？能不能请他出来说几句话。”

“在，老吴——”孙炳坤扯开嗓子冲屋子里喊。

一个矮墩墩的中年汉子应声走出来，看上去比孙炳坤年轻不少，身体也很壮实。孙炳坤向他介绍了陈律的身份，对方有些惊讶，但也没表现出过分的好奇，指着身前不远的地方说：“赵长发当时就站在这里，我让他进屋他不进，说屋子里憋闷。正赶上那时候店里有顾客结账，等我结完账出来，看到他往西边走了，我喊了两声他也没听见，嗯……”

吴老板停顿下来，似乎在斟酌措辞：“他的样子有些急切，好像是看到了什么。”

“他看到了什么？”

吴老板摇头：“不知道，当时是中午，街上到处都是人，我这么说是因为当时赵长发给我的感觉就是这样。”

陈律正疑惑时，对方又想起一件事：“对了，在那之后，大约快到年底的时候，我不记得当时出门要干什么了，看到赵长发的女儿站在马路对面朝好运来旅馆张望，我想跟她打招呼，她却掉头走了。”

临近下班时间，法医丁珺收拾了工作台，脱下白大褂顺手搭在椅背上，背起挎包准备回家，刚走到门口，差点跟外面进来的一个人撞在一起，后退了一步才看清是刑警队新来不久的一名警员。

“小陈？”

“您是不是下班了？”陈律看到他肩上的挎包，有些不安。

“手上的活儿刚忙完，想着没什么事就准备收工了。”丁珺注意到对方手里拿着一个档案袋，转身把他让进来，“没关系，进来说吧。”

陈律忙道：“跟您咨询个事，不会占用您太多时间的。”

“这么客气干吗？”

丁珺放下挎包，从陈律手里接过档案袋，抽出里面的卷宗，看到封页的立卷日期是2015年9月20日。展开翻了翻，是一起居民楼燃气泄漏造成闪爆的非刑事案件，死者叫赵长发，男性，时年五十六岁，原电力电容器厂职工，事故发生地点是该厂的职工住宅楼。案件的司法鉴定人是自己，上面有自己的签名和盖章。

“您对这个案子有印象吗？”陈律问道。

虽然是三年前的事情，但由于性质特殊，本市发生燃气事故造成死亡的案例极少，丁珺点了点头：“有印象，我记得那天的雨下得很大。”

“能说说当天的情况吗？”

“我到现场的时候火已经扑灭了，赵长发家在一楼，消防是砸开窗户往屋里喷水的。整个现场被高压水流完全破坏了，基本上不具备勘查价值，不过我们在厨房的灶台旁边找到一个暖水瓶和一根电热棒的残骸。电热棒俗称热得快，水烧开后它会发出响声提示人断电，因为这东西不能干烧，一定要完全浸在水里，否则会把加热丝烧坏造成短路。实际上后来的爆炸就是因为室内的一氧化碳含量达到阈值后，遇到了空气中的电火花形成的。”

“报告上说，死者脑后有一块3×4厘米的钝挫伤。”

“根据现场的实际情况和尸体仰卧的姿态及位置，我们只能做出这样的判断——赵长发当时正在卧室休息，当他发觉煤气泄漏，嗯，也许是听到厨房的水烧开了——无论上述哪种原因，结果都是一样的。当赵长发想去厨房看看的时候，由于体内已经吸入了大量一氧化碳，手脚发软不受控制，刚走出卧室就摔倒了，后脑勺磕在地上，人也就此撞晕了，再也没醒过来。后来的尸检结果也证明了这一点，赵长发血液中的碳氧血红蛋白浓度高达50%以上，而我们正常人的这个指标一般在5%到10%之间。”

“我可不可以这么理解，赵长发在爆炸发生之前就已经死了？”

“没错，事实就是这样。”

看到陈律露出若有所思的表情，丁珺不禁问道：“这件事过去了这么久，你怎么想起问它？”

“周边调查。”陈律展开雪白的牙齿，笑道。

22

赵苒最近的火气有点大，除了每天都要培训新人，近期激增的产品投诉问题更是令她焦头烂额。进入夏季以来，随着气温不断攀升，家电产品也进入了故障高发期。

刚刚通过电话处理了一个投诉用户，赵苒说得口干舌燥，感觉嗓子眼直冒火，正要拿起杯子喝口水，手机又响了，拿起来一看，是轩轩的学习班张老师打来的，扫了一眼时间，十五点三十分。这时候轩轩刚放学，张老师把他接到学习班就行了，打电话干吗？心里想着，手指按下了通话键。

“是纪宇轩妈妈吗？”张老师的声音很急切。

“是我，张老师。”

“你赶快过来吧，纪宇轩和同学打架了，都流血了。”

赵苒的脑子嗡了一声：“在哪儿？”

“在学校。”

“我马上到。”赵苒抓起包就往外跑，把外间的一众小姑娘惊得面面相觑。

在电梯里，赵苒就一直翻包找车钥匙，可是越急越找不到。直到电梯在负二层停稳，看到门外的地下车库，她才反应过来，自己的铃木已经卖了，赶紧返回到一楼，轿厢门刚打开，就冲出了大厦。

坐在出租车里，赵苒才想起出来得匆忙，没来得及跟单位打招呼，一边催促着司机快点开，一边掏出手机给手下的信息组长打电话，简单说明了一下情况。

匆匆赶到学校，远远地看到学生已经走光了，张老师正站在校门口的树荫底下张望，走过去的时候赵苒感觉手脚都是凉的。

“怎么样，轩轩伤得严重不？”

“我没看到轩轩，是他的同学告诉我轩轩和人家打架了，还流了不少血，班主任带着去水池清洗了。”

赵苒感到眼前一阵眩晕，张老师急忙把她扶住。

“你快进去吧，对方同学的家长已经到了。”张老师也很着急，但她是校外补习班的老师，近期上头正在打击这种私自办班行为，为了避免举报，她不敢往自己身上揽事，而且除了学生家长，学校保安也不会放其他不相干的人员进入校园。

跟门口保安打了招呼，赵苒快步走进教学楼，顺着走廊来到一年五班门口，还没进教室，就听到里面传来一个女人尖锐的声音：“这才多大点的孩子，下手就这么重？看把我家晨晨打的，都流血了，这要是长大了还不得拿刀子杀人？”

“不是我弄的，是他自己磕到桌子上了。”轩轩的声音听起来似乎并不是十分害怕，这让赵苒一直紧绷的神经稍稍放松了一些。

紧接着，那个女人的声音又响起来，这次是冲着班主任去的：“李老师，你们学校怎么什么学生都收？学校是讲素质的地方，不是收容所，我家晨晨怎么能跟这种野蛮的孩子在一起？”

“晨晨家长，没那么严重吧？晨晨只是碰破了鼻子，出了点血……”

“都出血了还不严重？你当老师的怎么昧着良心说话？还有你，纪宇轩是吧？大人说你还敢顶嘴，你的家长是怎么教育你的？”

赵苒一把推开门，大步走了进去，冷冷地道：“我的孩子怎么教育是我的事，用不着外人来教。”

“妈妈。”纪宇轩一下扑到她怀里。

“别怕，妈妈来了。”赵苒蹲下身上下仔细打量儿子，见他衣襟沾了几滴血，脖子有一块瘀青，看得出是小孩子的手印，此外脸上身上都没事，这才把悬着的心放下。

“他把我的书撕坏了。”纪宇轩心疼地说。

一旁的课桌上放着低年级的课外读物，封面掉了，好多内页也被撕开了长长的口子。

赵苒站起身朝对方看去，这是一个比自己年轻了五六岁的女人，身边站着她的儿子，个头和轩轩差不多，脸上早已洗干净了，只是胸前的血迹比轩轩多一些，手里拿着一副镜片碎裂的眼镜，见赵苒朝他看过来，下意识地将身体向后缩了缩。

“几本破书，撕就撕了。”年轻女人生怕她突然发难，急忙伸手护住儿子。

“这是我爸爸买的书！”纪宇轩大声道。

“那又怎么样？因为几本破书就动手打人，是你的不对！”

“是他先动的手，不信你问他。”纪宇轩争辩着。

“你又顶嘴！”

赵苒把手放在轩轩肩膀上拍了拍，示意他不要作声，扭头问班主任：“李老师，到底怎么回事？”

一直担心两位家长打起来的班主任赶忙解释：“是这样的，纪宇轩之前把课外书借给了他的同桌，今天对方还书的时候谢晨同学看见了，想借来看看，纪宇轩不肯，谢晨就上去抢，结果就把书抢坏了。这一点谢晨同学确实做得不对，但是纪宇轩也不该把谢晨同学掉在地上的眼镜踩碎了，谢晨同学近视，没有眼镜看不清，自己碰到课桌把鼻子弄破了。”

“那好办。”赵苒总算弄明白了，回身冲年轻女人说，“这件事双方都有过错，既然眼镜是我儿子踩坏的，赔你一个就是了，轩轩的课外书不用你赔。你儿子的鼻子碰破了，回家搽点药就行了，你要是不放心，咱们就去医院看看。”说着，赵苒从包里掏出钱夹，打算赔付眼镜钱。

“赔个眼镜就算了？”女人冷笑道。

“那你的意思是？”

“首先，你们得向我家晨晨赔礼道歉，然后写一份保证书。”

“什么保证书？”

“保证你家孩子从今以后不能以任何理由和借口接近我家晨晨，最好和我家晨晨保持三米以上的距离。还有，晨晨现在头晕，如果因为今天的事情导致晨晨日后头脑或身体出现任何问题，你们要负全部责任。”

晨晨小心地拉妈妈的衣角，悄声说：“妈，我不晕。”

“你刚刚不是还头晕吗？”女人狠狠地瞪着他，晨晨吓得不敢说话了。

“可以啊，不过你也得写一份。”赵苒摸着轩轩脖子上的瘀青，说，“这是你儿子掐的，我也不过分追究，条件和你刚才说的一样就行了。”

“你还讲不讲道理？事情是因你儿子而起的，他要是不把那几本破书带到学校来，我儿子就不会找他借，也就不会发生后面的事情。几本破书是什么宝贝了，借来看看又怎么了？我儿子的玩具哪个不比你几本破书值钱？”

赵苒尽量心平气和地说：“如果你想讲道理的话，第一，学校没有规定低年级的学生不许把课外读物带进课堂，反而鼓励孩子们多读课外书，增长知识的同时开阔眼界。第二，如果你真的担心你儿子身体有什么问题，我们可以去医院检查，CT彩超磁共振都可以做，检查出问题一切费用我出，没问题的话你费用自理，怎么样？”

女人的眼睛瞬间瞪圆了，不可思议般地大声道：“这么小的孩子让他做CT和磁共振？你是怎么当妈的？那东西有辐射你知不知道？难怪你会离婚，只有你这种没人要的女人才能生出这种没有家教的孩子！”

赵苒的怒气一下子顶到了脑门，扭头向李老师看去，学生的家庭状况只有班主任知道，对方既然能说出自己离婚，一定是刚才自己来学校之前班主任告诉她的，见李老师不由自主地躲避自己的目光，赵苒努力压了压火，对轩轩道：“你先出去，到操场上等妈妈，不要乱跑。”

轩轩听话地背起书包，抱着撕坏的书出去了。

赵苒回过头，微笑着问对面的女人：“晨晨妈妈，不知你家先生在哪儿高就？”

“谈不上高就，师范大学的教研室主任而已。”女人不自觉地扬起下巴。

“看你这么年轻，估计你先生的年纪也不会太大，今年顶多三十出头吧？这个年龄就当上了大学教研室主任，真称得上年轻有为了。而且教研室主任距系主任只差一步，以你先生的年龄优势，进入校领导班子是迟早的事，你说——”

赵苒慢条斯理地说到这里，忽然语气一变：“这个时候他的领导要是突然接到一封揭发他抛妻弃子始乱终弃的检举信，不知会不会影响他的前程？”

“你觉得我会像你一样，有一天跟自己的老公离婚？”女人嗤笑道，“你没人要，不代表我也没人要。”

“你当然不会跟他离婚，但揭发他的如果是外面的女人呢？”赵苒淡淡地说。

女人目光鄙夷地看向她：“你在说你自己吗？”

赵苒向前跨了一步，站在女人面前，双方的差距顿时凸显出来，赵苒比对方高出差不多一头，身材也比对方丰满，她故意挺了挺胸，带着居高临下的口吻：“如果没有合适的人选，我不介意客串一下，反正脸面这东西不属于我这种离过婚的女人，它是属于你家先生这种知识分子的。如果必要，我可以带着儿子去学校找他，声泪俱下地向他哭诉，跪在领导面前恳求他不要离开我。”

女人的眼睛再次瞪圆了，不过这次是因为惊讶：“你觉得这么做就会有人相信你说的话？”

“信不信的有什么要紧？能够让他们父子骨肉团聚才是重要的，只要他能把失散多年的儿子留在身边，就算我吃再多苦，哪怕以后永远不再见他，我也认了。”赵苒轻轻叹了口气，神情颇为哀怨。

女人冷笑起来：“你以为这样就能破坏我的家庭了？回去多读读书吧，世上有一种科学手段，叫作亲子鉴定，就是专门对付你这种不要脸的女人的。”

“就算鉴定出孩子不是他的有什么关系呢？顶多是我跟别的男人生的，反正我已经不要脸了，那就额外再送他一顶帽子好了。对了，你先生有兄弟没有？我可以说这顶帽子是他兄弟送的。不是说女人如衣服，兄弟如手足吗？我会让学校里所有的人都知道，你先生和他的兄弟穿同一件衣服，甚至经常互换衣服来穿，你怕人议论吗？我不怕。怎么，你先生没有兄弟？没关系，人总是有父亲的。”

女人脸色煞白，浑身发抖地指着赵苒，哆嗦着嘴唇道：“你这个……魔鬼！”

赵苒的神色冰冷下来，面上如同罩了一层寒霜，一句一顿地说：“我只是一个孩子的母亲，除了孩子，我一无所有，如果有人打算伤害我的孩子，我不介意化身魔鬼。”

“你狠！”女人拉起儿子，头也不回地奔出教室。

“眼镜钱还没给你呢。”赵苒扬声道。

走廊里远远地传来女人的声音：“你留着自己买棺材吧。”

赵苒淡淡一笑，转头看向班主任：“李老师——”

“呃，什么……事？”班主任充满恐惧地望着她，真的像看一个魔鬼。

赵苒缓缓说道：“我记得轩轩刚入学的时候，班里所有孩子的家长都被强迫要求填写家庭状况表，我不在意你们学校搜集家长信息的目的是什么，但是请你不要随便把这些信息泄露出去，就算家长之间也不允许，这是侵犯个人隐私。”

“不会的，我保证不会的。”李老师连连点头。

赵苒淡定地转身离开，直到走出教室，她才感觉心跳剧烈得快从胸膛里蹦出来了，内衣早已被汗水溻湿，指尖更是冰凉一片，不由得长长吐了口气，一回头，见轩轩正靠在教室门口的墙上看着自己。

“不是让你去操场等我吗？”

轩轩直勾勾地瞅着她不说话。

“怎么了？”

“我怕。”轩轩小声地说。

“有妈妈保护你，不用怕。”

“妈妈，对不起……”

“为什么说对不起？”

“我不应该和同学打架。”

“妈妈已经原谅你了。”赵苒蹲下身看着儿子，说，“要是妈妈有一天做了对不起你的事情，你会原谅妈妈吗？”

“当然会！”

“好了，没事了。”赵苒牵起儿子的小手，“你不是爱吃鱼吗，走，吃石锅鱼去。”

雪白的鱼片开始在锅中翻滚的时候，外面下起了淅淅沥沥的小雨，斜斜的雨线落在玻璃窗上，透过石锅蒸腾起来的朦胧水汽望去，窗外黄昏的街景笼罩在一片迷幻般的氤氲中。

回想起不久前的交锋，赵苒仍不敢相信那些极尽恶毒的言语是从自己嘴里说出去的。从小到大，父亲对自己的教育概括起来就是一个字，忍。这些年来，无数次面对刁蛮无理的客户时，自己都能很好地控制情绪，几乎从未跟人争吵过，今天这是怎么了？从昔日听到别人吵架骂句脏话都会脸红，到今天肆无忌惮地用那些不知羞耻的语言去攻击另一位孩子的母亲，自己是怎么跳过这中间的心理屏障的？难道保持了这么多年的温婉贤淑知书达理仅仅是种伪装？还是无意中激发了潜藏在人性最深处的恶？

赵苒有些后悔，同时感到脸上发烫，她此刻只有一个担心，就是那些恶毒的话语被轩轩听到了，他会不会认为自己的妈妈真的是个不要脸的女人？偷眼看向坐在对面的儿子，正满脸期盼地盯着锅内翻滚的鱼片——饭桌上如果大人没动筷子，小孩子不能先吃，来自父亲的传统教育被完美地继承下来——看来轩轩并没有受到这件事的影响。

说到底，我们从未改变过这个世界，而是世界改变了我们。自己所做的一切，都是为了孩子。为了爸爸买的几本书和同学打架，可以看出爸爸这两个字对轩轩是多么重要。赵苒暗自呻吟了一声，这是自己唯一无法给予孩子的，无论再如何努力，自己都无法替代爸爸在孩子心中的位置。

赵苒忽然感到很累，心力交瘁的累，好想找个肩膀靠一靠。她强打精神拿起筷子，说了声“吃吧”，正要夹一块鱼肉给轩轩，手机响了起来，看到屏幕上显示的名字，她按下通话键的同时不禁脱口而出：“少卿——”

郭少卿今天难得地请了一天假，因为下午要去相亲，是姑姑安排的，他无法拒绝，知道那实际上是年迈的父母的意思。

女方是姑姑的单位同事介绍的，在市中心血站工作，比郭少卿小六岁，没有婚史，人长得不错，学历很高，心气也很高，上个月刚刚通过竞聘当选为血站的副站长，据说因为一心扑在事业上才蹉跎了年华。

她知道郭少卿的过往和家境，也看了郭少卿的照片，很满意，对郭少卿从事的销售工作不了解，也没听过鲲鹏商贸的字号，倒是知道大名鼎鼎的EM，听说郭少卿准备跳槽过去独当一面，立刻对他的进取心表示了赞赏。

两人是在一家环境幽静的咖啡馆见面的，女方很健谈，从公民义务献血的好处讲到爱国卫生运动的历史，听得郭少卿昏昏欲睡。好不容易挨到见面结束，在送对方离开的时候，女方看着郭少卿开来的车蹙起了眉头。

“你马上要去大公司当经理了，再开这种手动挡的捷达就太掉价了，还是换台奥迪吧，也不贵，别买日本车，显得咱不爱国，我的朋友最次的都是开Mercedes，改天一起去4S店我帮你参谋参谋。”

直到对方乘坐的出租车在视野中消失，郭少卿才琢磨明白，她刚才说的英文单词是梅赛德斯的意思。把奔驰称为梅赛德斯是西方人的叫法，但郭少卿不记得对方提到曾经有出国的经历。

还没来得及打电话给姑姑回复，姑姑的电话先打过来了，同时带来了女方的面试结果：初步印象不错，综合分数能达到85分以上，同意继续交往。

郭少卿连忙表态，处对象应该是双方都满意才行，既然自己距离满分还差了15分，他在努力寻找自身差距的同时，不想耽误对方，人家姑娘已经因为事业误了青春，要是将来发现在自己这里又误了终身，自己真是百死莫赎了。

一番话说得姑姑黯然神伤，她知道自己的侄子心里还是放不下过世的妻子，叹了口气没说什么。

挂断电话，郭少卿也长长松了口气。纵使举案齐眉，到底意难平，他不觉得这位梅赛德斯小姐婚后能在自己面前做到举案齐眉，但绝对能做到令自己后半生都在感慨意难平。

抬手发动车子，在大街上漫无目的地转着，心情有些沮丧，很想找个人倾诉一下。手机里的通讯录都快翻烂了，滤过无数狐朋狗友之后，手指最终还是停在了那个熟悉的名字上，却一直不敢按下去。算算时间，对方此时已经从公司里出来了，去学习班接孩子，但是自己从未在下班之后给她打过电话。所以，需要一个借口，一个不会引起对方反感的借口。

不知不觉中下起雨来，平添了忧伤的气氛，却让郭少卿豁然开朗，下雨天的公交车人满为患，出租车更是难以拦到。

振铃响起的时候，郭少卿心中充满忐忑，对方如果已经打到车了怎么办？或者对方直接开口拒绝自己去接她怎么办？抑或因为下雨，对方没有听见手机铃声怎么办……

“少卿——”电话通了，对方的一句少卿令他失神了好几秒钟，这是她第一次如此亲切地称呼自己。

“轩轩接到了吗？”

“接到了。”

“下雨了，你们没有淋到吧？”

“没有，下雨之前就接回来了。”

“哦。”

双方同时在电话里沉默下来。

终于，郭少卿鼓了鼓勇气，问道：“你在哪儿？”

“北门口这边的石锅鱼，对了，你吃饭了吗？”

“没有。”

“那正好，过来一起吃吧，我点了一条三斤多的草鱼，我和轩轩吃不完。”

“好。”

走进饭店的那一刻，郭少卿的心头滚烫起来。

“嗨——”

赵苒和他打了招呼，然后对坐在对面的轩轩说：“这是郭叔叔。”

“郭叔叔好。”轩轩乖巧地叫了一声。

“你好。”郭少卿伸手想摸摸轩轩的头顶，却被轩轩躲开，不禁有些尴尬。

“他的书扯坏了，正难过呢。”赵苒适时地帮他解围。

“什么书？让叔叔看看，叔叔给你买新的。”郭少卿就势在轩轩身旁的位子坐下。

“是爸爸买的。”轩轩没有把书递给他，反而放到了身体的另一侧。

赵苒见他有些发窘，笑道：“愣着干什么，吃啊。”

郭少卿拿起筷子，看到赵苒从锅里捞出鱼肉，小心地择去上面的嫩刺，再放到轩轩面前的碟子里，不由得从心底感到这一幕很温馨，犹豫了一下，没有把即将跳槽的事情说出来，他决定找个正式的场合郑重地告诉对方。

饭后，雨仍未停。郭少卿把母子俩送到赵苒家楼下，并没有立即离开，平时很少抽烟的他点燃一支烟，下了车走到马路对面的126路公交车站，一边听着雨点打在棚顶的声音，一边看着对面楼走廊里的声控灯相继亮起，一直到赵苒家的卧室灯亮，这才扔掉了手里的香烟。

准备过马路的时候，郭少卿无意间扫了一眼旁边的公交车运行线路表，发现126路公交确实更改了行车路线，但是，并不经过轩轩所在的学校。

23

尽管正式文件尚未下达，裁员的消息还是不可避免地传开了。从早晨上班开始，总经办就在议论这件事。和刘丹之前预料的不一样，似乎没有人拿裁员当回事，包括平时任劳任怨的方玲和上个月请了半个月假照顾老公的张茜，刘丹原以为她们是很看重这份工作的，而此刻两个人正淡定地计算离职后能拿到多少补偿金。

刘丹无声地叹了口气，年龄的优势再次显露出无情的一面。她们都很年轻，来公司时间最长的不到三年，短的刚刚一年出头，无论对公司还是对自己的岗位，都没有产生归属感，跳槽对她们来说不算什么。

真正看重这份工作的，只有自己。

刘丹没有参与她们的讨论，今天她有些心神不宁。明天就要开庭了，不出意外的话胡中兴会被当庭释放，她想问问领导的意见，一是胡中兴出来后怎么安置，二是涉及保险公司免责的部分，要不要找他来出。

交接仪式在上周的年会上就已经隆重举行了，新任总经理却迟迟没有在公司里露面，据说是跟着区域经理到下面走访经销商去了，近期的公司业务仍由邱志达主持。可是现在都十点半了，邱志达还没来公司，电话也打不通，这是很少见的现象。邱志达向来守时，平时除了出差，绝大多数时间都待在办公室里，即使临时有事不能来公司，也会电话通知自己一声。自己这个总经办主任说白了就是邱志达的大管家，今天头一次不知他人在哪里。

抬眼看向外间的何蜜琳，正趴在桌子上一边玩手机一边跟方玲她们说说笑笑，不像有约会的样子，刘丹烦躁的心情稍稍缓解了一些，从包里拿出昨晚逛夜市时随手在路边摊上买的指甲油，涂抹起来。

临近中午，人力资源部的小蒋走了进来，屋子里的几个人同时停止说话看向她，把这个新来不久的小姑娘看得直发毛："怎么了，你们这样看我干吗？"

张茜笑嘻嘻地说："等着你宣旨啊。"

"宣什么旨？我又不是太后。"小蒋的脸色有些不自然，直接走到里间屋，说，"刘姐，忙什么呢？"

"正琢磨中午吃什么呢，要不要一起？"

"谢谢刘姐，下午销售部有个培训，我中午得赶时间布置会场。"

"找我有事吗？"

"没什么要紧事，我们孙经理说，您什么时候有时间了，请您到她那儿坐坐。"

到底还是来了！刘丹心里微微沉了一下，抬头笑道："我现在就有时间，不知她现在忙不忙？"

"我刚从她那儿出来，正在网上买东西呢。"

"那我这就过去。"

刘丹站起身，拿过挎包背在肩上，出了总经办，直奔走廊另一端的人力资源部。走到门口，见门大开着，出于礼貌，她在门上敲了两下。

"小刘快来，帮我看看哪个颜色好？"

整个公司能管自己叫小刘的也就是这位HR主管孙莹了，四十一岁的年纪在北方大区里除了老总就数她最大。

刘丹走上前去，见屏幕上显示着某购物网站的界面，孙莹正在两款不同颜色的蚕丝纱巾间犹豫，她指向其中一款果红色的说："这个好，适合你。"

"会不会太艳了？"

"民族风嘛，要那么素气干吗？"

"好，听你的。"

下完单，孙莹起身到门口的饮水机前接了杯水，转身时不经意地把门关上，走回自己的座位，把水放到刘丹面前，若有所思地道："小刘，你是哪年进TCE的？”

“2003年的8月份，下个月就满15年了。”

“你比我早来了半年，我是2004年开春来的。”

“孙姐，你找我是不是有事？”

孙莹沉默片刻，从抽屉里拿出一份文件：“你自己看吧。”

这是总部签发的关于裁撤总经办的红头文件，上面盖着TCE集团的大红公章，刘丹并不感到惊讶，一边慢条斯理地逐句浏览，一边静静地听着孙莹例行公事的套话：“由于公司政策调整，决定取消总经办编制，哦，需要说明一点，这不是特别针对咱们分公司的，是全国33个分公司的总经办全部取消。根据劳动法，公司提前30天通知你……”

刚开始刘丹还能保持心平气和，但是当她看到文件下发的日期，不由得愤怒起来——6月29日，周五，胡中兴发生车祸的前一天。如果第二天不发生车祸，周一早晨这份文件是不是就会出现在自己的办公桌上？因为需要有人代表公司去做冯丽家属的工作，面对对方的冷脸辱骂和歇斯底里的发泄，还要低声下气地去恳求对方在交通事故谅解书上签字，直到确认案件已经定性，不会因这起事故给公司带来负面影响，才把这份文件拿出来。

过河拆桥！怪不得新任经理迟迟不肯接手公司业务，原来是在等邱志达处理掉自己任期内的包袱。算算日期，下个月的今天刚好是自己续签劳动合同的日子。难怪HR一直把这件事压到现在，却连明天庭审这么重要的日子都等不及了，因为多等一天就会错过劳动法规定的提前30天通知解聘人员的规定。这是担心自己去申请劳动仲裁吗，真是煞费苦心！

深深地吸了口气，刘丹平静下来，打开挎包，从里面拿出一份报告：“总部制定的政策我理解，也支持，但是真不巧，孙姐，你看看这个。”

孙莹接过去看了一眼，立刻夸张地叫起来：“呀，小刘，你怀孕了，恭喜恭喜！”

刘丹觉得她的表现很假，但没有戳穿，微微扬起下巴：“所以，公司现在不能辞退我。根据劳动法，我的劳动合同将自动延续到哺乳期结束，顺便说一下，我不接受双倍补偿的强制辞退。如果是那样，我会申请劳动仲裁，这是我作为TCE员工的基本权利，那时候咱们就得法庭见了。”

孙莹丝毫没有表现出对她这番话的惊讶，笑着道：“看你说的，TCE不是不讲人情的地方，咱们公司的愿景就是为客户创造价值，为员工实现价值，你不会不知道吧？”

“我以为就是说说的。”

“怎么会光是说说？这样吧，我建议你——”孙莹把孕检报告放在桌上，对刘丹道，“再做一次检查。”

“为什么？”

孙莹推心置腹地说：“怀孕可是咱们女人一生中的大事，不瞒你说，公司以前就出现过员工被医院误诊的情况。为了以防万一，你再换一家医院做次检查，花不了多长时间的。”

“这家就是医保定点医院。”刘丹脸上堆着笑，却感觉喉咙有点发干，“再说怀孕也不是什么疑难杂症，不会出现误诊的。”

孙莹亲热地拉起她的手：“医保定点医院又不止这一家，我也是为你着想，呦，你的手怎么这么凉？这次你干脆做个全身检查，对你和胎儿都有好处嘛，不用担心费用的问题，你是公司的老员工了，我会让薪酬经理和财务协调。当然，这是我个人的建议。”

刘丹的目光滑向桌上的孕检报告，本市的医保定点医院自己都跑遍了，只有这家医院还保留着通过尿样检测怀孕的传统方法，其他医院都已经换成更为便捷和更不容易作假的抽血检测了。她感觉手心里汗津津的，轻轻从对方掌中挣脱出来：“如果我不接受建议呢？”

“我明白了，你一定是嫌麻烦，怀孕的人可禁不起折腾。”孙莹感同身受地道，“这样好了，我安排小蒋去帮你排队挂号，你坐在一边等着就好，跑腿的事情都让她去干，只有抽血的时候叫你。”

刘丹艰难地说：“孙姐，公司从来没有开过这样的特例，您这是什么意思？”

“我的意思很清楚了。”孙莹依旧笑眯眯地看着她，眼神却冰冷得如同寒霜，“我相信你也清楚。”

刘丹不敢和她对视，感到手脚都在微微颤抖，她努力把手攥成拳头，但是没用，双手依然在颤抖。

“不着急，一个月之内随时可以做检查，你什么时候有时间了就告诉我。”孙莹冲着刘丹离开的背影大声道。

刘丹没有回办公室，连电梯都不愿等，直接顺着安全通道跑下楼，一路冲出银珠大厦，跑到楼后的草坪上，摸出手机，疯狂地拨打邱志达的电话。无论如何，他事先都应该通个气的，自己不应该受到这样的对待。

手机依然关机。

刘丹无力地坐在草地上，看来邱志达是知道的，自己假怀孕包括今天HR找自己谈话，他都知道，所以故意躲开了。

不记得下午是怎么度过的，刘丹醒来时发现自己倒在银珠大厦二楼酒吧的沙发上。这里是她闲暇时经常光顾的地方，面前的桌子上摆着十来个空的喜力瓶子，一旁的杯子里还有半杯残酒。她强撑着身子站起来，立刻感到一阵眩晕，忙扶着桌子站住。

一名熟识的服务生跑过来，问道：“刘姐，你怎么样了？”

刘丹推开他，抓起挎包踉踉跄跄地奔出门去。

夜幕下的城市流光溢彩，走在回家的路上，刘丹悲从中来，为了这份工作，这些年不知经历了多少艰辛。自己的酒量不是天生的，而是通过一次次酩酊大醉生生练出来的，就在前面的步行桥上，自己趴着栏杆呕吐的情景今天依然记忆犹新，不敢让老公看到自己难受的样子，只能在公园的长椅上坐到深夜，直至酒醒了才故作轻松地回家……

为了得到邱志达的赏识，为了工作，说到底还是为了这个家，这些年所有的苦和累，全部一个人扛，可是想到至今仍离不开轮椅的老妈，想到直至去世也没看到外孙子的老爸，刘丹不禁痛哭失声，自己这些年都干了些什么啊？！

太累了！

2003年入职，转眼就过去了15年，人的生命中有几个15年？自己把最好的青春年华献给了TCE公司，临走的时候连一个体面的道别都得不到吗？

拿出手机，再次拨打邱志达的电话，依然关机。

人心是铁吗？15年的时间都不能把心焐热吗？就算养条狗也养出感情了吧？哪怕你对我说声谢谢，谢谢自己这些年为公司付出的努力，自己也不会伤心至此。

强忍住悲声，坚强地往前走，泪水在脸上默默地流淌，城市的灯火在泪眼中朦胧……

终于回到了家。

进门前，刘丹擦干了泪水，还特意补了个妆，用来掩盖哭肿的眼泡。和预料中一样，贾学明正歪在客厅的沙发上看电视，没有注意到自己发红的眼圈。

“又加班了？”贾学明看了一眼墙上的挂钟，时针指向十点。

“嗯，最近公司比较忙。”

“晚饭吃了吗？”

“吃了，公司叫的外卖。”

“哦。”贾学明继续把目光转回电视上。

洗漱完毕，刘丹浑身酸软地靠在贵妃椅上，眼睛盯着屏幕，电视上播的什么完全不知道，心里面却有一个小小的阴影越来越大，轮廓也越来越清晰，终于，化成了一条珠链的样子。

刘丹一下子坐起来，拿过自己的挎包，打开拉链翻找起来。

“找什么呢？”贾学明问了一句，眼睛没有离开电视。

“没什么。”刘丹继续找，包太小，往外拿东西不方便。

“对了，告诉你个好消息，有人约车，明天中午去南站。”

“听说那边的出租车都是缴了进场费的，对网约车查得紧，你还是在市里跑吧。”刘丹把包翻过来，将里面的东西全倒在沙发上，珠链掉出来了，同时掉出来的，还有一张皱巴巴的餐饮发票。

“市里跑一趟十几块钱顶天了，多数时候就是挣一个起步费，跑趟南站就不一样了，至少八十，还能顺路捎回来一两个返城的，一个小时的工夫就能挣一百五，比我一天的工资还多。没去过不要紧，大不了我不进站前广场，在路边就把人放下，跑完这一趟也就熟悉了。我想好了，以后我就专接去南站或是开发区的单子，把宝贵的时间搭在市内的小活儿上太不值了。我计算过，要是每个月平均能接到二十张去开发区的单子，再加上你我的工资，咱们的房贷至少能提前三年还完。这个家是咱们俩的，不能总让你一个人做贡献……”贾学明越说越兴奋，仿佛看到美好的明天正向自己招手。

刘丹手里紧紧攥着水晶珠链，目光却停留在那张发票上，贾学明的声音传进耳朵里，听上去像一个遥远的电波。

24

连续两天晚上，陈律都跟着队里蹲守一名外号叫老猫的毒品掮客，昨天晚上更是蹲了整整一宿，直到天光放亮，老猫也没有出现。和换班的同事交接后，陈律拖着疲倦的身体回到宿舍，脸也顾不上洗，踢掉鞋子就一头倒在床上，朦朦胧胧中似乎刚睡着，电话就响了起来。

陈律困得眼睛都睁不开，摸索着从裤兜里掏出手机，扣在耳朵上：“喂——”

“小陈。”

是韩长庚的声音，陈律一下睁开眼睛：“老韩？”

“车检了吗？”

“你走的当天就检完了，一共8条违章，你留的钱不……”

陈律话未说完，就被对方打断了：“你这两天开车肇事了没有？”

“没有，除了去检车，这两天我没动你的车，就停在队里了，哦，昨天下午严鹏开你的车出去了一趟，他有没有肇事我就不知道了。”

陈律睡不着了，心里暗骂这根木头真小气，平时谁开他的车出去都不闻不问，唯独自己开了一次，还是帮他去检车，就特意从外地打电话回来问个没完没了。

韩长庚似乎也觉出不妥，解释道："是这样，刚刚有个人打我的手机，说有很重要的事想跟我面谈，问他什么事他说不方便在电话里讲，但是随口报出了我的名字和车牌号码，不过听他的话音似乎之前没见过我。我觉得有点蹊跷，就把他约到花鸟市场南门了，你替我过去看看怎么回事。"

"约的几点？"

"八点半。"

陈律看看时间，还有不到十分钟，只好挣扎着从床上坐起来："嗯，我这就去。"

花鸟市场就在分局后面的街上，从陈律所在的公安小区北门走过去顶多五六分钟的工夫，但考虑到自己是以老韩的名义跟对方见面，陈律特意绕回分局把那辆哈弗开了出来，等赶到地方，已经八点四十了。

此时花鸟市场门前聚了不少闲人，陈律把车停在路边，降下副驾的车窗，目光在人群中搜寻，忽然从窗外毫无征兆地探进一个脑袋，把他吓了一跳。

"韩先生？"那人问道。

陈律嗯了一声，示意他上车。

对方拉开车门，看到陈律的长相似乎比电话里听起来年轻不少，迟疑了一下，还是坐了进来。陈律也不说话，眼睛看着对方等他开口。

"谢谢你抽时间跟我见面，有件事我想和韩先生确认一下。"

陈律疑惑地点了下头，依稀觉得对方有点眼熟，仔细打量面前这个人，三十左右的年纪，身子骨偏瘦，虽然坐着，也能看出个子比自己高出半头，头发很短，是新剪的，却布满了与他的年龄不相称的白色发茬，面色有种营养不良的苍白。

"大前天下午三点钟左右，韩先生是不是开车从城西的机场辅路经过了？”

陈律完全没想到他会提出这个问题，刚要摇头，忽然想起老韩临走时说前一天的下午曾经去南山检车线去检车，那天正好是大前天，考虑到近期往城南去的马路正在大规模施工，老韩很有可能就是从城西机场辅路绕过去的，便哦了一声。

“那么6月30号，韩先生是否也经过了这条路？那天中午，这条路上发生了一起车祸。”

提到那天的车祸，陈律一下子想起面前这个人是谁了：“你是在找当时经过现场的一辆白色车吧？”

对方的眼睛瞬间被点亮了：“韩先生知道？”

陈律看向他两鬓的白发，上次在交警队见到时他的头发还是黑的，不由得叹了口气：“李家祺，你这样是找不到证据的，就算找到了也派不上用场。”

对方惊诧得差点跳起来：“你怎么知道我的名字？还有……你的声音和电话里不对，你不是韩长庚，你是谁？”

陈律掏出警察证：“老韩是我的同事，这个案子就是我们办的，嗯，这样说不准确，我们只参与了这个案子中的一部分，主要是和那个大众司机有关的。”

李家祺怔怔地看了他半晌，机械地问道：“为什么说找到了证据也派不上用场？”

陈律解释道：“事故现场的监控头早在年初就拆除了，就算你运气好，找到了车祸发生时恰好经过现场的目击证人，并且他愿意为你出庭作证。但是，要想让证人证言能够被法庭采纳，必须具备一个基本条件，就是无法证伪。通俗地讲，一个案子如果只有一个目击证人，就是孤证，孤证是不能定案的。如果我是被告，就可以质疑这一点，谁知道这个证人是不是你自己找来的？”

李家祺的神色迅速衰败下去，直愣愣地靠在椅子上，过了一会儿，慢慢把头低下去，将手掌覆在脸上，陈律看到泪水顺着他的指缝流下来。

“我知道，来不及了，就算找到证人也没用了，明天就开庭了……”呜咽的声音透过手掌传出来，听起来异常沉闷，“……车祸真的是刚下雨的时候发生的，老邢头都听到了，车子撞到墙上，很大的声音……”

“现场还有一个证人？那就不是孤证了。”

“但是被墙挡住了，他什么都没看到。”李家祺痛苦地摇头，哽咽得连呼吸都困难了。

看到一个大男人哭成这样，陈律心里也压抑得难受，却不知怎么安慰他，猛然间见他抬起头，大声道：“我还有时间！我还有一天时间，一定能找到证据的，一定能！”

陈律感觉他似乎变了一个人，牙关咬得紧紧的，眼神中透出一种疯狂般的神采。只见他抬手抹去脸上的泪水，从包里取出红色记号笔，在一张几乎划满了红道的纸上添了一笔，陈律注意到那一行的开头是韩长庚的名字。

“你是怎么知道老韩的电话的？”

李家祺摇摇头：“对不起，我答应了人家，不能说。”

陈律不好强迫他，点了点头，却无意中瞥见那张纸的右上角有半个淡淡的鞋印，不禁心里一动：“能给我看看吗？”

李家祺犹豫了一下，把纸递给他。

没错，是自己的鞋印。陈律想起来了，那天在保险公司自己和一名叫常凯的业务员撞了一下，把对方手里拿的几张A4纸撞到了地上，这个鞋印就是当时踩上去的。

陈律眼前似乎亮了一道光，一个之前一直困扰自己的问题瞬间找到了答案，他把纸还给李家祺，说：“接下来你要去哪儿，我可以捎你一段。”

“不用了。”李家祺推门下车，冲陈律点点头，“谢谢你抽时间见我。”

陈律目送着他的背影远去，摸出手机把情况汇报给韩长庚。听到是纪红岩那个案子的延续，韩长庚似乎有些失望，但也没说什么。挂了电话，陈律发动车子，直奔保险公司。

“还是问艾薇的事情吗？”常凯对陈律的再次造访颇感奇怪。

“这次是想查一辆车，看是不是在你们公司投保的。”

“知道车号吗？”

陈律掏出随身携带的小本子，找到一个车牌号码告诉他。

常凯打开公司内部的管理系统，输入号码，车辆信息立刻弹了出来：“是在我们这儿投保的，是台黑色大众，车主叫纪红岩，啊，前阵子他出事了……”

“帮我再查一下另一个人的信息。”陈律没理会他的大呼小叫，说，“他之前也是你的保户。”

“这个女人叫兰兰，嗯，本人要比照片漂亮。”郑光明端详了一会儿艾薇的照片，把手机还给陈律，“那天中午，我开车从小区里出来，刚要并线，就被路边一辆正在倒车的丰田撞上了，开车的就是她。”

“还记得当天的日期吗？”陈律说，“哪怕有个大概也行。”

“那是2015年的9月9号，星期六。”郑光明不假思索地说。

陈律惊讶道：“三年前的事情，你还记得这么清楚？”

“因为那年我孙子刚上小学一年级，我当时出门是去学校找他的班主任的。”

“周六老师不是休息吗，怎么会在学校？”

“如果是平时肯定休息了，但第二天是9月10号，教师节。”

见陈律眨着眼睛不明其意，郑光明解释道：“周四那天放学，我孙子回家说，他的班主任老师的电动车丢了。当时我就想买一辆给老师送去，但我儿子不同意，结果第二天老师一下子就收到了二十多台电动车，还在课堂上跟孩子们说，周一准备给大家重新调整座位。我孙子本来个头就小，刚开学要是不表示表示，一定会被调到教室后面的，影响了听课怎么办？”

“这么说，你那天是去给老师送礼的。”

郑光明叹了口气："等你有了小孩就知道了，一个教师节给两千块钱算什么送礼了？我这是随大流，听说有两个家长为了让自己的孩子当班长，送礼送得都快打起来了。"

陈律听得直发愣，过了一会儿才发现话题被带偏了，忙拉回来道："还是说说那天撞车的事吧。"

"我家小区门前是单行线，在那儿倒车属于违章，自然是百分百责任。但是兰兰说她开的那辆车是找朋友借的，要是报了保险她朋友必然会知道，她没法跟朋友交代，央求着跟我私了。我给4S店打电话定损，大约一千五，她说身上没带这么多钱，只给了我一千，要了我的手机号，说回头把那五百送过来。我当时急着去学校，而且这种外观碰撞随便找个地方做个假现场，保险公司照样能赔付，第二天我确实这么做了——所以，当时就没拿她说的当回事，结果我从学校回来不久，她就打电话说要给我送钱，我跟她说算了，不要了，她道了谢，就挂了电话。"

"后来呢？"

"本来我以为这事过去了，没想到第二天傍晚她又打来电话，这次没提钱的事，说感觉我这人不错，挺有风度的，想跟我交个朋友，并且提出找个酒吧坐一坐。虽然我不太确定她说的交朋友的意思……"

郑光明看向陈律，老脸上现出一丝不好意思的神情："你也明白，这种事对咱们男人来说还是有一点诱惑的。"

陈律明白他的意思："你是不是想说，就算喝多了，最后吃亏的也不是男人？"

"唉，经验用事啊。"郑光明长叹了一声，"那天晚上我确实喝了不少酒，但都是那种酸不酸甜不甜的葡萄酒，以我的酒量不应该喝醉的，可是偏偏很快就醉了。第二天早上我发现自己躺在一家旅馆的房间里，身上的衣服穿得好好的，就是脑袋有点发沉，想不起自己是怎么来到这家旅馆的。但有一点我很确定，就是昨晚什么事都没发生，包括我出门前特意装在兜里的安全套，也好好的没用过。我下楼问前台，服务员说房钱已经结了，是用我的身份证开的房间，昨天晚上是我的朋友——一个男的，把我送来的，再问什么就不知道了。但昨晚我始终和兰兰在喝酒，不记得有什么男的。”

“听起来你虽然没有占到便宜，但好像也没吃亏。”

郑光明苦笑了一下，接着说：“之后的两天，我一有时间就给兰兰打电话，但一直没打通。第三天我的手机突然接到一个陌生人发来的信息，内容是关于我本人的，包括家庭住址、婚姻状况、工作单位、办公电话等，很详细。紧接着，对方发过来一组照片，拍的是我和兰兰在床上的各种姿势，然后向我索要20万封口费，这时我才明白是怎么回事……”

说到这里，郑光明出现了短暂的停顿，随即愤怒起来：“我什么都没干，就在旅馆里自己一个人睡了一觉，顶多被人脱光衣服摆拍了半个小时，就管我要20万！”

“你报警了吗？”

郑光明泄了气般地缩了缩身子：“我还有五六年才退休，要是报了警，对方就会把照片曝光，我还怎么在单位里待下去？而且对方知道我的家庭住址，万一把照片寄到我家里去，我在儿女面前怎么抬头？”

“你给钱了？”

郑光明点了点头。

“交钱的时候见到对方了吗？”

“没有，我按对方的要求把钱包好放到一栋指定的烂尾楼里，拿到了对方事先放在那里的手机，就是拍这些照片用的，然后就离开了。”

“那个手机还在吗？”

“拿到手我就把它砸烂了。”

“你确定对方没有备份？”

“不确定，但我猜对方就是想勒索一笔钱，不会逼得我最后走投无路去报警的。事实证明我猜对了，在那之后对方没有再找我。”

“过后你也没去酒吧找那个兰兰？”

“找到她有什么用？无凭无据的我能告她什么？就当破财免灾了。”

“你还记得那家旅馆叫什么名字吗？”

"我以前从来没去过那家旅馆，叫什么名字没印象了，但我记得大概位置，就在南街口附近。"

再次站在好运来旅馆门前，陈律有一种明确了方向的感觉。

"四楼走廊走到头，最里面的那间就是了。"郑光明指着对面说，"我记得是朝南的房间。"

陈律点点头："你在车里等我吧，回头我送你回去。"

迈步走进旅馆时，陈律注意到门口和前台都安装了监控。但是没有哪个单位会把监控录像保存三年之久，好在当今科技发展迅速，各种层出不穷的宾馆管理软件早已被个体经营者接受，只要不出意外，保存在管理软件里的信息一般可以追溯到最开始建档的那一天。

出示了身份后，前台服务员按照陈律的要求，很快查到了郑光明的住宿记录，415号房间，入住时间也与郑光明所述一致。

看来这个方法可行，陈律立刻让对方查找纪红岩的住宿记录，却没有找到，换成艾薇和艾兰兰这两个名字，也没有搜索到任何相关信息。接着又查询了9月20日，也就是赵长发出事当天的住宿记录，依然没有发现任何疑点，这下让陈律有些怀疑自己的判断了。

9月20日中午，位于这家旅馆对面的超市老板见到赵长发头也不回地向西走去。赵长发好像看到了什么——这是超市老板的原话，他还冲着赵长发的背影喊了两声，对方没有听见，可见当时赵长发精神的高度专注。不久后孙炳坤又给赵长发打了两次手机，对方也都没接。

如果艾薇与纪红岩的相识和郑光明一样，也是从慢时光酒吧开始的——目前虽然没有确凿的证据，但是有迹象表明这一点——来旅馆的路上，陈律从常凯那里得到了证实，2015年9月18日傍晚，纪红岩的大众车出过一次保险，右侧车门撞在了路边的树上——那么，赵长发在超市门前等孙炳坤的时候，无意中看到纪红岩和艾薇从对面的旅馆里走出来，于是追了过去。

这是陈律觉得最接近事实的推测。但是没有证据支持。

如果排除这种可能，赵长发还会因为看到什么事情而匆忙离去呢？并且在不久后回到了平时不经常去的老房子？甚至连早已约好的钓鱼都放弃了？真的是因为要下雨了去关窗户？

陈律一边心里画着问号，一边浏览着住宿记录，他注意到9月下旬，距赵长发出事后不到一周，旅馆所有的房间住宿记录一连三天都是空白。

“这是怎么回事？”

“嗯，因为出了点状况。”服务员支支吾吾的，不愿说。

陈律沉下脸来：“到底什么状况？”

“一名客人半夜里从房间的窗户跳下去摔死了，警方介入调查，把旅馆关停了三天。”

“客人好好的为什么要跳楼？”

“听说是吸毒产生了幻觉。”

“从哪个房间跳下去的？”

“416号房。”

陈律看向张贴在墙壁上的旅馆内部示意图，416号房正好在415的对门，想了想，问道：“客人叫什么名字？”

“不知道，听人说叫什么华哥。”

“不是有住宿登记吗，怎么不知道名字？”

“那个房间是长期包房，但不是华哥本人开的房间。警察查过了，开房时用的身份证是一个南方人的，已经挂失了，身份证本人从来没有住过我们旅馆，只是以前来过本市旅游，不知什么时候把身份证弄丢了。”

“那个房间一直是华哥自己在住？”

“出事那天是他自己，但平时我们整理房间，偶尔会捡到口红化妆品之类的东西。”

“还记得开房人的样子吗？”

服务员摇头：“警察也看了监控，但开房时间已经超出监控录像的保存期了。”

陈律皱眉想了一会儿，没什么头绪，只好起身离开。走出旅馆，发现车是空的，郑光明没在里面，左右看看，他正站在不远处的一家门市前发愣。陈律走过去，见是一家不大的文身馆，临街的橱窗上贴着各种文身样式。

“这个图案我好像见过，”郑光明指着其中一对翅膀状的图案，说，“但不是全部。”

他走到橱窗前，用手遮住图案的下半截，只露出上面的一小部分，回头冲陈律道：“我从烂尾楼离开的时候，一个骑摩托车的人在我身边经过，他戴着头盔，看不到脸，只看到脖子上有这个文身，但我不确定他是不是勒索我的人。”

25

慢时光酒吧硕大的霓虹招牌在夜幕下璀璨夺目，陈律坐在马路对面的车里，盯着跳动的霓虹灯看了一会儿，跳下车，朝对面走去。

进门时，他还在琢磨巧合的成分有多大。现在喜欢文身的年轻人很多，和郑光明一样，之前自己在这间酒吧的领班脖子上看到的文身也是一小部分，大部分图案被衣领遮住了，不过就算图案真的一致，在没有其他证据的情况下，也不能断定对方就是勒索郑光明的嫌疑人。

谢绝了服务生的引领，陈律环顾四周，此时酒吧的上座率已接近半数，歌手正准备登台演唱，那名叫孟磊的领班正在吧台内调配酒水。陈律径直走过去，坐在吧台前的高脚凳上，孟磊无意中抬头，恰好和他望了个对脸，不禁面色一变，突然抓起手边的杯子劈面掷过来，然后扭头就跑。

陈律本来还没想好怎么开口，对方这一跑就说明问题了，匆忙间一侧身，酒杯躲过去了，砰的一声摔在地上，却没有躲开杯子里的酒水，被泼了一身。

“站住——”陈律叫了一声，踩着高脚凳翻进吧台，对方已经灵巧地从吧台另一端跃了出去，朝酒吧应急出口的方向飞奔。

不知谁喊了一声“打架了”，酒吧里顿时炸了锅，服务生和客人四处逃散，胆小的纷纷往外面跑去，也有胆大的凑上来围观。

“警察办案，无关人员闪开——”

陈律急得大喊，眼看对方还有几步就奔到门口了，忽然一张椅子从旁边幽暗的角落里贴着地面滑过来，刚好绊在孟磊的双腿之间，扑通一下，孟磊应声跌倒。陈律趁机赶上去将他制住，踢出椅子的人也慢慢从灯光的阴影下走了出来。

陈律愣住：“老韩？”

本来就一脸愁苦相的韩长庚此刻的脸色更加难看，他目光阴郁地看着跑向酒吧门口的客人，回过头说：“你最后别让我后悔刚才踢了这一脚。”说罢，从后腰摸出铐子扔给陈律，头也不回地走了出去。

陈律莫名其妙，给孟磊上了铐子，把他从地上拽起来推着出了酒吧。韩长庚已经用备用钥匙开了车门，坐在副驾上抽着烟。

陈律把孟磊塞进车后座，自己也坐了进去：“说说吧，你都干了什么？”

孟磊用力挣扎，大声叫道：“我只是帮艾薇开了个房间而已，其他的什么都没干，凭什么拷我？”

陈律没想到他突然冒出这么一句，不禁道：“在哪儿开的房间？”

“南街口，一家叫好运来的旅馆。”

陈律一怔，心中升起一种事态偏离了预知的感觉，向韩长庚望去，见他自顾自地抽着烟，阴郁的脸色并没有因为听到艾薇两个字有丝毫变化，完全看不出他在想什么，不由得道：“你不是说不认识艾薇吗？”

“我们这儿确实没有叫艾薇的。”孟磊还在嘴硬，但声调低了下来，“那个女人叫兰兰，那天看了你手机上的照片，才知道她和你说的艾薇是同一个人。”

“知道为什么不说？”

孟磊低下头不吭声了。

“说说你是怎么和她勒索酒吧客人的？”

“勒索客人？”孟磊吃惊地抬起头，“我……不知道。”

“赎金是你取的，你说你不知道？”

“什么赎金？”

陈律火了，一把扯开他的衣领，露出脖子上的文身，果然是一对张开的翅膀：“这是怎么回事？”

“这是兰兰……嗯，艾薇让我纹的。”

“她让你纹的？”

孟磊吞吞吐吐地说：“嗯……我把酒吧里的……真酒，嗯，用假酒偷偷换出去……卖了，被她发现了，就拿这件事要挟我去纹了这个图案，否则她就去经理那里告发我。”

陈律越听越蹊跷：“别岔开话题，她一个人就能把酒吧的客人迷晕弄到旅馆去？”

“迷晕客人？”孟磊脸上一片茫然，“有一阵子她确实经常带不同的客人来酒吧消费，但我真的不知道你说的这事，也没听其他人说过。”

陈律一时无法判断他说的是真是假，或许艾薇趁药性发作之前就把客人带离了酒吧也未可知，盯着孟磊看了一会儿，道：“说说你和艾薇是怎么认识的？”

“打工认识的，大约2014年的冬天，她来酒吧应聘保洁员，干了不到两个月就走了。再次出现是半年后了，就像换了个人似的，她当初做保洁的时候很朴素的，话也不多，这次就不一样了，无论穿着打扮还是说话的气质都跟坐办公室的白领没什么区别。之前认识她的几个服务生背地里说她出台了，但我觉得她更有可能是被人包养了。”

“为什么这么说？”

“有两次她一个人在酒吧待到很晚，因为我住得近，就让其他服务生先走了，自己留下来等她，她走的时候我看到有一辆黑色的丰田车来接她。”

“接她的是什么人？”

“不认识，看上去不到三十，长得挺帅的，我隐约听到艾薇管他叫华哥。”

陈律感到脑子有点乱，想了想，问道：“艾薇再次出现在你们酒吧，前后大约持续了多长时间？”

“顶多三四个月。”

“她带来的客人里，有没有纪红岩？”

“我不知道纪红岩算不算她的客人，因为纪红岩是我们这里的常客，不过他俩确实一起来过，那是2015年快到国庆节的时候，在那之前纪红岩已经很长时间没来我们酒吧了。我记得很清楚，纪红岩和我打招呼的时候艾薇好像很吃惊的样子。”

“除了文身，艾薇还要挟你什么了？”

“就这一件事，再有就是刚才说的，在好运来旅馆开了一间长期包房，身份证是她再次出现的时候给我的，开完房间我就还给她了，此外就没别的了。”

“那你为什么见到我就跑？”

孟磊犹豫起来，陈律能感觉到他内心中在挣扎。

“是不是不想在这儿说？那就回局里说吧。”

“别，还是在这儿说吧。”孟磊连忙道。

“有一天晚上，艾薇自己来的，那是她最后一次来我们酒吧，看上去心情很不好。当时我看到她胳膊上青一块紫一块的，虽然尽量用衣袖遮着，但还是能看出来。她喝了一会儿闷酒，让我给她接一杯温水，说胃疼，想吃药，可是等我接完水送过去的时候，她已经走了。大约过了半个小时，她打来电话说胃药找不着了，让我看看是不是掉在她之前坐的沙发缝里了，我按她说的去找，果然找到一个撕掉了标签的药瓶。她让我给她送到好运来旅馆，我看当时酒吧里没有几位客人，就去了。结果刚拐进那条街，还没到旅馆门口，就见华哥从路边迎出来了。他之前没见过我，却一下喊出了我的名字，让我把药给他就行了。回来之后我觉得不对劲，就给艾薇打电话，但是打不通。第二天上午我去买东西刚好从那条街路过，看见旅馆被封了，门口有好多警察，一打听才知道昨天半夜华哥跳楼了，原因是吸毒后产生了幻觉。因为我是最后见到华哥的人，怕见到你们警察说不清楚，就只好跑了。”

陈律不解道：“你不过是送了趟胃药，有什么说不清的？”

“那不是胃药。”孟磊摇头，说，“就算没有标签我也认识，那是海乐神。”

海乐神是三唑仑的别名，陈律嘿了一声：“你是不是也吸过……”

孟磊急忙连连摇头：“没有没有，我一次也没吸过，我从来不碰这东西的。”

“那你怎么知道是海乐神？”

孟磊用下巴指着车外右前方的一家酒楼，说：“那家酒楼的上一任老板，以前经常来酒吧玩，和我们都很熟，对了，纪红岩也认识他，他们还一起吃过饭呢。本来生意做得好好的，不知怎么沾上这玩意儿了，不到两年就把酒楼吸进去了。我就是那时候从他手里见到的。但我胆子小，知道这是掉脑袋的事情，开开眼界就算了，别说贩毒，让我抽一口大麻我都不敢……”

“你说的这人叫什么名字？”

“姓曹，名字不知道，他有个外号叫老猫。”

“老猫？”

“嗯。”

“他最近经常来你们酒吧吗？”

“有一个多月没来了。”

陈律有些泄气，找老韩要过钥匙，把他的手铐打开，说：“把你的驾驶证拿出来。”

孟磊愣愣地道：“我不会开车，也没考过驾驶证。”

“我说的是摩托车的。”

“我连摩托车都没摸过，上下班骑的都是电动车，哪来的驾驶证？”

陈律这才把心放下，警告了几句，打开车门让他离开，回头瞅瞅眼望窗外不知在琢磨什么的韩长庚，问道：“老韩，你什么时候回来的？”

“今天下午。”韩长庚扔掉手里的烟头，问，“你还在查这个案子？”

陈律点头：“跟您汇报汇报案情？”

“长话短说。”韩长庚用力搓了两把脸。

陈律掏出小本子，尽量简短地把这些天调查到的情况做了说明：“……总的来说，艾薇身上的疑点是最多的，尤其她在保险公司期间的消极表现和毕业后一直拼命打工的状态很矛盾，我之前始终想不明白这个问题。不过根据目前掌握的情况推断，她去保险公司的目的，是为了搜集大量的保户信息，给下一步有针对性的敲诈勒索做准备，纪红岩就是被她选中的目标之一。虽然没有证据表明华哥的死与她有关，但是我猜，这正是她突然间洗手不干以及故意隐瞒与纪红岩认识时间的重要原因。而且从时间上看，赵长发的死和艾薇的消失几乎同时发生，这两件事似乎也有一定的关联……”

陈律一边说着一边偷眼观察韩长庚的脸色，他总觉得对方的心思不在这个案子上，干脆收起本子，说：“您老给点意见？”

“没什么意见可给的，你喜欢查下去那就查吧。”

“你不管？”

“上头已经撤案了，我还管什么？”

“可是这个案子有这么多疑点，纪红岩的死绝不止车祸意外那么简单……”

“有疑点的案子多了，还能都管得过来？再说，我有自己的事情要做。”韩长庚说罢，替他打开车门，意思是你可以滚蛋了。

陈律傻傻地下了车，眼看着哈弗的尾灯消失在路口，不明白自己怎么摊上这么一位毫不作为的搭档。

26

徐淼坐在铁东区人民法院刑事庭的等候室内，头枕着沙发闭目养神，内心却有些不安。他是三天前接到肖婷电话的，至今仍没有回复对方，因为他实在不知怎样回复。邱志达自不必说，是自己最好的朋友。至于肖婷……别的不说，自己还曾经追求过她。

那是高二的时候，徐淼和几个哥们儿调侃班上一位追求肖婷被拒的同学。那个同学被他们嘲笑得脸上挂不住了，发狠说你们几个谁有本事把她追到手，我管你们一年的晚自习加餐，于是众人怂恿徐淼去追。徐淼还真的把肖婷领到了大家面前，特诚恳地说这是我新交的女朋友，请哥几个以后多照应。从那以后，两人经常出双入对，状极亲密。那位悔青了肠子的同学天天看着徐淼在自己面前嘚瑟，不得不咬牙认了这笔赌账。

可是好景不长，不知哪个多嘴地告诉这个倒霉蛋，徐淼和肖婷从幼儿园一直到高中都是同班同学，人家合起伙来骗你的免费晚餐呢。幡然醒悟的同学不敢去找肖婷理论，只好掐着徐淼的脖子骂他作弊，向他追讨这一个多月的饭钱。

虽然带着玩笑性质，但在假装处对象的那段时间里，徐淼还真的对肖婷说过，要不你就真的做我女朋友吧。肖婷像哥们儿一样把手臂搭在他肩膀上，说，等大学毕业了，我要是嫁不出去，你就准备娶我吧。

言罢，两人相视一笑。原因无他，实在太熟了，很难来电。

徐淼承认，自己在说那句话的时候，心底是喜欢对方的，但他不知道那算不算爱情，也许只是春天到了，体内荷尔蒙的分泌撞上了懵懂的青春期，使自己脱口而出了那句表白。直到后来两人又考上了同一所大学，肖婷已经飞蛾扑火般投入了邱志达的怀抱，徐淼还会时常想起这句话。

多年以后，在邱志达和肖婷的婚礼上，徐淼特意封了一个远超其他同学的大红包，感动得邱志达搂着他的脖子差点勒死他。肖婷则用锥子一样的鞋跟踩在他脚背上，嘴角挂着笑，眼睛里却似有幽怨，吓得他几乎逃席而去。

再后来，大家都在忙工作、忙家庭，尽管见面的机会不多，但彼此间的感情却一直维系下来，以至于徐淼现在找不到拒绝肖婷的借口。

徐淼颇为后悔，自己一向很守时的，偏偏同学聚会那天迟到了几分钟，因为路上接到刘丹打来的电话，正是延误的这几分钟，把自己陷入了如今左右为难的尴尬境地。

他没想到肖婷会去调看酒店的监控录像，而且在录像中看到了自己。肖婷从小到大都不是一个细心的人，这次也没说因为什么去查看监控的。不过徐淼猜测，她一定在邱志达身上发现了什么，虽然不能作为出轨的直接证据，但也具备了明显的指向，才会令她做出这一举动。

帮我找出那个女人是谁，求你了。徐淼的记忆中，肖婷还是第一次这么低声软语地恳求自己。

关于出租车里伸出的那只手，徐淼有隐约的猜想，但他无法告诉肖婷，因为那不是出轨的实据。到了这个年龄，但凡在事业上有了点成就的男人，身边是不会缺少年轻漂亮的女人的，包括徐淼自己也如此。但是这种事要把握好尺度，偶尔玩点暧昧固然可以愉悦身心，要是陷入其中无法自拔就是引火烧身了。

徐淼忍不住猜测，万一邱志达真的出轨了，会有什么样的后果？肖婷他是了解的，当初为了追求邱志达，把保持了近二十年的男孩性格都收敛起来了，要是被她抓住了实据，拿刀子捅了这对奸夫淫妇都不是不可能。更不要说她那视女儿如掌上明珠的检察官父亲了，身为司法人员自然不会干犯法的事情，但是让欺负了自己女儿的混蛋身败名裂的方法至少有一百种。

邱志达呢？通过这么多年的努力，山野小镇里走出来的穷小子终于变成了传说中的凤凰男，拥有了令人称羡的家庭和事业，一旦舍弃了这些，他立刻会被打成原型。因此无论如何，他一定不会离婚的。但是，这家伙似乎并未觉察到即将到来的危机。

思来想去，自己唯一能做的就是警告一下邱志达，让他立刻收手。可是，怎么张口？俗话说劝赌不劝嫖，好色是人类与生俱来的天性，天性是那么容易打破的吗？哥们儿之间感情再好也敌不过床榻上的云雨之欢，弄不好连朋友都没法做了。

徐淼不禁在心里长长地叹息了一声，忽听门响了一下，有人走进来。

他睁开眼睛，来的是被害人家属，两个年纪大的是冯丽的父母，年纪小的是冯丽的弟弟，这几位在交警队领责任认定书时见过。徐森朝门外看看，没有其他人进来。冯丽的丈夫怎么没来？听刘丹说他对案情存疑，自己还稍微打听了一下，由于没有证据支持胡中兴拖延报案的说法，法庭收到的起诉书仍以122平台的接警时间为准。

也许是李家祺想多了，也许是他过于伤痛以致记忆产生了偏差，不过能看得出他们夫妻的感情深厚。反观冯丽的父母虽然面色凄楚，但徐森之前听刘丹提到他们面对女儿遗体时的表现，总觉得这两个老家伙心里并没有那么悲切。毕竟对他们这样的家庭来说，那笔赔偿金是穷其一生也挣不来的巨额财富。

想到刘丹，徐森抬腕看了看手表，还有十分钟就要开庭了，她怎么还没到？于是拿出手机拨了过去。

电话接通，徐森还未开口，就听刘丹连着抱歉："实在不好意思，徐律师，我今天临时有点事，不能出庭了。"

"哦，好的。"徐森怔了一下，没问原因，对方不是自己的下属，没有义务跟自己解释什么，但他依稀听到话筒那头传来服务员上菜的声音。

挂了电话，刘丹摘下额头上的墨镜，坐在靠窗的椅子里向餐馆外面望去，芦花苍苍，绿柳依依，清风摇翠中锦上温泉几个大字分外显眼。身为土生土长的本地人，她知道这里是国家级湿地自然保护区，得力于充沛的水资源，这里有湖泊，有苇塘，有稻田，随着季节交替有大量迁徙的候鸟，地表深处还有石油，唯独没听说过这里也有温泉。

自己多久没有放松了？刘丹说不上来，只记得当初为了庆祝升任区域经理，特意请了年假和老公贾学明背着相机跑到这里疯玩。当时就住在身后不远的一家石油招待所，条件说不上好，装修也简陋，唯一的优点是床前有一扇轩敞的落地窗，窗外就是蔚蓝的天空和一望无际的苇海。两人在窗前激吻、亲热、做爱，那是刘丹第一次不管不顾地想要一个孩子，进行到一半的时候，理智还是占据了上风，两人默契地采取了安全措施，也令接下来的过程索然无味。一想到长期卧床的父亲和遥遥无期的贷款，刘丹就再也没有了心情，年假还未到期就提前结束了旅程。

刘丹回头看看身后，当初简陋的石油招待所已被装修豪华的现代化宾馆取代。区区数年不见，曾经广袤寂寥的芦苇荡变成了主打温泉洗浴、休闲观光的旅游度假村，昔日的美好记忆恍如隔世。

这家餐馆的味道不错，厨师手艺很好，食材也新鲜，几样家常小菜烹制得色香味俱佳。刘丹特意要了瓶酒，用来犒劳疲惫不堪的身体。她跑了整整一个上午，才在这个新开业不久的度假村里找到这家毫不起眼的小餐馆。

结账时，服务员送来发票，刘丹仔细查看半晌才小心地把它叠好，和钱包里的另一张发票放在一起……

走下法院门前的高台阶，胡中兴深深地吸了口气，重获自由的兴奋和喜悦就像刻在了脸上，怎么也掩饰不住，他转过身冲徐森深深鞠了一躬：“谢谢您了，徐律师。”

“别谢我，其实我也没做什么，要谢就谢你们邱总吧，他为你的事情没少操心。”徐森也很欣慰，事情和之前预料的一样，鉴于肇事方的积极赔偿和胡中兴本人的悔过态度，法庭没有追究此案的刑事责任。

胡中兴连连点头：“会的会的，我一定向邱总当面道谢。”

徐森在他肩膀上拍拍，拿出手机给邱志达打电话，一直走到自己的车前，都没有打通，他皱皱眉，收起手机，说：“我送你回去吧，好好休息休息。”

胡中兴摆摆手：“不麻烦您了，我自己回去，顺便走走。”

徐森理解他此时的心情，不再坚持：“那好吧，路上小心。”

说话间，徐森注意到马路对面站着一个人，身材高瘦，脸色苍白，两只眼睛如同两个黑洞，正面无表情地望着自己这个方向。

徐森心中没来由地不舒服了一下，按动钥匙打开车门，坐进车里之前他又朝那个方向看了一眼，却发现刚才的人已经不见了。

刘丹回到公司时还不到五点，见其他办公室的人依然在忙碌，总经办却一个人都没有了，不由得心里有气，离职协议还没签呢，这就开始放羊了，像这样做事有始无终的到哪个单位能受待见？看看对面的总经理办公室，门开着，但邱志达不在里面，似乎临时有事出去了。

她走到自己的座位，本想收拾一下办公桌，却静不下心来，枯坐了一会儿，从包里找出那半条水晶珠链，然后打开电脑，登录一个著名的购物网站，在搜索栏里敲进“挂坠”两个字，屏幕上立刻弹出各种样式的图片。

刘丹滚动鼠标翻动页面，没有一张图片和手里的东西接近，想了想，在搜索条件中又敲进“水晶”两个字，这下相似的物品出现了好多，她不错眼珠地一一对比，连续翻了好几页，还是没有一模一样的。

她耐着性子不断更换搜索条件，从商品的材质到形状，从颜色到用途，凡是脑子里能想到的都一一去试，终于在敲下“水晶车内吊饰”这几个字的时候，她看到了熟悉的东西——那是一个嵌满了水晶的天鹅造型的挂坠。天鹅的身体是白色的，下面垂着四条长短不一的珠链，每条珠链底部都镶着一颗指甲盖大小的粉色水钻。

刘丹的心怦怦跳起来，她把图片放大，和手里的半条珠链仔细对比，没错，就是它！

“这是什么？”身边冷不丁地响起一个声音。

刘丹一惊，抬头看去，邱志达不知什么时候站在了自己身边。

“项链吗？”邱志达手里端着一杯咖啡，歪头瞅着电脑上的图片，品评道，“挺好看的，春秋时配毛衣不错。”

“装饰品而已。”刘丹连忙把珠链攥在手心里，匆匆点了下收藏，退出网站界面。

“给你冲的。”邱志达把手里的咖啡递给她。

刘丹有些不知所措，下意识地接过来，问：“找我有事？”

邱志达拉了把椅子在对面坐下，不说话地看着她。

“怎么了？”刘丹觉得气氛有点尴尬。

邱志达默然半晌，才轻轻说：“昨天孙莹找你不是我的意思，我也是今天中午才知道，抱歉，让你受委屈了。”

一句话差点让刘丹的眼泪掉下来，她捧着杯子不敢抬头，用力嗅着咖啡的甜香，生怕控制不住哭出来。

“不用说了，我知道裁撤总经办是总部的决定，公司做不了主。”

“别着急，我明天再和HR沟通一下，总能找到解决办法的。”邱志达站起身，亲切地在她肩膀上拍拍，像以往无数次鼓励她一样。

那个熟悉的老板又回来了，刘丹暗暗地想，也许自己误会他了，孙莹找自己谈话的事，他可能真的不知情。

“但是——”邱志达温和地笑道，“那份报告就不要再拿出来了。”

刘丹用力点头，这一刻，她甚至都想把钱包里的那两张发票拿出来撕了。

“对了，”邱志达走到门口停住脚步，回身道，“最近你们忙坏了，周末我准备带大家去海边散散心。”

“团建？”

“对。”

“公司所有人？”

“不，就是总经办这些人，还有就是我那位律师同学徐淼，他也为小胡的事情忙得够呛。”

27

还没到下班时间，马路上的车流已经多了起来，几乎每个十字路口前都排起了长龙。

贾学明瞟了一眼仪表盘显示的时间，继续把目光投向右上方的信号灯，这个路口没有安装倒计时显示器，因此红灯持续的时间显得格外漫长。他不耐烦地在方向盘上敲击着手指，心里充满了对那个叫陈律的小警察的怨念，如果不是对方的突然造访，自己这单活就不会迟到。

对于网约车这种新兴行业，贾学明一开始是持拒绝态度的。气象局虽然是事业单位，但自己是通过公务员统一招考进来的，是正儿八经的国家公务员，在这座数百万人口的城市里不算什么，可是在一辈子土里刨食的乡亲们看来，自己俨然活成了别人家的孩子。平时无论什么大事小情，人们的第一反应是向贾家的二小子讨个主意，从小就偏疼贾学明的姐姐更是把宝贝弟弟作为人生标杆，逼着正在上小学的儿子每门功课都要拿第一，以致每次贾学明回老家探亲，最不待见自己的就是这个不满十岁的外甥。

骄傲当然是有代价的，今天大伯家的孩子进城打工，明天三婶进城看病，甚至连村里买了假化肥造成粮食歉收，老家都会来一大帮人找到他央求着帮忙打官司。面对一张张淳朴的、诚挚的、焦虑的、痛苦的面容，贾学明说不出拒绝的话，没办法，这些人都是看着自己长大的。在出钱出力的同时还要到处托人疏通关系，贾学明把家乡父老眼中自己这个无所不能的国家公务员的潜能压榨到了极致，尽管未能事事顺意，却也为自己和老实巴交的父母挣足了面子。

但是面子不能当钱花，尤其在新领导上任将局里的人际关系大洗牌后，贾学明发现不但自己胸中的凌云志被打落尘埃，现实生活中的经济问题也残酷地摆在了面前。

这个家终归是两个人的，不能总是让其中一方做贡献，这样的日子过久了，就会自然而然地感到心虚。哪怕为了增加在家里说话的分量，你也得尝试着做出改变。能放下公务员的面子跑网约车，贾学明觉得这是自己精神层面的一次升华。

不过他也有些好奇，那个小警察为什么要查三年前的天气状况？2015年9月20日，那天的天气预报是没有雨的，可是气象监测记录显示当天下午本市确实下了一场雨，而且下得很大很急。调看了邻近两个城市的数据才知道，是他们根据当时的气象条件临时决定实施人工降雨，本市刚好处在下风方向，因此受到波及。但是这跟警方破案有什么关系？

红灯灭了，绿灯亮起。贾学明顾不上思考这些，赶紧发动车子，好在客人没有取消订单。

到达约车地点，才知道客人有两位，都是三四十岁的中年男子，一个拉开副驾的车门坐上来，另一个一声不响地挤进后座。

贾学明见他们没有行李，不像是赶火车的样子，不由得再次确认了一下目的地："去南站？"

"对，五点四十的动车，不过要麻烦您在湖北路停一下，我们回单位取点东西。"

正好顺路，时间也充裕，贾学明点点头，打开转向灯，汇入车流。

一路上，坐在副驾的男子有说有笑，不断和他攀谈，话题多与网约车有关，诸如这行是否好做，一天能接到几张单子，平时需要交纳哪些费用，诸如此类。贾学明没有隐瞒，把自己知道的尽数告诉对方，偶尔通过后视镜看一眼坐在后排的客人，发现他上车后就掏出手机举在面前，眼睛盯着屏幕一语未发，不知是在上网看新闻还是在玩游戏。

驶入湖北路，贾学明在副驾男子的指点下拐进毗邻电信大厅的一个院子，把车停在一栋二层小楼前。

"到了。"对方似笑非笑地看着他，"下车吧。"

贾学明一时不明所以，后座的客人依然举着手机，声音没有丝毫起伏地冲他说："我们怀疑你涉嫌非法营运，请下车配合我们执法。"

这时他才注意到楼门口的牌子上写着出租车管理处几个字，顿时脑袋嗡的一声，被钓鱼了！

一辆出租车停靠在刚刚结束营业不久的电子市场楼下，赵苒拎着新买的菜从车里下来，准备上楼，由于有心事，只顾低头走路，刚好与对面一个同样走路不看道的家伙撞在一起。双方同时后退了一步，赵苒才看清对方："是你啊？"

"不好意思……真巧啊，"对方这时也认出了赵苒，"你这是刚下班？"

“嗯，买了点菜。”

“一会儿要去接孩子吧？”

“学校放暑假了，孩子在家呢，对了，你怎么在这儿？”

陈律挠着脑袋道：“我明明记得上次来的时候，这附近有好几家大的茶庄，今天怎么找不着了？”

“你坐过站了，你说的那几家茶庄在上一站。”赵苒回身指给他方向。

“难怪找不着。”陈律点头，看到她手里拎的袋子，问，“怎么没开车？”

赵苒迟疑了一下，说：“我的技术不适合开车，今天刮明天碰的，干脆卖了，还是打车方便，走，上楼坐一会儿吧。”

“不了，我要去看望一位长辈。”

“那不打扰你了。”赵苒点点头，转身就要离去。

“对了——”陈律叫了一声。

赵苒停住脚步，回头看向他。

“能不能帮我参谋一下，买什么茶叶好？我对这个完全不懂。”

“送给你说的长辈？”

“嗯，他平时不抽烟不喝酒，唯一的嗜好就是喝茶。”

“他平时喜欢喝什么茶？”

陈律茫然摇头。

“想送人东西怎么连对方的喜好都不知道？茶叶的种类太多了，不是越贵越好，而且每个人的口味各不相同，不同季节喝的茶叶也不同，唉，怎么跟你说呢？就像抽烟一样，冷不丁换了个牌子就抽不惯。”

赵苒低头想了想，说：“现在是夏天，多数人还是偏好绿茶的，你就在龙井和碧螺春中选一样吧。”

“选什么牌子？”

“别看牌子，看口味。还有，茶只是一方面，还要看水，咱们这里的自来水含钙高水质硬，是不能用来泡茶的，而且绿茶要控制好水温，不能用沸水沏……算了，不跟你说了，既然人家平时就喜欢喝茶，这些常识一定都懂。”

“没想到这里面的说道这么多。”

“买茶叶的时候让老板多泡几种不同价格的，你自己试试，不一定要最贵的，挑口感好的就行了。”

陈律道了谢，跳上一辆刚刚进站的126路公交车。

赵苒也转身上楼，进了屋，见轩轩没有偷懒，正趴在桌子上写暑假作业，夸赞了一句，拎着手里的袋子来到厨房，打算找个盆把新买的菜花泡一下。随手打开一扇橱柜，看到里面没有洗菜盆，正要关上柜门，却忽然间愣住，再次把目光移回来，盯在柜子里堆得横七竖八的电热棒上。不知不觉间，握着柜门的那只手，青筋毕露。

她慢慢站起身，走回客厅，坐在沙发上闭目思考了几分钟，从包里拿出手机，调出日历查看了一下，抬头冲正在写作业的儿子说：“轩轩，妈妈带你去舅姥爷家住几天好不好？”

“是海边的舅姥爷吗？”

“你还有几个舅姥爷？”

“太好了！”轩轩一下子跳起来，把桌上的作业都碰到了地上。

“玩归玩，暑假作业得带着，不能耽误。”

“嗯嗯，绝不耽误。”轩轩用力点头，小脸兴奋得直放光。

赵苒宠溺地在他头顶揉了一把，拿起手机打电话：“舅妈，轩轩放暑假了，我想带他去你那儿玩几天。”

“上次就让你们来，你说没时间，现在怎么又有时间了？”

“主要是补习班的时间和暑假对不上，还有一周才开课，正好我今年还没休年假呢，打算一起休了。”

“昨天你舅舅还念叨今年冷清呢，放假了小敏要带孩子参加比赛，来不了。正好你带轩轩过来，我们都快一年没见到轩轩了。”舅妈的声音听起来很高兴。

自动语音报站的声音响起来，126路公交车缓缓靠站，陈律看了一眼窗外临街的几家装修气派的茶庄，没有下车。随着车门关闭，公交车驶出站台。

继续坐了六站地，陈律才跳下车，沿着路边步行了大约五分钟，拐进爱民巷，远远看到一辆后座安着外卖箱的女式电动车停在琳琳西点屋门前。

陈律刚到门口，正逢一个拎着外卖的年轻女孩从屋里出来，两人走了个对脸。

“陈律？”女孩叫了一声。

“你是……”陈律依稀觉得对方有些面熟。

“姓梁。”女孩见他皱眉思索，给了个小提示。

“梁……你是梁小瑕，梁朴老师的女儿！”

女孩笑着点头。

“你怎么在这儿？”

“这家西点屋是我表姐开的，我在这里给她帮忙，哦，先不说了，我要去送外卖，改天有时间再聊。”梁小瑕说着，把手里的东西放进外卖箱，冲他挥挥手，骑上车匆匆走了。

陈律目送对方驶出街角，转身进门。

“你们俩认识？”正在擦拭柜台玻璃的姜琳琳问道。

“小瑕是我高中班主任的女儿，上学时梁老师可没少给我补课，那时她还在上小学，放了学就来找梁老师，我们补课她就趴在一边写作业，没想到一转眼长这么大了。”

“世界还真是小，梁朴是我姑父。”

“梁老师身体还好吧？”

“六年前就死了。”

“呃，抱歉。”

“没事。”姜琳琳摇了下头，从旁边的柜台上拿过一盒包装精美的生日蛋糕，揭开上面的盖子：“看看满意不？”

“比我想的还要好。”陈律满意地点点头。

姜琳琳合上盖子，用一根漂亮的丝带把盒子系好，说：“下次你电话里留个地址就行了，不用特意跑一趟。”

陈律笑笑：“自己拿过去才显得心诚嘛。”

28

老周家里人口少，儿子在部队上服役，前些日子老周做手术时请假回来照顾几天，出院后就回部队了，平时只有他和老伴儿在家。陈律敲门时，没想到开门的是老周的侄女周岚，由于之前谈过一次不成功的恋爱，再次见面两人都有点尴尬。周岚把他让进屋后，说了声叔叔在阳台呢，就掉头走开了。

陈律放下蛋糕，走进阳台，见老周正在给窗台上的花浇水，以往这种事都是他老伴儿做的，不禁道：“师娘呢，怎么没在家？”

老周放下喷壶，笑道：“她知道你爱吃饺子，听说你要来，出门买肉馅去了。正好岚岚也在，热热闹闹的，咱们一会儿包饺子。”

话音刚落，屋里传来周岚的声音：“叔叔，我先走了，改天再来看你，药在桌子上，别忘了吃。”接着，响起关门的声音。

老周回头苦笑了一下，陈律倒觉得放松了不少，扶着他回到客厅在沙发上坐下，问道：“您这几天身体怎么样？”

“还好，就是感觉胸腔里空得慌，说话多了气短。”老周撩开衣襟让他看肋下的创口，手术做的是微创，摘除了将近三分之一的肺叶，留的创口却不大。

“再有就是……”老周吸了吸鼻子，说，“想抽烟。”

“哈哈，您就断了这个念想吧，甭指望从我这儿开后门，我要是敢给您偷偷买烟，别说师娘了，岚岚就能把我砍死。”

老周放下衣襟，抓起一把瓜子，自从戒了烟，他只能用这些零嘴代替，嗑了几个，问道：“你和老韩配合怎么样？”

“别提了，整天连人影都摸不着，也不知他在忙什么。”提到老韩，陈律就一肚子气，忍不住说起纪红岩的案子，从最开始的接案、撤案，说到检查到的种种疑点以及老韩的不作为。

说到最后与老韩的不欢而散时，老周忍不住问：“你俩吵起来了？”

陈律沮丧地靠在沙发上：“能吵起来倒好了，至少证明他心里还有这个案子。人家现在根本连话都懒得跟我说，看我的眼神就像看傻子似的。”

“既然上头撤了案，就不能责备人家不作为了。”

老周笑着安抚陈律，顿了顿，说：“前几天市局的一个朋友来看我，无意中提到老韩。说他以前可是个狠角色，早些年干过预审，下手很黑，没有几个能在他手底下抗过去的，后来调到市局重案支队，执行任务也敢拼命。有一次一个家伙因为感情问题，闯进前女友家里劫持了一家老小，老韩赶到现场时，那小子拧开了煤气罐，掏出打火机打算同归于尽，他直接冲过去抱着对方撞破窗户从三楼跳下去，两人的腿都摔断了，事后还被对方家属给告了。而且，听说他接手的案子只有一件例外，其余的破案率是百分之百。”

“他现在怎么变成这个样子？”陈律无论如何也无法将这种狠人和自己印象中蔫不拉几遇事就躲的老韩联系在一起。

“就是因为那件唯一没有侦破的案子，据说和他家人有关。”

“和他家人有关？什么案子？”

“那个案子发生在我这位朋友进市局之前，具体情况他也不是很清楚。不知为什么，他们队里禁止谈论这件事，好像上头下过封口令，他只知道这些年老韩一直在追查凶手，但始终没有结果。”

陈律想起老韩钱包里夹着他女儿的照片，心中有种不好的感觉。

“算了，别琢磨人家了。”老周主动说回到案子，“那个华哥的来历查到了吗？”

“查到了，他叫刘晓华，生前在一家汽车租赁公司做业务员，曾因酒后寻衅滋事和参与斗殴被拘留过两次，没有吸毒和其他犯罪记录。2015年初，艾薇去保险公司之前，在这家汽车租赁公司打过工，他俩应该就是那时候认识的。刘晓华的经济条件一般，自己没有车，艾薇用来碰瓷的那辆丰田大概是刘晓华从公司里偷偷开出来的。哦，对了，据车行老板和一些同事回忆，刘晓华的脖子上有一个文身，图案和位置都跟酒吧领班脖子上的一样。”

“那就是说，艾薇让那个领班纹相同的图案，目的是给刘晓华找替身。”老周把手里剩下的瓜子放回去，这玩意儿说到底还是不能代替香烟。

陈律点头：“还有，在好运来旅馆开房的身份证的本人，我也联系上了，他确认三年前来本市旅游时没有去过慢时光酒吧，但是在那家租车公司租过一辆面包车，身份证也是那时候丢失的。”

“几条线基本都对上了。”

“但是没有证据，刘晓华跳楼那天晚上，旅馆监控录像显示他是独自回到房间的，既没有人陪同，也没有人中途进入过他的房间。奇怪的是，警方在刘晓华体内确实检测到了三唑仑成分，但是在旅馆房间里却没有找到那个药瓶，而酒吧领班说，他交给刘晓华的时候，药瓶几乎是满的，所以应该排除被刘晓华丢弃的可能。”

老周嗯了一声，说：“你的看法呢？”

“领班给刘晓华送药的时候，应该还有一个人在场，只不过他没有看到对方罢了。”

“你是说艾薇？”

“对，我说说我的推测，您看能不能讲得通。不管是谁想出的这个仙人跳的主意，至少在合作初期，艾薇和刘晓华的关系是比较亲密的，通过旅馆服务员偶尔在刘晓华的房间捡到口红等女性用品可以证明，艾薇曾经在那里过夜。但是到了后期，由于纪红岩的出现，两人的关系产生了裂痕，我猜一方面由于艾薇发现纪红岩是酒吧的常客，担心这行继续干下去迟早会被人戳穿，另一方面也许是假戏真做，想通过纪红岩来洗白身份。

总之，艾薇打算收手，不过酒吧领班看到她身上有被殴打的痕迹，说明刘晓华不同意。于是，她决定除掉对方，先是故意把三唑仑遗落在酒吧，然后让领班送过去，自己不出面的原因无非是制造不在场证明……"

"你的意思是刘晓华拿到三唑仑后就直接交给了艾薇？"

"对。"

"可是刘晓华没有吸毒记录，旅馆房间里也没找到药瓶，他体内的药物哪来的？"

"想让他吃药还不容易？艾薇拿到三唑仑后，趁对方不备偷偷取出几粒藏在嘴里，利用……比如说接吻的机会，把药传到对方嘴里。如果怕对方察觉，可以把药嚼碎，再含上一口饮料，刘晓华大概到死都不会想到艾薇会害自己。"

"嗯，通过口腔传递确实很隐蔽……"老周忽然抬手在陈律脑袋上扇了一巴掌，"小子，这个想法哪来的？"

老家伙大概想到自己的侄女了，陈律赶忙赔笑道："电影里就是这么演的，犯人家属经常在探监时通过这种方式给在押犯人传递违禁品。"

"少看那些外国电影！"老周悻悻地说，"中国的监狱和看守所是不允许家属和犯人有肢体接触的。"

随即，老周的心思又回到案子上："总的来看，你的猜测没有大的纰漏，逻辑上能讲通。这个艾薇确实很有心计，后来她几次三番地拒绝纪红岩求婚，说明她还是把对方当作跳板的成分大一些，说不定仍在寻找下一个改变自己人生的目标，只是暂时没有找到罢了。不过，整件事只有郑光明的笔录作依据，是定不了案的，小子，你打算怎么办？"

陈律对此自信满满："之前的调查都是暗地里进行的，我想是时候正面接触一下艾薇了。掌握了这么多资料，我不相信读了四年的警校本科会找不到定案的证据，那也太对不起母校对我的教育了。"

看到陈律意气风发的样子，老周感到欣慰的同时心头升起淡淡的失落。这次手术算是给自己从事了大半生的刑警生涯画上了句号，即使日后过了恢复期，身体机能的下降也不允许自己继续参与高强度的刑侦及抓捕工作了。

想到这儿，老周不由得一阵伤心，忍不住又在陈律脑袋上扇了一巴掌："少在老子面前炫耀学历！"

29

刘丹坐在银珠大厦二楼咖啡厅的角落里，看着面前早已冷却的咖啡呆呆出神，手中的小勺无意识地在杯子里搅动，满脑子都是不久前面对人事主管孙莹的情景。

邱志达说到做到，他确实找HR沟通了，从孙莹的办事效率和找自己谈话时明显流露出的不满情绪中能看出来。更为明显的信号是，孙莹在今天的谈话中从始至终都没有提到那份孕检报告，仿佛自己从未向她出示过一样。

不过，谈话的结果却和刘丹的预期大相径庭。概括起来就是一句话：薪酬不变，福利不变，甚至连岗位级别也不变，但是要异地工作——有两个地点可以选择，一是总部，二是生产厂——这两个地点都在广东。

开什么玩笑？自己不是刚刚毕业毫无牵挂恨不得趁着年轻走遍祖国大好河山的应届生，眼看着人到中年了还要抛家舍业地从东北跑到遥远的广东去工作？中间隔着2500多公里呢，不说老公，家里的老妈谁照顾？

确定不是开玩笑后，刘丹生出把桌上的笔记本电脑拍到对方脸上的冲动。但她到底没有这样做，异地调岗几乎是所有大型企业逼迫员工主动辞职的惯用伎俩。一句业务需要就堵死了你的全部退路，只要最初签订的劳动合同里没有特意标明工作地点，企业就不算违反劳动法，你也无法申请劳动仲裁，就算告到法院也没用。

退一步说，假如你真的接受了公司调派，也不过是暂缓了离职时间而已。得益于我们国家领土的幅员辽阔，这种异地调岗的距离从来没有近的，往往都是相隔数百上千公里的调动。当你好不容易适应了陌生的环境、陌生的人际关系，巨大的生活水平以及饮食和文化差异，却发现上头裁撤你的初衷并没有改变，又是一纸调令让你继续数百上千公里地转岗，直到你熬不住了主动提出辞职为止，就差指着你的鼻子说赶紧给老子滚蛋了。

刘丹的指甲深深嵌入掌心，她努力控制自己的情绪，没有大吵大嚷，而是颇有礼貌地和孙莹握了下手，说回去仔细考虑一下再做决定，同时还要征求老公的意见。

孙莹同样礼貌地站起身，把她送到门口，甚至都没有提醒她的劳动合同只剩下不到一个月的时间了。

这让刘丹越发狐疑不定，其实自己的所求不高，只是希望邱志达看在十多年辛苦的情分上把自己留在TCE，转到公司其他任何部门都可以。对于即将升任大区老总的邱志达来说，这样的要求并不为难，所以她搞不清楚目前的局面到底是孙莹听从了总部的安排还是出于邱志达的授意。

今天是周末，虽然还未到营业的黄金时间，但已经有客人陆陆续续地走进咖啡厅，当人力资源部的小蒋出现在门口四处张望时，刘丹抬起手向她示意了一下。小蒋迅速走过来，坐到刘丹对面。

“刘姐，我查清楚了，是有人给大区的HR发了邮件，说你的孕检报告是假的，HR转发孙经理的同时也抄送给邱总了。”

“知道是谁发的邮件吗？”

“用的不是公司内部邮箱，查不到，不过就算查到IP也没用，做这种事通常会使用网吧的公用电脑。但有一点可以肯定，这个人一定是咱们公司的内部员工，否则不会知道大区HR的邮箱地址。”

刘丹轻轻嗯了一声，告密者是自己人，这一点她已经想到了。

小蒋接着说：“就是我给你发短信那天，我听到孙经理给邱总打电话，提到你正在处理胡中兴的车祸，问那件事能不能缓两天再说，邱总在电话里说了什么我不知道，但是原计划当天宣布裁撤总经办的事就给压下了。事后我查看邮箱才知道，孙经理就是那天上午收到HR转发的邮件。还有今天早上，邱总来孙经理的办公室了……”

见刘丹脸色发青，小蒋有些迟疑，刘丹冲她点点头，示意继续。

“孙经理说你的事不太好办，虽然上头已经知道孕检报告作假的事，按照公司规定是可以直接辞退的，但考虑到你是公司的老员工，担心你这个时候闹起来会影响到邱总和新经理的交接。”

“邱总怎么说？”

“邱总说了句异地调岗就出去了。当时我在里屋准备暑期校园招聘的资料，邱总没注意到我，过后孙经理还特意嘱咐我不许把这件事泄露出去。”

刘丹感到自己的身体从头顶一寸寸地冷了下去，整个人如木雕般呆坐在那里一动不动。

“刘姐？”

“嗯，谢谢你了，小蒋。”刘丹强自振作起来，拿过身边一个带包装的负离子电吹风，这是公司最新采购的用于赠予高端客户的促销品。

“谢什么？要不是刘姐你当初把我招进TCE，我恐怕现在还在商场里做促销员呢。”

小蒋抱着电吹风喜滋滋地走了，刘丹则一直坐到天色擦黑才离开咖啡厅，下楼打了辆车回家。

到了家门口，她闭上眼睛深深吸了口气，尽量把关于工作上的龌龊忘掉，准备迎接另一场战争。

刘丹是昨天下班时接到辖区派出所打来的电话的，当时邱志达刚刚走出她的办公室。听到对方自称是警察，她还以为遇到了电信诈骗，二话没说就挂了电话，对方又连续打了两遍她也没接，直到换成了贾学明的手机号码，她才知道误会人家了。

和她通电话的警察有点气恼，只说了一句你老公打伤人了，家属赶快过来办取保候审，就挂了电话，再打过去换成对方不接了。

刘丹一下就慌了，老公是什么样的人自己岂会不清楚？贾学明平日经常以读书人自居，别说动手打架，连与人争执的情况都很少发生，但是警察这么说肯定不会是空穴来风。她告诉自己不要慌，冷静下来想了想，发现自己的朋友几乎全部集中在商业圈，没有一个是当警察的，情急之下只好给通过处理这次车祸事件才认识的徐淼打了个电话。

徐淼听了她的介绍劝她不要着急，既然是取保候审就说明事情不大，让她立刻准备保证金赶往派出所，同时自己托朋友打听一下具体情况。

刘丹问需要带多少钱，徐淼想了想，说保证金的数额通常是两千以上五万以下，具体要视情况而定，这部分他可以找人讲情争取少缴一些，但是由于打伤了人，必然会涉及对方的住院就医等费用，这就不太好估计了。

刘丹担心自己身上银行卡里的钱不够，赶紧打车回家，从床底下的抽屉里找出存折，这里面存着她婚后所有的积蓄，她打算趁银行还未下班先取点钱再去派出所。可是当她展开存折，不由得眼前一黑，差点跌坐在地上，里面的三十万存款不翼而飞！

存折上的取款日期是半年前，对照床头上的台历发现这一天是大年初七，也就是春节假期后上班的第一天。但是刘丹拼命回忆也想不出半点头绪，只记得过年的时候自己陪着贾学明回老家探了次亲，其他的就完全没有印象了。

手机响起来，是徐淼打来的。刘丹顾不上存折了，眼下重要的是把老公保出来，她一边接电话一边匆匆出门，在去派出所的路上，总算把事情搞清楚了。

问题的根子是贾学明注册的网约车平台没有拿到本市的运营许可证，所以从法理上讲，这种约车行为是违法的。市出租车管理处的稽查人员抓到他后，判定其非法营运，做出了罚款三万元的决定。贾学明以对方涉嫌钓鱼执法为由抗辩，对方也不多说，准备强行扣他的车。于是贾学明跟对方撕扯起来，别看对方人多，自己又是在人家的地头上，老实人发起火来是很恐怖的，平时说话慢声细语的贾学明抄起车上的保温杯砸在一名稽查人员的脑袋上，血当时就糊了一脸。这下没人敢上前了，只好报警。到了派出所，贾学明刚开始还扛着不肯接受调解，后来被扔进留置室关了半天没人搭理，挨到晚上终于扛不住了，乖乖地配合警察通知家属办理取保候审。

徐淼很够意思，亲自带着朋友来的，上来就找到了派出所所长，对方压根没提保证金的事，直接让贾学明在保证书上签字走人。刘丹千恩万谢地把徐淼和他的朋友送走，转头看向老公。跟前没了警察，方才蔫头耷脑的贾学明来了精神，一边咒骂那两个钓鱼执法的稽查员一边信誓旦旦地扬言要去法院起诉出租车管理处。

“咱们的车怎么办？”刘丹问他。

“当然是让他们乖乖给我送回来。”

“民告官，你觉得能打赢？”

“反正不能缴罚款，死也不缴。”

刘丹气得说不出话，停了半晌，只好让贾学明先回家，自己还要跟着出租车管理处的人去医院看望对方被打伤的同事。

大概看在刘丹是一个弱女子的分上，伤者没有提出过分的要求，在医生确诊了只是皮外伤后，接受了刘丹出五千块钱私了的建议，但是言语间毫不掩饰对身为男人的贾学明惹祸之后却让自己女人出面调解的鄙视。

刘丹又作揖又打躬地把对方送上出租车，给司机付了车费后，扒着车窗问自己的车什么时候能取回来？对方说看在你的面子上就不追究下去了，明天就可以把车开走，但是三万元罚款，一分都不能少。

刘丹用力攥着手机，尽管临别时徐淼说有什么事尽管给他打电话，刘丹也相信他绝对有这个能力，一个电话打出去就算不能把罚款全部免除，至少也能把金额砍下一大半，但她说什么也按不下去这个号码，人活着还是得要点脸面啊。

缴纳罚款的时候，刘丹的心在滴血，三万块，半年的房贷啊，就这么打了水漂，自己的老公什么时候变得这么任性，就像个不懂事的孩子？不对，小孩子虽然也知道钱是好东西，但绝对不会了解三万对这个家来说意味着什么。

和无数个夜晚一样，刘丹推开门看到的就是贾学明一成不变地歪在沙发上看电视，听到门响，他习惯性地问了一句：“回来了？”

“嗯。”刘丹在门口换了拖鞋，顺手把车钥匙和行驶证放在进门的玄关处，说，“车我取回来了。”

贾学明一下子坐起来：“你缴罚款了？”

“缴了，用我卡里的钱。”

贾学明没说话。

“加上昨晚的医药费，现在卡里只剩不到两千了。”

贾学明看着她，颓唐中有些紧张。

“怎么了？”

“没什么。”贾学明重新坐回去。

刘丹进卧室换了睡衣，然后去卫生间洗漱，出来时见贾学明两眼直勾勾地瞅着电视，屏幕上正播放着无聊的广告，不由得道：“广告有什么好看的？”

贾学明如梦初醒地转过头，笑着拍了拍身边的沙发：“累了吧，过来我给你按按。”

“还好。”刘丹没有过去，而是和他隔了一个位置坐下，把腿盘在沙发上，说，“今天我给你二舅打了电话。”

贾学明的笑容僵在脸上：“什么事？”

“二舅不是一直托咱们给他儿子介绍对象吗，我正好有个人选，条件不错。”

“你单位同事？”

“嗯，市场部的一个女孩，人挺实在的。”

“二舅怎么说？”

“挺高兴的，让我哪天有空把两个孩子约出来见一面，看看有没有感觉。”

“哦。”贾学明有些心不在焉。

“对了，二舅说他家的房子盖好了，让我们有空回去喝喜酒，我记得上次过年的时候他还说欠着姑姑家四万块钱呢，你说他哪来的钱盖新房子？听说花了三十多万呢。”

贾学明的身体再次绷紧，语气却放得轻松：“二舅家的房子当初是我姥爷留下来的，这么多年是该翻新了，我家亲戚多，大伙帮一把就行了。”

“咱们是不是也该帮一把？”

“不用了，不是说已经盖完了吗。”

“这么大的事情，咱们总该随个份子。”

“没必要，都是一家人随什么份子？”贾学明打了个哈欠，从沙发上站起来，掩着嘴往卧室走，“困了，睡吧。”

刘丹从睡衣口袋里掏出存折，扔到茶几上，贾学明的脚步一下顿住。

“为什么不和我说一声？”刘丹抬头看着他。

贾学明不吱声。

刘丹尽量让自己保持冷静：“这些年你家那些亲戚找咱们帮忙时我那次拒绝过？你大伯的孩子进城打工是我给介绍的工作，大前年你三婶来看病，我特意请了假忙前忙后地托人情找大夫，钱没带够也是我垫付的，可是到现在他们一家都不提还钱的事，我跟你抱怨过吗？这三十万是我辛辛苦苦攒下的救急钱，你借出去的时候为什么不问问我的意见？”

“亲情不是拿钱衡量的。”贾学明没有否认，眼睛望着别处，说，“再说是我妈跟我张嘴说的这事，我怎么拒绝？而且咱俩现在又没要孩子，没有那么多花钱的地方，这钱放着也是白放着……”

刘丹一下子就炸了：“为什么不要孩子你不知道吗？咱家一个月要还多少贷款你不知道吗？万一生了病怎么办？就像昨天那样临时有事用钱怎么办？找人去借吗？谁会借给你？”

“二舅也没说不还。”贾学明的眉头皱起来。

“什么时候还？你现在打电话问清楚。”

“现在这么晚了，怎么打电话？”

“为什么不能打？你那些亲戚有事找咱们的时候分过白天黑夜吗？”

贾学明也有些动气：“不就是三十万吗，有什么大不了的？二舅不还我还给你。”

刘丹讥诮道：“说得真轻松，你拿什么还？别说三十万，就是那三万罚款，就够你半年工资了。”

贾学明脸上挂不住了，大声道：“说来说去你不就是嫌我挣得少吗？你当初认识我的时候就知道我那里是清水衙门，想贪污都没机会。”

刘丹气得直想笑：“别人的钱都是贪污来的？”

贾学明突然扭过头，把脸贴近到刘丹面前，几乎一字一顿地说：“嫌我没本事，找你那个大律师去。”

“什么大律师？”刘丹不明所以。

贾学明冷笑道：“别以为我不知道，那个姓莫的所长亲口跟我说保证金少了两万就别想回家，否则我也不会让警察给你打电话。结果呢？你带着那个律师来了，姓莫的二话没说就把保证金免了，两万块钱啊！拿去嫖也能嫖十天半月了，人家凭什么给你这么大面子？朋友？我怎么就不认识这样的朋友？”

刘丹怔住，这一刻仿佛感到身边所有的事物都飞快地离自己远去，空荡荡的世界里只剩下了自己，耳朵里也听不见半点声音，好半晌这种怪异的感觉才过去。她望着面前的贾学明，竟是如此陌生，这就是自己当初发誓要和他携手走完一生的良人吗？不知不觉中，泪水夺眶而出。

贾学明似乎感到话说的不妥，刚要张嘴缓和一下气氛，刘丹一巴掌狠狠地抽在他脸上，头也不回地奔进卧室，片刻后屋内响起撕心裂肺的哭声。

贾学明捂着脸在原地站了一会儿，懊恼地倒在沙发上，两眼望着窗外幽暗的夜空，心里空落落的，不知过了多久，才迷迷糊糊地睡了过去……

听到响动的时候，贾学明睁开眼睛，发现天光已经大亮，刘丹正往便携拉杆箱里装东西，他打着哈欠从沙发上爬起来，问道：“你干什么？”

刘丹没理他，转身走进卫生间。贾学明来到拉杆箱近前，见里面装了几件换洗衣服，一把折叠式的太阳伞，鞋子也装了两双，还有一条买来后就很少有机会穿的连衣裙。正疑惑间，刘丹从卫生间里出来，提着平时只有出差时才带的化妆包。

“你要出差？”贾学明问道。

刘丹又找出手机充电器，和化妆包一起放进箱子里，拉好拉锁，坐在沙发上，示意贾学明也坐。

贾学明见她面色平静，非但没有生气的样子，脸上还化了一层淡淡的彩妆，昨晚的风波似乎随着新一天的到来已经过去了，心里不禁松了口气，在一旁坐下，赔笑道：“今天是周六，你们领导怎么还安排你出差？”

“不是出差。”刘丹的嗓音有点哑。

“那你去哪儿？”

“我给你讲个故事，是我进TCE后第一次上培训课时听到的。”刘丹眼睛看着窗外，目光空洞。

“鹰是世界上最长寿的鸟，平均寿命能达到七十年，但是当鹰活到四十岁的时候，它的喙、爪子和羽毛都开始老化，再也无力捕捉猎物。这时它必须面临一个艰难而重要的选择，要么等死，要么经历一个万分痛苦的更新过程——首先它要尽力飞到山顶的悬崖边筑巢，在岩石上敲击它的喙，直至完全脱落，然后静静地等待新的喙长出来……”

贾学明摇头道：“鸟类的喙是头骨的一部分，相当于人的上下颌骨，怎么可能敲掉？”

刘丹没有接茬，继续说：“它用新长出来的喙把爪子上的指甲和身上的羽毛一根根拔掉，然后经过五个月的漫长等待，新的指甲和羽毛长出来，它就可以再次飞上蓝天，获得三十年的生命……”

贾学明笑道：“扯淡！鹰又不是乌龟，五个月不吃不喝早就饿死了，哪来的三十年生命？”

刘丹的目光移到贾学明脸上：“这就是著名的《鹰的重生》的故事，我初次听到时也和你一样不能理解。”

“没什么不能理解的，不就是破而后立的意思吗，说是浴火重生也行，只不过把传说中的凤凰换成了现实中的老鹰。这些鸡汤段子都是编出来给人洗脑的，跟搞传销的喊口号差不多，你怎么还信这个？”

“看来你理解这个故事了，Today Chinese Eagle——我们公司的名字就是这么来的。”刘丹说着，背上自己的挎包，站起身抽出拉杆箱内嵌的拉杆。

“你去哪儿？”贾学明慌了，上前去拉她的手，没有拉到，只拽住了一块衣角。

“放心，我不会离家出走，只是找个地方把旧的羽毛和指甲拔掉，长出新的就会回来。我用不了五个月那么长，五天都用不了。”

感受到衣角传来的坚决，贾学明不得不慢慢放开了手。

整个上午，刘丹都是在老妈家里度过的。

或许是药物对症，也许由于性格乐观，李秀琴恢复得不错，已经无须借助外力就能自己从轮椅上站起来了，绕着鱼池走圈也不用再扶着栏杆。

尽管刘丹处处加着小心，尽量表现得和平时一样，老太太还是从女儿的眉眼间看出她有心事，但是没有追问，只是像小时候一样轻轻抚摸着她的脸庞，笑着对她说，人的心思是最怪的，你心里要是有个锤子，看什么都像钉子，除了砸过去就没有别的法子了，时间久了就真的变成锤子了，趁你还没有砸顺手，赶紧把心里的锤子放下。

我也不想变成锤子，是他们逼我的……刘丹把脸埋进母亲温热的掌心里，泪流满面。

下部

lower part

30

邱志达在鱼钩上挂好一只肥大的沙蚕，手腕迅速一抖，空中响起细微的破风声，鱼钩被远远地抛了出去。

“钓多少了？”背着双肩包、头戴遮阳帽、身穿防晒服、鼻梁架着太阳镜、手里还举着一顶遮阳伞的何蜜琳走过来，蹲下身看看邱志达身边的钓桶，见里面只有两条一扎来长的扔巴鱼，不由嗤了一声。

邱志达转头看到她几乎武装到牙齿的装备，笑道：“来海边就是晒太阳的，你裹得这么严实干吗？”

“怕晒黑了嘛。”何蜜琳打开手机的照相功能给桶里的小鱼拍照。

邱志达望向不远处趟着海水嬉戏的方玲和张茜，说：“人家就不怕晒？”

何蜜琳瞥了一眼，奇怪地说道：“这么好的海滩，为什么人这么少？整个客栈好像只有我们一拨游客。”

“客源被分散了，这里可不止这一家客栈，只不过没扎堆而已，而且这地方距公路太远，路不好走，所以没有海滨浴场人那么多。”

“哪儿还有客栈，我怎么没看见？”

“晚上点了篝火就看见了。说到底还是环境决定的，这个海湾里沙滩和石头滩混杂，沙滩被石头滩分隔成一块一块的，以前这里只有三四家客栈，现在听说已经开了十多家了。”

“那怎么不找一家条件好点的？这家客栈的卫生间在走廊里，是公用的，房间里连盥洗室都没有，刷牙洗脸都要跑到外面来，那个压水井我按不动。”

“条件家家都一样，他家不是没有盥洗室——”邱志达抬手指给她，“盥洗室和淋浴间在一起，用不着从井里打水。”

何蜜琳回头打量这家名为观澜的客栈，正中一大溜儿十余开间的平房就是客房了，两侧的厢房分别是厨房和淋浴间，院子中间有一口如今放在农村也不常见的压水井，如果不是临着海边用原木搭建了一道用于休憩和观景的回廊，这就是典型的农家乐格局。

不过这个简陋的地方也有一个明显的优点，就是不像其他人满为患的景区那样喧闹，整个海湾包裹在林木葱茏的丘陵中，清幽寂静。背靠青山，推窗见海，住在客栈里每天早上都会被林中鸟雀的鸣叫唤醒，是久居都市的人难以体会到的野趣。但她有点纳闷，游客这么少，客栈老板靠什么盈利？

“人家压根就没指望靠经营客栈赚钱。”邱志达说，“这地方很快就要变成旅游区了，听说有开发商打算在这儿建一个度假村，如果经营得好，各种别墅和商业配套都会跟着进来。人家在这里开客栈，就是提前把地方占上，和城市里旧房改造的道理一样，都是等着开发的时候拿补偿款呢。但是客栈不能像民宅那样长期空置，要是被上头发现你光占地不营业，就拿不到那么多钱了。”

“这么偏僻的地方你怎么找到的？”

“这个地方在摄影圈子里很有名的，只是大多数人不知道而已，荧光海听说过吗？”

“是不是到了晚上海水能发出蓝光的那种？据说是由大量会发光的浮游生物聚集形成的，不过只有热带海域才会出现。”

“北方也有，这几年比较出名的是大连大黑石浴场和秦皇岛海滩，但是那两个地方的规模都比不上这里，月亮湾的名字就是这么来的。”

“你说这里也是荧光海滩？那晚上就能看到海水发光了？”

“这里出现荧光海的时间大多集中在四月中下旬，每年这个时候都会有大量摄影爱好者跑来拍照。过了这段时间，由于洋流和海水成分的变化，出现荧光海的机会就少了，能不能看到要看运气。不过听说早些年，这里的荧光海差不多能持续整个夏天。”

“我想起来了，你办公室里的照片是不是就在这儿拍的？”

“对，就在那边的海滩上。”

“难怪客栈老板至今还记得你。来，笑一个。”何蜜琳把他的头扭过来，高高举起手机。

“方玲她们看着呢。”邱志达皱起眉头。

“怕什么，又不是在公司，刚刚在车上她们俩不是也跟你合影了吗？”何蜜琳满不在乎地将下巴搭在他肩膀上，“笑笑，不许皱眉。”

邱志达无奈，配合地拍了几张。

“对了，你那位律师同学怎么没来？”

“他手头有个案子在收尾，忙完了就来。”

“问你个事。”

“说。”

“你这同学知道咱俩的事吗？”

“怎么可能？”

“可是我总觉得他看我的眼神怪怪的，好像知道什么似的。”

“那是你心虚，他们那行就这德行，律师做久了，瞅谁都不像好人。”

何蜜琳沉默了片刻，问道：“那事你决定了吗？”

“别着急，再等等。”

“每次问你都说等，到底要等到什么时候？”

“至少要等我把眼下的裁员搞定，要是给继任的新经理留下个烂摊子，人家嘴上不说，背地里也会给我下绊子，听说他在总部的人脉不错。”

“刘丹有她妈拖累，一定不会同意异地调岗的，跟了你十多年的老人要是摆不平，就算新经理不给你下绊子，上头也会质疑你的能力的。”

邱志达想了想，问道：“你听谁说人事部的小蒋是刘丹招来的？”

“市场部的大吴告诉我的，他是最早跟着刘丹的业务员。你知道的，大吴这人说话比较靠谱，他说不光把小蒋招进公司，当初小蒋进商场当促销员也是刘丹安排的，你怎么想起问这个？”

邱志达点点头，没有解释。

“不说拉倒。”

何蜜琳哼了一声，坐在沙滩上，卸下背后的双肩包，从里面找出防晒霜，然后脱了防晒服，在光滑白皙的皮肤上涂抹起来，见邱志达的目光跟过来，嗔了一声：“看什么呢？”说着，故意把敞开的领口拉紧。

“我在看你怎么背了这么大的包，不嫌累吗？”

“平时上班背个单肩的小包就够了，这个包太大，一共也没背过几次，整天放在柜子里多浪费。这次你不是特意让我多带几件衣服吗，说到了晚上海边天气凉，我就把它背出来了。”

邱志达哦了一声，目光移到随着海水不停起伏的浮漂上，见浮漂似乎沉了一下，连忙提起鱼竿把钩收回来，却是空的。

何蜜琳看到鱼钩上拼命扭动肥腻身躯的沙蚕，皱眉道：“这是什么？好恶心。”

“沙蚕，又叫海蛆、海蜈蚣，嫌恶心待会别吃我钓的鱼。”邱志达心中不禁生出一阵烦躁，饵已经下了，鱼却没有咬钩。

何蜜琳撇了撇嘴：“就钓那么两条小鱼，喂猫都不够，还好意思显摆。”

“吃块西瓜吧。”客栈老板娘孙凤珍端着一盘切好的西瓜，招呼着正在拍照的方玲和张茜走过来，“这是自己家种的，尝尝怎么样？”

“你们家还有地？上次没听你们说啊。”邱志达重新把鱼钩抛回海里，然后支好鱼竿。

“我们这儿家家都有地，你上次来的时候包出去了，今年刚收回来，种了点西瓜和苞米。”孙凤珍给每人递了一块。

“沙瓤的，真甜！”几人异口同声。

孙凤珍笑道：“今年雨水少，苞米长得不怎么样，西瓜倒是个保个的甜。”

“对了，这里有没有海蜇？”方玲问道，“不知怎么回事，最近总看到游客被海蜇蜇伤的新闻。”

“海蜇还没到成熟的季节呢，用不着担心，不过你们下海游泳的时候要小心，别到那边去——”孙凤珍指着西边不远处的断崖说，“那边是石头滩，扎脚，水里还有礁石，涨潮时在水面上看不到，容易把游泳圈划破，而且今天是农历十八，是一个月里的最大潮，水比平时深得多。”

张茜奇道：“不是说每个月的初一十五是大潮吗，怎么还有最大潮？”

邱志达解释道：“海水的大潮不止初一十五这两天，还有每个月的初二、十四、十六、十七、二十九、三十这几天都是大潮。到了初三和十八，月亮刚好转到地球和太阳中间，三者连成一条直线，太阳和月亮的引力叠加，就形成了最大潮，著名的钱塘江大潮就是农历十八这天最大，也最壮观。”

孙凤珍冲他竖起大拇指：“还是邱总有文化，我们在海边生活了大半辈子，只知道什么时候涨潮落潮，至于因为什么就说不上来了。”

邱志达笑笑：“我是纸上谈兵，只能复述书本上的东西，不像你们是靠生活实践总结出来的规律，每天的潮汐表都装在心里。”

何蜜琳指着西边的断崖问：“刚才来的时候，我看到那上面好像有建筑，是什么？”

孙凤珍顺着她指的方向看了一眼，说：“那是龙王庙，听老人说是民国时建的，后来砸了，前些年又重修的。”

邱志达摇头道：“我去过，没什么看头，就一间房子大，龙王塑像还是水泥的。”

何蜜琳顿时没了兴趣：“没意思，我还以为是娘娘庙呢，要是娘娘庙我得去拜拜。”

说话间，一辆墨绿色的皮卡驶进客栈。

邱志达扭头看去，认识是客栈老板杨海平的车。只见车门一开，肤色黝黑的杨海平从驾驶室跳下来，打开后车门，从里面抱出一个六七岁大的男孩，接着，一个身材高挑戴着太阳镜的女人从车里走出来。

“呦，我外孙子来了。”孙凤珍欣喜地说了一声，撇下几人迎了过去。

突然响起的铃声拉回邱志达的目光，掏出手机一看，是刘丹打来的，不禁精神一振。

“邱总，你们已经到海边了吧，我现在过去还来得及吗？”

“大家要在这里玩好几天呢，怎么会来不及？正好徐森还没从市里出来，我让他过去接你。”

给徐森打完电话，邱志达的心情明朗起来，没等放下手机，忽听方玲大喊：“邱总咬钩了——”

邱志达一怔，才反应过来她说的是有鱼咬钩了，下意识地拾起鱼竿，不料力量大得出奇，鱼竿差点脱手，赶忙扔掉手机，双手抓住鱼竿，只见绷得紧紧的渔线在海面上东一头西一头地乱撞。他一边用力僵持一边放线收线，折腾了好半天终于把这个大家伙弄上了岸，竟是条六七斤重的鲈鱼，方玲几人兴奋地又蹦又跳，开心得像个孩子。

“今晚就吃它了。”邱志达长长吐了口气，冲何蜜琳笑道，“不过没你的份。”

看到睡熟的轩轩鼻尖上渗出细密的汗珠，赵苒走到窗前，担心海风太硬，稍稍开了一条缝，用手试了试，见吹不到床边，这才放心把窗扇推开，转身时听到外面有人问道：“老板，有房间吗？”

接着是舅妈的声音：“有，您要几间？”

“就我自己，帮我找个安静点的房间。”

还有一个人跑到这么偏僻的海边来玩的？赵苒有些好奇，探头望去，只看到一个穿着藏青色T恤的男子背影，身后背着一只同颜色的单肩包，包里不知装了什么，圆鼓鼓的看上去颇有分量。

赵苒回到床前，把轩轩刚刚翻身时压在胸口的胳膊拿下来，坐在旁边瞅着儿子的眉眼呆呆地出了一会儿神，然后轻轻掩好门出了屋，顺着走廊来到客栈的前厅。紧挨着前厅是个里外套间，外间屋是接待室，墙上贴着工商营业执照和餐饮服务许可证。里屋是客栈主人的卧室，和客房不同，这间屋里的南窗户前面盘了一个火炕。

赵苒走进里屋，见孙凤珍已经安顿完了客人，正坐在炕上拿着一沓金箔纸叠元宝，身边并排放着好几个黑胶袋子，里面装满了祭祀用的烧纸和叠好的元宝。窗前的阳光下卧着一只肥硕的大橘猫，看到赵苒进来，慵懒地叫了一声。

“缠缠都长这么胖了？”赵苒走过去在它下颌轻轻抓了两下，大橘猫眯起眼睛一副很享受的样子。

“光吃不动还能不胖？”孙凤珍手里的纸活不停，说，“轩轩不要紧吧？”

“没事，就是晕车，说到底还是平时运动少，看来回去得加强锻炼了。”赵苒坐在炕沿上，顺手拿起纸帮着叠，问道，“不年不节的，怎么想起叠这个？”

孙凤珍叹了口气，说：“上次给你打完电话，我就梦见你妈了，我本想问问她和你爸在那边过得怎么样，没想到她却问我，说你爸以前每年都给她寄钱的，为什么这几年不寄了，是不是找到新人就把她忘了？你说怪不怪，我明明知道是做梦，但还是不敢告诉她实话，唉，看来你爸还没找到她呢，我就寻思有空给他们烧点纸。”

横死的人不入轮回，这是民间的说法。赵苒的眼眶有点红，她不想继续这个话题，目光看向窗外。此时太阳已经西斜，自己下车时看到的那三个女孩正在回廊里大呼小叫地玩牌，原本坐在一边钓鱼的男人不知去哪儿了，新来的游客也不见踪影。朝远处望去，海天一色，长空高远，景色虽然怡人却因游客稀少显得有几分寂寥。

“舅妈，这地方什么时候开发，有信了吗？”

“据说是定下来了，明年动工，不过这事情哪有准儿？前年的时候也是这么说的，还不是等到了现在？”

“到时能补偿多少钱？”

“不知道呢，好像在评估。”

一阵咯吱吱的摩擦声传来，似乎什么东西的轮子在地面上滚动。赵苒向外看去，见杨海平推着一台冰箱从厨房里出来，把冰箱门打开冲着阳光，然后打来一盆清水泼在上面。

“舅舅干吗呢？”

孙凤珍朝外看了一眼，说：“昨天我往冰箱里放东西，没注意把内胆磕坏了，你舅舅洗干净了把它粘上。”

“坏了换台新的就是了，现在的冰箱又不贵，费这事干吗？”

“这话跟你舅舅说去。”

“我不敢，他一定骂我不知节俭。”赵苒吐了下舌头。

正说着，手机响起来，赵苒看了一眼来电号码，起身到外面去接，回来的时候脸色有些难看。

孙凤珍问道：“谁来的电话？”

“单位打来的，有个投诉信息，顾客闹到卖场去了。”

“单位又不止你一个人，你都休假了怎么有事还找你？”

“新来的信息员，工作不熟悉，拖延了维修工上门服务的时间，结果客户不干了。”

“现在人呐，越来越难伺候了。”孙凤珍叹道。

赵苒无奈地揉着面颊说：“社会进步嘛，人们的消费观念也提升了，没办法，谁叫我当初入了这行呢。”

孙凤珍看她一脸倦容的样子，关切地道：“累了吧？”

“昨晚没睡好。”

“你回屋睡会儿吧，我就快叠完了，不用你帮手。”

“嗯。”赵苒点点头，转身回房。

当她掏出钥匙准备开门的时候，旁边房间的门一开，一个上身赤裸只穿着泳裤的人走了出来，正是下车时见到的正在钓鱼的那名男子。

原来他住在自己隔壁。赵苒心中暗道。

31

邱志达出了房间，来到门外，一边做着扩胸动作一边朝海边走去，正在回廊里玩牌的何蜜琳看到他，问道：“你要下水游泳啊？”

“牌在什么地方不能玩？都到海边了，你们怎么不下水？”

“现在太晒了，我们等太阳落山了再下水。”张茜道。

女人对爱惜和保养肌肤的执念是男人无法理解的，邱志达笑笑，原地做了几个深蹲，待身上的血脉活动开，蹚着水朝海里走去。

海水被阳光晒得暖洋洋的，打消了他下水后可能会抽筋的顾虑。当水面漫过腰部，他一个猛子扎进水里，奋力向前潜去，直到胸腔中的一口气耗尽，肺部微微有些刺痛，才从水里冒出头来，回头看去，差不多潜了二十五六米。邱志达对这个成绩很满意，潜水二十米是救生员考试的达标线，看来自己的身体还不错，虽然很长时间没有健身，但底子还在。

接着，他又连续以不同泳姿继续向前游去，掌握三种不同泳姿也是对救生员的考核要求，这对从小就在河边长大的邱志达来说没什么难度，唯独二十五米速游总是达不到满意。尽管身边没有秒表计时，不过根据心中的默数每次都超过了二十秒。他有些不甘心，稍微喘了口气，再度发力冲刺了一次，这次稍好了一些，但仍没有冲进二十秒，却把自己累得够呛，速游原本就是耗费体力的运动。

一块薄云飘过来遮住了炙热的阳光，邱志达翻过身，躺在水面上随着涌动的海潮漂浮，脸孔露在水面上，耳朵浸在水里，这种感觉很奇妙，既能仰望头顶的蓝天白云感受着世界的美好，又因听不到外界的声音感觉自己游离于这个世界之外。

生活中也能这样就好了，邱志达在心里叹了口气。最近肖婷变了，虽然两人在一起时依然有说有笑，但是从妻子偶尔的失神发愣到无意中触碰到自己肢体后的瞬间弹开，以及不经意间流露出的厌恶眼神，邱志达越来越多地捕捉到了妻子的变化。

这种变化从什么时候开始的？他说不上来，工作的压力、业绩的考核、人事的竞争，加上即将到来的职位升迁，每天面对的事情多如牛毛，使他很难分出精力顾及家庭。不过有一点能够确认，那就是自从上次的同学聚会之后，他再也没有和妻子亲热过。不是他不想，而是每次当他兴致来了的时候，肖婷总是以身体不适为由推托。

十年的夫妻生活使双方对彼此的了解甚至超过了自身，肖婷不是那种伤春悲秋的小女人，她的性格有点大大咧咧，与她那心思细腻仿佛能洞察一切的检察官父亲截然相反。那么，妻子的变化只能说明一件事，她心里有了猜疑，因为猜疑，造成了身体和情感上的疏离……

风中传来隐约的呼喊声，似乎在叫自己的名字。邱志达抬起头向岸边望去，这才发现自己已经随着海流漂得很远了，沙滩变成了窄窄的一条线，客栈和回廊渺小得像一堆火柴盒，火柴盒前面有蚂蚁般的小人在向自己招手。看看太阳，很快就要落山了。他甩甩头，把脑子里的纷乱甩出去，长吸一口气，朝岸边游去。

“刘姐刚才来电话了！”张茜冲着刚刚从水里站起身的邱志达说，“徐律师下午临时去见一个委托人，他们得晚上才能到，让咱们吃饭不用等他们。”

一旁的方玲跟着帮腔：“邱总，什么时候吃饭啊？饿了。”

邱志达知道她们急着下海游泳：“那就不等他们了，去告诉老板准备开饭吧。”

两人答应一声，欢喜地跑去通知。

何蜜琳面无表情地递过来一条毛巾，邱志达看看张茜两人已经走远，趁着接毛巾的工夫在她脸上偷偷捏了一下。何蜜琳的小心思他知道，从进入总经办的那天起，她就不喜欢刘丹，准确地说，凡是和自己走得近的异性，她都不喜欢。

简单冲洗了一下，邱志达走出淋浴间，看到杨海平正在对面的厨房里忙活，信步走过去，见他正将一大盆活蹦乱跳的虾爬子倒进灶上的大铁锅里。这东西做法简单，也不需什么调料，撒一把盐大火蒸熟就是无比的美味。听着锅盖被虾爬子的无数毛须挠出的沙沙声，邱志达感到自己也有些饿了。

“看到刨鱼的刀没有？”杨海平从桶里捞出邱志达钓的鲈鱼，问身边正在拾掇海螺的孙凤珍。

“没看见。”孙凤珍摇头，“你上次用完放哪儿了？”

“就放在案子上了，怎么找不着了？”杨海平按着不住扑腾的鱼身子，朝案子四周看。

“先拿这个凑合吧。”孙凤珍从旁边取过菜刀递给他。

杨海平不情愿地接过来，瞅了一眼光滑平整的刀背，嘟囔道：“没有齿儿，怎么刮鳞？”说着，一刀拍在鱼头上，鱼登时就不动了。

把收拾好的鱼下到锅里，浇上事先调好的汤汁作料，杨海平解下围裙，冲站在一旁的邱志达说：“再等十五分钟，就能吃饭了。”

“辛苦你们了。”邱志达笑着应道。

“你看着锅，我去仓库找点东西。”杨海平回头对妻子说了一句，走进客栈的接待室，从抽屉里找出贴有小库房标签的钥匙，来到走廊东边尽头的房间，打开门，顺手按下墙上的开关，日光灯照亮了不大的空间。

由于不经常整理，屋子里的东西堆得有些凌乱。杨海平记得要找的东西放在最里面靠墙的铁架子上，具体第几层记不清了。

他探着脚避开地上的杂物走过去，看到一张单人床的床垫斜斜地靠在铁架子上。他有些奇怪，谁把它搬到这儿来了？这张床垫是上个月从客房里替换下来的，一直没舍得扔，因为体积太大比较碍事，就把它立在窗户边上了，虽然挡住了窗户的采光，但是屋里有灯不影响照明。

杨海平走到窗前，发现窗扇是虚掩的，上面的半月形锁扣没有关。他盯着空无一物的窗台看了一会儿，推开窗探头向外望去。这个位置看不到海，只能看到客栈后面起伏的丘陵，西边的断崖在逆光中形成了剪影，东边的山坡依然沐浴在夕阳下，一条小径蜿蜒在草木之中。

杨海平看了半天，一个人影也没看到，他顺手关上窗户，手指碰到半月形锁扣时，犹豫了一下，没有落锁，仍让窗扇保持虚掩的状态。然后回身走到铁架子前，搬开床垫，从架子上找到一个贴着丙酮标签的棕色玻璃瓶，看看瓶盖密封完好，把它拿在手里。在原地站了一会儿，他拽过床垫，恢复成刚进来时的样子。

临出门，杨海平再次回头看了一眼窗户，关好门离去。

回到接待室把钥匙放回抽屉，杨海平的目光落在桌子上，那里有一碗姜糖水，是他特意给晕车的轩轩冲的，可是送去的时候轩轩已经睡着了。他端起碗喝了一口，姜糖水已经凉了，但他没有放下，一口一口地把它喝干，甘甜中略带辛辣的味道随着心头的疑惑弥漫开来。

在屋子里坐了片刻，杨海平拿着空碗走出门去，经过院子时看到邱志达坐在遮阳伞下抽着烟，他脚下没停，径直走进厨房。

孙凤珍把炖鱼的火调小，回头见丈夫对着面前的案台出神，不禁问道："看什么呢？"

"没什么。"杨海平摇摇头。

"呀，是不是煮虾爬子了？我闻到味了。"方玲兴奋地从客栈里跑出来。

"你鼻子真灵，还没出锅就闻到了。"邱志达笑道，"她们俩呢？"

"张茜在房间里给手机充电呢，蜜琳在找游泳衣，准备一会儿吃完饭就下水。"

"舅姥——"轩轩从客栈里出来，揉着眼睛来到厨房门口，问道，"看见我妈了吗？"

孙凤珍奇道："你妈早就回房间了，怎么，她没和你在一起？"

"屋子里就我自己。"轩轩摇头，说，"我渴了。"

"舅姥带你喝水去。"孙凤珍擦了手，领着轩轩往回走，刚到门口，门帘一挑，赵苒从里面走了出来。

"你去哪儿了，把孩子一个人扔在房里？"

"我刚去了卫生间，谁知道他偏赶上这会儿就醒了。"

"轩轩是渴醒的，你带他喝水去。"孙凤珍把孩子交给她。

赵苒伸出手指在儿子脑门上点了点，叹道："房间里就有现成的矿泉水，渴了都不知道找，要是有一天妈妈不在身边，你可怎么活下去啊？"

"我永远都不离开妈妈。"轩轩抱着她的胳膊撒娇。

赵苒笑了："想得美，想让妈妈伺候你一辈子啊？"

无意间，邱志达注意到方玲的眼神很奇怪，顺着她的目光看去，是赵苒母子消失在门口的背影，不禁问道："怎么了？"

"哦，没什么。"方玲摇了下头，脸上却挂着若有所思的神情。

32

随着发动机有气无力地响了两声，车子向前冲了一下，然后就彻底不动了。陈律把钥匙拧到底，也没听到启动机转动的声音，气得他在方向盘上砸了好几拳，手砸得生疼，却无计可施。刚才不过是熄了火下车方便一下，这破车就打不着了。

公家的东西从来没有人爱惜，用车的时候大家抢着开，平时却没人记得维护保养。难怪严鹏把车钥匙扔给自己的时候一脸坏笑，这小子知道自己请了两天假，大概以为借车出去泡妞，所以故意没有提醒自己车有毛病，就等着看笑话呢。

掏出手机，屏幕居然显示没有信号。陈律跳下车，四处张望，前后左右都是山，虽然不高，但自己所处的位置却是信号覆盖不到的山谷，目力所及除了满山茂盛的植被，只有脚下的沙土路蜿蜒着伸向未知的前方。当今到处人满为患的世界里竟然还有如此荒蛮偏远的旅游景点，这是他没想到的，还好，地上有车辙，加上二十分钟前遇到的出租车司机曾明确地指出方向，证明自己没走错路。

抬头看看逐渐西斜的日影，再瞅瞅两边的山势，陈律咬了咬牙，没办法，爬吧。在这个鬼地方待下去，连救援都叫不到。

野山坡上长满了荆棘，没有路径，连下脚的地方都没有，只能抓着一切能够借力的东西，或岩石，或树杈，脚下蹚开横生的枝蔓奋力往上攀。望山跑死马，垂直高度不到百米的小山丘用了半个多小时才爬到山顶。

眼前豁然开朗！没有一点防备和过渡，碧蓝的海湾突然间就扑进了怀抱，强劲的海风吹得人满身舒爽。原来距大海如此之近，再翻过一道山梁就到了，海滩上隐约有房屋，被山坡的林木挡住看不真切。

手机终于有了信号，陈律犹豫了一下，决定还是先拨打艾薇的电话。其实直到现在，他都不知道向来很少离开店铺的艾薇突然间跑到月亮湾来干什么。

听筒里传来对方不在服务区的提示，陈律有点傻眼，这么大的海湾，自己怎么找？据艾薇的店员说，她还有个小号，但不知道号码。陈律想了想，只好再次拨通老同学顾超的电话，在听了一大通抱怨并许诺下次大家聚会由自己买单后，顾超答应联系艾薇的家人去索要号码。

眼看着太阳沉到了远处的山脊，顾超的电话仍没有打过来，陈律不得不考虑今晚该如何过夜了，正在要不要给队里打电话求援的问题上挣扎的时候，远远的，一辆小轿车出现在自己来时的路上。

陈律大喜，顺着刚才上山的方向往下跑，一路不知跌了多少跟头，终于在对方经过前赶到了山脚，如果不是司机刹车踩得快，车轮就从他身上碾过去了。

白色的捷达笼罩在山谷间的阴影中，司机是个不到四十的男子，很谨慎，没有下车，一边透过车窗警惕地看着满身是土的陈律，一边悄悄拉开副驾座前的储物箱。那里面有一柄羊角锤，是他特意从工具箱里拿出来的，这东西和管制刀具不沾边，用来自卫的效果比刀还好使。毕竟在这手机都没有信号的荒郊野外，人与人的信任不是那么容易建立的。

警察证、驾驶证、行车执照，全部掏出来贴在驾驶室的玻璃上，同时咧开嘴角，最大限度地向对方展示自己真诚善意的笑容。

捷达司机仔细查看了证件，这才放下戒心，同时把握在手里的羊角锤放回原处，摇下车窗，瞅着路旁趴窝的奇瑞，问道："车坏了？"

"打不着了，没反应。"陈律连连点头。

捷达司机下了车。车门打开的刹那，陈律隐约嗅到一股馥郁的芬芳，像是花草的香气，不由得朝车内看去，没看到鲜花，只见车后座上放着一大摞没有开封的儿童读物。

"好像是电瓶没电了。"对方坐进奇瑞里试了试，问道，"有搭火线吗？"

陈律摇头："只有拖车绳。"

"你要去月亮湾？"

"嗯。"

"哪家客栈？"

"我是来找人的，但是暂时联系不上，随便哪家都行，今晚有个住的地方就好。"

"那就跟着我走吧。"

绑好了拖车绳，陈律坐进车里跟随对方进发。虽然已经距离海边不远，但拖车开不快，加之山路崎岖难行，大约过了二十分钟，路边才出现一块带箭头的牌子。捷达司机停下车，仔细看了一眼上面的客栈名字，没有理会，继续向前开。

同样的动作重复了三四次，这让陈律感觉对方对这里的环境也不太熟悉。终于在天色暗下来的时候，捷达驶进了一家名为观澜的客栈。

"我去问问老板有没有搭火线。"捷达司机从车里抱起那一大套儿童读物，朝客栈里走去。

恰在这时，顾超的电话打了回来。陈律满怀期待地接起来，结果却令人失望，艾薇的家人根本不知道她还有一个小号。同时，顾超还带来一个消息，艾薇的父亲又住院了，由于是复发，吃药已经不管用了，需要手术，她的家人也在着急联系她，但以往艾薇常用的号码打不通。

"她家里人最后一次联系艾薇是什么时候？"

"今天早上，她妈打的电话，问手术费筹到没有。"

挂断电话，立刻又给艾薇打过去，依然不在服务区。陈律握着手机呆立片刻，忽然想起捷达司机去借搭火线还没回来，转头望去，居然看到了一个完全没想到会在这里出现的人，是赵苒，和她不满七岁的儿子轩轩。捷达司机正站在院子里和她们母子俩兴高采烈地攀谈，显然早把借搭火线的事忘到脑后了。

陈律蹙眉思考了一会儿，从手机相册里找到一张照片，拍的是一份香奈儿会员登记表，这是他重启调查后再次返回银珠购物中心找到楼层经理索要的。手指在屏幕上滑动，随着不断放大的照片，终于看清了注册会员的名字——郭少卿。

见他们彼此聊得火热，陈律收起手机，信步朝海滩走去。

此时太阳已经完全落到山后，西边的天空燃烧着绚烂的晚霞，远处山林的边缘仿佛镀上了一层金色的光芒，整个海湾沐浴在温暖的余晖中，整个世界都显得那么和谐，陈律心中却隐隐泛起了不安。

似乎为了印证这种预感，一辆闪烁着红蓝双色灯的警车直直地驶进院子，两名身穿制服的警察从车上跳下来，径直走进客栈。

陈律一愣，快步赶过去，看到他们正在查看客栈的住宿登记簿。

“兄弟，出了什么事？”陈律问道。

两名警察同时抬头看向他，其中一人戒备地道：“你是干什么的？”

陈律忙把警察证递过去，对方接在手里仔细看了看，面色这才缓解，交还证件后，把他拉到一边，小声说：“半小时前，我们接到群众报案，在山顶的龙王庙发现一具女尸，我们正根据死者的身份证信息排查月亮湾所有客栈的住宿登记。”

陈律的心跳顿时加速起来：“死者叫什么名字？”

“艾薇。”

33

现场架起了照明灯，法医丁珺带着两名痕检员在紧张地忙碌。

本着地域管辖原则，发生在月亮湾的案件应归本辖区的开发区分局侦办，鉴于被害人与不久前那起牵动了区领导神经的“6·30”交通肇事案的一名责任人存在特殊关系，报请上级同意后，铁东分局接手了这起案件。但这并不意味着纪红岩案的重启，只是把它当作一件独立的刑事案件进行侦查，上头不希望在已经盖棺定论的事情上节外生枝。

带队的是韩长庚。队长钟庆魁原打算亲自来的，临行前突然接到线报，老猫今晚将携大宗毒品与买家交易，数量之巨有可能突破本地区历年来毒品交易记录。得知这个消息，钟队立刻改变了计划，亲自带着大队人马赶去布控，把月亮湾的案子抛给了韩长庚，想了想可能觉得他一个人势单力孤，又把一向比较机灵的严鹏派给了他，此外就是搞技术的丁法医几个人了。至于外围的搜索排查工作，只好交给当地辖区派出所的警员来做。

龙王庙的规模很小，庙里的龙王塑像是水泥堆砌的，除了门前一对叫不出名字的镇兽，连配殿和院墙都没有，看上去很寒酸。庙前是一块篮球场大小的空地，铺着早已残破不堪的青石板。艾薇的尸体仰卧在距悬崖边缘五六米的地方，胸前中了两刀，下体赤裸，短裙被掀到腰间，内裤褪至足踝。庙门口散落着一只女式挎包和从包里掉出来的钱夹、化妆盒等物品，艾薇的身份证就是在钱夹里找到的，现场没有发现凶器。

报案人是一对小情侣，男孩叫王涛，女孩叫张燕，两人都是省美院的学生，趁着假期来月亮湾旅游写生。他们住的悦来客栈在断崖的西边，听老板说这上面有个龙王庙，特意跑来观光。

“快到山顶的时候，我们听到一声女人的尖叫，叫到一半就停了，像是被人捂住了嘴巴。我们以为是游客打闹时发出的，没有在意，继续往上走。到了山顶，一开始也没看到……”身材娇小的张燕脸色发白，看得出仍心有余悸，连尸体两个字都不敢提。

“我们一眼看见庙门前地上有个包。”戴着眼镜的王涛揽住女友的肩膀，接过话头道，“我还说了一句，谁的包扔这儿了？然后转过身才看到那边躺着一个人，走过去一看，已经死了。”

陈律问道：“当时你们看没看到其他人？”

王涛摇头：“没有，山顶就我们俩，包括上山的时候也没遇到其他人。”

陈律注意到他说话的时候，张燕看了他一眼，似乎欲言又止，便向她问道：“你想到了什么？说出来没关系。”

“刚到山顶的时候，我看到那边——”张燕指着龙王庙东边的树丛，说，“有个人影一闪就过去了。”

“一定是凶手！”王涛啊了一声，随即抱怨她，“这事你怎么没告诉我？”

张燕跺脚道：“当时还没看到尸体，根本没往那方面去想，后来光顾着害怕就忘跟你说了。”

陈律安慰道：“别着急，事情已经过去了，不用害怕。你尽量描述一下这个人的体貌特征，包括穿什么衣服。”

女孩蹙着眉回忆：“林子里光线暗，看不清楚，就知道是个男的，多大年纪看不出来，衣服是深色的。”

陈律追问道：“他个头多高？”

女孩在自己男友和陈律间看了看，指着陈律说：“大概比你高一些，具体说不好，对了，那人是个驼背。”

“驼背？”

“他后背这里……”女孩在男友的身后比画，“隆起了好大一块，看上去很怪异，我从没见过驼背这么严重的。”

陈律看到她比画的夸张程度，不禁有些怀疑她是否看错了，但还是在本子上重点记下了这条：“还有其他特征吗？”

“没有了。”

陈律瞅了一眼身边的韩长庚，见他摇了摇头，知道没什么能问的了，递给对方一张自己的名片，告诉他们想起什么随时打上面的电话，同时嘱咐二人不要声张此事，有人问起，就说是游客登山失足，然后唤过一名当地警员送他们回客栈。

转过身，陈律见韩长庚站在庙门前，低头看了一会儿地上的女包，随即迈开大步朝尸体的方向走去，每一步的间距都超过了正常人行走的尺度，然后停在尸体旁边朝身后看去，似乎刚刚在用自己的脚步丈量两者间的距离。

“23米。”陈律走过去告诉他，这个数字是痕检员用皮尺卡出来的，比脚步量的要准确。

韩长庚皱着眉头踱到悬崖边上，从兜里掏出香烟，抽出一支叼在嘴里，却迟迟没有点燃。

陈律跟到近前，见他正闭着眼睛思索，就没有打扰，探着头向悬崖下面望去，却除了一片漆黑什么都看不到，只听见浪打礁石的声音连绵不绝，令人心生恐惧，他赶紧退回来看向别处。今晚天上无月，星星也不多，黑沉沉的海面与夜色融成了一体，唯有海滩上燃起的星星点点的橙色篝火，在无边黑暗中带给人一丝温暖。

韩长庚忽然抬起头四处看看，没头没脑地问了一句："今天初几？"

陈律一怔，不知他为何问到这个。

"现在已经七点半了，月亮还没出来，说明今天不是十七就是十八。"刚好走过来的丁珺闻言道。

陈律奇道："还有这说法？"

丁珺笑起来："一看你就是在城里长大的，'十七十八、天黑摸瞎'的农谚都没听说过。"

陈律打开手机里的万年历，今天果然是农历十八。

韩长庚若有所思地点点头，没有继续这个话题，望着不远处的尸体问："怎么样了？"

丁珺边摘手套边说："初步结果出来了，两刀都刺在心脏上，是致死原因。凶器是大约宽4厘米、长20厘米的单刃刀具，类似于家庭用的厨刀，只是刀背上多了一排锯齿。另外，没有检测到性侵痕迹。"

法医只负责陈述客观事实，不对案情下判断，不过很明显，这是一起典型的强奸未遂案例。凶手在打算实施侵犯的时候，发觉有人上山，情急之下用随身携带的刀具刺死被害人，然后逃离现场。

痕检员在拍照取证后对艾薇的女包进行了复原，发现该有的东西基本都在，钱夹里的现金和银行卡也没有翻动的迹象，唯独没有找到艾薇的手机，不知是被凶手拿走了还是遗失在附近的草丛中，痕检员带着人在周边搜寻了两个多小时，依然没有找到。

"不用找了，应该是被凶手拿走了。"韩长庚对丁珺说，"你们撤吧。"

丁珺点头："那我们先把尸体拉回去作进一步检验，有什么情况第一时间告诉你。"

韩长庚抬手招过一名叫张伟的当地警员，问道："这里距最近的村子有多远？”

“这附近有三个村子，最近的是大薛村，就在那边——”对方指着西北方向说，“直线距离不到两公里，但中间全是山路，天黑不好走，步行的话得四五十分钟。”

“你印象中辖区内有没有符合目击条件的人？”

“驼背有，我就认识两个，其中一个就是大薛村的，不过只是微驼，像那个女孩说得严重到那种程度的，没见过。”

“除了我们来时的那条路，还有没有其他道路通到外面的公路上？”

“能通车的就那一条，剩下的就得翻山了，不过这附近都是丘陵……”张伟面露难色，“想要大规模搜捕的话，咱们这点人手肯定不够，得让上面多派人。”

“不用那么麻烦。”韩长庚摇了下头，回身俯瞰着海滩上的点点篝火，喃喃道，“凶手应该就在这里。”

哗——一大盆清水泼在地上，带走了满地污渍和血迹，杨海平拿起扫帚清理残留在地面上的鱼鳞。一团鱼杂被水冲到墙根，前面有案子挡着，扫帚够不着，杨海平搬起案子腿，费力地往外挪了挪，把扫帚伸进缝隙，听到当的一声，扫出来的除了鱼杂还有一把刨鱼刀。之前想用的时候遍寻不着，原来掉到了案子后面，杨海平附身捡起来，顺手插在刀架里。

“你给小伟打电话了吗，他怎么说的？”孙凤珍走进厨房问丈夫。

“打了，没接，应该是不方便。”

“听说警察在路上设了卡，龙王庙的山脚下也拉了警戒线，不让人靠近。”

“你听谁说的？”杨海平停下手里的扫帚。

“听老丁家的大儿子说的。”孙凤珍拿起抹布一边擦拭案台一边道，“他家的柴油用完了，刚才来咱家借了一桶，一路过来被警察拦住好几回。”

杨海平没言语，他知道妻子在担心什么。尽管之前那两名警察没说查住宿登记的原因，但是不用问，一定是有人出事了，十有八九是来这里玩的游客。月亮湾这地方本来就偏僻，路也难走，游客出事的消息要是传出去，谁还愿意大老远的过来旅游？没有游客，客栈就要停业，一旦停业前期的投入就全打水漂了，开发商不会花大价钱买你这几栋没人住的空房子。

不愿想这些糟心事，杨海平望向窗外的海滩。邱志达一行人有的在海里游泳，有的在回廊里支起了炉子，看样子打算自助烧烤。赵苒和晚上来找她的那名男子正带着轩轩挖沙子筑城堡，轩轩笑得很开心。连那个来了就躲进房间里睡觉的单身男子也出现了，正独自坐在沙滩上望着大海出神，身边放着那只沉甸甸的单肩包。

杨海平目光落在郭少卿身上，问道："你问小苒了吗，那男的什么来头？"

"刚才偷空问了几句，他是小苒单位的一个部门经理，姓郭，比小苒大两岁，人挺踏实的，家里条件也不错，这次知道小苒休假，特意跑来找她的。"

"比小苒大两岁，那就是三十八了，他也是离婚的？家里是男孩女孩，多大了？"

"他老婆前几年就病死了，一直单身，没孩子。"

"小苒的意思呢？"

"人没问题，她就是担心轩轩。"

"小孩子跟着妈妈长大不好，对性格有影响，尤其是男孩。我看他对轩轩不错，还特意买了一大套课外书。"

"小苒也在犹豫，虽然他现在对轩轩好，那是俩人没在一起，轩轩毕竟不是他亲生的，要是日后在一起有了自己的孩子，就分出亲疏远近了。"

"没必要担心，实际情况摆在那儿，小苒跟谁处对象都得面对这个问题，她才三十多岁，难道要一个人带孩子过一辈子？回头你劝劝她，机会来了就得把握。"

"这丫头的性子你还不知道？当初咱们那么劝她，她还不是跟纪红岩好上了？”

“别提那姓纪的，离婚了连自己亲闺女都不要的人，能指望他对小苒好？”

“看你说的，人家当初自己协议的，财产归男方，孩子归女方，而且女方去了日本，纪红岩想看孩子都看不到，再说你觉得让小苒过门就当妈是好事？”

“是男人就该光着屁股打天下，要家产不要孩子，不就是为了方便自己找下一个？”

“算了，不和你吵，回头我找丫头唠唠，反正我是挺看好他们的。”

说话间，外面有人道：“姑父在吗？”

“小伟来了。”孙凤珍说了一句，扔下抹布迎了出去，“你姑父刚才还念叨你呢，给你打电话也没接。”

一身警服的张伟把帽子摘下来拿在手里，说：“刚才局里的人在勘查现场，不方便接电话。”

杨海平放下扫帚走出厨房：“到底出什么事了？来了这么多警察。”

“有个女的死在龙王庙那儿了，之前查住宿登记就是看她是哪家的游客。”

杨海平心里猛地一沉，追问道：“怎么死的？”

“被人捅死的，法医说用的是一把背上带锯齿的刀。”

“啊……”孙凤珍震惊得说不出话来。

“什么时候的事？”杨海平问道。

“大约下午四点半到五点之间，悦来客栈的游客发现的。”

“凶手抓住了吗？”杨海平感到自己说话的声音在打战。

“杀人案哪有这么快就破的？对了，姑父，你们别对外人说啊，上头让封锁消息，对外就说是游客登山失足，免得引起恐慌。”

“算了，不说这个了。”孙凤珍道，“小伟，你晚上还没吃饭呢吧？”

“没呢，接警到现在就喝了一瓶水，您这儿有什么吃的帮我弄一口，吃完了我得去换班。哦，差点忘了，您这儿还有房间吗？给我留一间。”

“房间有的是，你今晚在这儿住啊？”

“不是我，是局里下来的人要住，就是负责这起案子的，该多少钱您就收就多少钱，不用打折，反正他们回去能报销，对了，饭多做一点，我估摸着他们也没吃呢。”

看到妻子走进厨房，杨海平把张伟拉到一边，低声问：“死的那女的叫什么名字，是哪家的游客？”

“名字叫艾薇，哪家的游客暂时没查到，不过有人看到凶手了，据说是个驼背。”

“驼背？”杨海平怔住。

34

从山上下来的时候，缺了小半边的月亮终于升上中天。负责排查游客信息的警员纷纷赶回来汇报情况，月亮湾所有客栈的住宿登记中均未发现艾薇的入住记录，艾薇的照片也拿给客栈老板看了，都说没见过，住宿的客人中也没有符合驼背这个特征的。

韩长庚似乎对此早有预料，不咸不淡地鼓励了几句，然后让大家回去休息，明天早上继续按照目击者的描述扩大排查范围。例行公事的套话听得陈律索然无味，甚至觉得他的态度有些敷衍。

所有人散去后，陈律告诉韩长庚，严鹏仍然没有回信。这家伙大概因为错过了跟钟队抓捕毒贩立功的机会，到了月亮湾也不愿和众人待在一起，匆匆看了一眼现场，就带了一名当地警员赶去一家叫海之角的客栈。那家客栈有一拨游客是今天中午来月亮湾的，到了晚上就张罗着要走，他认为此举反常有必要查一查，已经去了三个多小时连电话都没有一个。

韩长庚听了只点了下头，没说什么，陈律也就没有自作主张地打电话向严鹏询问。两人沿着小径朝观澜客栈的方向走，这是距龙王庙最近的一家客栈，当地警员已经在那里为他们订好了房间，从山脚下走过去七八分钟就到了客栈外面的海滩。

此时海水正处于满潮，海面上波平浪静，潮声舒缓而富有韵律，不像之前在断崖上观望时那样令人生畏。沙滩上的游客不多，气氛也很放松，似乎没有因为有人失足致死的消息引起恐慌。

韩长庚忽然眯起眼睛，望着前面道："那是赵……什么来着？"

陈律抬头看去，只见赵苒和郭少卿一边一个牵着轩轩的小手向客栈走去，看样子是打算回房休息，这才想起自己刚到客栈时的一幕，说："她叫赵苒。"

韩长庚回头望了一眼夜幕下的断崖，然后站在原地侧头想了一会儿，忽然快步向前走去。

"能和你聊几句吗？"

正准备带轩轩睡前洗漱的赵苒忽然听到身后有人说话，回过身看到是一个身材瘦削的中年人，感觉有点面熟，继而看到站在他旁边的陈律，不禁一愣，随即想起对方是纪红岩死后找自己问过话的警察，印象中好像姓韩，不由得诧异道："是你们？"

"有时间吗？"韩长庚问道。

"哦，有。"赵苒答应了一句，把轩轩交给正好从客栈里出来的孙凤珍，"舅妈，帮我看会儿轩轩，我去去就回。"

"那两人是谁啊？"孙凤珍小声问。

"当初负责纪红岩案子的警察。"赵苒低声回答。

孙凤珍一下子紧张起来："他们找你干什么？"

赵苒摇头："我也不知道。"

望着赵苒离开的背影，孙凤珍的心不由自主地提了起来，至于担心什么，自己也说不上来，只好领着轩轩回到自己的房间。

轩轩看到炕上的大橘猫，高兴地扑了上去，孙凤珍刚想提醒他小心点别被抓伤了，忽然发现放在墙角的黑胶袋子少了两个。她记得很清楚，自己一共叠了满满六个袋子的元宝烧纸，现在只剩了四袋。

“找我什么事？”赵苒走到陈律二人面前。

“没想到在这里碰到你，随便聊几句。”韩长庚的语气很轻松，“你现在还靠药物辅助睡眠吗？我记得你说想彻底戒掉的。”

“哪有那么容易？不过还好吧，最近没怎么吃药。”

“药瘾戒除起来确实不容易。”韩长庚点点头，信步向沙滩上燃烧的篝火走去，橙红的火光将几个人的影子拖得老长。

“这家客栈是你舅舅开的？”韩长庚问道。

“嗯，开了五六年了。”

“你经常来这里吗？”

“最近两三年放暑假的时候，我都带轩轩来住一阵子，以前轩轩太小，不敢带他来海边。”

“那你对海边的生活一定很了解了。”

“说不上了解，一般的常识知道些，不知你想问什么？”

“这么晚了还在游泳，安全吗？”韩长庚向海里指了指。

陈律顺着方向望去，由于远离了篝火，周遭的光线很暗，只能模糊地看到海面上漂浮着几个黑点，如果不是套着游泳圈，很难注意到那是几名游客。

“只要涨潮就没事。”赵苒道。

“要是落潮呢？”

“落潮时不能游泳，海水会把人吸进去，水性再好也没用。”

“今天白天几点涨潮？”

“我记不住潮汐表，大约是下午三点吧。”

“没关系，有个大概就好。”韩长庚慢条斯理地说，“大海每天有两次涨潮，中间相隔十二个小时，每次涨潮和落潮之间隔了六个小时，就按三点钟涨潮算起，落潮的时间应该是九点……”说着，抬腕看了一眼手表，“现在是八点四十，正好是满潮时间，嗯，你该提醒他们上岸了。”

“还有二十分钟，到时我舅舅会提醒他们的。”赵苒有些奇怪，“你们找我就是问这些吗？”

“都说了是闲聊嘛。”韩长庚笑着摆了下手，忽然问道，“龙王庙那里有个游客失足从山上跌下来了，你知道吗？”

“听说了，天擦黑时有警察来查住宿登记，你们也是因为这事来的？”

韩长庚点头：“那个游客你认识。”

“我认识？是谁？”

“艾薇。”

“是她？”

“事实上不是失足，她是被人捅死的。”

陈律诧异地看向韩长庚，禁止对外公布真相的命令就是他下的，此时怎么突然改口了？

“这里——两刀。”韩长庚指着自己的心脏位置，说，“大约四点半到五点之间的时候。”

赵苒啊了一声，抬手掩住嘴巴。

“那个时候你在什么地方？”韩长庚这话一出口，不但赵苒，连陈律也愣住了。

赵苒惊讶道：“你这是什么意思？”

韩长庚轻描淡写地说：“所有这段时间在月亮湾的人，我们都会查他当时在干什么，遇到你了，就随口问一问。”

“那个时候轩轩在房间里睡觉，我在旁边陪着他。”

见对方没有言语，赵苒知道需要找人来证明自己的话，蹙眉想了想，说：“我是不到四点半从舅妈房间离开的，回房的时候正好碰到住在我隔壁的客人从房间里出来，是位男士。我不知他叫什么，你们可以查住宿登记，他能证明当时看到了我。在那之后，我就一直在屋里陪着轩轩，大约五点十五左右，我去了一趟卫生间，偏赶上这时轩轩醒了，到外面找他舅姥要水喝。我从卫生间出来，就把他领了回来，当时我舅舅、舅妈，还有之前碰到的隔壁客人，全都在场。”

赵苒话音刚落，身后突然响起一个略带暗哑的嗓音：“那个时候你不是去山上了吗？”

赵苒猛地回过头，陈律和韩长庚也同时朝声音的方向看去，只见一个高瘦的身影从篝火照不到的黑暗中走了出来。

陈律的眼珠子都快瞪出来了：“李家祺？”

背着单肩包的李家祺冲陈律点了下头，说：“当时我刚到客栈不久，一路坐车颠得我头昏脑涨的，想在房间里睡会儿觉，正准备关窗帘的时候无意中向外看了一眼，刚好看到她在上山，当时是四点三十六分。”

黑暗中陈律看不清赵苒的表情，只能看到她的眼睛死死地盯着李家祺，在篝火的映照下，她的眸子里似乎燃起了两团小小的火焰。

“这就有意思了。”韩长庚干笑了一声，对赵苒道，“能解释一下吗？”

赵苒冷冷地道：“既然他看见了，就让他说吧，反正我说的你们也不信。”

陈律把目光转向李家祺：“你看到她去龙王庙了？”

李家祺皱了下眉：“什么龙王庙？”

陈律指向西边的断崖：“就是那儿——”

“她没去那边，去的是那里——”李家祺摇头，抬手指的是截然相反的方向，那里是客栈东北方向的一处土坡。

“我看到她拿着两个黑色的袋子走到土坡上，不知要干什么，就看了一会儿，原来……”

说到这里，李家祺顿住，漠然地看了赵苒一眼，说，“她在烧纸。”

“烧什么纸？”

“给死人烧的那种。”李家祺说完，转身朝客栈走去。

“李家祺——”陈律喊了一声。

对方没有回头：“我知道的都告诉你了，别的我不知道，我要回去睡觉了。”

陈律再次看向赵苒，见她双目紧闭，胸膛剧烈起伏着，半晌才睁开眼睛，目光哀怨看着面前的二人：“你们非要把人家的隐私扒出来才好受吗？”

陈律纳闷道："给过世的人烧纸不是很正常吗，你为什么不愿说？"

赵苒幽幽地道："我是给纪红岩烧的。"

"你还想着他？"话一出口，陈律就知道失言了。

赵苒并未计较，神色黯然地叹了口气，说："纪红岩的父母去世早，身边又没什么亲戚，他这一死，这世上再也没有人惦记他了。不管怎么说，他都是轩轩的爸爸，我看到舅妈房里有现成的烧纸，就寻思给他烧点，哭他几声，也算对得起我们夫妻一场了。况且，这种事只有等轩轩睡着了才能去。刚才没告诉你们是不想让我舅舅知道，他对纪红岩的印象不好，当初他和舅妈都劝我不要跟纪红岩好，我没听，要是知道我给他烧纸又得骂我了。我本打算对谁都不说的，现在好了，连不相干的外人都知道了，你们的窥探欲也满足了吧。"

看到外甥女安然回来，孙凤珍长舒了口气，一直莫名悬着的心总算放下，本想问问警察为什么找她，但是见她满脸疲惫的样子，到了嘴边的话没有出口，催她赶紧带着早已困得睁不开眼睛的轩轩回房休息。

赵苒带着孩子刚离开，双眉紧皱的杨海平就走了进来。

孙凤珍看到丈夫一脸凝重，不禁纳闷："你怎么了？"

杨海平来到炕边坐下，迟疑了片刻，问道："你听说过艾薇这个人吗？"

孙凤珍奇怪地看了他一眼："好好的提她干什么？"

杨海平惊讶道："你知道她是谁？"

孙凤珍撇了下嘴："不就是纪红岩和小苒离婚后找的那个小的吗，比小苒年轻六七岁呢，小苒背后总管她叫狐狸精。"

杨海平闻言顿时僵住，趴在炕上的大橘猫闻到他手上的鱼腥味，凑过来舔他的手指他也没觉察到，一言不发地在炕沿上坐了一两分钟，他站起身出了门，工夫不大又转了回来，抓起炕上的车钥匙，说："我出去一趟。"

"这么晚了你要去哪儿？"孙凤珍发现他手里多了一个长条状的纸包。

“顺子家的二儿子考上大学了，周日请大家吃饭，咱们没工夫去，今晚我去他家客栈把礼钱给了。对了，快落潮了，你去通知在海里游泳的客人上来吧。”

孙凤珍哦了一声，下了炕穿好鞋子走出房间。到了沙滩上，见邱志达和他的同事已经上岸了，刚要转身回房，忽听一阵发动机的声音由远至近传来，正奇怪丈夫怎么这么快就回来了，却见一辆陌生的轿车驶进了客栈，从车里下来一对中年男女。接着，听到邱志达欣喜的声音：“这都几点了，你们俩怎么才到？”

35

窗外夜色方浓，天上星月阑珊，晚风伴着阵阵涛声将白色的窗帘舞动得如同古人的博袍大袖。刘丹背靠在门上，怔怔地望着眼前的一切，有种不真实的感觉。直到门外传来催促声，她才从愣神中醒过来，随口应了一声，快步走到窗前把窗帘拉好，然后打开拉杆箱，从里面找出带来的连衣裙换上，对着门口的镜子照了照，打开门走出房间。

回廊里支起了烧烤炉子，赤裸着上身只穿了一条游泳裤的邱志达正在把撒好调料的海鲜放到炉子上，徐森和方玲在旁边帮忙。

刘丹走过去，四下看了看，问道：“张茜和蜜琳呢？”

“她俩刚从海里出来，去换游泳衣了。”方玲说。

刘丹接过她递过来的啤酒：“你没下海游泳？”

“我也想去呢，谁知偏偏这个时候……”方玲扁着嘴做了个你明白的表情。

刘丹会意，不由笑道：“那你可白来一趟海边了。”

“没有白来啊，这么多好吃的呢。”方玲指着炉子上的海鲜，开心地说，“邱总下午钓了一条好大的鲈鱼，可惜你没吃到。”

说话间，换完衣服的何蜜琳和张茜走了过来，帮着在原木桌上摆好碗筷，又开了啤酒，给众人一一倒满，炭火上烤的海鲜也散发出浓郁的诱人香气。

“对了，”刘丹想起一事，问，“刚才来的路上碰到好多警车，路口也有警察，这里发生什么事了？”

张茜接口道：“听说有个游客爬山的时候摔下来了。”

刘丹吃了一惊：“死了？”

张茜点点头。

一旁的徐淼皱眉道：“看着不像，如果只是发生意外，不至于来这么多警察。”

邱志达把烤好的海鲜放在盘子里端上来，大声说：“不管发生什么事，都跟咱们没关系，团建的目的就是让大家好好地放松身心。”说着，举起面前的杯子，“来，喝酒。”

刘丹端起杯：“是啊，好久没这么放松了，邱总——”

邱志达摆手说：“别叫邱总，今天晚上大家都不要称呼职务，我叫你刘丹，你叫我邱志达。”

“既然这样，那就等一下再喝。”刘丹冲他笑道，“还记得你第一次跟我这么说的时候吗？”

邱志达忙道：“别说了，我自罚一杯好不好？”

“刘姐，快说说。”方玲和张茜都看出这里面有故事，连连催她，何蜜琳和徐淼也好奇地看向她。

刘丹转动着手里的杯子，慢慢说：“那是我刚进公司的时候，培训期还没过呢，邱总……”

“都说了不叫职务。”

“那就叫老大吧，该有的尊重还是要有的。那天晚上有个客户来公司拜访，老大就硬拉着我去应酬。平生第一次喝那么多酒啊，中间不知跑了多少趟卫生间，散席了怕人笑话，强撑着不让人送，结果醉得找不着家，大半夜的一个人在街上游荡。我们家老贾找到我的时候，鞋子都走丢了，赶紧送我去医院洗胃，第二天照常上班还得强颜欢笑。所以——”

刘丹笑着看向有些尴尬的邱志达：“一杯不够，至少得罚三杯。”

“好。”邱志达没有推辞，并排倒满了三杯酒，接连喝了下去。

刘丹起身给他添满，接着说：“老大，你还记不记得当年辽西的白老板？”

“被女人骗光家产的那个？”

“对，就是他。”

“他当初可是咱们的大客户，全省三四级市场的分销商，酒量好，人也爽快，打款从不拖延，那些年咱们的销量半数以上都是靠他完成的，可惜就是过不了女人关，偌大的家业全败光了。”

刘丹抿了口啤酒，说：“一个人的本性是不会变的，他当初就不止一次在KTV摸过我大腿，好几回我都差点把话筒砸到他脸上。”

方玲惊讶道：“还有这事？刘姐你就这么忍了？”

刘丹叹了口气，放下酒杯：“不忍怎么办？除非不想要这份工作了。TCE啊，现在你们这些年轻人也许不放在眼里，可是在当年，能进TCE是多少像我这样的毕业生梦寐以求的理想啊。”

“喝酒还好说，这种事就过分了。”徐淼也对老同学表示不满。

邱志达把刚才刘丹斟满的酒喝下去后，又主动续了两杯，仰头也喝了下去，拍着徐淼的肩膀，感慨道：“老兄，你以为干销售是那么容易的？公司整天考核你的出货量、返款比例、市场占有率，每个月就那么一点儿返点指标大家都快抢成狗了。公司还要名声，不许截留销量，不许给客户回扣，更不允许商业贿赂，光拿些不值钱的促销品忽悠人家，就连这些促销品还是我们公司自己生产的，真正的肥水不流外人田。不说别的，光是国内的电视机品牌，你知道我当年刚入行的时候有多少家？112家啊！这还不算小日本的和欧美品牌，你看看现在还剩下多少？那时候别说显像管和集成电路，连电视机图纸都是买人家国外设计的，现在呢？全球所有的家用电器一半以上是中国制造。当年那么风光的索尼东芝松下飞利浦，不全都被我们打趴下了？怎么打？光用嘴巴说说人家经销商就信了？除了产品和价格，剩下的不都得靠联络感情？能打价格战的又不是我们一家公司。”

邱志达说得有些动情，转头对刘丹道：“不瞒你说，刚才你说的这些，甚至比这更丢人的场面我都经历过，就差搂着客户的大腿喊爹了，没办法，市场导向就是客户说了算嘛。来，我敬你一杯。”

“别敬我。”刘丹连忙起身，“就敬这些年大家一起走过的日子吧。”

“好，敬一起走过的日子。”几人轰然应诺，举起杯一饮而尽。

张茜放下杯子，看看满脸兴奋的众人，问道：“要不要唱两首歌助兴？我带吉他了，在房间里。”

“快去取——”大家异口同声。

睡梦中的轩轩怀里还抱着一本儿童读物，赵苒想把它抽出来，试了试，没有抽动，怕惊醒轩轩就由他抱着了。重新给儿子掖了掖毛巾被，然后从包里拿出香烟和打火机，轻轻出了房间，走进走廊西侧的卫生间，关好门，点上一支烟，深深吸了一口。

舅舅舅妈都不知道自己会抽烟，他们和已经过世的父亲一样，都是传统守旧的人，看不惯当下年轻人的离经叛道。他们习惯把自己的人生经验传授给子女，也习惯于为自己的子女规划人生，他们从来不求闻达显贵，只愿自己的孩子顺风顺水时不长骄人之志，坎坷困苦时不生害人之心，无病无灾、平安喜乐地度过一生。

可惜，没有一个子女愿意活成他们希望的样子。

气窗外夜色晦暗，晚风清凉如水，月亮四周昏黄的光晕预示着一场即将到来的大雨。赵苒的头脑逐渐冷静下来，无数次与刁蛮客户打交道的经验教会了她如何察言观色和应对危机，她相信这次也不例外。把烟头扔进马桶冲走，她走出卫生间，望向走廊的尽头，那里是存放杂物的小仓库。

她沉住一口气，迈步向前走去。走廊里阒静无声，但她知道，此时有一个人正在等待自己。

一直来到走廊尽头，赵苒停下脚步，伸手握住小仓库隔壁房间的门把手，轻轻转动一下。果然，门没锁，自己猜对了。

“你来了？”李家祺坐在床头，脸朝着门的方向，那个从不离身的单肩包就放在枕边。

“让你久等了，我得等孩子睡着了才能过来。”赵苒从容地搬过一旁的床凳，放在距对方一米五左右的地方，这个距离既便于交谈，又不会给对方太强的压迫感。

“不算久，三十七分钟而已，再久我也等得起。”

“你对时间很敏感，正常来说很少有人把时间精确到每一分钟的，这对你是不是有什么特殊的意义？”

李家祺毫无表情地说：“时间对我而言，就是生命。”

赵苒蹙了下眉，不知这句话背后的隐喻是什么，她决定暂不理会：“我来了，你可以公布答案了。”

李家祺指了指隔壁，说：“我入住的时候告诉老板娘不希望被人打扰，她就把我领到了这个房间，告诉我左边的几间客房都没有住人，右边是仓库，这是整个客栈最安静的房间了。所以，隔壁有点什么动静，我听得很清楚。”

赵苒冷笑道：“听到隔壁有点动静，就特意跑到窗前看个究竟，你的好奇心很强啊。”

李家祺漠然摇了摇头：“我这个人的好奇心并不强，实际上，除了一件事之外，这世上没有什么是我关心的。之所以看到你，是因为当时我正准备关窗帘睡觉，这点我没有说谎。不过我对你放着客栈大门不走，却要跳窗户出去，确实感到奇怪，同时不明白你是怎么弄到仓库钥匙的。因为在那之前我没见过你，没听到你管客栈老板娘叫舅妈。”

赵苒不由得咬住下唇，当时自己并不知道舅妈把他安排在这个房间，早知如此，自己就选择其他房间了，同样可以不走正门离开客栈。没有那样做的原因是担心万一自己离开的时候有客人入住，碰巧被安排进那个房间就糟了。

“能告诉我了吗？”李家祺问道。

“告诉你什么？”

“那件事的真相。”

赵苒没有说话，抬起眼看向对方。一切谈判的本质都是妥协，前提是你要有资本。自己没有妥协的资本，因为自己压根不知道对方说的那件事是什么，甚至，除了听到那个叫陈律的小警察喊了一声李家祺，自己连对方是谁都不知道。但是，自己有谈判的资本，那就是对方以为自己知道那个所谓的真相。这个真相对他一定很重要，自己只要加深对方的判断就行了。

和预想中一样，长时间的沉默后，李家祺率先沉不住气了：“你不必担心出庭作证的问题，法院已经结案了，我不会继续申诉，我只想知道那件事的真相是什么。”

原来涉及法庭判案，赵苒暗道。

见她仍然没有开口，李家祺继续道：“你也不用担心日后我会骚扰你，因为我只知道你是这家客栈老板的外甥女，赵苒这个名字还是听那两个警察叫你才知道的，此外我对你一无所知。”

赵苒知道再不说话不行了，但自己又不能问对方说的到底是什么事，一问就穿帮了，目光转了转，落在那只圆鼓鼓的单肩包上：“那里面是什么？”

李家祺沉默了片刻，说：“是我的生命。”

赵苒以为自己听错了：“你的命装在包里？”

李家祺轻轻把包挪到身前，缓缓拉开拉链，再慢慢地把手伸进去，他的每个动作都很小心，似乎怕惊扰了里面的东西。最后，从里面捧出一个白瓷罐子。

赵苒瞬间知道那是什么了。

李家祺把瓷罐抱在怀里，温柔地抚摸着，如同抚摸着心爱女子的脸庞，目光中也充满了爱意：“这是我的妻子，还有五个月大的孩子。”

怀孕五个月的妻子？赵苒感到眼皮跳了一下。

“其实一切都是有预兆的，只怪我当时太迟钝，没有发觉而已。”安静的房间里飘荡着李家祺喑哑的嗓音。

“那天早上刚出门，她就崴了一下脚，坐到了楼梯上。中午从医院出来的时候，街上人很多，一辆横穿马路的电动车差点撞到她，所以是我坚持要打车回家的。如果是平时，我们是舍不得打车的，无论多远，我们都会坐公交去。如果我们一直打车到家门口也就没事了，偏偏半路上想起医生让她多做运动的嘱咐，就中途下车了。不知为什么，那天我特别烦躁，心里像憋了一股火，因为一件小事就跟她吵起来了，还丢下她自己一个人走了。你知道吗？那是我们相识以来第一次吵架，也是最后一次……”

李家祺抬头看着赵苒，说：“其实，那天连上苍都在给我暗示，我却没有醒悟——雨刚下起来的时候，我就看到了那辆别克商务车，但是没有想到要把它拦住，它开到我跟前还溅了我一身水，我依然没有想到把它拦住，我就那么眼看着它从身边开过去……”

别克商务？当天中午下雨？赵苒心跳加快起来。

李家祺停下来大口喘了两下，接着说：“我只要拦住它一分钟，不，只要拦住它半分钟，就能把那辆大众错过去了，那么宽的机场辅路怎么会恰好撞到她？我只要拦住它半分钟……”

李家祺说不下去了，紧紧闭着眼睛用力呼吸，痛苦的脸上没有泪水，或许他的泪水已经流干了。

“把你的命收好吧。”赵苒轻轻叹了口气，她知道自己面前的这个人是谁了。

李家祺把瓷罐放回包里，小心地拉好拉链，哀伤地看向赵苒：“也许你担心说出来后可能会遭到报复，我向你保证，绝对不会有这种事发生，让我发誓都可以。求求你，告诉我事情的真相，我不能让妻子死得不明不白。”

赵苒也不由得伤感起来，当你有一天发现自己的生命不再仅仅属于自己的时候，才会明白什么是世上最重要的东西。与此同时，心中有了明悟，自己无意中闯进了别人的局。李家祺显然把自己当成了另一个人，一个真正知道那个所谓事情真相的人。可惜这股明悟来得太晚，此时再怎样解释对方也不会相信的。

“如果你有什么要求，可以提出来。”李家祺道。

“我的要求就是请你不要再骚扰我，因为你弄错了，我不是你想找的人。”赵苒站起身，不管怎样先从这个局里抽身再说。

李家祺一怔，刚要说什么，恰逢走廊里响起杂沓的脚步声，接着是很大的开关门的声音，赵苒趁机道：“我儿子被吵醒了，我得回去。”说罢，不待对方开口，迅速拉开门闪了出去。

走廊里空无一人，赵苒判断刚才的脚步声可能是某位回房间的游客留下的，她担心李家祺追出来，不敢多停，快步向自己的房间走去。经过接待室时朝里面瞟了一眼，舅妈正一个人坐在里面看电视，舅舅不知去哪儿了。

打开房门，一脚门里一脚门外的时候，赵苒听到身后某个房间的门响了一下，回头看去，只见一个姑娘抱着吉他匆匆跑了出去。她回身关好门，看到轩轩睡得正熟，一直紧绷的心弦才稍稍松懈了一些。接着，久违的无力感再次从心底生了出来，她背靠着墙壁缓缓滑坐在地上。

此刻，同样背靠墙壁坐在地上的还有斜对面房间里的郭少卿。由于站立时间过久，双腿有些发麻，方才膝盖在虚掩的门上磕了一下，碰巧那个抱着吉他的姑娘同时走出房间，自己弄出来的声音刚好被对方的关门声盖住了。

他无暇顾及麻木的腿脚，心中充满了疑问：住在走廊尽头那个房间里的人是谁？

36

面前的地上画了一个带有缺口的圆圈，圆圈的缺口冲着西南方向，圆圈中间有一堆燃剩的纸灰，有的还能明显看出元宝的形状。陈律瞅瞅蹲在对面的韩长庚，见他的眉头皱得更深了。

“你怀疑赵苒？”陈律问道。

韩长庚没有回答，反问道：“你知道烧纸有什么讲究吗？”

“当然是天黑了在十字路口烧。”

陈律知道对方质疑的是这两点，赵苒烧纸的时候天还没有黑，而且这地方也不是十字路口，但他不觉得有什么不妥：“她不愿让舅舅知道才趁着孩子睡觉的工夫偷偷出来的，时间地点都没得选择，再说给死人烧纸是寄托活人的哀思，心意到了就行了，现在有几个像老辈人那样恪守规矩的？”

韩长庚没吭声，用手电照着从旁边捡起一根树枝，拨开纸灰，见里面还有少量黄表纸和金元宝尚未完全烧干净，便用树枝把它们聚到一堆，掏出打火机点燃，看着火苗腾起，记下了时间。大约一分半钟，这些残留物彻底化为灰烬。

韩长庚疑惑地抬起头：“既然人已经来了，为什么不多待一两分钟把它烧干净？”

陈律刚要说也许是赵苒担心孩子醒了找妈妈所以着急回去，话未出口，身上的手机响起来，是丁珺打来的：“小陈，你和老韩在一起吗？”

“在一起，我开了免提，你说吧。”

“怎么搞的老韩？你的电话十回有九回打不通。”

“上次进了水，修完之后信号就时有时无的，什么事，你说。”

“我们把尸体拉回来重新做了检查，在尸体头部右后方找到一块4×5厘米左右的钝击伤，无创口，之前现场光线不好，这块钝击伤被头发盖住，没有发现。此外，在死者衣物的后背位置发现大量摩擦痕迹，尸体背部的皮肤也有同样的擦痕，两侧肩胛附近有少量皮下出血点。”

“具体是什么样的擦痕？”

“沿着人体脊椎方向，由下至上呈直线分布，我和小赵模拟了一下，应该是受害人晕倒后，被凶手抓住足踝在地上拖行造成的。”

“还有其他发现吗？”

“有，通过显微观察，我们在尸体胸前的刀伤创口中发现了少量不属于人体的纤维组织。”

“不属于人体的组织？那是什么？”

“是某种鱼类的肌肉纤维，应该是通过凶器传递到死者身上的。”

“也就是说，凶手用的是一把杀鱼刀？”

“没错。”

“辛苦你了，老丁。还有件事，明天让技术组定位一下艾薇的手机，把位置发给我，同时查一下她的通话记录。”

“好的。”

挂断电话，韩长庚抬起头望向对面。陈律看到他的眼睛在发亮，顺着他的目光望去，是西边龙王庙的方向。幽暗的夜色中看不见龙王庙，只能看到黑黢黢的断崖蹲踞在涛声林影中，默默地俯瞰着海湾。

“老韩，”陈律忍不住道，“有句话我早就想问你了，这个案子从性质上说，凶手是男的，你为什么怀疑一个女人？”

韩长庚翻着眼睛问：“这案子是什么性质？”

“强奸杀人啊。”

“你忘了两个字。”

“什么？”

“未遂。”

陈律一愣，随即明白他的意思。死者下体赤裸，短裙被掀到腰间，内裤被褪至足踝，这是判断该起案件为强奸杀人的依据。人们看到这样的场景，往往会因为关注表象而忽略了实质。尽管法医当场就声明未在尸体上发现性侵痕迹，但是基于先入为主的印象，人们会自动脑补出其余的情节，比如凶手在即将实施侵犯的时候被刚好出现的游客惊走，为了逃脱事后指认，索性杀死了被害人，于是人们心中自然而然地认为凶手是男性。但是从案件性质上分析，不排除女性凶手杀人后故意伪装了现场，用以误导警方的调查方向。

不过仅仅是可能罢了，这起案件还有目击证人，陈律道：“报案人看到凶手逃离现场了，虽然没看清长相，但是能够确定凶手是男性、驼背。”

韩长庚没有丝毫表情地嗯了一声，抬脚向前走去。

陈律不住地挠头，自从认识韩长庚的那天起，对方就没给过自己好脸色，他闹不清到底是自己哪里做得不对，还是对方根本不愿意和自己这个刚毕业不久的警校新生做搭档，不由得发急起来，上前拉住他道："老韩，咱们把话说清楚，你对我有什么意见，请你直说。你要是瞧不起我，不愿和我做搭档，就跟钟队申请给你换一个人。"

韩长庚回过头，目光空洞地看了他半晌，才慢慢说："你想多了，我从来没有瞧不起你，相反的，我瞧不起的人是我自己。这些年我都是一个人独来独往，不习惯身边有个搭档。"

见陈律发傻，韩长庚拍拍他的肩膀，挤出一个比哭还难看的笑脸："我会努力习惯的。"说罢，扭头继续向前走。

既然没有成见那就好了，陈律赶紧跟上去趁热打铁地追问道："那你对这个案子是怎么看的？"

韩长庚脚步慢了下来，沉吟着道："艾薇的包是在龙王庙门口发现的，包里的东西掉了一地，证明她最初是在那里遭到袭击的，可是她的尸体却出现在距悬崖边缘很近的地方，中间隔了二十多米。我不明白的地方就在这儿，如果艾薇遇袭后想要逃跑，应该朝龙王庙两边跑，因为两边都有下山的路，实在不行往庙后面跑也是个办法，唯独悬崖方向是死路。换个角度来看，如果凶手是以性侵为目的，既然已经把受害人打晕了，为什么要把她拖到二十多米外的地方实施侵犯？假设凶手有某种变态的欲望，需要面对大海发泄才能获得满足，但实际情况却刚好相反，尸体头北足南，凶手当时是背对大海的。"

陈律想了想，说："你是说凶手这么做的目的不是为了实施侵犯，而是想把被害人从悬崖上抛下去？"

韩长庚点了下头："但是还没拖到地方就发现有人上山，急切中掏出随身携带的刀具把被害人刺死，至于伪造现场，应该是凶手的急智。"

"如果凶手是预谋杀人的话，而且随身带着刀，为什么不上来就用？反正迟早要把被害人抛到海里，尸体入了海就检测不到刀身上的附着物了。"

"因为刀背有锯齿，这是个很明显的特征，现在我们又知道这把刀之前杀过鱼，显然凶手也清楚这点，不到万不得已的时候不打算用，以防警方追踪刀的来源。把人打晕很简单，随便捡块石头就行了，用完顺手一扔很难找到，所以我猜凶手最初的想法是伪造意外死亡。”

韩长庚顿了顿，加重语气道：“意外死亡是没有凶手的。”

陈律凑近看着他：“你是不是还有其他证据？”

韩长庚迟疑了片刻，说：“算不上证据，只能说是推测。今天是农历十八，每个月仅有的两次天文大潮之一，不过要到晚上八点海水才能涨到最高点。大海涨潮时会把海里的东西推向岸边，凶手作案的时间是四点半到五点之间，想要抛尸的话，就得找一个水位比较深的地方才不会被人发现，断崖那里刚好符合条件。到了八点，经过一个小时左右的满潮，九点钟开始退潮，潮水会把尸体带到大海深处，即使日后再冲回岸边，最快也是十天半月之后了，而且谁也不知道尸体会随着洋流漂到哪里，到时……”

“到时尸体早就泡烂了，就算能够确认死者身份，也找不到当初的抛尸地点，查起来就难了。”

“我并没有肯定这个案子的凶手就是女性，只不过无意中碰见了赵苒，就暂时假定她为嫌疑人，把整件事情倒推，发现即使日后警方找到了准确的抛尸地点，到时也很难把这件事和她联系在一起。因为客栈是她舅舅开的，她来这里度假不用登记住宿信息，之前的排查也证实了这一点。”

说到这里，韩长庚转过头看向陈律：“艾薇、赵苒，还有李家祺，都是那起车祸直接或间接的相关人，居然同时出现在这里，你不觉得太巧了吗？”

陈律承认确实很巧，之前自己也想过这个问题，但心里总放不下现成的目击证人：“可是……那个女学生明明看到凶手是驼背的男性。”

韩长庚显然无法解释这个问题，望着大海沉默了好半天，才说了一句：“那个女学生没有亲眼看到凶手杀人，出现在凶案现场的人未必就是凶手。”

说完这句话，韩长庚转过头，径自向山下走去。陈律忽然发现他一直挺拔的后背微微弯了下去，整个人的身影显得落寞颓废。

消沉的情绪是会传染的，一时间陈律也懒懒的不想说话，两人踩着晚风吹过林木的沙沙声默默地下山。

快到客栈的时候，陈律猛然发现不远处的黑暗中有一对绿莹莹的眼睛，不禁吓了一跳，忙用手电照过去，只见雪白的光柱里蹲着一只体型肥硕的大橘猫。那猫见手电照过来，喵地叫了一声，顺着一扇半开的窗户跳进客栈去了。

陈律的目光无意中扫过李家祺住的房间，见窗帘拉着，里面亮着灯，不由得想起那个孤僻的家伙，也不知他找没找到翻案的证据，多半是找不到，心里越发堵得慌。

正想着，身上的电话又响了，这次是严鹏。

海之角的那拨游客是一家五口，四个大人带着一个不满三周岁的孩子来海边度假，不知是食物中毒还是对海鲜过敏，那孩子吃了几个生蚝后上吐下泻，身子还起了红疹子，一家人赶着回市里就医，这才要着急离开，和这个案子没有丝毫关系。

严鹏在电话那头说天黑路不好走，打算在海之家住下，明天早上过来会合。韩长庚一如既往地嗯啊答应两声，没说什么就挂了机。

回到客栈，远远地听到吉他弹唱的声音，两人都没有心思回房睡觉，信步走到海滩。此时海水正在退潮，很多硬币大的小螃蟹聚集在沙滩上，被两人的脚步惊得四处乱爬。

不谈论案子，韩长庚又变成了闷葫芦，站在沙滩上长久地凝望大海，一言不发。

老韩这一辈子都陷在那个案子里了——陈律想起老周的这句话。他很想打听一下那个案子到底怎么回事，为什么过去了许久至今仍不许谈论，甚至市局还为之下了封口令，但是看到对方沉默的样子迟迟不敢开口。陈律猜测那个案子可能和韩长庚的老婆有关，上次他看到对方的钱包里只夹着一张女儿的照片，按理说这个年龄的男人如果随身携带照片，通常会选一张全家福。

“你女儿多大了？”陈律自以为找到了合适的话题。

“她要是活着今年20岁了。”韩长庚一句话就让陈律后悔得直想抽自己几巴掌。

提到女儿，韩长庚莫名地烦躁起来，伸手扯开衣领，让凉爽的海风直接吹在赤裸的胸膛上。陈律头一次注意到他胸前居然戴着一条项链，说是项链并不准确，只是一枚打了孔的硬币，用一条黑色皮绳穿着挂在脖子上。

韩长庚见他看到了，也不掩饰，捏着那枚硬币道：“现场很干净，我只找到了这个。”

“凶手留下的？”

韩长庚牙关动了动，没有说话，痛苦地闭上眼睛。

陈律知道问不下去了，刚刚的问题触到了对方内心深处的伤痕，望着头顶乌云渐起的夜空，听到回廊那边传来一群人扯着脖子在唱：

今夜的寒风将我心撕碎

仓皇的脚步我不醉不归

朦胧的细雨有朦胧的美

酒再来一杯

爱上你从来就不曾后悔

离开你是否是宿命的罪

刺鼻的酒味我浑身欲裂

嘶哑着我的眼泪

……

伍佰的《痛哭的人》被一群喝高了的男女唱得不忍卒听，不但有破音，有的人根本不在调门上，完全是借着酒劲在发泄。

陈律转头朝回廊望去，见其中一个短发女子，正弹着吉他大声嘶吼：

我怎么哭得如此狼狈

是否我对你还有些依恋

已到了尽头

无法再回头

我不是全都想过

……

刘丹唱得撕心裂肺，不知不觉中泪水顺着脸庞滑落，她抛开吉他，又去拿酒，被邱志达伸手挡住。

“别喝了。”

“好不容易有个发泄的机会，让我放纵一回吧。”刘丹打开他的手，拿起一杯酒，仰头喝了下去。

“邱总，我想好了。”刘丹抬起脸看向他，笑中带着泪，说，“我辞职。”

邱志达眼中掠过一丝复杂的神色，似乎想说什么，张了几下嘴，最后只吐出三个字：“对不起……”

37

陈律的心情很恶劣，大清早起来发现韩长庚又消失了。望着阴沉沉的天空和灰蒙蒙的大海，陈律郁闷得想要大叫，这家伙什么时候才能习惯身边有搭档的日子？还有他的那个破手机，什么时候打给他都打不通，但是他想往外打电话的时候一次也没耽误过。

“能和你聊几句吗？”一个喑哑的声音突然在背后响起。

陈律一哆嗦，手里拿的电话差点掉在地上。

“不方便吗？”背着单肩包的李家祺奇怪地看着他。

“哦……方便。”陈律急忙收起手机，“正好我也有事想问你。”

“那你先问。”

“你怎么到月亮湾来了？”

“我不能来吗？”

“你知道我不是这个意思。”

“你觉得我出现在这里很奇怪？”

陈律点头，昨晚还在琢磨这个问题，和那起车祸相关的几个人同时出现在这么偏僻的地方，确实很奇怪。

李家祺低头想了一下，说：“这样吧，我们交换问题。我回答你一个问题，你也回答我一个问题，前提是双方都不准撒谎，如果发现对方撒谎了，提问结束。”

陈律一怔，说：“可以。”

“那我先回答你的问题，我是被人约到这里来的。”

“谁约的你？”

“这是第二个问题，现在轮到我提问了。这家客栈老板的外甥女，她和我妻子的车祸是什么关系？”

“你说赵苒？”

“对。”

陈律很不习惯这种交换问题的方式，同时搞不懂对方为什么问这个问题，想了一下，如实答道：“她是那个大众车主纪红岩的前妻，车祸发生前不久，他们两人见过面。”

李家祺面露疑惑地想了想，随即点了下头，说：“该你提问了。”

“谁约你来月亮湾的？”

“不知道。”

李家祺回答得很干脆，看到陈律怀疑的眼神，他认真地摇头，说：“我真的不知道是谁，对方给我发的短信，说要想知道车祸的真相就让我来月亮湾的观澜客栈。我拨过那个号码，打不通。”

陈律下意识地道：“庭审已经结束了，你还在找证人？”

李家祺似乎没有把这句话当成问题：“我对妻子发过誓，我要带着她亲自找出真相，一天找不到，就一天不下葬。”

带着……妻子？陈律不由自主地看向他肩上的挎包。

李家祺轻轻点了下头，把挎包换了个肩膀，目光望着远方，像是叙述一件与己无关的事情："那天我去找胡中兴了，庭审结束的时候去的，我唯一做错的是没有当场拦住他。当时街上人很多，我打算跟着他回到住处再问他，没想到他出了法院没有直接回家，中途进了一家大排档。我在外面等了半个小时觉得不对劲，进去找他却没看到人，问了服务员才知道，他一进去就从后门离开了，根本没在那里吃饭。因为之前我就打听到了他的住处，是城南的一个出租屋，我立刻赶过去，也没找到人，问了邻居都说十多天没看到他了。我在他家楼下等了一宿，胡中兴也没回来。所以，他一定知道某些重要的事情，否则不会消失。"

李家祺转过头："该我提问了，龙王庙那里死的女人是谁？和车祸这件事有关系吗？"

陈律犹豫了一下，没有告诉他艾薇和纪红岩的关系："她就是一个普通的游客，不幸遇到了想要侵犯她的凶手，和这件事没有关系。轮到我提问了，如果……我是说如果，你一直找不到真相呢？或者说，事情不是你想的那样，并没有人故意拖延报案时间，你打算怎么办？"

说话的时候，陈律看着对方的单肩包，心说你总不能一辈子把它背在身上，没想到李家祺摇着头道："我拒绝回答这个问题。"

"为什么？不是说好了交替提问吗？"

"因为你刚才没说实话。"李家祺淡淡地道，没等陈律反应过来，就把头转向客栈的方向，"那人是找你的吧？已经朝这边张望三次了。"

陈律依言望去，见郭少卿正在客栈门口徘徊。

"放心，找到真相前，我是不会离开这家客栈的，如果你还有什么想问的，准备好答案再来找我。"说罢，李家祺转身离去。

看着对方的背影，陈律的嘴巴张得老大，世上怎么还有这种怪人？

"找客栈老板借的。"郭少卿拿着搭火线走了过来。

陈律拍拍脑袋："我都把这茬忘了，谢谢你帮我想着。"

"小事，谢什么。"

郭少卿把自己的车开过来，和陈律的车头对头停好。两人分别打开各自的前机盖，郭少卿熟练地把两根线连接在两辆车电瓶的正负极上，然后打着自己的车，冲坐在对面车里的陈律做了个手势。陈律拧动钥匙，依然没听到任何动静。

“奇怪了，不是电瓶没电吗？”郭少卿绕着奇瑞转了两圈，忽然想起来，“是不是保险断了？”

打开车上的保险盖板一看，果然有根保险丝烧断了，换上盖板里的备用保险一试，发动机立刻有力地转动起来。

“灯下黑了。”郭少卿笑道，收拾起搭火线，从兜里掏出香烟，递给陈律一支。

“我不抽烟。”陈律道。

“我平时也很少抽的。”郭少卿笑笑，把烟收起来。

陈律感觉对方这么主动地帮自己修车，似乎有点讨好的意思，很可能有话要对自己说。

果然，停了片刻，郭少卿故作不经意地问道：“刚才那家伙什么来头？”

可能觉得这样问有点冒失，他笑了一下，说：“我昨晚看到你们几个在沙滩上了，赵苒的朋友我基本都认识，唯独没见过他。”

陈律想了想，觉得自己不说赵苒也会告诉他，于是没有隐瞒：“他叫李家祺，之前有个案子，他和赵苒都是关系人。”

“是不是那起车祸？”

“你知道？”

“赵苒跟我提起过。”

“他是那个路人的家属。”

“我知道了，那个孕妇，听说孩子都五个月了，真可怜……他到这儿干什么？看样子不像是来旅游的。”

想起李家祺的遭遇，陈律心头有些黯然：“他哪有心思旅游？据他自己说，那起车祸的报案时间比实际发生晚了半个多小时，所以才导致他的妻子伤重不治，他还说事故发生时有一辆白色的车刚好经过了现场，他来这里是找目击证人的。诶，你这捷达就是白的，他要找的人是不是你？”

“你说呢，能不能有这么巧的事？”

陈律也笑了，随即叹息道：“我倒不希望他找到所谓的真相。”

郭少卿奇怪地问道：“为什么？”

“那些话都是他自己说的，那个真相是否存在谁也不知道。他现在的精神状态有些偏执，我担心他万一认准了某个人就是导致他妻子死亡的罪魁祸首，到时候弄出点什么事情来，他又拿不出证据证明自己是对的。”

“你担心他会报复对方？”

“很难说，不过我觉得这种可能性很大。”

“唉，这样的人还是少打交道的好。”

郭少卿叹了口气，从自己的车里拿出一个喷壶，走到车后，打开后厢，一股浓郁的花香扑面而来，里面放着好大一捧含苞待放的玫瑰，看一眼就能联想到它怒放时的动人情景。

陈律不禁笑道：“你这是……打算求婚？”

郭少卿有些不好意思，一边小心地往花瓣上喷着水一边说：“还没想好怎么开口。”

“好几千块钱的化妆品都送了，还有什么不能开口的？”

“你调查过我？”

“那天去你们公司找她谈话的时候，看到她手里拿着一套香奈儿化妆品，过后我去专柜查了一下，知道你在那儿新办了会员。”

郭少卿面色有些不虞：“我送化妆品和那起车祸有什么关系，这也要查？”

陈律拍拍他的肩膀，大包大揽地把韩长庚的想法安在自己身上：“警察办案嘛，任何细节都不能放过，当时感觉这套化妆品的价值和她目前的生活状态不太相符，就顺便查了一下。”

郭少卿翻了翻眼睛：“看来和你们警察做朋友要多加小心，没有隐私啊。”

“老板，有早餐吗？”一个三十多岁的男子从客栈里出来。

陈律抬眼看望去，是昨晚在海滩上喝酒唱歌的那群客人中的一位。

“有。”孙凤珍从厨房里迎出来，热情地说，“昨天看你们玩的那么晚，就知道你们今天不会起得太早，早餐在锅里热着呢。对了，邱总，她们几个呢？”

“大概还没起来呢吧，不过也快了。”邱志达拿着洗漱用品进了淋浴间。

陈律转过头，见郭少卿的目光正牢牢地盯在邱志达身上，同时脸上露出思索的表情，直到后者消失在淋浴间门口才收回目光，回头见陈律注意到自己，稍稍有些尴尬，抬手合上后厢门，朝陈律点了下头，回房间去了。

“时间不够。”韩长庚施施然地从外面回来，看到站在客栈大门口的陈律，就没头没脑地来了这么一句。

“什么时间不够？”陈律实在懒得问他为什么又把自己抛下一个人玩失踪了，干脆直奔主题。

韩长庚没有立刻回答，四下看看，提着鼻子一路来到厨房，自己找出碗筷，从锅里盛了一大碗小米粥，又好心地要给陈律盛，见他摆手拒绝，便端着早餐到院子里的一张桌子前坐下，这才开口说：“李家祺看到赵苒去后山烧纸是下午四点三十六分，赵苒从房间里出来是五点十五分，刚好覆盖了四点半到五点之间的案发时间，如果事实确如他们所说，那么赵苒的嫌疑暂时可以排除了。因为无论是先去烧纸，还是先去龙王庙，时间都来不及，这半个多小时只能去其中的一个地方。”

“你说暂时排除？”

“前提是这两个人说的都是真话，不过这一点还需要确认。”

陈律点点头，把不久前李家祺来找自己的情景和对话内容复述了一遍。

韩长庚一边剥着手里的咸鸭蛋一边问道：“他是怎么判断出你在最后一个问题上说谎的？”

陈律沉吟着道：“我也在想这个问题，按理说他和艾薇两人素不相识，唯一的联系就是那起车祸，这中间还隔着一个纪红岩。可是李家祺说他是被人约到这里来的，你说约他的人会不会就是艾薇？这样的话就能解释为什么艾薇会这么巧也来月亮湾了。”

韩长庚拿筷子在剥开的鸭蛋上戳了一下，见里面流淌出黄澄澄的油来，便把嘴凑上去嘬了一口，然后道：“你相信李家祺说的吗？我指那起车祸的疑点。”

陈律仔细回忆了一下最初从交警队那里听到的信息以及后来与李家祺的几次遭遇，审慎地说：“车祸的疑点主要集中在胡中兴的报案时间上，按照李家祺的说法就是车祸发生后出现了半个小时的空白期。虽然这是他的一面之词，但我觉得在逻辑上能讲通，包括他在路上私自设卡、贿赂保险公司人员获取车主信息，都是为了寻找车祸发生时的目击证人，至少目前看不出有其他目的。不过我担心他这样下去容易走火入魔，即使找到了真相也拿不出令人信服的证据，到时候恐怕……”

韩长庚摇了摇筷子打断他：“先不说日后，现在只考虑眼前，你认为他昨晚给赵苒作证是可信的？”

陈律迟疑片刻，说：“他和赵苒也是互不相识，应该没有必要替对方作不在场证明。”

“但是他显然知道艾薇不是一名普通游客，甚至已经知道艾薇是那起车祸的间接关系人，而他本不应该知道这些的。还有一件事……”

韩长庚端起粥碗喝了一口，继续道：“我早上起来又把那两个地方重新走了一遍，得出一个结论，无论凶手是谁，作案和烧纸这两件事，都不可能在同一时间内完成。”

“你的意思是有可能凶手把两件事分开进行，要么先作案后烧纸，要么先烧纸后作案，那就证明他们两人中有一个在说谎。”

“也有可能两个人都在说谎。”

陈律一惊，这是他没有想到的事情的另一种走向。

十点刚过，丁珺的电话打了过来：“艾薇的手机定位到了，信号是昨天下午四点五十五分消失的。但奇怪的是，晚上九点零二分又开了一次机，时长不到一分钟，之后信号再也没有出现过，两次的位置都在龙王庙附近方圆一公里内。还有，她以往的通话和短信记录都查过了，没有发现异常，最后一个电话是昨天早上艾薇的母亲打给她的。我们通知家属的时候问了一下，说的是让她筹钱给她父亲做手术的事。”

“丁法医，”陈律凑近放在桌子上开着免提的手机，问道，“查到艾薇的小号了吗？”

“除了她常用的那个号码，移动公司没有其他记录，你说的小号估计是不记名卡，查不到。”

这边的电话刚挂，一夜不见的严鹏就风风火火地走了进来，看到桌上的碗筷，大声道：“还有早餐吗？给我来一份。”

陈律进厨房盛了一份早餐，放到他面前，问道：“你住的那家客栈不管早餐？”

严鹏一口咬掉半个包子，噎得他眼珠子都瞪出来了，努力地从嗓子里挤出一句话：“昨天半夜有家客栈着火了，你们不知道？”

38

徐淼醒来的时候胃已经不再翻腾了，但是一晃头，就感觉脑浆子和头壳分离一样疼得厉害，伸手抓起床边的矿泉水，拧开盖子咕嘟嘟灌下去大半瓶，才稍好了一些。

真是找罪受，自己天生就是对酒精比较敏感的体质，一杯啤酒下肚就能脸红半天，超过一瓶走路都需要人扶，平时聚餐均以茶水或饮料代替，自己都不明白为什么昨晚喝了那么多酒，不过想想当时的情形，大家好像都没少喝，刘丹嘶哑的歌声似乎仍在耳边回荡。

对面的床铺是空的，邱志达不在，看看时间，已经上午十点多了。

看到手机，徐淼的头又疼了起来，顺手拿起香烟，抽出一支叼在嘴里，想要点火的时候发现打火机没气了。四下看看，见邱志达的挎包挂在对面墙上，于是起身走过去，他记得对方的香烟就放在包的外袋里。探手一摸，却摸出一个小玻璃瓶子，徐淼拿在手里看了看，继续伸手进去，这次摸到了打火机，他把玻璃瓶放回去，点着烟后，顺手把打火机揣进自己兜里。

默默地坐在床边把一支烟抽完，他才下决心把存在手机里的视频再看一遍。

视频一共有两段，是昨天下午肖婷当面传到自己手机上的，如果不是为了这次的私下会面，昨天中午就能接上刘丹赶到月亮湾了。

两段视频都是从现有的监控录像里拷贝下来的，但是拍摄地点不同。其中一处是个餐馆，从画面中能看出餐馆的规模不大，装修雅致，看上去颇上档次。虽然录制时间显示的是中午，但用餐的人不多，靠近窗边的一张桌子前坐着一对谈笑甚欢的男女，正在举杯共饮。

监控头的分辨率很高，放大后能轻易辨认出桌上白酒的标签，所以徐淼一眼就认出画面中面对着镜头的男子是邱志达，背对镜头的女人也不陌生，是他的漂亮女下属，何蜜琳。

另一段视频是宾馆走廊内的监控拍的，时间是前一天的傍晚，邱志达携何蜜琳从电梯里出来。这段视频很短，拍到两人相拥着走进一间房间就结束了。

“哪儿来的？”徐淼不相信以肖婷大大咧咧的性格能搞来这东西。

果然，肖婷说：“有人加我微信，传过来的。”

“对方是谁？”

“不知道，是个陌生号码。那天聚会的时候大家说互相加下微信建个群，但有人没用过微信，说回去申请一个号，我以为这就是咱们的某位同学，就加了，然后给我发了这两段视频，没等我问对方是谁，对方就把我拉黑了。”

这是个意料之外情理之中的答案，徐淼沉默片刻，问道：“他知道吗？”

肖婷摇头。

“你打算怎么办？”

“孩子跟我，让他滚出这个家。”

“净身出户？”

“对。”

徐淼看到肖婷说话的时候牙关一直在动，就知道她内心的怒火高涨到什么程度了，暗自叹了口气，觉得还是实话实说的好：“不可能的，除非你们俩之前有过约定。婚内出轨和正常离婚的财产分割是一样的，一人一半。就我所知，至少你们现在住的房子就属于婚后财产。”

“所以我找你。”肖婷面无表情地说。

徐淼啧了下舌，为难地道：“找我也没用，这是婚姻法规定的，如果打官司法院就按照这个判，而且，现在的重点不是考虑如何分割财产。”

“那是什么？”

“你这两段视频算不上出轨证据。”

肖婷又惊又怒：“都去宾馆开房了，还不算证据？难道非要拍到两个人在床上做爱才算证据？”

徐淼只好耐心给她解释：“要是能在公开场合拍到当然算证据，如果是偷拍，就只有在自己家里拍到的能作为证据使用。在宾馆通过监控录像拍到的，或者破门而入在其他地方拍到的视频都不能算作证据。退一步说，即使视频能够证明对方有外遇，法院也不会轻易判处离婚，因为这证明对方的过错只发生了一次。”

肖婷不可思议地大声道：“错了一次还不够吗，还要错几次？婚姻法不是保护女人的吗？”

“保护女方的同时，也保护男方。”

“我不管，你一定要帮我！”

“除非他承认出轨的事实，给你写下悔过书，或者双方都同意离婚，否则……”

“我不听我不听——”肖婷捂住耳朵尖叫起来。

徐淼低下头，感到一种复杂的情绪在心中默默流淌。

半晌，肖婷把手拿下来，脸上已经泪流满面：“哥，我求你了，帮帮我，我们是一起长起来的，从小到大每次遇到困难你都会帮我，我求求你帮我最后一次……你不帮我，我只有去死，带着孩子一起去死……哥，你忍心看着我去死吗？”

肖婷脸色苍白得吓人，大大的眼睛里布满血丝，项间的锁骨陷得能放进一个鸡蛋，同样是上次聚会时穿的那身衣服，如今看上去仿佛大了两号，似乎一阵风就能把她整个人吹走。

徐淼的心狠狠地剜了一下，昔日那个爽朗俏皮的邻家女孩再也回不来了：“我帮你劝劝他……”

肖婷在椅子上慢慢坐直身体，目光空洞地望着他，声音像是在空气中飘浮：“你能劝他，但劝不了我的。我知道这种事放在别人身上可能会原谅对方，但是我不行，爱情是自私的，我心里容不下这根刺。要是不离婚，我怕自己忍不住有一天趁他睡着了就……”

徐淼上前抱住她，低声道：“别说那个字，不要有那个念头。想想你的孩子，想想你的父母，想想未来的日子和这个精彩的世界，别把自己的人生毁在别人身上。”

肖婷伏在徐淼胸前抽泣不止，她没有看见徐淼那张阴郁得快要滴出水来的脸，更没有看见徐淼已经洞察到的隐藏在这两段视频背后的秘密。

“听说了吗？顺子家的客栈着火了。”孙凤珍端着收拾好的碗筷走进厨房，对丈夫说。

“什么时候的事？”杨海平随口问了一声，晃了晃手里的棕色玻璃瓶，见里面的塑料碎片尚未在丙酮中完全溶解，从旁边拿出一根筷子，伸进瓶子里搅动。

孙凤珍在水槽里倒入洗洁精，打开水龙头，一边清洗碗筷一边说：“就是昨天夜里，你回来没多长时间，他家就着火了。”

“是吗？我走的时候还好好的。怎么样？伤到人没有？”

“人倒没伤着，就是把他家的厨房和旁边的小仓库烧没了，损失了不少海鲜，听说是乱拉电线引起的，你一会儿看看咱们家有没有这种情况。”

“咱家用的是空开，有混线短路就会自动跳闸，不会着火的。顺子家装修的时候我知道，用的是老式刀闸，当时我劝他换空开，他图省钱，不听。对了，你怎么知道得这么详细？”

“刚才收拾桌子听那个新来的警察说的。”

杨海平朝客栈的前厅看了一眼，由于有门帘挡着，看不清里面的情形。

孙凤珍擦着手走到丈夫身边，也朝对面望去，小声说：“昨晚住在咱家的那两个警察也在，他们好像在跟邱总打听昨天下午大家都在干什么。”

“出了事，警察问这些是正常的。”

“可是不知怎么回事，我总觉得心里不踏实。”

“有什么不踏实的？去忙你的吧，不是少了两袋子烧纸吗？够你叠一阵子的了。”

“你别生小苒的气，纪红岩再不好，如今人已经没了，就算不念夫妻一场，看在孩子的分上，小苒给他烧点纸哭几声也是应该的，再怎么说总比无情无义的好。”

杨海平抬头看看阴云密布的天空，叹了口气，没有言语。

“我们是昨天中午一点左右到客栈的，一共六个人，我们这一车四个人先到的，还有两个同伴，他们有事耽误了，晚上才到。当时客栈里就我们这一拨游客，其他人都是在我们之后到的……”

面对陈律的询问，邱志达努力回忆昨天来到这里之后的经历：“我们到了以后哪儿都没去，她们几个女孩子怕晒，蹚了会儿水就到回廊那边打牌，我找老板借了鱼竿在海边钓鱼。快到四点半的时候，我回房间换了游泳裤，然后下海游泳……”

“打断一下，你从房间出来的时候，碰到什么人没有？”

“碰到客栈老板的外甥女了，她就住在我隔壁，当时她正准备进房间。”

“嗯，你接着说。”

“然后我就下海游泳了，直到同事喊我才上岸，然后就是吃晚饭。天黑以后，那两个同伴来了，大家就在回廊里烧烤，喝酒唱歌到凌晨两点多钟，实在困得不行了才回房睡觉。”

“你对12号房的客人有印象没有？”

“是不是背单肩包的那人？”

“对，就是他。”

“他是我回房间换游泳裤之前到的，来了以后好像一直待在房间里，再见到他就是晚上了，他一个人在沙滩上坐了很久。”

“四点半之后，到天黑之前这段时间，你看没看到过有人出入客栈？”

“没有。那段时间整个客栈就我们这些人，包括老板两口子在内，都没离开过客栈。你刚才不是也问过我同事吗，除了我下海游了会儿泳，她们几个一直在沙滩上，就这么巴掌大的地方想躲都没处躲，要是有人出入客栈一眼就能看到。”

“之前你看到老板的外甥女回房间，再次看到她是什么时候？”

“晚饭之前。”

“能提供准确一点的时间吗？”

“我游泳的时候没戴表，具体也说不上在海里待了多长时间，哦，对了——”

邱志达扭头问身边的方玲：“你们是接到刘丹打来的电话喊我上岸的，你看一下手机，那个电话是几点打来的？”

方玲打开手机的通话记录，说：“刚好五点钟打来的。”

邱志达转过头对陈律道：“我游到岸边大约用了十分钟，然后去淋浴间冲了个澡，不超过五分钟，出来的时候看到她的，应该是五点十五左右，当时方玲也在场。”

这个时间和赵苒说的完全一致，陈律看向身边的韩长庚，韩长庚皱了下眉头，问道：“这个时间能确定吗？”

邱志达点头：“确定，当时我从淋浴间出来，刚好看到老板在厨房杀鱼，因为那条鱼是我钓到的，就过去看了一会儿。我还记得老板的刀不见了，四处找没找到，不得已用菜刀代替的。”

陈律一怔，追问道：“你说什么刀不见了？”

“剖鱼刀。”

韩长庚不动声色地和陈律对视了一眼，随即注意到一旁的方玲似乎欲言又止，不禁问道：“是不是还有什么特别的事情？”

“也说不上特别，就是有点奇怪。”方玲蹙眉道，“当时是那个叫轩轩的男孩先出来的，到厨房找老板娘要水喝，紧跟着老板的外甥女出来把孩子领进去了，老板娘还埋怨她没看好孩子，她说恰好去洗手间了。邱总，你也听到了吧？”

“嗯，她确实这么说的。”

“但实际情况是我那时刚刚从洗手间出来。”方玲抬头看向陈律，“当时洗手间里一个人也没有，我不明白她为什么这么说。”

天色越发阴暗，风也大了起来。杨海平走到外面，把晾在院子里的冰箱挪到窗前的雨搭底下，免得被即将到来的雨水淋到，刚刚挪好，就看到那几个警察走了过来。

“有事吗？”杨海平跟着他们进到厨房。

厨房很宽敞，迎门处摆放着水族箱，里面养着硕大的螃蟹和各种叫不上名字的海鱼，地上的水槽子里是鲜活的海螺和扇贝，靠墙放着一台冰柜，水池旁边是一个很大的案台。

韩长庚端详片刻，冷不丁地回头问道：“刀找到了吗？”

杨海平有点发蒙：“什么刀？”

“剖鱼刀，听说你昨天用的时候不见了，用菜刀代替的。”

“哦，找到了。昨晚清理地面时找到的，原来掉到案台后面的夹缝里了。”

“能让我看看吗？”

见几人目光灼灼地看着自己，杨海平面带不解地从案台上方的刀架里取出一柄两指来宽的狭长厨刀递过去。

韩长庚见案台旁边放着一摞PE手套，拿起一只套在手上，才把刀接过来。目光扫到刀背上的锯齿时，眼睛瞬间眯了一下，仔细观察刀身，发现上面粘着几片残存的鱼鳞，刀背锯齿的凹槽里和刀身与手柄的连接处有明显的血迹。

“这把刀我们要拿回去检测一下。”韩长庚将刀交给身边的严鹏。

“检测什么？”

“例行调查而已，检测完会尽快给你送回来。”

“呃……好吧。”

目送几人离开厨房，杨海平吐了口气，转身拿起抹布，擦去手指上的印泥。

“舅舅，他们把什么东西拿走了？”身后响起赵苒的声音。

杨海平放下抹布，回过身看向自己的外甥女，见她神情忧郁地望着远去的警车，不由问道：“你怎么在这儿，轩轩呢？”

“轩轩在房间里写暑假作业呢。”赵苒再次追问道，“警察拿走了什么？”

杨海平撇了下嘴角：“把我用得最顺手的剖鱼刀拿走了。”

赵苒身体一震，双手微微颤抖起来。

杨海平叹了口气，说：“人上了年纪记性就不行了。之前我明明记得那把刀就放在案台上，昨天想用的时候却不见了，只好临时拿了把菜刀杀鱼，但是怎么都用不惯，刀背没有锯齿，连鱼鳞都刮不下来。”

说着话，杨海平上前把赵苒的手拿起来，用自己温热的掌心覆在她冰凉的指尖上，笑着说：“等到把鱼杀完了，才想起还有一把备用的。你说舅舅这记性，是不是老糊涂了？”

“备用的？”赵苒一下子瞪大了眼睛。

“因为觉得这种刨鱼刀用着顺手，当初我一共买了两把，交替着用。”

“警察拿走的是备用的？”赵苒小声问道。

杨海平微笑着点了点头。

“那之前丢的那把呢，还能找到吗？”

“舅舅是找不到了，估计别人也找不到，月亮湾这地方除了海什么都没有，大概只有海龙王才能找到。”

赵苒的手再次颤抖起来，但指尖已不再冰冷。

杨海平眨了眨眼睛：“这事别告诉你舅妈哦，不然又该说我浪费了。”

“我不说，我对谁都不说。”赵苒拼命点头，感到眼泪在眼圈里打转。

杨海平抬起手，抚摸着赵苒的头发，目光慈爱地看着她：“还记得小时候吗？那时你和现在的轩轩差不多大，每次见到我都要我蹲下来和你比身高，比不过我你就不高兴。一转眼你都这么大了，现在比舅舅都高了。小苒，知道舅舅最希望看到什么吗？”

“您说。”

“希望看到轩轩快快长起来，到时候你们都站在舅舅面前，让舅舅比比你们娘俩谁长得高。小苒，舅舅会看到那一天吗？”

“会的，您会看到的。”赵苒再也忍不住了，伏在舅舅的肩膀上泣不成声。

39

刘丹醒来的时候有些发愣，头顶毫无装饰的天花板、简单陌生的室内陈设，一时令她不知自己身在何处，直到看见熟悉的拉杆箱，记忆的碎片才如潮水般涌出来：海滩、烧烤、唱歌、宿醉……

当月亮湾三个字从脑海里跳出来时，刘丹一下子坐了起来，回头看到窗纱上浸染的天光，她拍了拍有些发沉的脑袋，昨晚的尽情宣泄加上酒精的催化令自己产生了真的来这里度假的错觉，险些忘了那件重要的事情。

拿起放在床头的手机，闭上眼睛稳了稳心神，把整件事情在脑子里过了一遍，发现除了至今仍困扰自己的那个疑惑外，没有什么不妥的地方。那就这样吧，这个世上没有什么事情是完美的，她睁开眼睛，按下手机上的Home键——没有反应。

再按了一次，依然毫无反应。

盯着发黑的屏幕愣了好几秒钟，才反应过来，手机没电了。她从挎包里找出充电器，连好充电线插在电源插座上，充电标识开始闪烁，过几分钟就能开机了。

房间里不能洗漱这点很讨厌，想刷牙洗脸就得去院子里的淋浴间，和早期的国营招待所差不多，淋浴间一进门就是公用的盥洗室。刘丹在拉杆箱里找出带来的牛仔短裤和一件宽大的套头衫，换下身上的睡裙，拿起化妆包和洗漱用品关好门出了房间。

天阴的厉害，似乎随时要下雨，屋檐下挂的灯笼被风吹得摇摆不定。

站在厨房雨搭下面的邱志达看到刘丹出来，冲她笑道："你醒了？我还想着一会儿吃午饭的时候叫你呢。"

原来一觉睡到了大中午，刘丹有点脸红，见他身边有台冰箱，客栈老板正在那里鼓捣着什么，不由问道："你们干吗呢？"

邱志达指了指身边的杨海平，说："跟杨老板取取经。"

刘丹走到近前，原来冰箱冷藏室的内胆破了个洞，杨海平正在用一种很黏稠的胶在修补。

邱志达道："去年年底咱们公司到了一批冰箱，客户反映货到家刚开箱就发现冷藏室内胆裂了，没办法只好全部召回来返厂，但往返运费都是公司出的，算下来比打折处理还亏。我在想下次要是遇到同样问题，能不能向总部申请一笔费用，让咱们的售后人员直接去仓库把裂的地方粘上，然后再打折销售，总比返厂要强。"

刘丹摇了摇头："不是费用的问题，我记得当时咨询过售后，他们说那批冰箱的冷藏室内胆比以往薄了不少，应该是生产厂改变了材料配比。这样做可能是为了降低成本，但是没有考虑到东北的冬天比冰箱的最低冷藏温度还要低得多，新材质遇冷收缩就开裂了，因为同批次的产品在南方就没遇到过这个问题。售后还说胶粘的效果不好，用不了几天还会裂。"

正在干活的杨海平抬起头笑道："这个方法是一位修家电的师傅教给

我的，这半瓶丙酮也是他留下的，粘完后不仔细看都看不出来，缺点是太耗时了，调胶就需要一天时间，粘完了还要晾十二个小时胶才能干透。”

邱志达闻言皱起眉头，从杨海平手里接过那瓶胶，疑惑地说：“我记得当时也给售后打过电话，但他们不是这么说的，他们说主要是丙酮属于管制品，个人去化工商店买不到。因为那批货总部已经批复返厂了，我就没细问。”

人的惰性是与生俱来的，再先进的企业以及管理制度都不可能把所有人全部打造成具有主人翁责任感的优秀员工。刘丹听他这么说，就知道自己当时被忽悠了，不禁叹了口气，道：“其实杨老板后面的话没说出来，我替他说了吧，不是这个方法不好，而是售后这帮家伙想偷懒，大冬天的谁愿意去仓库里干活？去化工商店买不到，不代表别的地方也买不到，这东西在商场、网上、地摊、夜市，到处都有卖，只是你不知道而已。”

“到处都有卖？”

“算了，反正那批货已经返厂了，你就别惦记了，大领导不应该把心操在这种鸡毛蒜皮的小事情上。不说了，我去洗漱了，看样子八成要下雨。”

真应了预测，刘丹洗漱完走出淋浴间，就见天上落起了雨点，张茜和方玲嘻嘻哈哈地从海滩上跑回来，何蜜琳抱着粉色的游泳圈跟在后面。

“下雨了，刘姐，咱们回屋打牌吧。”方玲看到刘丹招呼道。

“好啊，去我们房间，我们那间屋子大。”张茜高兴地附和。

何蜜琳一脸不情愿地看看天，说：“真讨厌，本来想趁着阴天游会儿泳呢，这就下起雨来了。”

张茜道：“等雨停了再游啊，到时正好涨潮，不像现在退潮的时候，都不敢往深里走。”

不能下水的方玲最为开心：“咱们今天分伙打，我要和刘姐一伙，昨天尽是我一个人输了。”

刘丹忙说：“你们找邱总玩吧，我不参与了。”

“什么叫不参与？到这儿就是来玩的，咱们一共六个人，你要是不玩，剩下五个人怎么分伙？你让徐律师给我们伺候牌局啊？人家可是客人哦。”方玲说着，上前拖住她的胳膊往回走。

刘丹推脱不过，只好说：“好好，别拖我，我自己走。”

进了客栈前厅，何蜜琳和张茜放下游泳圈去找邱志达和徐淼通知他们打牌，刘丹无意中回头，看到一个高瘦的人影从沙滩上不紧不慢地走回来。

方玲见她注意到对方，小声说：“那是个怪人。”

“怎么怪了？”

“你说哪有一个人大老远跑到这种地方来玩的，而且来了也不下水游泳，不是躲在房间里睡觉就是在沙滩上晃荡，还有，他那个背包从不离身，也不知装的什么。你看，都下雨了，还慢慢悠悠地走，我怀疑他这里有问题。”方玲指了指自己的脑袋。

“别胡说，让人听到就是你有问题了，没事总盯着人家干什么？对了，你先放开我，我回房间打个电话。”

“不行，我得看着你。”方玲抱着她的胳膊不放，“你要是回房不出来，我们就打不成了，要打电话一会儿去我们房间，用我的手机打。”

刘丹哭笑不得：“你得让我把东西送回去吧，打牌带着这些东西干吗？”

“好，我陪你去。”

刘丹无奈，只好在她的陪同下回到房间，把洗漱用品和化妆包放下。临出门时，看了一眼正在充电的手机，犹豫了一下，没有把它拔下来。

望着窗外的阴雨，郭少卿叹了口气，将手里一直把玩的精致小盒子放进上衣口袋。整整大半天过去，他都没有找到接近赵苒的机会，不禁心里有些发急。

他曾假装不经意地在赵苒的房间门前经过几次，多数时间门都是关着的，只有一次门开了一半，能看到赵苒在房间里辅导轩轩写作业。他不敢贸然打扰，重要的是他提不起勇气当着轩轩的面向赵苒开口求婚。

赵苒离婚后就一直单身，但并不代表没有人追。聪慧爽朗、洁身自好、传统不失时尚、温柔不乏坚韧，造就了一个女人优雅成熟的气质，这样的女人从不缺少追求者。听熟识赵苒的同事说，曾经有几次赵苒颇为意动，但最终还是拒绝了，原因是怕委屈了轩轩。

正因如此，郭少卿打心底看不起那个叫纪红岩的男人。两次离婚都没有主张子女的抚养权，这样做的目的无非是为了免受孩子的拖累，方便自己另觅新欢。身为男人，这是对家庭和婚姻不负责任的体现。

轩轩对纪红岩来说是个拖后腿的累赘，对于郭少卿却根本不是问题。由于自身无法生育，他更是发自内心地喜欢小孩子，尤其是聪明的孩子。别看轩轩在赵苒面前表现得乖巧，但绝对是个机灵难缠的小家伙，只要看他那双时刻不停滴溜乱转的大眼睛就知道，所谓的人小鬼大就是这样子。唯一的不足是自己缺少和小孩子打交道的经验，而且通过有限的几次接触，能看出纪红岩在轩轩心中的分量，不过这也算不上什么难题，来日方长，只要多用点心思相处就是了，总不会比追求他的妈妈更难。

郭少卿站起身，再次走出房间，走廊里传来嬉笑和打牌的喧哗声。他朝斜对面看去，心中一喜，门开着，伸手摸了摸胸前的口袋，里面那个小小的盒子坚定了他的信心，就算轩轩在场，这次也要把心里话说出来。

来到近前，希望再一次落空，房间里只有一个人，是轩轩，正两手支着下颌趴在桌子上望着窗外。

“你妈妈呢？”郭少卿走进去。

轩轩回头看他一眼，又把头扭过去，接着看窗外的雨。

郭少卿有点尴尬，正要琢磨一个小孩子感兴趣的话题，忽然听轩轩说：“那天也下雨。”

“哪天？”

“爸爸走的那天。”

郭少卿一时不知如何接口，因为他看到轩轩面前放着一本儿童读物，书的封面撕坏了，用一条长长的透明胶带粘着。环顾四周，自己送给他的那一整套书在墙角堆着，还没有开封。

"爸爸会回来吗？"轩轩问道。

郭少卿知道赵苒没有把真相告诉儿子，骗他说爸爸出远门了，也不知这个谎言能维持多久，嘴上只好说："当然会回来。"

"骗子！"轩轩忽然大声道。

"谁是骗子？"

"你们大人都是骗子！爸爸说不会给我找新妈妈，但是找了个新姐姐！"

郭少卿觉得没有必要给他解释成年人的婚姻是怎么回事，既然小家伙在生他爸爸的气，那就继续生气下去好了："就算爸爸骗了你，但是妈妈从来没有骗过你啊。"

"妈妈说爸爸出远门了，要很久才能回来。"

"你爸爸的确出门了，因为工作上的……"

"你也是骗子。"轩轩看着他，眼神很不屑。

郭少卿硬着头皮问："我什么时候骗你了？"

"爸爸死了。"轩轩幽幽地道。

郭少卿吃了一惊："你听谁说的？"

轩轩低头看着自己的鞋尖，轻轻叹了口气："你们大人总以为小孩什么都不懂，其实你们才不懂。"

郭少卿张了张嘴，不知该说什么。

轩轩再次抬起头，一言不发地看着他，面对轩轩清澈的眼睛，郭少卿心里居然有一种发毛的感觉。

轩轩忽然道："你是不是想追求我妈妈？"

现在的小孩子这么早熟吗？郭少卿端详着轩轩稚嫩的面孔，问道："你讨厌叔叔吗？"

轩轩摇了摇头。

"那以后由叔叔照顾你和妈妈，好不好？"

"我妈妈不会答应的。"

"为什么？"

“因为我知道妈妈的一个秘密。”轩轩眼睛里闪过一丝狡黠的光。

郭少卿一愣：“什么秘密？”

“都说是秘密了，怎么能说出来？”

轩轩把小脸扭过去，歪着身子，一只手伸到桌子底下摸了一会儿，摸出一瓶可乐递给他：“给你变个魔术，你先检查一下。”

“用它变？”郭少卿看看手里的可乐，确实是真的没有开封的可乐，不是道具。

“把瓶盖打开。”

郭少卿依言拧开瓶盖。

“看好了——”

轩轩伸出小手装模作样地在瓶口比画了两下，郭少卿看到一粒白色的东西顺着他的指缝掉进瓶子里。

“你看看瓶子里有什么变化，从上面看。”轩轩说。

郭少卿把瓶口凑到眼前看看，里面除了一些翻滚的泡沫没什么特殊的变化，抬起头刚要笑他，突然间一股褐色的可乐喷泉从瓶子里激射出来，淋了他满头满脸，轩轩这时已经跑到墙角笑得坐到地上了，郭少卿这才明白受到了捉弄。

他扑上去把小家伙拎起来按到床上，用力咯吱他的腋窝，恶狠狠地问：“那是什么？”

轩轩笑得喘不上气了，断断续续说：“薄……荷……糖……”

“你妈妈连可乐都不让你喝，你哪来的薄荷糖？”

轩轩扭着身子挣扎不说，郭少卿手里加了把劲，轩轩受不了：“是同桌……给我的……平时藏在书包里。”

“你捉弄过几个人了？”

“不算你，四个人，前三次都成功了，只有上次我一连试了两杯都没成功，我以为薄荷糖过期了，今天拿你做个试验。”

“上次捉弄谁了没成功？”

“你不认识。”

“下回不准这么调皮了！知道吗？”

“知道了……”

郭少卿使劲揉了两下轩轩的脑袋，这才放开他，去拿桌上的纸巾擦脸，回身的工夫，刚好看到外面有个人冒雨朝回廊方向走去，仔细看了看，是李家祺。

40

“刚才怎么不出大王啊，刘姐？”方玲大声嚷道。

刘丹呀了一声：“刚才没看到我手里还有个大王呢。”

和她同伙的徐森被气乐了：“打扑克你都不看手里的牌啊？”

“唉，又输了。”方玲沮丧地把手里的牌放下。

“输家洗牌——”张茜趾高气扬地道。

“我来我来。”刘丹无法解释自己心不在焉的原因，只好主动洗牌。

何蜜琳抬头望向窗外，忍不住抱怨：“唉，这雨什么时候能停啊？”

邱志达道：“天气预报说傍晚就停。”

徐森看到他说话时一只手顶在腹部，问道：“怎么，胃不舒服？”

邱志达点头：“老毛病了。”

刘丹下意识地放下手里的牌去摸挎包，职场中混销售的没有几个人的胃是健康的，大多是喝酒喝出来的毛病。自己的包里就常年备着胃药，既是给自己准备的，也是给邱志达准备的，他的胃病比自己严重得多，而且一到阴天下雨就胃疼。伸手一摸摸了个空，才反应过来这不是在自己的房间。

“徐律师，麻烦你把包递我一下。”何蜜琳冲坐在刘丹身边的徐森说，“在你身后，嗯，右边。”

徐森回身拿起包递给她，何蜜琳打开拉链，从包里取出一瓶奥美拉唑，拿起邱志达的手在他掌心里倒了一粒，邱志达看都没看就扔进嘴里。

徐森皱眉道：“怎么不去医院看看？”

“看了，中医说内湿，西医说胃炎，都说去不了根儿。没事，疼的时候吃片药就好。”邱志达说着，接过何蜜琳递过来的水，喝了两口把药送下去。

你怎么这么贱！刘丹在心里骂了自己一句，拿起牌佯装无事地继续洗。猛然间，她的身体像是被电流击中一般，整个人呆在那里。

过了好几秒钟，她慢慢抬起头，向对面望去：“蜜琳，你什么时候买的这个巴宝莉的包？”

“前一阵子我表哥送给我的。”何蜜琳微微扬起下巴。

“让我看看，我也正想买一个这种双肩的。”刘丹说话时，感到自己的呼吸粗重起来。

“巴宝莉哦，多少钱？”张茜问道。

“我表哥送我的东西从来没问过价。”何蜜琳矜持地笑笑。

“真不错，挺漂亮的，这颜色配你也合适。”

刘丹把包接在手里前前后后地看，不住地赞叹，忽然道：“这个挂坠的链子怎么断了一根？”

包的侧面拴着一个水晶的天鹅挂坠，天鹅下面垂着三条镶嵌粉色水钻的珠链，同样的珠链原本有四条，其中一条自中间断去。

何蜜琳哎呀一声把包接回去，心疼地说：“我在网上挑了好久才找到这个挂坠，什么时候断的都不知道，上次背的时候还好好的呢。”

“你上次背它去哪儿了？”刘丹道，“看茬口应该是刮在什么东西了，比如门把手之类的。”

“上次……我也忘了上次去哪儿了。”

“既然是从网上买的，再买一个就是了，回头我和茜茜帮你找，现在先玩牌。”方玲不满意牌局被中断。

“帮我带下牌。”刘丹站起身说，“我去趟洗手间。”

“快点回来啊。”方玲在身后催促。

刘丹答应一声，出了门快速回到自己的房间，关好门，立刻打开自己的挎包，拉开内袋的拉锁，从里面拿出一条同样的珠链。她把珠链拿在眼前，死死地盯着它，珠链随着她颤抖的手指微微旋转，晶莹的粉钻在旋转中映出一丝妖异的光……

攥着手里的东西，刘丹走出房间，屋门在她身后缓缓关闭。透过即将合拢的缝隙，能看到连接在充电器上的手机无声地亮了起来，屏幕上显示着：电已充满。

雨越下越大，在天地间织成厚厚的雨幕，远山近树、沙滩海湾，全部氤氲在白茫茫的水雾中。

赵苒坐在回廊里，指间的香烟积起了长长一截烟灰。她静静地看着雨水顺着廊檐流淌下来汇成一道晶莹透明的水帘，感觉到内心从未如此酸楚。多久没有感受到来自亲情的关爱了？扑在舅舅怀里的那一刻，她恍惚觉得，拥抱着自己的就是父亲。

血浓于水啊，赵苒轻轻合上眼睛，思绪再次回到三年前的那个下午。时间在那天下午截取了令她永生难忘的一幕：晃动的人影、闪烁的警灯、狭小的居室、到处的水迹、满地的狼藉、熏黑的墙壁，还有……那具白布覆盖下烧成焦炭的躯体。

那天，自己世界里的太阳熄灭了。

泪水顺着脸庞滑落，蚀骨般的痛楚在身体的每一处漫延。终于，在喧嚣的雨声和滚滚涛声的相伴下，赵苒放声痛哭……

良久，她慢慢停止了哭泣，拿起一旁的香烟，却发现烟盒已经空了。她狠狠地把烟盒揉烂，扔在满是烟头的地上。

一只湿漉漉的手从旁边伸过来，手里拿着一盒干燥的香烟。

赵苒顺着那只手望去，全身湿透的李家祺正目光复杂地看着自己。

“没想这个时候打扰你，只是看你没烟了。”李家祺错开她的目光。

赵苒没有接对方的烟，慢慢坐直身体，抬手抹去脸上的泪痕。

李家祺在她身边坐下，低头看看地上的烟头，从烟盒里抽出一支烟，独自点燃。两人都没有说话，一起默默地望着回廊外的滂沱大雨。

一支烟抽完，李家祺终于开口道：“能告诉我那件事了吗？”

“不是跟你说了吗？我不是你要找的人。”

“就算在开发区，也有很多人不知道月亮湾这个地方，可是你我却同一时间来到这里的同一家客栈，而你恰好和那起车祸有关，我不相信这仅仅是巧合。”

“不相信是你的事，我和住在这里的其他人一样，只不过是个普通的游客，唯一不同的是这家客栈是我舅舅开的，每年这个时候我都会带儿子过来住几天。”

“如果你只是普通游客，昨天晚上就不会主动来我的房间找我，哪怕我昨天下午刚好看到你离开客栈。”

“你故意在警察面前揭穿我，然后又找个借口遮掩过去，这么做的目的不就是想让我过后去找你问个究竟吗？”

“如果你什么都没做过的话，就不会在警察面前说谎。”

“你在暗示龙王庙发生的事和我有关吗？”

李家祺转头看向她：“我想告诉你，如果警察有心去现场验证你是否说谎，就会发现你说去烧纸这事是真的。”

赵苒闻言怔了一下，随即点点头：“但是每个人都有自己的隐私，请原谅我不能说出来。”

“我没想打听你的隐私，我只是请你把车祸的真相告诉我。”

“你真的误会了，我对那起车祸一无所知，约你来这里的人不是我。”

李家祺沉默片刻，手慢慢伸进衣兜，掏出一个红色的手机。

赵苒的心脏剧烈跳动起来，仿佛听见周身的血液在血管中疯狂地流淌。

“其实我不想拿出来的，我不想让你认为我在要挟你。”

赵苒盯着手机看了足足半分钟，忽然笑了一下：“你能解锁吗？”

“不能，我试过，需要指纹解锁。”李家祺如实答道，“我不知道这里面有什么，也不想知道，我只知道它对你很重要，甚至比生命还重要。”

“你怎么知道它对我重要？这个手机又不是我的，就算你把它扔到海里，和我有什么关系？”

“不要诱导我那样做，你这么说的目的无非是想借我的手毁掉它。如果你不告诉我真相，那我只有把它交给警察了。”

痛苦的神色浮现在赵苒光洁的面庞上，她的嘴唇微微颤抖起来，目光从手机移到李家祺脸上，就在李家祺以为她即将开口的时候，却见对方轻轻摇了摇头。

李家祺终于愤怒了，腾地站起来，大声道：“为什么？你既然约我来这里了，为什么不愿意说出来？”

他猛地俯下身，把脸贴到赵苒眼前，咬着牙低声道：“为了我妻子，谁死了我都不在乎，包括你。我的忍耐是有限度的，最迟——”

见赵苒眼眶中涌出了泪水，似乎被自己的样子吓到了，李家祺缓缓直起身，恢复了以往的漠然样子，居高临下地看着她说：“——今晚，我希望在房间里看到你。”

说罢，李家祺离开回廊，孤独地向客栈里走去。从始至终，他都没有发现就在不远处的屋檐下，有一双阴郁的眼睛注视着自己。

郭少卿已经在屋檐下站了很久，他看到赵苒在回廊里哭泣，看到李家祺站在雨里直勾勾地瞅着哭泣的赵苒，然后走进去坐在赵苒身边，两人不紧不慢地交谈。他还看到赵苒冲李家祺笑了一下，那一笑很美，可是不知为什么，两人又生起气来……

他看到了很多，但是由于雨声嘈杂，只听到李家祺离去前说的声音很大的一两句话——今晚我希望在房间里看到你——听到这句话时，他的拳头都攥紧了。

你既然约我来这里了，为什么不愿意说出来——说什么？你想听到什么？苍山大海近在咫尺，又逢烟雨蒙蒙，此情此景下，除了那三个恶心的字，郭少卿想不出还有更恰当的答案了。

我知道妈妈的一个秘密，轩轩幼稚的童音回响在耳边。郭少卿感到心被刀剜了一样的痛，只有失去了生命中最重要的东西才会有这种痛，比如当初妻子病逝的时候。在那之后，他原以为自己再也不会这样痛了，如同以为自己再也遇不到像妻子那样的女人。

郭少卿很想立刻掉头而去，可是看到此时正在回廊中垂首饮泣的柔弱身影，不由得心中一软，走了过去。

“少卿——”

一声呼唤驱走了刚刚在心底积聚的所有怨恨，郭少卿从未见到她如此脆弱，轻拍着她的后背，柔声问：“怎么哭了？”

“想我爸了。”赵苒紧紧地搂着他的脖颈，抽泣着说，“他走的那天也下雨。”

41

雨终于在黄昏时分停了，天却没有放晴，厚重的乌云依旧压在海面上，似乎在酝酿一场更大的暴雨。

望着云隙间透出的微弱天光，陈律和韩长庚两人都没什么说话的心思。

严鹏送回局里检验的刨鱼刀并未给破案带来帮助，尽管那把刀的外观形制与死者胸前创口高度吻合，并且在刀背锯齿中提取到了相似的鱼肉纤维，但是没有在刀身上检测出丝毫人类的血迹与DNA组织。丁珺在那把刀上只找到一个人的指纹，是客栈老板杨海平的，严鹏临走时提取了他的指模样本。

换句话说，除了证明不久前杨海平曾经用这把刀杀过鱼，刀身形制与凶手使用的凶器相同，其他什么都证明不了。尽管刀背上带有区别于普通刀具的锯齿，但这一点不具备唯一性和指向性，因为同样带锯齿的刀有很多，所以，追查购买来源这条路也走不通。

唯一令人欣慰的消息是，昨晚钟队亲自指挥的“猎猫行动”取得了圆满成功，但这件事与月亮湾的案子无关。

由于钟队的当机立断和处置得当，不但顺利抓到了老猫和与之交易的买家，还在现场缴获了高纯度海洛因12公斤，冰毒超过20公斤，此外还有大量的违禁药品，本案涉及的毒品纯度之高、数量之大，皆创下本市毒品交易之最。

参与这次行动的一个集体二等功没跑了。严鹏说这话时酸溜溜的，如果不是昨晚被临时派来月亮湾，这个功劳自然也有他一份。严鹏在电话里说不回月亮湾了，他被钟队留下参与对老猫的审讯，因为钟队准备带人跨省追捕老猫的上线，导致队里人手严重不足。

陈律忽然想到一件事，忙说自己手里有几张照片，请他帮助出示给老猫辨认一下，问问照片上的人近期是否在老猫那里购买过违禁药品。

严鹏有些不耐烦，但是听说与毒品案有关，就说了一句你发过来吧。

挂了电话，陈律赶紧把存在自己手机里的艾薇照片发给对方，有呆板的证件照，也有当初在纪红岩家的影集里找到的两人合影，多发几张过去，是为了方便辨认。陈律怕有遗漏，翻了翻手机相册，又找到一张不久前拍的生活照，想了想，也给严鹏发了过去。

相比钟队的辉煌战果，陈律感到无比沮丧。案发已经超过24小时，依然没有任何关于驼背的消息传来，虽然外围的摸排走访工作还在继续，但随着时间的推移，凶手被二次目击的可能性越来越小。

他看了看身边沉默的韩长庚，问道："老韩，想什么呢？"

"没有道理啊。"韩长庚低声嘀咕了一句。

"什么没有道理？"

"这块沙滩就这么大，有人进出客栈就要经过沙滩。"韩长庚用下巴向海里指了指，"她们昨天一下午都待在外面，为什么没看到赵苒出去烧纸？"

陈律朝海里看去，两个套着游泳圈的女孩正在游泳，他记得套着黄色泳圈的叫张茜，另一个套粉色泳圈的叫何蜜琳，她们俩是雨刚停不久就跑出来下水的。加上之前那个叫方玲的女孩，她们三个昨天下午大部分时间都在回廊里打牌。回廊就在客栈大门口，如果赵苒只经过一次，没被她们注意到似乎情有可原，但是赵苒一进一出两次经过客栈门口都没被看到，就有点说不过去了。

陈律回头打量一眼身后的客栈，说："还记得昨晚的那只猫吗？它是跳窗户进来的。”

“记得。”韩长庚知道他要说什么，直接道，“这家客栈除去老板自己住的房间，一共有十二间客房，被中间的东西走廊分隔成五个南屋，七个北屋，所有房间都没有安装防盗窗，要是有人从北屋的窗户跳出去，就不用经过大门离开客栈。我早上出去之前查看过了，七个北屋，不管里面有没有住人，门都是锁着的。我下午又看了一遍，也是如此。”

陈律想了想，说：“整个客栈房间的钥匙都放在接待室的抽屉里，别人可能拿不到，对赵苒来说应该不是难事。她来客栈的时候所有北边的房间都还空着，只要随便拿一间北屋的钥匙，进去后把门锁好，跳窗户离开客栈，回来后找个机会把钥匙放回原处就行了。甚至不用等回来再送钥匙，因为房间的门可以从里面打开。”

“她从哪儿回来？”

“当然是她离开的那个房间。”

“万一她离开的时候，赶巧那个房间住进游客呢？”

“倒是不排除这个可能，李家祺……哦，还有和我一起来的郭少卿，都是住的北屋。难道……她是从厕所离开的？但是厕所里只有一个很小的气窗，人的脑袋钻不过去，莫非女厕的窗户比较大？能让人跳出去？”

“你是不是一直想进女厕所看看？”韩长庚翻着白眼瞅他。

陈律知道自己的问题比较蠢，抬手在嘴上轻轻拍了一下：“你接着说。”

“窗户大小在客栈外面就能看到，除了那七间北屋，还有一个房间的窗户能让人跳出去，在走廊东侧尽头，挨着李家祺住的12号房，门上写着仓库。”

无论是通过客房还是仓库，在自己舅舅家开的客栈里偷偷摸摸地跳窗户出去，尽管有不想让舅舅知道自己去给纪红岩烧纸作为借口，这事依然怎么想怎么觉得牵强，但是又没有证据反驳。

陈律道：“你刚才说的没道理指的就是这个？”

韩长庚摇了摇头：“下午四点半到五点十五分这段时间，没有人看到赵苒通过正门出入客栈。五点十五分她从客栈里面出来，说自己刚刚去了厕所，顺便把睡醒的轩轩领回房间，而那个叫方玲的女孩说当时厕所里没有人，这基本可以证实我们猜想她跳仓库窗户离开客栈的思路是正确的。但是由于时间关系，无论出去作案还是烧纸，她都只能做其中的一件事。五点半左右，她舅妈喊她吃晚饭，在那之后，她就一直没有离开其他人的视线。她回房间的那十五分钟不可能再次离开，因为有孩子在身边，而且时间也不够。”

陈律感觉思路被打开了，低头琢磨了一会儿，说：“如果这两件事是两个人分别干的，就能解开这个矛盾了，实际上客栈里还有一个人的时间证明比较模糊。”随即不自觉地道，“但是他没有道理帮助赵苒作不在场证明啊。”

“这就是我说的没道理。”

“主要是我们还没有找到每个人做事的动机。”

“不，动机已经找到了。”

“找到了？”

“就是那起车祸，包括这些人。”韩长庚再次指向在海里游泳的何蜜琳和张茜。

“包括她们？”

“你中午询问她们的时候，没问对方的工作单位吧？”

“呃……”陈律哑了一下，确实疏忽了，因为不是正式的问讯笔录，同时为了减轻对方的紧张和排斥感，只记下了对方的姓名，没有问及对方的工作单位和家庭住址等信息。

“我问过那位邱总，除了后来的叫徐淼的律师是他的大学同学，其他人都是他的下属员工，来自TCE。”

陈律一下瞪圆了眼睛：“那个肇事司机胡中兴不就是TCE的吗？”

“这么偏僻的一家海边民宿，所有人都跟那起车祸有关，你觉得是巧合吗？”

“那、那……”陈律抓着脑袋不知该怎么表达。

韩长庚叹了口气："动机虽然有了，但是尚不明确，我们还是先找证据吧，从那间仓库开始。"

徐淼关好门，用开水冲洗了两个杯子，放进客栈免费提供的袋装红茶，满满泡了两杯，将其中一杯推给对面刚刚收起手机的邱志达。

中午的牌局一直进行到吃晚饭的时候，实际上，如果不是刚好赶上雨停了，饭后大概还会把牌局继续下去。看到雨停，一门心思要下海游泳的何蜜琳匆匆吃过晚饭就拉着张茜兴冲冲地跑出去了，方玲见邱志达打电话处理公司事务，一时半刻组不成牌局，就和刘丹回房间去下五子棋，徐淼这才找到跟邱志达独处的机会。

"什么事，搞得这么正式？"邱志达看出徐淼有话要说，端起面前的茶杯轻啜了一口。

徐淼笑笑："没什么，就是好久不见了，聊聊天。上次聚会的时候乱哄哄的，也没个好好说话的机会，对了，这次来海边怎么没见你拍照？我记得你以前走到哪儿都是相机不离身的。"

"唉，跟不上时代了。现在的数码相机更新换代太快，刚入门的新手也能拍出清晰漂亮的片子，不过拼的是相机的画质和像素，顶多加上画面构图，失去了摄影这门艺术的本意。"

"摄影的本意是什么？"

"感动。我认为，所有艺术的本质都应该是对生命和世界的感动，摄影也如此。拍摄者通过照片把自己的情感和想要表达的思想传递给大众，引起人们的共鸣与思考，重要的是作品的内涵，而不是拍摄器材。那个最著名的作品，《饥饿的苏丹》知道吧？"

"我不懂摄影，没听说过。"

"但照片你一定见过，一个非洲黑人小女孩饥饿得匍匐在地上，身后不远蹲着一只秃鹫，虎视眈眈地盯着小女孩，等待捕猎的机会。"

"哦，我知道了。确实看过这张照片，看的时候很震撼，身上的鸡皮疙瘩都起来了。"

“那幅照片是1993年拍的，用的是胶片机，画质远没有现在的全画幅甚至微单清晰，但是照样赋予了作品强烈的感染力以及摄影师想要表达的思想和情绪，现在的作品很难看到这些东西。也许我这人念旧吧，和数码照片比起来，我更喜欢胶片的颗粒感表现出来的独特味道。”邱志达将茶水一饮而尽，手里转动着空杯子。

徐森帮他续上水，说：“念旧好啊，衣不如新，人不如故嘛。对了，现在国家放开二胎政策了，你没打算再要个孩子？将来东东长大了也有个伴儿。”

“我现在整天忙得脚打后脑勺，哪有精力要孩子？”

“再忙连睡觉的时间都没有？就那么几分钟的工夫，睡前做做运动，还有助于睡眠质量，再说也用不着你带。”

“这么说你打算要二胎了？”

“别岔到我身上，说你呢。我前两天上街碰见肖婷了，她这么年轻，整天不上班，除了接送东东上下学，什么都不干，你不怕她闲出事来？”

“她和咱俩一边大，今年都三十五了，还算年轻？”

“那你就是嫌她老了，打算和别人生二胎。”

“打住，这话千万可别让肖婷听见，不然我家就爆发世界大战了。诶？不对啊，听你今天这些话的意思，是不是她那天跟你说什么了？”

“那天中午我上街买耗材，正赶上她去接东东放学，就互相打个招呼的工夫，能说什么？”

“过几年再说吧，等我工作稳定下来再考虑这件事。”

“都升总监了，工作还不稳定？职位越高诱惑越多，你现在身边就围着这么多小姑娘，我看那个谁好像对你就很有意思，怎么样？什么时候收个二房？哥几个给你庆祝庆祝。”

“别胡说八道，人家还是小姑娘呢，这话要是传出去还怎么找对象？”

徐森端起杯子笑眯眯地看着他：“我都没说是谁，你就这么急着替她辩护，看来你们俩真的有事儿。”

“有个屁的事儿，我看你今天才有事儿！”

“你说对了，我今天还真的有事找你。”

“狐狸尾巴露出来了吧？我说你怎么这么有耐心等我打完电话呢，等一下啊——”

邱志达起身走到门口，拉开门喊来隔壁房间的方玲。

“什么事，邱总？”

“你帮我喊张茜和蜜琳上岸吧，天晚了，别在水里泡着了。”

方玲看看手机上的时间，说：“早呢，离退潮还有将近一个小时，张茜好说，蜜琳在屋里憋了一天了，一直盼着下海游泳，这时候肯定不愿意上来。”

“不愿意也不行，出来玩安全第一。今晚风这么大，沙滩上一个人都没有，万一出点什么事都没人知道。你去叫她们吧，就说要下雨了，让她们赶紧上来。”

“好，我这就去。”

邱志达走回来，重新坐下，拿起杯子喝了一口，道：“什么事？说吧。”

徐淼吐了口气，神情肃穆下来：“是关于你的……”

“等等——什么破茶叶！”邱志达把喝到嘴里的茶渣吐掉，“我想起来了，有个朋友送给我一罐极品铁观音，就在车里，我把它拿来，有什么话一会儿再说。”

徐淼给电热水壶重新加了水，见邱志达转着圈找车钥匙，便站起身：“好吧，那我就去趟厕所。”

在洗手间里的时候，徐淼还在考虑过会儿该如何向邱志达开口说那件事，从他目前表现出来的状态看，这家伙还不知道自己已经陷入了巨大的危机之中。和肖婷提出的离婚相比，那件事对邱志达来说，才是真正致命的。

打开洗手间的门，徐淼刚要迈步往外走，突然眼前一黑，同时不知哪个房间传来啊的一声，听起来像是方玲的声音，接着，看到几只手机照明灯发出的光亮从不同的房间里出来，他这才反应过来，停电了。

42

王涛看着床边画板上只完成了一半的海景写生，不舍道：“真的要走吗？”

“走。”正在收拾东西的张燕头也不抬地说，“要不是客栈老板忙，没工夫送我们，白天就走了。”

“月亮湾你不是早就想来吗？我们经历了五个多小时，中间换了三次车，才来到这里，干吗只住了一宿就急着回去？”

“我害怕。”

“怕什么，有我呢。”

张燕放下东西看着他：“这地方太邪门了，白天刚刚死了人，夜里又着了火，我现在真的很害怕，昨晚我整整一宿都没睡着觉，一合眼就看见那具……那个女的，就那么瞪着眼睛看着我。”

“警察正在破案……”

“还没破呢！一想到凶手就在附近，这地方多一分钟我都不想待了。我已经跟老板说了，他答应开车把我们送到火车站。”

王涛无奈地叹了口气，其实张燕昨晚就想走的，被自己好说歹说地留下住了一宿，没想到半夜里客栈突然发生了火灾，虽然没伤到人，只烧毁了厨房，却也把所有人都吓得够呛。早上起来张燕又张罗要走，月亮湾这地方不通公交车，非自驾的游客都要靠客栈老板开车接送，但老板想起客栈开业时被人撺掇买了一份财产保险，于是打电话报案，听说火灾保险理赔需要消防部门出具火灾证明，又给消防队打电话，一直折腾到晚上才弄完手续腾出时间送他们离开。

收起画板，写生本装进包里，王涛紧了紧带子，把单肩包斜背在身后，一手拖着旅行箱，一手拎起白天买的当地特产，和张燕一前一后出了房间。

走在灯光昏暗的走廊里，王涛忽然发觉身后没了动静，回头望去，见张燕站在房间门口直愣愣地看着自己，不禁问道：“怎么了？”

“你转过去，对，再往左边转一点，等一下——”

张燕跑过来把搭在胳膊上的外套团成一团儿，塞进王涛背后的单肩包里，把包撑得鼓鼓的，让他站着别动，自己一边退后一边打量他。

“到底怎么了？”王涛莫名其妙。

“我知道了——”张燕叫了一声，“那个人不是驼背，他背了个单肩包，就是你现在这样，看着像后背隆起来一块，我说他的样子怎么那么怪呢，对了，名片呢？”

“什么名片？”

“昨天那个警察留给我们的，好像姓陈。”

“在这儿——”

停电的时候，韩长庚正冲着面前的窗户发愣。这扇窗户原本挡在一张床垫子后面。

一迈进仓库，陈律和韩长庚就注意到了这张海绵床垫，看样子是从客房里换下来的，老板没舍得扔。环顾四周，这间不足二十平方米的小仓库内堆满了客栈房间里淘汰下来的物品，行李桌、电视柜、床凳、镜子、装饰画，应有尽有。紧靠山墙立着一个铁架子，上面的东西也是乱七八糟，多半是维修工具，还有些长短不一的各种管材和装修剩下的边角余料，柜子最顶层横着一架铝合金叉梯。

韩长庚伸手在身边的电视柜上抹了一下，见手指沾了一层淡淡的灰尘，这才避开脚下的障碍走过去。

到了近前，手搭在垫子上刚刚往外一挪，就听见哗啦一声，有什么东西掉了下来。把床垫彻底搬开，只见窗台上歪歪扭扭地摞着几个花盆，其中一个大概没放稳，被床垫碰了一下掉下来，花盆里的土撒满了窗台。

韩长庚一怔，看看窗扇上的月牙锁，关得好好的，再瞅瞅窗台上的土，一种说不清楚的感觉生了出来。

“花盆原来就放在窗台上的？”他回头问拿着钥匙站在门口的杨海平。

杨海平一脸茫然：“不记得什么时候放那儿的了，你要是不挪床垫子，我都想不起来还有这几个花盆。”

见韩长庚低头不语，陈律把手抵在身边的墙上，墙的对面就是李家祺房间，他屈起指节在上面敲了敲，听到发出咚咚的声音，问道：“这不是承重墙？”

杨海平摇头：“不是。”

“在这屋说话，隔壁能听见吗？”

“正常说话应该听不见，声音大了可能会听见。”

陈律再次看了一眼四周，觉得没什么可问的了，正要招呼韩长庚离开，这时灯灭了，走廊里传来惊咦声。

“停电了？”陈律打开随身携带的手电。

“月亮湾的电是从邻近的村子引过来的，电压不太稳，偶尔会跳闸。”

“电闸在哪儿？”

“在接待室。”

陈律见韩长庚也按亮了手电，就把自己的手电借给杨海平，让他去检查电闸。两人从小仓库里出来，刚好看到李家祺打着手机站在房间门口向走廊里张望。

“跳闸了，一会儿就来电。”陈律主动和他说了一句。

李家祺点了下头，一声没吭就把门关上了。

陈律看到杨海平已经走远，轻声问：“你看了那么久，是不是花盆有问题？”

“花盆本身没问题。”韩长庚同样压低声音道，“这种感觉说不太好，就是好像觉得那几个花盆不应该放在那里似的。”

电一时没有送来，四周一团漆黑，这时什么都做不了，两人只好暂时回到自己住的房间等待。这一等就是二十多分钟，中间不断有人从自己的房间里探出头大声问老板什么时候能修好，杨海平夫妇一边好言安抚大家，一边打着手电四处寻找故障。

陈律朝窗外望去，外面黑沉沉的，除了沙滩上的一堆篝火什么都看不见，明灭变幻的光火和阵阵低沉的海潮声给无边的黑暗平添了几分荒凉的气息，令人心头惴惴的。

毛病终于找到了，出在徐淼和邱志达的房间里。由于两人一个去车里找茶叶一个出来上厕所，正在烧水的电热水壶没人照看，水烧开后溢出壶嘴洒到旁边的插线板上，造成了短路，把插线板从墙上的电源插座里拔下来，故障就排除了。

在黑暗中待久了，再次见到光明，陈律感到心里也跟着敞亮起来，正要问坐在对面的韩长庚下一步怎么办，手机响了起来。

“你说那人不是驼背？”陈律把手机开了免提递给韩长庚，走过去把房间的门关好。

“应该不是，当时我太慌乱了，总觉得哪里不对，过后才想起来。你等一下啊，我拍了照片，大概就是这个样子。”手机里传来张燕的声音。

片刻之后，对方通过彩信发过来一张照片。不知为什么，竟是张黑白照片，拍的是她的男友王涛，身后斜背着一个鼓鼓囊囊的挎包，背景光线幽暗，冷眼看去确实有几分驼背的样子。

“照片我特意用手机调成黑白的了，因为我看到的那个人的背包和他身上衣服的颜色很相近，所以这样让你看得更明显一些。”

陈律和韩长庚惊讶地对视一眼，同时在心里想到了一个人。

尽管内心中不愿意相信李家祺就是凶手，但光是案发时间出现在现场这一条就无限放大了他的嫌疑，足够带回局里问话了。

陈律迟疑了一下，道：“要不要调些人过来？”

韩长庚紧抿着嘴角想了想，说：“张燕没有看到他的正脸，证人指认都做不了，先别急着抓人，和他接触一下再说。”说着，站起身。

陈律深吸了一口气，紧了紧腰带，走过去正要开门，忽听外面一片慌乱，凌乱的脚步声、惶急的打电话声、不知什么东西撞到一起的沉闷声、椅子腿划过地面的拖曳声，其中还夹杂着变了调的哭泣声……

两人一惊，急忙开门出去，只见前厅里乱糟糟的都是人，每个人脸上都写满了惊恐。人群中间是邱志达，他正把抱在怀里的一个浑身水湿的女孩平放到长椅上，双手按住女孩的胸口做心肺复苏。

陆续有人从自己的房间里走出来，陈律匆匆扫了一眼，李家祺也在。

“怎么了？”众人七嘴八舌地问。

“何蜜琳溺水了——”方玲的声音里带着长长的哭腔。

人群中的赵苒啊了一声，急忙用手挡在轩轩脸上，拽着他回房间了。

来到近前，陈律一下子就看到那双瞪得大大的眼睛里已经扩散的瞳孔。

43

何蜜琳是在断崖附近的石头滩溺水的，那里的水位比其他地方深，即使在白天，涨潮时也很难看清水面以下的礁石。锋锐的石棱像刀刃一样轻易地划破了何蜜琳的充气游泳圈，并不会水的何蜜琳连同灌进了海水的游泳圈迅速下沉，最终被这块看似平静温柔的海湾夺去了生命。

当时，海里只有她自己。

“当时我们已经上岸了，不知为什么，冲完澡她又下去了。”张茜哭着说，方玲和刘丹一边一个用力地攥着她的手，生怕她随时倒下去。

“我早就提醒大家了，千万别到断崖那边去，那里有暗礁，会划破游泳圈的……这可怎么跟人家里交代呦……唉，当时我要是出去看看就好了……”抹着眼泪的孙凤珍懊悔不迭。

“不怪你，这事应该是我想着的……”满脸凄然的杨海平搂着妻子的肩膀低声安慰。

何蜜琳的游泳圈是粉色的，上面印着可爱的卡通图案，无论颜色还是图案，都是年轻人喜欢的。年轻，是喜欢一切美好事物的时候，可是它现在只能冷冰冰地摆在同样年轻和美好的那具躯体身边。

游泳圈里还有少量海水，韩长庚拎起来控了控，划破的位置在游泳圈的外沿，一条不到半拃长的口子，周围还有几条肉眼可见的划痕。他发现划痕部位的图案有些模糊变形，伸出手指捻了捻破口的边缘，明显感觉那里的材质比其他地方薄了很多。翻过来看看其他部位，气门附近也存在同样的情况。

他不动声色地把游泳圈放下，抬头扫了一眼悲伤的众人，问道：“谁发现她的？”

已经放弃了施救颓然坐在地上的邱志达道：“是方玲发现的，我把她从海里抱上来的。”

身边的徐淼递给他一支点燃的香烟，邱志达接过去吸了一口，就痛苦地把脸埋在手掌中。

韩长庚点点头，走到一旁，也默默地点了一支烟。

陈律心里糟透了，不为别的，只因短短的一天多时间里就死了两个人，两个同样年轻的生命同时埋葬在最好的年华里。

他走到韩长庚身边，捅了捅对方：“给我支烟。”

韩长庚微微诧异地看了他一眼，掏出香烟，抽出一支递给他：“难过？”

陈律点点头：“太年轻了。”

韩长庚拿出打火机给他点着，陈律轻轻吸了一口，淡淡的青烟在口齿间打了个转，吐了出去。

“你会抽烟？”

“嗯。”

“平时没见你抽？”

“戒了，有人不喜欢我抽烟。”

“女人？”

陈律看了他一眼：“你平时可没这么多问题。”

“我在努力习惯你这个搭档。”韩长庚扬了下眉毛，说，“给丁珺打个电话吧，他今晚又要加班了。”

陈律惊讶道：“什么意思？”

“一会儿你就知道了。”

郭少卿坐在自己的捷达车里，满脑子都是那个溺水的女孩，惨白的皮肤，惊恐的面容，虽然早已失去了生命的光彩，但还是能从那双美丽的眼睛里看到浓浓的不甘。

她也曾挣扎呼救过吧？她也曾在最后的时刻想起自己爱过或是爱过自己的人吧？可惜，她的呼救没有回应。这么年轻就孤独地面对死亡，那是何等的恐惧和绝望？以至到死都没有合上眼睛……

郭少卿用力揉了两把脸，把溜走的心思重新回到李家祺身上。每次想起这个名字，他就感到心里多了一分愤怒和怨恨，同时还伴有一丝自卑与羞愧。尽管不愿意承认，但他也知道，这些感觉加在一起叫作嫉妒。

直到现在，他都不明白李家祺和赵苒如何认识的。那起车祸？郭少卿摇摇头，把这个念头从脑子里甩出去，赵苒和那起车祸唯一的关系就是死去的纪红岩是她的前夫，她怎么会和车祸受害人的家属产生联系？而且两个人说话的状态显然已经不是初识了。

你既然约我来这里，为什么不愿说出来……一想到这句话，郭少卿就感觉自己的心像是被狠狠割了一刀，竟是赵苒主动约的他！

今晚我希望在房间里看到你——这句话要是从自己嘴里说出来，赵苒会是什么反应？估计话没说完大嘴巴就抽过来了，以她的性子一定会这样。可是为什么那个家伙说了非但没事，她还委屈得哭起来？自己认识的赵苒什么时候这么懦弱过？面对李家祺，她为什么像是很理亏一样？

我知道妈妈的一个秘密。难道轩轩说的秘密就是指李家祺？所以他才说妈妈不会答应自己的追求？郭少卿非常不愿往男女之情的方面想，他觉得这样想既玷污了赵苒也玷污了自己，但小孩子是不会说谎的，既然轩轩说了，那他一定是看到了什么。

今晚赵苒会不会去他的房间？想到这个问题，郭少卿心里剧烈地翻腾起来。方才客栈里一阵大乱的时候，大家都跑出去看发生了什么事，所有人都在，当得知有人溺水身亡，赵苒立刻捂着轩轩的眼睛回了房间。当时他就注意到，李家祺一直盯着赵苒的背影在看，目光跟刀子似的，直到赵苒进了房间，他才转身离开……

思路又一次被打断——120的急救车来了。

郭少卿惊奇地发现，从车上下来的除了两名救护人员，还有数名身穿制服的警察。当他们一起走进客栈前厅，就听到那里乱了起来。

与此同时，郭少卿瞥见一个人影从淋浴间里闪出来，先四下看了一眼，然后贴着墙根迅速溜进了客栈。距离有点远，对方又是故意躲在屋檐下的阴影里面走，他没看清对方的长相。

工夫不大，急救人员抬着覆盖了白布单的担架出来，两名警察手里拿着划破的游泳圈跟着一起上了车。接着，溺水女孩的同伴涌出来围在急救车前，陈律和他的搭档连同其余的两名警察努力阻止其他人上车，有人叫喊，有人大声质问，有人向前推搡，但都被挡住。

陈律的搭档，那个身形瘦削的中年人冷着脸站在那里看着众人，忽然大声说了句话。由于车窗关着，郭少卿没听清他说的什么，但是看到众人顿时安静下来，一个个面面相觑地瞅着对方，急救车趁机开走了。然后，大家相继跟着警察重新走进客栈。

郭少卿没心情理会他们在做什么，除了赵苒，他现在对其他任何事都不关心。可是不由自主的，眼前又浮现出溺水女孩的脸，花一样的年纪，花一样娇嫩的生命，就这么凋谢了，人生再多的美好，再多的喜悦，再多的忧愁和烦恼，全都随着死亡的降临灰飞烟灭。

看来死亡才是解决世间所有难题的方法。

不能再拖了，郭少卿告诉自己，要赶在赵苒去李家祺的房间之前，阻止那个家伙。他探身拉开副驾驶座前的储物箱，把手伸进去，摸到了一样东西。他褪下袖口，挡住握着那样东西的手，推开车门下了车。

走进客栈，他发现人们都集中在前厅，包括后来的两名警察和客栈老板夫妻。接待室的门关着，透过玻璃能看到陈律和他的搭档在里面对那个叫张茜的女孩问话。他朝人群中看了一眼，没有看到赵苒母子和李家祺。

那两名新来的警察似乎没想到会有人从外面进来，立刻警惕地看向他，旁边有人说了一句，他不是我们同事，对方才把目光收回去。

郭少卿点了下头，从对方身边经过，顺着走廊东拐，一直走到尽头。

站在12号房间门前，他用空着的手按了按胸前的口袋，里面的那个小小盒子再次坚定了他的信心。他轻吐了口气，在门上轻轻敲了两下。

“门没锁。”里面立刻传来李家祺的声音。

他推门进去，看到对方正坐在床边的凳子上，手里摆弄着一部红色的手机。

“是你？”李家祺诧异地抬起头，“赵苒怎么没来？”

“我来给你看样东西。”郭少卿说着，握紧了手里的东西，向对方走去……

44

“我和蜜琳是雨停之后下海游泳的，就在客栈前面这块沙滩附近。昨天中午刚到的时候老板娘就提醒过，说两边都是石头滩，不但扎脚，还容易划破游泳圈，加上我们俩都不会水，也就不敢往远处去……”

坐在韩长庚对面的张茜很紧张，她是第一个被叫进来询问的。就在刚刚，她从对面这个人口中听到了那句令所有人震惊的话——何蜜琳是被人害死的，凶手就在你们中间！

陈律接了杯水放在对方面前，尽管在急救车到来之前，韩长庚就向他展示了证据，但他心中依然对韩长庚的判断将信将疑。

张茜拿起水杯喝了两口，继续回忆：“方玲喊我们上岸的时候，何蜜琳有点不高兴，因为我们一共也没游多长时间，不过听方玲说是邱总让她来喊我们的，也就没说什么。上岸后本来应该去冲澡，但是她磨磨蹭蹭地在沙滩上捉小螃蟹，我没等她就先去了。我冲完澡从淋浴间出来，正好碰见邱总，跟他打了个招呼，这时候蜜琳才慢腾腾地过来。然后我就回房间吹头发，刚吹两下就停电了。”

韩长庚看到住宿登记显示张茜、何蜜琳、方玲住一个房间，问道：“你回房间的时候屋里都有谁？”

“就我自己，当时方玲在隔壁和刘姐下棋，房间钥匙我是去她那儿取的。”

“停电的时候你在干吗？”

“我在房间里玩手机，来电之后继续吹头发，中间邱总过来问我看见蜜琳没有，我说还在冲澡吧，因为淋浴间用的是屋顶塑料桶里存的水，停电也不影响水流出来，所以当时也没多想。我真的不知道她那个时候已经出事了，直到邱总他们找到她……”

“谁最先发现何蜜琳不见了？”

“我不知道，是邱总、刘姐，还有方玲，他们一起出去找的。我要是早知道她还会下水，就一直跟着她了……”

韩长庚沉默了片刻，忽然问道：“你平时不涂指甲油吗？”

“什么？”

“你们女孩子不都喜欢涂指甲油吗？”

“我不喜欢，从来没涂过。”

“别太难过了，你先回房休息吧，出去的时候请让方玲进来。”

“吃完晚饭正好雨也停了，蜜琳和张茜去游泳。我和刘姐本想找邱总和徐律师接着打牌，但是邱总要处理公司的事情，电话打个没完没了，而且刘姐看徐律师一直在邱总身边等着，猜他们可能有话要说，就把我拉到她的房间去下五子棋。”

方玲和张茜年纪相仿，性格比张茜直爽些，但是面对满脸肃容的韩长庚同样有些紧张。

“邱总让我去喊她们上岸的时候，我说时间还早呢，昨天晚上她们是快退潮的时候才上岸，但邱总说今晚沙滩上连个照看的人都没有，担心出事，就让我提前去喊她们，没想到最后还是出事了。”

“停电的时候你们在干什么？”

“在房间里下棋。”

“停电了看不见怎么下棋？”

“有手机啊，打开手电功能就能照见棋盘了。本来我想出去看看的，刘姐说黑灯瞎火的万一撞见坏人怎么办，我一下想起昨天龙王庙的事，就不敢出去了。”

“你们什么时候发现何蜜琳不见了？”

“是来电之后，邱总发现前厅那里只有张茜的游泳圈，没有蜜琳的，就问我们看没看到她，我们说没有。”

“她们的游泳圈为什么不放在房间里，却放在前厅？”

“一来放在房间里碍事，还弄得到处是水；二来接待室有打气筒，打气方便。”

“你接着说。”

“然后邱总又问了张茜，张茜说她可能还在冲澡，邱总就让我去淋浴间看看。我去看了里面没人，游泳圈也不在，但是喷头的水还在流，刘姐就对邱总说咱们再去海边看看吧。当时我们谁都没有多想，就是单纯地以为她自己又下水去玩了，想把她叫回来。”

“何蜜琳不是知道是邱总让你去喊她的吗，她连领导的话都不听？”

“邱总已经不是我们领导了。”

“什么意思？”

“说反了，应该说我们已经不再是邱总的员工了。我、蜜琳、张茜，都是TCE总经理办公室的文员，刘姐是我们的老大，总经办主任。但是这个总经办上周已经撤销了，我们几个的离职协议都签了，邱总这次带我们出来玩，名义是搞团建，其实就是吃散伙饭的意思。不过就算没离开公司，何蜜琳对邱总说的话也不是特别……嗯，怎么说呢？意思你们应该懂了，她长得那么漂亮，即使偶尔有点任性，领导也能包容的。”

“是你最先在海里发现她的？”

“嗯，我们借了客栈老板的手电，把沙滩前面的一片海面都照遍了也没找到人，就往两边的石头滩找，快到西边断崖的时候我看到水里有块白花花的东西，用手电一照……”

“当时游泳圈在她身上吗？”

“好像没有吧，嗯，也可能是我没注意，当时我和刘姐在岸边用手电照亮，邱总下水把蜜琳抱上来的。我光顾着害怕了，脑子里一片空白，刘姐让我赶紧给120打电话，我的手机在房间里，就先跑回来了。”

“最后一个问题，你上一次涂指甲油是什么时候？”

“大约半个月前吧，怎么了？”方玲有些奇怪，说话间，还低头看看自己指甲根部的月牙白。

“刘主任——”

“已经不是主任了，叫我刘丹就好。”

和前面的两个小姑娘不同，年长她们十多岁的刘丹就显得镇定很多。

“说说你今天的经历吧。”

“没什么经历，昨晚睡得太晚，又喝了不少酒，直到中午我才起来。起床之后去盥洗室洗漱，出来的时候就下雨了，方玲和张茜她们张罗打牌，于是我们吃完午饭就开始打，一直打到晚上，中间除了去卫生间，我们几个人连客栈的大门都没出过。至于停电那段时间，我想方玲刚才已经告诉你了，我就不再赘述了。我们这些人里面只有徐律师是邱总的同学，剩下的全都是一个办公室的同事，无论时间还是动机，我们都不具备，所以我很想知道你说的凶手就在我们中间是根据什么下的判断？如果你的判断错了怎么办？”

面对刘丹咄咄逼人的态度，陈律忍不住在心里把她和赵苒比较，同样都是职场女性，行业相近，年龄也相仿，但是她们给人的感觉却截然不同。刘丹一看就是那种典型的女强人，精明、干练、强势，从里到外透着一股不服输的劲儿，估计在家里也是说得上话的。相比之下，赵苒就温柔多了，言谈举止都很婉约，懂得照顾对方的感受，浑身上下散发着一个成熟女人的妩媚迷人的魅力。

也许和她们各自的职业属性有关，陈律暗想，干销售就需要披荆斩棘百折不挠的锐气，售后服务则讲究以柔克刚绵里藏针。

“根据当然有，只是还没到公开的时候。”韩长庚淡淡地笑了一下，

“既然你们在一起办公，那就说说你对何蜜琳的印象吧。”

“她是去年九月份来公司的，主要负责管理公司档案和各种资料，同时负责会议记录以及部分接待来访的工作。”

“我不是问她的岗位职责，是问你对她这个人有什么印象？”

“聪明、漂亮、会应酬，心气有点高吧，不过这不算什么，现在的年轻人大多都自视甚高，不安于现状。”

“看来你对年轻人的看法比较负面啊。”

“谈不到负面，实话实说而已，不安于现状也是有志向的表现嘛。”

“她平时和谁产生过矛盾吗？”

“就我所知，没有。”

“听说……”韩长庚顿了一下，道，“她和你们邱总有些暧昧？”

刘丹的眉头皱起来：“总经办主任虽说是总经理的管家，但我管的是公司这个大家，不是领导的小家，工作以外的事情我不清楚。”

“好，我换个问题，你们在海里找到何蜜琳的时候，游泳圈在她身上吗？”

刘丹沉默片刻，说：“不记得了。”

陈律看到刘丹的指甲在灯光下映出淡淡的类似于贝壳般的光泽，知道韩长庚又要问出那个之前提过两次的问题了，没想到这家伙难得地客气了一句：“谢谢你的协助，你可以回房休息了，麻烦你出去的时候请徐律师进来。”

“等一下——”陈律忙道。

已经站起身的刘丹顿住：“还有什么要问的吗？”

“我想问一下，你知道胡中兴现在在哪儿吗？”

刘丹明显一怔：“你认识他？”

“由于工作关系，我对那起车祸知道一些。”

“我想起来了，交警队曾经把这个案子转到过分局。”刘丹点点头，说，“我最后一次见到胡中兴是在看守所，那时还没有开庭。庭审之后我给他打过电话，想让他来公司办理解聘手续，因为他不是TCE正式员工，属于我们分公司临时聘用的合同工，但是他的手机一直打不通。”

“既然之前的情况你们都知道，我就不多说了。当时我和邱志达在房间里喝茶聊天，他嫌客栈提供的免费茶叶不好，想起自己车里有朋友送他的好茶叶，就出去取了。趁这工夫我去了一趟厕所，刚从厕所出来就停电了。我去接待室想问问老板怎么回事，看到他们两口子正在检查线路，我看了一会儿就回房间了。之后一直到客栈老板检查我住的房间，我都没离开过。”

不知为什么，从徐淼一进门，陈律就感觉对方似乎有很重的心思。

“邱志达什么时候回房的？”

“刚来电的时候回来的，他进屋把茶叶放下，说何蜜琳还没回来，他去看看，后面的事情你们也都知道了吧？”

“这次是邱志达的公司内部搞团建，为什么邀请你这个外人？除了你这位老同学，其他人你都很熟吗？”

“不熟，以往我很少去他的公司。何蜜琳我只是近期见过一两次，方玲和张茜或许以前在我去找邱志达的时候见过我，但是昨晚之前，我连她们的名字都不知道，倒是刘丹我们最近接触过几次，但也谈不到熟悉。至于他邀请我的原因，我想可能是为了还人情吧。”

“你帮过邱志达的忙？”

“算不上帮忙，就是前一阵子他们公司的司机开车肇事被拘起来了，他托我侧面了解一下情况。由于涉及事故善后和未来庭审，他这个公司经理整天忙得很，不可能事事亲为，就让刘丹和我联系。”

“你知道邱志达为什么把团建地点选在月亮湾吗？毕竟比这里各方面条件更好、交通更方便的选择有很多。”

“可能是看中了这里的清净吧，你说的那些条件更好的地方都比这里人多、喧闹。”

韩长庚若有所思地皱起眉头，没有言语。

陈律立刻接过话头：“既然刚才提到了车祸，那么多问一句，你对那起车祸怎么看？我是指那个路人家属的说法。”

“你说的是那个孕妇的丈夫吧？好像姓李。”

“李家祺。”

“对，李家祺，他说是胡中兴故意延误报案时间，致其妻子伤重不治，所以不肯在谅解书上签字。这个事情就得从两方面看了，一是他的说法是正确的，但这需要举出证据；二是利用这个说法以进为退，说白了就是受害人家属内部进行分工，有唱红脸的，也有唱白脸的，目的无非一个钱字，这种情况几乎比比皆是。如果这两种情况都不是，那就只剩下第三种可能了。”

“还有第三种可能？是什么？”

“这里的问题。”徐淼指了指自己的脑袋，说，“我没有任何贬义，一个人受到剧烈刺激后，大脑为了自我保护会进行自动休眠，这时候人就会陷入某个精神状态中无法自拔。就像祥林嫂，唯一对她不错的丈夫病死了，紧接着自己的儿子又被狼吃了，打那以后，她整个人的精神状态就变了，逢人就讲自己的悲惨遭遇，最终被迫沦为乞丐，冻死在雪地里。为什么会这样？因为这件事对她的打击太大，脑子里除了这件事什么都记不起来了。祥林嫂的故事当然是虚构的，但是现实生活中患有精神疾病的人还少吗，否则怎么会为此设立专门的医院？”

陈律默然无语，一会儿想到当日在韩长庚的车里，李家祺拿着记满车辆信息的打印纸掩面痛哭的画面，一会儿又想到今天上午他和自己交换问题的场景，更多的是想到他背的那只单肩包……心中不由得五味杂陈，一个精神正常的人会执着到如此地步吗？宁可不下葬，也要背着妻子的骨灰去寻找虚无缥缈的真相？只为了给逝去的妻子讨一个所谓的公道？不是说夫妻本是同林鸟，大难来时各自飞吗？不是说金莲偏恨武家在，李甲难容杜氏陪吗？不是说人到中年的三大幸事是升官发财死老婆吗？就算没有升官发财不也应该君知妾有夫，赠妾双明珠吗？哪有一个正常人爱妻子爱成这个样子的……

这个精神病啊！

45

邱志达并没有因为身为领导而强迫自己压制感情，他进来的时候眼睛已经哭肿了，手里还夹着半支熄灭的香烟，整个人显得颓废而萎靡。

“换一根。”韩长庚从自己的烟盒里掏出一支烟递过去。

邱志达机械地接在手里，就那么拿着也不知点燃，韩长庚又拿起打火机帮他点着，他闭上眼睛深深吸了一大口，木然的状态才略有好转。

“听说何蜜琳对你有好感？”

“是彼此有好感。”邱志达并没有否认，又吸了口烟，慢慢道，“我们约会过，不过只限于吃饭、泡吧、看电影，哦，还一起唱过歌，没有发生过关系。”

“发生了这样的事，你心里一定很难过，那就帮我们把凶手找出来吧。”

邱志达抬起头：“真的有凶手吗？你确定不是意外？”

“其实你心里也知道这不是意外吧？”

邱志达的手颤抖了一下，半截烟灰掉在桌上，他伸手拂去，回忆道：“停电的时候我遇到了蜜琳，准确地说，是停电之前，我去车里取茶叶，见张茜从淋浴间里出来，我刚想问她蜜琳是不是在里面，正好看到蜜琳从沙滩那边走过来，我就在原地等她。她磨蹭了一会儿才过来，这时候张茜已经回房间了。其实只有我知道，她再次下水游泳不是因为任性贪玩，而是在生我的气，或者说，她就是故意跟我赌气，要让我担心。”

“为什么这么说？”

“因为离职，对了，裁撤总经办的事你们知道了吧？哦，那我接着说，我刚刚接到任命，要调到TCE北方大区出任销售总监，她想让我把她也调过去，说白了，就是不想离开我。但是大区的HR是直接向总部汇报的，我初来乍到，人际关系还没理顺，把她硬调过去容易被人告黑状，就让她等一等。她大概以为我想和她断绝关系，有人在的时候说说笑笑像没事人一样，背地里没人的时候就跟我使小性子。其实我已经盘算好了，顶多两三个月，我把关系理顺了就能办这事了。我打算让她先去我同学的律师事务所帮帮忙，把这段时间安安稳稳地过去，这次邀请徐森一起过来，就是打算跟他说这事，可惜还没来得及说出口……”

邱志达把快燃到手指的烟头扔在地上，用脚碾灭，接着说：“蜜琳走过来之后我哄了她一会儿，看着她进了淋浴间，这时候刚好赶上停电，她又从里面跑出来了，说怕黑，我说没事，你先进去，我在门外帮你守着，她这才又进去了。听到里面水响，我知道她已经冲上澡了，就趁这工夫去车里把茶叶找出来，来回顶多也就两三分钟的时间。当我回来，淋浴间里的水还在响，我以为她还在里面，可是一直到来电了，她还没从里面出来。我觉得有点不对劲，又不方便进去查看，因为怕客栈里随时出来人撞见，就赶紧让方玲进淋浴间看看。但是我不想让方玲知道我一直守在淋浴间门外，就对她说没看到蜜琳的游泳圈有些担心，其实我也真的没看到她的游泳圈。后面的事情她们几个已经说了吧，我就不再复述了。”

“有个问题之前没有人能给我答案，只好请教你了，你从海里把何蜜琳抱上来的时候，游泳圈在她身上吗？”

“之前的人怎么回答的？”

“都说没注意，或者不记得了。”

邱志达的眉头拧起来：“不对啊，方玲是先跑回来的，她没注意有可能，刘丹不应该不知道啊，因为这事我们还吵了几句。”

“为什么吵？”

“因为当时游泳圈没在蜜琳身上，而是在她身体下方的水里，距水面很近的地方半浮半沉着。我把蜜琳抱上岸之后放在沙滩上，想回去捞游泳圈，刘丹说这么急的时候不赶紧救人还耽误时间捞什么游泳圈？见我执意要去，就过来拉我，被我甩开了，还是把游泳圈捞上来了。”

“看来我也要问刘丹同样的问题了。”

“因为这并不耽误时间，当时方玲已经跑回客栈打电话了，就算打了电话急救车也不可能马上就到。”

“你在回避问题。”

邱志达沉默下来，手掌不停地张合，看得出内心在激烈地挣扎，韩长庚没有催他，自己点了支烟慢慢抽着。

半晌，邱志达终于开口道："其实我在海里看到蜜琳的时候，就知道她已经不行了，至于那个游泳圈……我怀疑有人做了手脚，捞上来之后我确认了这一点，那上面的确有人为破坏的痕迹，但是我想不出对方是怎么做到的。"

"你说的破坏痕迹是指？"

"你们也一定注意到了，游泳圈划破的地方图案变模糊了，那里的塑料也比其他部位薄得多，这是被有机溶剂溶化的特征。"

"游泳圈上确实有溶化的痕迹，但你是怎么想到这一点的？"

"这还得从今天中午说起，下雨之前，我看到客栈老板在院子里修补厨房冰箱的内胆，用的是丙酮调成的胶。丙酮就是有机溶剂，不过这东西属于管制品，在市面上个人是买不到的。关于这个话题，当时有人和我讨论了几句，说这种东西根本不用去化工商店购买，商场、网上、地摊，到处都有的卖，当时我想问为什么，对方没说。"

"和你讨论的人是刘丹吧？"

"嗯。"

"你不会仅仅因为她说这句话就怀疑她的，还有什么证据？"

"因为两件事，今天下午打牌的时候，刘丹无意中看到了蜜琳背的巴宝莉双肩包。蜜琳对外说那个包是她表哥送给她的，实际上是我给她买的，花了五千多。当时刘丹把包借过去看，说自己也想买一个同样的包，我觉得很奇怪，因为我知道她是不会买的。刘丹现在的经济压力很大，她老公的收入低，家里的房贷车贷基本都靠她的工资还款，半年前她母亲腿摔断了，看病吃药和请人看护都是很大的开销，她不会随便乱花钱的。她之所以这么说，只是想把包拿在手里，仔细看上面的东西。"

"包上有什么东西？"

"你们把蜜琳的包拿来就知道了。"

工夫不大，外面的警员取来了何蜜琳的包，邱志达指着包侧方悬挂的水晶天鹅挂坠，说：“这下面的链子断了一根。”

陈律和韩长庚看去，确实如此，同样的珠链原本有四条，其中一条从中间断了。

“你说的第二件事呢？”

“其实是一件事。我们来月亮湾的前一天晚上，我去刘丹的办公室，无意中看到她在网上搜挂坠，样式和这个一模一样。当时我以为是挂在脖子上的那种装饰品，就问了一句，但是她看到我立刻就把网页关了。”

陈律听得一头雾水：“就算她搜的是同一款挂坠，又能说明什么问题？”

“还是因为裁员的问题。其实早在年初，总部就做出了裁撤总经办的决定，并且率先在南方几个区域执行，我们这里是接到执行命令最晚的，但消息早就传过来了。大约一个多星期前，蜜琳跑来告诉我，她去医院体检的时候碰见一件好玩的事情，刘丹居然花钱购买一个孕妇的尿样，她让我猜为什么？当时是午休时间，我和大区HR在公司楼下的酒吧里谈话，蜜琳不认识对方，以为是我的一个朋友，上来就把这话说出来了，我想拦都没法拦，因为我们正在谈论的就是裁撤总经办的事。HR当时就反应过来了，立刻追问她刘丹是不是利用他人尿样给自己做假怀孕报告。因为这样不但可以拒签解约合同，还能享受公司规定的关于哺乳期内的一切待遇，顶多到时候说不小心流产了，公司能把她怎么样？”

“蜜琳这才知道闯祸了，但事已至此，也没有办法。HR当时就打电话给公司的人事经理，要求严查此事，还让蜜琳把这件事写下来以邮件形式发到他的邮箱里。结果就不用说了，刘丹到底没有糊弄过去。虽然她不知道这些详情，但是肯定猜到有人把她做假怀孕报告的事捅出去了，所以一直在找这个告密的人。我和蜜琳也没法解释，解释了她也不会相信，就想着这事赶紧过去，只要我们不说，她是找不到答案的，但是没想到她会盯上这个挂坠。我猜这个挂坠的链子是蜜琳在医院时不小心弄断的，当时恰好被刘丹捡到，不过这都是我后来结合刚才说的那两件事想到的，我打算找个合适的机会跟她讲明白，但是……”

邱志达停下来喘了口气，才接着道："刘丹进TCE十五年了，是所有员工里跟我最久的，也是我一手把她教出来的，无论工作能力还是私人感情，我都想把她留在公司里。以前她一直想当分公司经理，我也大力支持，但是总部推出的管培生计划令她失去了年龄和学历上的优势，没办法只好改做我的办公室主任。说实话我不是不想保她，要是没有这件事，我一定能想办法把她留在公司，无非换个岗位嘛。但是这事捅到了大区HR那里，别说刘丹，就是对我这个大区总监，HR也是有权利和义务向总部弹劾的。"

韩长庚叹了口气，说："何蜜琳害她丢了工作，这就是她忌恨何蜜琳的原因了。"

邱志达疑惑地道："但这件事她是今天下午看到蜜琳的包才知道的，所以不可能提前准备有机溶剂，而客栈老板那里的丙酮全部调成胶了，之前她虽然说过这东西到处都可以买到，但我不相信她真的能随时变出来。"

韩长庚站起身，自信地道："刘丹说的没错，这东西的确随手可得，而且很多人都把它随身携带，因为它还有另外一个名字。走吧，我带你去揭晓答案。"

房间里一片漆黑，刘丹呆呆地坐在床边，她进屋时特意没有开灯。此时唯有黑暗，才能在心理上带来一丝安全的错觉。自从那个瘦削的警察当众说出何蜜琳是被人害死的，凶手就在你们中间，刘丹就知道，自己人生谢幕的时刻到了。

说出来可能没人会相信，自己这三十七年的人生经历中，从来没有生过害人的念头。从小到大自己都是个普通人，自己的身边也全都是普通人。普通人接受的教育就是与人为善、与世不争，有人欺负自己，退一步就是了，波澜不惊地把平凡的生活走完是大多数普通人的选择。可是走着走着怎么就走到岔路上了呢？

刘丹在黑暗中回顾自己的人生，可是脑子里总是浮现出刚刚入职TCE不久的一个阳光灿烂的午后，就在那个午后，她第一次听到那个著名的故事：

鹰是世界上最长寿的鸟，平均寿命能达到七十年，但是当鹰活到四十岁的时候，它的喙、爪子和羽毛都开始老化，再也无力捕捉猎物。这时它必须面临一个艰难而重要的选择，要么等死，要么经历一个万分痛苦的更新过程——首先它要尽力飞到山顶的悬崖边筑巢，在岩石上敲击它的喙，直至完全脱落，然后静静地等待新的喙长出来……它用新长出来的喙把爪子上的指甲和身上的羽毛一根根拔掉，然后经过五个月的漫长等待，新的指甲和羽毛长出来，它就可以再次飞上蓝天，获得三十年的生命……

刘丹明白了，自己走到今天这一步，完全是被逼出来的，被工作，被家庭，被成长的环境，被每个月要偿还的贷款，被那些不知感恩的混蛋、被尔虞我诈的人际关系，被这沉重压迫的生活，被不断要求你努力奋斗就能出人头地的诱人憧憬，硬生生逼出来的……以致忘记了自己曾经要做个普通人的初衷。

世上哪有重生这回事？

这只该死的鹰！

门被敲响了。

刘丹徐徐呼了口气，站起身走到门口，按亮了房间里的灯。灯光刺破黑暗的瞬间，她眯了一下眼睛，对光明，竟然生出了一种久违了的感觉。

她打开门，看到几乎所有人都站在门外，她顺着一张张熟悉的面孔看过去，看到有人震惊、有人痛心、有人惋惜。

她的目光停在那张痛心的面孔上，向他深深鞠了个躬，说了声对不起。

最后，她看向面前的警察，平静地把一直攥在手里的东西递过去：“你们要找这个吧？”

韩长庚接过来，拧开盖子闻了一下，对邱志达，也对现场所有的人，说：“洗甲水的成分就是丙酮。”

“还有这个，它是我的动机，也是我的贪念。”刘丹手中拿着一条半截水晶珠链，上面的粉色水钻在灯光中映出一抹动人的色彩。

46

郭少卿从12号房间出来，轻轻掩好门，若无其事地朝自己的房间走去。已经是凌晨了，走廊里仍然不断有人进进出出，每个人都是一脸凝重的样子，好像所有人都有心事，好在没有人注意自己。

回到自己的房间门前，他朝斜对面看去，赵苒房间的下方门缝里透出一线橘黄的光。床头灯的灯罩就是橘黄色的，赵苒还没睡。

郭少卿把手插进裤兜，握着兜里面的东西，打算过去敲门，想了想还是决定等天亮了再去找她。

邱志达拖着沉重的脚步回到房间，今晚发生的事令他身心俱疲，他尤其想不明白刘丹对自己说的那声对不起是什么意思。

“回来了？”正在屋里看电视的徐森抬头看向他。

“你还没睡？”邱志达歉然道，“不好意思，本来是请你出来散心的，谁知发生了这样的事，连累你被警察问了那么多话。”

“没什么。”徐森摇摇头，随手用遥控器关了电视，问，“刘丹的状态怎么样？”

“还好，警察正在问话，明天早上会带她走。”

“她全都承认了？”

“承认了，她看到何蜜琳包上的挂坠后，借口去卫生间，实际偷偷溜回自己的房间，拿出化妆包里的洗甲水，涂在蜜琳的游泳圈上，动机就是为了报复何蜜琳使她失去了工作。”

徐森默然不语。

“你在等我？”邱志达看到他面前的茶杯冒着热气，“对了，之前你说有事要跟我说，现在终于有时间了，你说吧。”

“我确实有话想问你，但不是之前的那个问题了。”

“那是什么？”

徐森起身走到门口，打开门向外看了看，见走廊里没人，重新把门关好，特意落了锁，然后来到窗前，把敞开的窗户关上。

邱志达见他如此小心的动作，不禁奇怪道："什么事，这么保密？"

徐淼回到座位上，沉默了好几秒钟，才抬头看着他的眼睛，问道："你为什么要杀死何蜜琳？"

"你说什么？"邱志达的身体瞬间僵住。

徐淼摊开手掌，掌心里是一只自封袋，袋子里面有个小小的玻璃瓶："这是急救车刚来的时候，我在盥洗室的水池下方捡到的。我拿的时候很小心，应该不会破坏上面的指纹。"

"那个时候你去盥洗室干吗？"

"这要从停电的时候说起了。我从厕所出来刚好赶上停电，就去接待室问老板什么时候能来电，因为我的手机电量不足了，当时正在充电。而手机里恰好保存着我要对你说的事情，需要拿给你看。但是老板一时找不到停电的原因，我就到客栈门口抽烟，刚好看到你跟着何蜜琳进到淋浴间里。我知道你们俩之间有一腿，但你一定不想让我知道，为了避免尴尬，我就回房间了。"

"还没说到它。"邱志达指了指对方手里的袋子。

"这就说到了。这东西我之前见过，是今天上午醒来的时候，那时你不在房间里。我想抽支烟，但打火机没气了，就到你挂在墙上的包里去找，我记得你的香烟是放在包里的，结果就看到了这瓶洗甲水。我以为是何蜜琳顺手把它放在你包里的，很快就把这事忘了。直到晚上看见游泳圈上的溶化痕迹，才又想起这事，但是紧接着，我发现何蜜琳的手指上根本没涂指甲油。所以，这瓶洗甲水不是她的。"

邱志达已经镇定下来，恢复了平素从容不迫的样子："她过去是涂指甲油的，几乎每天都涂，只有最近两个月没涂。"

徐淼继续说："由此我想起了两件事，一是下午打牌的时候，刘丹借口去卫生间不久，紧接着你也出去了一趟。我猜你是为了检查她是否在何蜜琳的游泳圈上涂了洗甲水，如果没涂，你就亲自下手了。"

"另一件事是什么？"

“我和刘丹去看守所探视胡中兴那天，在你办公室里看到你拍的那张夜景照片，那是我第一次听说月亮湾这个地方。你当时无意中提到，你上次来这家客栈的时候正好赶上了停电，你还帮老板换过墙壁开关。”

“月亮湾的电是从附近村子里引过来的，电压不稳，停电是经常的事。”

“所以你一定知道这家客栈的电闸只安装了一个空开，没有按规定把照明和插座的线路分开，所以一旦插座短路，整个客栈都会停电，而且短时间内找不到故障。换成其他地方，就算把插座弄短路了，也不会影响照明。这就是你为什么放着那么多好吃好玩交通又便利的地方不去，偏要找个这么偏僻的地方搞团建。因为这里人少，你又熟悉这家客栈，下手的时候容易逃避目击。”

“你的记忆力不错，这么多天了还能记住我当时随口说的一句话，但是有个漏洞——沏茶的水是你烧的，壶里的水是你添的，我从头到尾都没碰过那个电水壶。你记忆力这么好，一定还记得当时的位置，是你自己的疏忽把电水壶放在插线板旁边，导致水烧开后溢出来短路的，怎么把它安在我头上？”

“正因为我的记忆力不错，所以我还记得当时我只把水加到壶的最高刻度上，水在那个位置沸腾是不会溢出来的。但是来电之后我发现壶里的水位比原来高了，而且你床头柜上的那瓶矿泉水只剩下一半，而你之前只喝了一口。”

徐淼抬起头看向他：“当时你故意磨蹭在房间里找车钥匙，趁我出去上厕所，把壶里的水加满了，所以才会造成停电。”

邱志达也目不转睛地盯着徐淼，忽然笑了一下：“我现在对你手机里的东西感兴趣了。”

徐淼找到那两段监控视频，把手机递给他。

邱志达把两段视频看完，脸上依然很平静，问道：“哪来的？”

“有人传给肖婷的。”

邱志达点点头，他终于明白刘丹说那句对不起的意思了：“没错，我确实对警察说了谎，实际上我跟何蜜琳的确发生了关系。但是我从来没想过要离婚，我爱的人还是婷婷。”

“你在避重就轻，如果仅仅是婚外情这种烂事，我不会介入你们夫妻之间的感情问题，哪怕是肖婷这个发小找我。”

“还有什么事？”

“你是故意忽略了监控的拍摄时间吗？要不是你找我了解那起车祸的进展，我也和肖婷一样，以为这两段视频只拍到了你出轨。你再看看餐馆那段视频上的时间，就是车祸当天中午，重要的是，你当时喝了酒。”

“然后呢？”邱志达似乎猜到他要说什么。

“当天开别克商务的人是你，那个孕妇是你撞的，胡中兴是被你找来替你顶罪的。因为你很清楚，酒驾肇事是要入刑的，一旦入了刑，你的升职大业就泡汤了。而胡中兴是被你临时找来的，他赶到现场需要时间，所以报案时间延后了半个小时。李家祺说的没错，他的妻子是被你们故意延误了就医时间才伤重不治的。”

“又一条人命安到我身上了。”邱志达叹了口气，将手机还给徐淼，“不过这只是你的猜想，视频里连我开车的画面都没拍到，怎么证明人是我撞的？当时餐馆里也有其他人在喝酒，我能不能说人是他们撞的？更可笑的是，你既然知道了我跟何蜜琳的关系，还怀疑她是我杀死的。”

“因为她缠着你不放，而你自己刚刚也承认，你不想和肖婷离婚。”

“为了摆脱何蜜琳的纠缠，于是我杀死了她——先假设你这个说法成立，那么我问你，如果我是凶手的话，为什么要把游泳圈从海里找到并带回来？找不到游泳圈就发现不了上面的溶化痕迹，何蜜琳的死就是毫无破绽的意外死亡了，这样岂不更加省事？”

“你需要找一个替罪羊，因为你跟何蜜琳的关系，她死了你就是最大嫌疑人，你要彻底摆脱这个嫌疑。”

邱志达呵呵笑起来：“我的大律师啊，你平时都是这么替客户打官司的吗？这就是动机？想要甩掉她我至少有几十个方法，最简单方法，给她一笔钱就是了，为什么要冒着掉脑袋的风险去杀人？”

徐淼悲伤地看着自己的老同学，隔了好半天才道：“说实话，我知道人是你杀的，但我不知道你为什么要杀人。你要是不想离婚，跟何蜜琳分手就是了，要是实在喜欢她，那就离婚娶了她，为什么要杀人？还有刘丹，她不过是想保住自己的工作，要了点手段惹你心烦，顶多在你面临升迁的节骨眼儿上给你添点麻烦，但是和你比起来，她是弱小的，她伤害不到你，你为什么要利用她？你这么细心的一个人，光凭一个包上的挂坠就能让刘丹顺利找出向HR告密的人，她怎么可能逃过你的算计？我又怎么能相信你说的每一句话都是真的？怎么相信何蜜琳不是你出卖的，故意引起刘丹的报复？”

“原来你是这么看我的，你我做了将近二十年的兄弟，我说的话竟然不如你仅仅认识了几天的外人说话可信。”

邱志达失望地摇摇头，神情也变得悲伤起来，缓慢而坚定地道：“何蜜琳是被刘丹害死的，她已经亲口承认了。无论你相不相信，这都是事实。”

徐淼一怔，张了张嘴，却不知该说什么，不禁长叹一声，把头扭了过去。

一时间，两人都沉默下来。

“笃笃笃——”这时，门外响起了敲门声。

“丁法医，您稍等，我这就把电话给老韩。”陈律跑到门外，把手机递给正在院子里抽烟的韩长庚。

韩长庚没接，直接按下了免提：“说吧，老丁。”

“你让人送来的游泳圈检查过了，是聚氯乙烯材质的，就是俗称的PVC。PVC本身是不溶于丙酮的，但是在生产过程中会根据不同的产品用途加入相应的添加剂。拿这个游泳圈来说，就是添加了很大比例的增塑剂和防老剂，其中的增塑剂通常使用邻苯二甲酸二辛酯，这个东西才是溶于丙酮的。严格地说，涂了洗甲水的部位只是溶胀，而不是溶解，所以你看到游泳圈上的图案变形了，质地也变薄了，那是高分子内部体积膨胀的结果。真正导致游泳圈漏气进水的还是划破它的那条口子，显微观察的结果是，游泳圈确实是在石棱上划破的，不是你怀疑的用其他锐器划破的。”

韩长庚听到这个结果咂了下嘴，没有言语。

电话里的丁珺接着说：“尸检结果也出来了，死者口鼻内部均发现明显的蕈样泡沫，同时在口腔和牙齿中检测出了硅藻，这两点完全符合溺死的判断标准。”

“没有外伤？”韩长庚似乎对这个结果不太满意。

“没有。”丁珺回答得非常肯定。

“老丁，”韩长庚道，“帮我再仔细找找，看看还有没有其他的异常情况。”

“那就得做尸体解剖了，死者家属能同意？回头闹起来很麻烦，一般像这种死因明确的尸体我不建议做解剖。”

韩长庚踌躇片刻，说：“做吧，捅出篓子来我扛着。”

“好，需要点时间，争取天亮给你答复。”

结束了通话，陈律看向韩长庚：“你怀疑凶手另有其人？”

韩长庚一反常态地道：“既然咱们俩是搭档，就不能光听我一个人的意见，说说你的看法。”

陈律想了想，道：“说实话，你当着那么多人的面说何蜜琳是非意外死亡的时候，我的震惊程度不下于TCE那些人。这并不是说我认为那些溶化……嗯，溶胀痕迹就是正常的，恰恰相反，我也感觉那是人为造成的。我惊讶的是你为什么仅仅看了一眼游泳圈，就立刻判断何蜜琳是死于谋杀，而且凶手就在他们中间？”

“还有什么疑问？”

“算不上疑问，就是觉得这个案子破得有点过于顺利了。”

“确实，我也没想到这么顺利、简单。不过我现在只能回答你的第一个问题，也是我之前反复询问过的一个问题。如果事实如邱志达所说，何蜜琳是因为和他赌气，才趁他取茶叶的工夫偷偷跑出淋浴间再次下海游泳的，那么邱志达带人去海边找她的时候并不知道她已经死亡。这种情况下，如果换成你，猛然间看到何蜜琳在海里溺水了，你会怎么做？”

“这还用说？当然是立刻下水救人。”

“想一想当时的情景，阴天的夜晚，客栈停电，没有月光和灯光提供照明，沙滩上的篝火也照不到那么远，而且游泳圈灌进了水，并没有漂在海面上，你救人的时候还能注意到游泳圈在什么地方吗？甚至立刻想到有人在游泳圈上做了手脚？”

“不瞒你说，我也考虑过这个问题。邱志达不惜和刘丹争吵也要把游泳圈带回来的目的，无非是故意让我们发现上面的溶胀痕迹，进而怀疑何蜜琳的死因，最终把杀人嫌疑指向刘丹。可问题是，刘丹亲口承认了她在游泳圈上涂了洗甲水，也交代了这么做的动机，我觉得她的话不像作伪。”

“所以才卡在这里啊，我感觉刘丹是被人利用了，但是抓不到利用她的那个人的证据。唉，先等等吧，还有一个多小时天就亮了，到时看看老丁那里有没有发现。”

两人回身往客栈里走，恰好与收拾了众人夜宵碗筷的杨海平夫妻走个对面。陈律看到他们一脸愁容的样子，知道对方在担心日后的生意，谁会愿意光顾曾经死过人的客栈呢？他想安慰对方几句，却不知从何开口，犹豫了片刻，对方从他身边走过去了。

实际上杨海平的担心比陈律想的严重得多，月亮湾连续两天有人非意外死亡，这个消息传出去，别说游客不愿意来，连明年能不能顺利开发都是问题，前期的投入眼看着没有收回来的指望了。

“你去睡会吧，我来洗。”杨海平把妻子打发回房，自己郁闷地把碗筷洗刷干净，放进橱柜，转身准备关灯离开厨房的时候，忽然发现放在墙角的备用煤气罐不见了。

47

“笃笃笃——”门外响起敲门声。

起身应门的邱志达皱起眉头，一定又是那两个警察，这一晚上记不清他们折腾多少次了，不知这次又想起了什么问题要问自己。

徐淼望了一眼窗外，还有一个多小时天就亮了，现在是黎明前最黑暗的时候。他暗暗叹了口气，心中压抑得无以复加，曾经睡在上下铺无话不谈的兄弟如今变得如此陌生，抬头看向邱志达，见他一动不动地站在门口，门外是一个瘦高的身影。

徐淼觉得有点不对劲，邱志达正慢慢地向后挪动脚步，随着他的后退，徐淼看到了一把刀，刀尖顶在邱志达的咽喉上。

徐淼刚要跳起来，就听对方冷冷地道：“不想他死，就别动。”这时他才注意到，对方另一只手里提着一个煤气罐。

“兄弟……”邱志达此时认出了对方，那只圆鼓鼓的单肩包就是这个人的标志，刚说了两个字就感到脖子上一痛，将他后面的话逼了回去。

李家祺反手把门锁好，挟持着邱志达坐在方才徐淼坐过的椅子上，让徐淼坐到对面的床上，煤气罐就放在自己身边。

邱志达感觉对方的刀尖稍稍离开了自己的脖子，忙道：“兄弟，有话好说……”

话未说完，大腿上就传来一阵剧痛，没等他呼出声来，嘴巴就被捂住，刀尖再次抵在他的颈侧。邱志达疼得差点坐到地上，却叫不出声来，脑门上登时渗出豆大的汗珠。

徐淼吓了一跳，忙摆手道：“兄弟，别这样，告诉我你想要什么，我能帮助你。”

“那就帮我录像吧。”李家祺放开捂在邱志达嘴上的手，掏出自己的手机扔给他。

“录什么？”

“就录你现在看到的。”

徐淼不敢在这个时候激怒对方，马上照做：“兄弟，已经开始录了，你有什么要求尽管提……”

“看看这个。”李家祺从口袋里拿出一个带摄像头的小黑盒子递给邱志达。

“这是……行车记录仪？”

“看最后一段视频。”

邱志达忍痛接过来，冲对面拍摄自己的徐淼使了个眼色，示意他见机行事，徐淼微不可查地点了点头。

行车记录仪的屏幕不大，但清晰度很好，很容易看出拍摄的时候正在下雨。雨应该是刚下不久，地面还没有全湿，视频车行驶在一条新铺设的公路上，田野、树木、芦花、水塘，一一从道路两旁掠过。

经过一片老旧的住宅区，雨大了起来，路边出现一块瓜田，道路在前面呈现一个很大的急弯，视频车放慢了速度，小心地贴着道路右侧行驶。大约行驶至弯道中段的时候，画面里突然出现了两辆车。一辆是黑色的大众，车头顶在视频车右侧路旁的矮墙上，机盖子翻起来挡住了驾驶室，不远处同一侧路边斜停着一辆蓝色的别克商务，车尾冲着镜头方向。

视频车缓缓驶近，一个身穿白裙的孕妇跌坐在别克商务车前，身旁蹲着一个三十来岁面色通红的中年男子，似乎正在安慰对方。

看到这里，邱志达深深闭了一下眼睛，那个中年男子，正是自己。

画面不再向前移动，视频车停在路边，司机冲外面大声问：“要帮忙吗？”

“我已经报案了，救护车马上就到。”车外传来一个女人的声音，紧接着，何蜜琳走进画面。

“大众车是你开的？”视频车司机问道。

“第一次从这儿走，不熟悉路况，加上下雨路滑，没刹住车。”何蜜琳一手扶着额头，脸色苍白，显然吓得不轻。

视频车司机关切地问：“伤得怎么样？用不用送你们去医院？”

何蜜琳说：“我系了安全带，没事，那个女人碰到了腿，伤得不重。”

视频车司机说：“开别克那男的喝酒了吧？脸那么红？”

何蜜琳道：“那是他的事，让交警去划分责任。”

说话间，被撞倒的孕妇回头看了一眼，表情有些痛苦，但是没有呼救，可能正是因为她没有呼救，打消了视频车司机的疑虑，再次问了一句："确定不用帮忙？"

"真的不用，谢谢你了，我陪他们等警察和救护车。"何蜜琳的声音听上去很轻松。

画面缓缓向前移动，视频中的邱志达冲这边点了下头，从始至终都没有说话，接着，视频车驶离现场……

看完视频，邱志达迟疑地望向李家祺："你是这起车祸的什么人？"

"你连我是谁都不知道？"李家祺说着，拳头就落了下来，一连五六拳砸在脸上。

邱志达终于醒悟过来："我知道了，你是那个孕妇的丈夫。"

徐淼也反应过来，连忙道："李家祺，别动手，有话好说。"

"你知道我？"李家祺一愣，用刀顶住邱志达，戒备地看向他。

"别冲动，你听我说。我是律师，我知道那起车祸，也知道你在找证据，相信我，我能帮到你，那个……"

徐淼指着掉在地上的行车记录仪，说："能不能让我看看？"见对方没有阻止的意思，弯腰把它捡起来。

视频里的内容没有给徐淼带来多大冲击，其中的场景和他猜想的几乎完全一致，但是他敏锐地发现了一个问题，不知是这个记录仪坏了还是车主粗心忘记设置了，屏幕右上角显示的时间是2010年1月1日。

他不由得心中一喜："李家祺，你当初的怀疑没错，这就是那起车祸的真相，原来肇事者不是胡中兴，你可以向法庭申诉重审这个案子，这就是证据。"

李家祺冷笑道："你是律师，教教我怎么用2010年的视频来证明2018年发生的车祸？"

徐淼心中一凉，原来对方已经注意到这点了。

"你喝酒还开车！我妻子这时还能坐起来，你为什么不送医？你怕坐牢，别人就得眼睁睁地等死？你们有钱人的命是命，我们穷人的命就不是命？胡中兴是你找来替你顶罪的，你现在再找个人替你抵命啊！"李家祺状如疯狂，抓起一条枕巾塞进邱志达嘴里，每说一句就在他大腿上捅一刀，转眼间邱志达的两条腿都变成了血葫芦。

徐淼上前想去阻止，肩膀上却重重地挨了一刀。邱志达趁机滚到地上，见刀尖冲着自己的咽喉过来，知道对方要下死手了，他拼命把嘴里的枕巾掏出来："等等，事情不是这样的……"

"记录仪都拍下来了，你还狡辩！"

邱志达顾不得身上血流如注，急急地把话说出来："不是狡辩，你仔细看看这时和你后来看到的现场有什么区别就知道了。"

李家祺的刀抵在他脖子上："现场我看过无数次了，哪有什么区别？"

"不一样，真的不一样，你看看就知道了。"

李家祺看了徐淼一眼，见他肩膀伤得不轻，一时不会过来干扰自己，便卸下背后的单肩包，从里面摸出当初贴在寻找目击者的牌子上的照片，和行车记录仪并排摆在地上。

"看到没有？照片里你妻子的身上有轮胎印，视频里你妻子的衣服是干净的。"

时间静止了五秒钟后，李家祺感到脑子里轰然炸响！

一旁的徐淼也瞧出了端倪，震惊地看向邱志达："难道……"

"何蜜琳干的。"

"昨晚溺死的那个女人？"

邱志达无力地点点头。

李家祺一把抓住他的衣领："你把责任推给一个死人？"

"不是这样的，你听我说，那天中午我的确喝了酒，抱歉，刚才对你说了谎……"邱志达歉然地看了一眼徐淼，然后接着对李家祺说，"但是责任真的不在我。开到那处弯道的时候，对面的车，就是那辆大众，没有拐弯直接向我冲过来，我向外避让时刮到了你妻子，真的只是刮到她了，不是撞上去的。我赶紧下车，让何蜜琳去查看大众车的司机，正好这时路过一辆白色的捷达，司机停下车问需不需要帮忙，没等我开口，何蜜琳赶紧跑过来冒充大众车司机，把他打发走了。"

邱志达喘了两口气，艰难地继续说："实际上当时车祸刚刚发生，我们还没来得及报案呢。捷达车走了之后，我刚想打电话报案，何蜜琳突然把我的手机抢过去，说这是酒驾，要入刑的。唉，不瞒你说，当时我非常犹豫，因为我马上就要升职，要是入了刑，前途就毁了，但是看到你妻子……我估计她的腿可能骨折了，她当时挺着大肚子坐在雨里的样子，我怎么也狠不下心把她扔在那儿不管，正想要回手机报案，这时候就听见身后发动机轰的一响，别克车一下子就冲过去了……”

“我吓傻了，半天才反应过来，把何蜜琳从车里揪出来连抽了好几个耳光。她嘴角都流血了，却不说话，就那么死死地盯着我，眼神像是要吃人似的。我推开她，跪在你妻子身边，脑子里一片空白，直到胡中兴喊我，我才知道他是被何蜜琳打电话叫来的。何蜜琳教给他一会儿见到警察怎么说，许诺他30万，并且打包票不会判刑，因为车子有保险，她会找人搞定家属，反正一定不会有事。胡中兴告诉她一个卡号，说三天内见不到钱就翻供，何蜜琳跟他讲先付10万，剩下的20万等出庭后给他……我不敢动家里的钱，等到周一开盘，我卖了一只股票才把钱打过去。”

不但李家祺，徐淼也呆住了，半晌才问道：“你们把一切都安排好了，还找我打听这个案子干什么？”

“我没经历过这种事，心里没底，怕万一判刑，到时候胡中兴就会翻供，所以请你帮忙打听进展。”

“胡中兴呢？他现在人在哪儿？”

“庭审后我把剩下的钱给他，就再也没见到他，估计是跑了，他不是本地人，我也不知他会去哪儿。”

邱志达抬起头看向李家祺：“我发誓，我说的每一个字都是真的。你可能认为就算何蜜琳是我的情妇，又怎么会为了我杀人？实际上，她已经怀孕两个月了……”

邱志达把头转向徐淼：“所以她不能涂指甲油，刘丹就是她去医院做孕检时碰见的。但是这个孩子我不想要，因为我不想离婚。我让她把孩子打掉，她不肯，于是用这件事要挟我，如果我不离婚，她就去自首，宁愿和我一起去坐牢。”

徐淼喃喃道：“原来这才是你今晚的动机。”

邱志达痛苦地摇头：“我也不想这样的，但是无奈越陷越深。”

李家祺默默地扔掉刀子，把煤气罐抱在怀里，从身上摸出一个打火机，然后拧开安全阀，刺鼻的煤气味迅速在房间里蔓延。

邱志达慌了，两腿因伤重瘫在地上不能动，只好拼命地把身子往后缩：“兄弟，不要这样，我答应你去自首……”

李家祺淡淡地说：“我没要求你去自首。”

徐淼也发急道：“兄弟，你这样做不值得，现在有证据了，你们刚才说的话全都录下来了，这个官司我帮你打，一定能让他坐牢。”

李家祺仍是淡淡的：“我不信你们这些有钱人，我也从没想过让他去坐牢。”

徐淼从他的神态中感觉到了死志：“兄弟，想想你的父母，想想你在世的亲人，不要为了报仇把自己搭进去，为了报复这样的人渣把自己搭进去，不值得。”

李家祺慢慢地摇头：“我已经没有亲人了，小丽是我这个世上唯一的亲人，却被他们用30万夺走了……唉，她胆子很小的，我得去陪她，下面那么黑，会吓到她的，她的脚还老爱抽筋，我不在谁给她捂脚呢……”

“兄弟——”

李家祺冲着徐淼轻轻叹了口气：“你走吧，我不想伤及无辜，让客栈里的人都出去。”

煤气味越来越重，徐淼头有些发晕，但仍在做最后的努力：“不要这样，你妻子不会愿意让你这么早就下去陪她的。你有什么难处，告诉我，我一定帮你。”

“那就拜托你一件事吧。”

“你说，我一定做到。”

“我这辈子活得很失败，一个真正的朋友都没有，你把这个包交给那个姓陈的小警察。如果他愿意把我和妻子葬在一起，作为回报，你就把方才录像的手机和行车记录仪交给他。这样，我就不欠世上任何人的了，也没有人欠我。如果他不愿意的话，你就把它们都扔到海里吧。”

“交给我就好，我帮你安葬。”

“那样，又成我欠你的了。我让你离开，是因为你方才帮我录像，身上又挨了我一刀，我就是想和这个该死的世界两不相欠。你走吧，我累了。”

李家祺把单肩包推过来，然后捡起那张印着妻子的照片，在上面深深吻了一下，把它贴在胸口。

李家祺说话的时候，徐淼瞥见斜倚在床脚的邱志达正用口型无声地对自己说：“帮帮我。”

徐淼感到头脑越发沉重，视线也有些模糊，他看到李家祺握着打火机的手在颤抖，煤气罐就抱在他的怀里，显然他中毒更深。

有那么一瞬间，徐淼感觉自己能够夺下打火机……但最终，只是接过了单肩包。

他把包背在自己身上，冲邱志达轻轻摇了摇头：“我已经帮了你太多，肖婷带着那两段视频来找我的时候，我就知道胡中兴是替你顶罪的，但我没有告诉她；警察提到李家祺怀疑那起车祸的时候，我依然没有说人是你撞死的，反而诱导他们认为李家祺精神有问题；包括警察问起停电的时候，我也说自己一直在房间里，没有看到你。现在，我帮不了你了，对不起。”

绝望的神色浮现在邱志达脸上，不过多年商海浮沉中磨砺出的过人心智使他慢慢平静下来，点点头，说：“是的，你已经帮我太多了，我却从头到尾都在骗你，是我对不起你。”他忽然笑了一下，“做了快二十年的兄弟，我能不能也拜托你一件事？”

“你说吧。”徐淼发现李家祺手里依然攥着打火机，但身体伏在煤气罐上不动了。

“帮我告诉婷婷，遇见她是我今生最大的幸事。我对不起她，但是我心里爱的人始终是她。”泪水顺着邱志达的眼角流下来，但他脸上却带着笑。

徐淼终是不忍，心中挣扎了数次，上前拉起他的胳膊，道："我背你出去，这话你留着亲口对她说。"

"我害死了这么多人，还能到哪儿去？"邱志达用尽最后的力气推开他，徐淼赫然发现，他的手里不知什么时候多了个打火机。

邱志达脸上泛起异样的潮红，他看了一眼身边的李家祺，虚弱地道："我和这个兄弟不一样，这个世界太美好，太让我眷恋了。我从一无所有走到今天，中间经历了多少挫折自己都记不清了，所以我不想失去这一切……我不想失去婷婷，不想失去东东，东东下个月才满八周岁啊，我不想失去她们……还有你，原谅我，我真的不想骗你的，因为我不想失去你这个兄弟。"

伏在煤气罐上的李家祺似乎动了一下。

"走吧，今生有你送我，还有这个兄弟陪我，够了，下辈子有缘，我们再做……"邱志达的声音渐渐微不可闻。

徐淼咬了咬牙，转过身，泪流满面。

沉闷的巨响震撼了这片宁静的海湾，刚刚逃出客栈的人们震惊地看到一朵黑红色的蘑菇云在晨曦中升起……

徐淼痴痴地望着天空，直到最后，他也不知到底是谁点燃了这朵蘑菇云。

48

丁珺打来电话的时候连声抱歉，他在解剖尸体时发现了自己之前判断上的疏忽——死者居然没有出现海水淹溺者应有的肺水肿现象，反而出现了肺内毛细血管中的血液被稀释、血容量增加以及溶血现象，这是淡水淹溺者的典型特征。

韩长庚听了苦笑不已，虽然证实了在刘丹供认后自己依然怀疑凶手另有他人的判断，但是对于凶手已经在爆炸中丧生的结果来说，这个消息可谓姗姗来迟。不过结合徐森交给警方的另一件证物——他在盥洗室捡到的那瓶洗甲水，总算把一直比较模糊的作案过程搞清了。

邱志达人为制造了客栈停电，自己以去车里取茶叶为名守在院子里，待何蜜琳进入淋浴间后，立刻跟进去，将她溺死在盥洗室的洗手池里。何蜜琳挣扎中将邱志达衣袋里的洗甲水打落在地，因为停电的关系，邱志达没有发现。

何蜜琳溺亡后，邱志达将其尸体扛到石头滩，连同用岸边礁石划破的游泳圈一起抛入海中，这就解释了为什么事后他和刘丹方玲重回现场时，在光线极其微弱的情况下，仍能准确地找到沉于水面之下的游泳圈。由于当时是满潮，海水处于一天中最平静的时刻，所以游泳圈没有被洋流带走。

月亮湾的海滩由沙滩和石头滩相间组成，这样的地理环境并不算独特，由于每块沙滩的面积都不大，这里的客栈也就无法扎堆，从而限制了单位面积内的游客数量。偏僻、人少、空间有限，加上对客栈的熟悉，这几点一定是邱志达在作案准备时深思熟虑过的。抛尸现场所处的石头滩位置到客栈的距离，常人步行往返一次顶多十分钟，因此他有足够的时间在客栈来电之前完成整个作案过程。

丁珺汇报完尸检结果后，电话那头的严鹏接过了话筒："小陈，你昨天发过来的照片我拿给老猫看了，他承认两个月前的确卖过三唑仑给对方。之前他们两人是通过纪红岩认识的，但是接触不多，卖药这次也是两人最后一次见面。对了，下次再有这种指认的活儿，你不用弄这么多照片，拍得又不清楚，费了半天劲，前面那些老猫都没认出来，只有最后一张生活照认出来了。"

这个意外的消息并没有让陈律感到惊喜，因为他刚刚在徐森转交给自己的手机里找到了李家祺录制的另一条视频，那是一段自白：

"我叫李家祺，个人资料就不细说了，这些年填了无数次不知干什么用的各种登记表格，相信你们警察比我更清楚。今天是2018年7月15号，我现在白鹭滩开发区月亮湾的观澜客栈里说下面这些话——"

"昨天下午发生在龙王庙的那个案子是我做的，死者是个叫艾薇的女人。动机……嗯，我很久没有碰过女人了，当时刚好碰到她，见她长得漂亮就动了邪念，算是见色起意吧。可是没等开始就遇到两个学生上山，我怕事后被指认出来，就在她胸前捅了两刀。刀子是我从家里带出来的，事后扔到海里了，嗯，大概情况就是这些吧，我保证，上述这些话句句属实。我想想还有什么……”

“哦，还有个重要的事情忘了说，我没走客栈的正门，是从房间窗户跳出去的，回来也是跳窗户进屋的，所以当时在外面沙滩上的人没有看到我进出客栈。为什么要跳窗户呢？因为我当时正准备睡觉，去关窗帘的时候刚好看到客栈老板的外甥女独自往后山走，其实我最开始的目标是她，但是看到她是去给死人烧纸，就嫌晦气，想着既然出来了，就随便走走，然后就遇到了艾薇。对，情况就是这样。”

“这是把我们当傻子啊。”韩长庚叹道，“不过看得出他对你印象不错，否则不会把破案的功劳送给你。”

“你没听那个律师说吗？这是他作为我愿意给他们夫妻合葬的回报，是交换。”

“人家律师是先把这些东西给你，才对你说的这些话。要是他真的按李家祺说的做，暂时不把手机和记录仪交出来，而是先问你愿不愿意给他们夫妻合葬，你会答应吗？想好了再说，李家祺的意思肯定不是让你随便挖个坑埋了，而是想要一块墓地，这可是要花钱的，以你现在的工资，至少一年不吃不喝才够买块最便宜的墓地。”韩长庚叼着香烟，一副事不关己的样子瞅着他。

“嗯……”陈律纠结了好一会儿，才道，“我很想告诉你我会答应，但是我又不想说谎，非亲非故的，我凭什么要花自己一年的工资帮别人料理后事？连个领情的人没有。顶多像你说的，我可能会随便找个没人的地方把他们埋了。”

“用不着纠结，这世上每个人都有私念。碰到事情只分对错不看利弊，毫不掺杂自己的个人感情，那是圣人，我们不是圣人。”

“可我们是警察，法律只分对错不看利弊。”

“你要是真这么想的话，我是不敢和你做搭档的。”韩长庚顿了顿，说，“警察也是普通人，也有自己的感情。”说罢扔掉烟头，朝陆续赶到现场协助善后的当地警员走去。

望着韩长庚离开的背影，陈律心中充满了懊恼。从始至终都在办那起与车祸相关的案子，哪怕上头撤案了自己也在坚持，可是自己的精力完全投入在纪红岩这边，对同一案件中的另一个受害人的情况却漠不关心，这中间还和李家祺直接或间接地打过几次交道，自己要是能对他的遭遇多关注一些，今天的悲剧或许就不会发生。

想到对方临终前的托付，陈律感到背上的单肩包像山一样沉重，看到对面做完笔录走过来的郭少卿，连打招呼的心情都没有。

郭少卿就是李家祺苦苦寻找的那个目击证人。事发当天中午，他出差从外地回来，在南站下了动车，开着自己临走时存在停车场的捷达，途经了车祸现场。平时如果不出差，他是不会走城西这条路的，以致李家祺始终没有等到那辆白色的车再次出现。

对于这次来到月亮湾的目的，郭少卿没有掩饰，他成功应聘了一家新的公司，想在跳槽前向昔日的同事赵苒表明心迹，无意中发现那起车祸的肇事者也住在这家客栈，而他之前和陈律聊天时得知了李家祺的遭遇。他原打算事不关己高高挂起的，但最后还是同情心占了上风，忍不住把车祸真相告诉了对方。至于事情发展成后来这个样子，是所有人都没有想到的。

作为整件事中最关键的行车记录仪，里面的现场视频能够保存下来的原因，是郭少卿早就发现它坏了，每次车辆熄火，记录仪上已经调整好的时间和日期都会自动恢复成出厂设置。他平时忙起来没空理会，刚好那天赶上周末，这才想起上网买了个新的。原来旧的记录仪他到家就拆下来了，顺手放进副驾驶座前的储物箱，这才使里面的内容没有被循环拍摄的新内容覆盖。

手机再一次响起来，还是丁珺的号码。陈律有些纳闷，上个电话刚挂断没多长时间，怎么又打来了？

49

面对眼前还在冒着青烟的废墟，杨海平夫妻似乎并没有像赵苒想象中那么愤怒和伤心，这令她很奇怪：“舅舅，客栈都毁了差不多一半，怎么不见你们难过？”

杨海平笑笑：“让你舅妈说吧。”

怀里抱着大橘猫的孙凤珍道：“说心里话，其实这行我和你舅舅早就干够了，整个夏天都拴在这儿，哪儿都去不了。游客虽然比前两年多了，但是客栈开得也多了，咱们家一共十二间客房，从来就没有住满的时候，挣不到钱还跟着操心。我和你舅舅几次都想把客栈关了，又舍不得当初的投资，下不了决心。现在好了，出了这么多事情，谁还愿意来月亮湾？刚才我和你舅舅商量了，干脆就趁这个机会把它关了吧。”

杨海平有些感慨：“关了也好，真要是开发出来，这片海湾也就毁了。过去这里的荧光海到了夏天几乎天天都能看到，现在你整个夏天都守在这儿能不能看到都要凭运气，能留就给子孙留下吧。至于客栈，早晚都是要拆的，左右不过是损失点钱罢了，或许命中注定这钱就不该是我们的。好了，我去准备早餐了。”

“这么洒脱？”赵苒望着舅舅的背影不由得睁大了眼睛。

“你舅舅有句关键的话没说，前年年底月亮湾这些客栈统一购买了一份财产保险，这个建议是你舅舅提出来的，刚才他还跟我炫耀这事呢。”

赵苒不由笑道：“还是舅舅有先见之明。”

“可是我的暑假作业全都没了，怎么办啊？”轩轩一脸愁容地说。跑出客栈前，他只来得及把那本重新粘贴了封面的儿童读物拿在手里。

“你跟老师说，你的暑假作业被恐怖分子给炸了。”赵苒忍着笑道。

轩轩噘起嘴巴：“老师能相信吗？”

“好了，别烦妈妈了，跟舅姥吃早餐去。”孙凤珍领走轩轩的同时，向赵苒示意了一下。

赵苒顺着方向看去，见郭少卿站在海滩上笑吟吟地看着自己。他身后，初升的旭日在天海尽头映出绚烂的朝霞，偏有一束光透过薄云折在他的身上，给他整个人披上一层天使般圣洁的光晕。

他就是我的天使，赵苒心里想着，事情居然就这么结束了！那个几乎将自己逼到死路的难题如同昨夜的满天乌云随着清晨的到来顷刻间消散殆尽了！

赵苒情不自禁地走过去。迎面有轻风吹过，带来海的气息，她此刻恨不得自己也能化身轻风揉入这片海湾，揉入他的怀里。

九十九朵怒放的玫瑰组成心的形状，郭少卿取出上衣口袋里的小盒子，打开后小心地递到她面前，那上面每一个晶莹的截面都映出同一张幸福的笑靥。

“这么老套！”

“我能给你戴上吗？”

“戴上我就不会摘下来了，你要想好。”

“很久之前我就想好了。”

“很久是什么时候？”

“我被柜子上的花盆砸破头，你送我去医院的那天晚上，我躺在病床上看着你忙里忙外地跑，心里就在想，今天什么时候才能到来。”

“你怎么知道花盆不是我故意放在柜子上的？”赵苒调皮地眨眨眼睛。

“呃……”郭少卿怔住。

“唉，你什么时候能学会和女人打交道啊？”赵苒轻轻叹了口气，把左手伸出来。

笑容在郭少卿脸上漾开，小心地为她戴上戒指：“有了你，我不需要和别的女人打交道。”

赵苒屈起手指，看着那一小团璀璨的光，问道：“你平时那么能言善辩，偏偏在我面前连句好听的话都不会说，我怎么知道你是不是装的？”

郭少卿低下头认真地思考，他觉得有必要郑重地回答这个问题，因为这会是他一生的承诺。赵苒并不催促，只是含笑看着他，这还真是个傻得可爱的家伙。

等了好一会儿，郭少卿终于抬起头，凝视着她的眼睛，深情地说：“如果你认为我是装的，那么我打算在你面前装一辈子，一直装到我死的那一天。”

赵苒的笑容瞬间凝固在脸上。

“我想……”郭少卿在考虑接下来的话题是否会引起对方的反感，并没有察觉到她神色的变化。

“想什么？”赵苒迅速恢复了原有的笑容。

“我在想，你如果搬到我家去住的话，轩轩会不会……”

“我不会搬到你家去住的。”见郭少卿一脸错愕，她接着笑道，“结婚前不会。”

“你别这样吓我。”郭少卿长舒了一口气，“那你看咱们什么时候举办婚礼？”

“那个仪式对我们重要吗？”

“可是总要把我们的喜事告诉亲戚朋友啊。”

“谁说不告诉他们了？我是说不必举办仪式，但是婚宴要办，还要大办，这些年光给别人随礼了，不趁机捞回来怎么行？”赵苒咬牙切齿地说。

郭少卿上下打量她：“你给我的印象不是爱钱的人啊，当初送你那条围巾你都不要，那还是我赔给你的。”

赵苒得意地道：“不放长线怎么钓到你这条大鱼，当时拒绝你的时候你知道我多心疼吗？那可是博柏利啊！”

“我们回去就买。”

“傻子！”

他和他不一样——赵苒在心里这样告诉自己，踮起脚尖在郭少卿脸上轻轻吻了一下，贴着他的耳朵说：“以前你花钱是为了追我，现在已经追到手了，还花那个冤钱干什么？”

郭少卿猛地把她拥在怀里，用力吻了下去……

终于，赵苒驱散了萦绕在心头的最后一缕阴霾。

郭少卿忽然想起件事，手伸进裤兜：“对了，有人托我交给你一样东西。”

赵苒奇怪道：“有人托你给我东西？是什……”

话未说完，郭少卿从兜里掏出一部红色的手机：“我试了，打不开，需要指纹解锁。”

“你什么时候开机的？”赵苒的脸色一下子变得煞白。

“就是刚才，我来找你的时候。”

话音刚落，手机屏幕亮了，紧接着，清脆的铃声响起来。

“这么巧？”郭少卿看了看来电号码，不认识，把手机递给赵苒，“找你的吧？那人说这手机是你的。”

一瞬间，赵苒仿佛看到了整个世界在自己眼前崩塌。她闭上眼睛深深吸了口气，伸出颤抖的手接过来，迟疑着按下通话键。

“谢谢你上次推荐的龙井，我师父很满意。”电话里响起一个熟悉的声音。

赵苒慢慢回过身，看到陈律向自己走来。

“我们单独谈谈吧，我想有些事情你也不想让他知道。”陈律对着话筒说。

赵苒转过头，痴痴地望着面前这个把自己从泥沼中带上云端，又把自己从云端打入深渊的男子，喉咙里哽咽了好几下，努力挤出平时自认为最美的笑容：“你帮我看会儿轩轩吧，我怕他淘气，舅妈一个人看不住。”

郭少卿狐疑地瞅瞅赵苒，再看看走过来的陈律，踟蹰了片刻，说：“好。”

望着郭少卿捧着玫瑰花离去的背影，赵苒忽然大声喊了一声：“少卿，谢谢你——”

已经走到客栈门口的郭少卿转过身，笑着冲她摆摆手，进去了，没有看到赵苒眼中噙着的泪花。

50

“我知道这一天迟早会来的。”赵苒看向面前的陈律，神色恢复了往日的淡然，“你是不是有很多问题要问？”

陈律点点头：“整件事的来龙去脉已经清楚了，但还是有些细节我想不明白。”

赵苒的心情渐渐平静下来：“那就捡你知道的说吧，不明白的地方我来补充。”

“三年前的9月20日，那天下午发生的燃气爆炸案是后来所有事情的开始。”

“那天的雨很大。”

“但你父亲不是因为要下雨才去老房子关窗户的，而是他到了老房子那边恰好赶上了下雨。我去气象局查了那天的天气预报，没有播报当天有雨，气象局的人解释说那场雨是邻近两个城市搞人工降雨弄出来的，我市处在下风方向，受到了波及。”

“你的心很细，能想到去气象局查天气预报。”

“这决定了接下来你父亲遇到的燃气爆炸究竟是意外还是人为，因为当天中午你父亲本来约好了朋友去钓鱼，却临时爽约了。”

“爽约的原因你查到了吗？”

“说实话，我没有查到确实的证据，我是根据已知条件推测的——你父亲在等朋友的时候，恰巧看到两个人从对面的宾馆里出来，于是追了上去。我不知道他是否追上了对方，但是他一定给其中一个人打了电话，把对方约到了老房子当面质问他。中间的过程自然不会愉快，也许是你父亲情绪激动脚下没站稳，也许是双方厮打起来被对方推搡了，总之，你父亲摔倒了，后脑勺磕在地上昏了过去。这时候对方可能想到如果你父亲醒过来没办法交代，非但没有及时救治，反而想把这件事掩盖过去，于是动了邪念，一手制造了这场燃气爆炸。”

“你推测得没错。”

“案发后警方调查了你父亲的通话记录，发现当天下午只有一个通话，是刚下雨的时候打出去的，我想就是这个电话把对方约到老房子的。但是警方的笔录显示，对方称你父亲给他打电话是提醒他别忘了晚上去幼儿园接轩轩，平时轩轩都是由你去接，赶上阴天下雨就换他去接，因为他有车。这个说法也得到了你和幼儿园老师的确认。而且，我接触过的所有证人中，除了那家超市的赵老板曾经看到你在好运来旅馆前站了一会儿，其他人都没有见过你。所以我很奇怪，在你父亲没有和你通过话的情况下，你是怎么知道那天下午发生这些事的？”

“天下的父母都是儿女的山，自己的孩子遇到劫难，他们恨不得以身相替。我爸就是这样，从他把谈话地点约到不常去的老房子而不是家里，就能看出他在幻想通过自己的努力把这件事平息下去。只要那个人答应痛改前非，他一定会选择原谅的，他希望我永远都不知道这件事才好。不过事情既然发生了，总要留下证据，空口无凭地质问对方，对方不承认怎么办？”

“你父亲留下了什么证据？”

“他追上去的时候，用手机把那两个人亲密的举动拍下来了。”

“警方勘查现场时确实找到了你父亲的手机，但我看过照片，外壳都烧化了，不可能开机的。”

“你忘了那是三年前，内置存储的手机还没有现在这么流行，除了个别牌子，大多都是能插内存卡的，就是指甲盖大小的SD卡。手机连同其他一些遗物是你们的人调查结束后通知我去取的，其他东西我都扔了，只有这个手机当作念想留下了，不过我也是后来才发现里面的内存卡没有损坏。”

“是案发三个月后发现的吧？”

“你很聪明。”

“这不难猜，你就是那时候提出离婚的，但是为什么不把它当作证据交给警方？”

“你觉得它能作为证据吗？那里面只拍到他们两个人很亲密地挎着胳膊在大街上走，最过分的也不过是女的把自己咬了一口的雪糕给男的吃。这东西交给警方我说什么？说他们通奸还是杀人？”

“你是什么时候醒悟这件事的？”

“其实当天我就感觉不对了，他那天去幼儿园的时间比以往都早，离放学还有半个多小时他就到了。”

“这有什么不对吗？很多接孩子的家长不都是提前去学校或幼儿园门口等着吗？”

“因为那天原本是我爸准备钓鱼回来去接轩轩的，所以给他打电话时说的内容一定不会是让他去接孩子。另外，我注意了一下时间，燃气爆炸的时候他刚刚赶到幼儿园，又恰好被老师看到。”

“他在给自己制造不在场证明。”

“你又是怎么怀疑到我的？”

“警方是结合现场情况和你父亲有喝茶的习惯，判断他当时正在烧水准备泡茶，结果由于电热棒短路打火引燃了泄漏的燃气。但是你告诉过我，泡茶讲究的是水质和水温，尤其是你父亲喜欢喝的绿茶，不能用沸水冲泡。可是我在警方的现场记录中没有发现饮水机和其他专门的饮茶器具，甚至现场连茶叶的记录都没有，只找到一根烧水的电热棒，电热棒烧水是不能控制温度的。”

“原来这么早，那天你只是看到我家橱柜里的电热棒就想到了这么多。”

“那天我还没有想到这些，当时我的心思没在这上面。”

“那就是你问我附近哪儿有茶庄的那天了，你当时是故意在我家楼下等我吧？”

“是的，我没有喜欢喝茶的长辈。”

“可是用电热棒烧水，不一定就是为了泡茶啊？”

“但警方认为电热棒是引爆燃气的原因，普遍的看法是你父亲昏倒后，由于厨房无人照看，水烧开后变成水蒸气蒸发，使暖水瓶里的水低于加热管，造成电热棒干烧，引起短路打火。可是我做过实验，实际情况并不是这样。电热棒就算在空气中干烧，也不会产生电火花，倒是会让我宿舍的电源空开跳闸，害得我每烧坏一根电热棒都要去推空开，于是我把空开换成了你家老房子用的那种刀闸开关。”

“换成刀闸也一样，瞬间电流过大会烧断保险丝。”

“把保险丝加粗就行了，让它能够承受瞬间过大的电流。家用刀闸的保险丝就是细铅丝，我小时候因为一时找不到合适的铅丝，就拿一截差不多粗细的铁丝代替，结果把家里的电炉子烧坏了，为这事挨了好一顿揍。”

“老房子那里常年没人住，家里是不会预备铅丝的。”

“但是那天刚好就有，就在你父亲的渔具包里。因为你父亲喜欢传统钓法，绑在鱼线上的配重块用的还是古老的铅丝，不是铅皮铅坠之类的东西。那个渔具包现在还在你家院子里的墙角放着，那里面所有的东西都在，除了铅丝。”

“解决了铅丝之后呢？”

“还是不行，我把宿舍的灯全关了，屋里漆黑一片，一连烧坏了五六根电热棒，一次产生电火花的现象都没看到。你实验的次数比我多，不知有没有观察到，不过就算观察到了也没用，个例不能当成普遍现象来对待。”

“那你是不是想到解决方法了？”

“要不是昨晚客栈停电，我还是没想到方法这么简单，直接把水洒在插线板上就行了。”

“你忽略了一个细节。当时厨房里的插线板是插在墙壁插座上的，电源线只有半米长，周围有冰箱和灶台挡着，电热棒的插头能够到插线板，但是暖水瓶是放不到插线板旁边的，即使水烧开了也溢不到插线板上。所以说，用电热棒烧开水是他故意摆出来给你们看的，让你们以为是这东西短路打火造成的原因。”

“难道还有其他方法能让人离开之后再引爆燃气？”

“不但要引爆，还要让人离开至少十五分钟之后再引爆。”

“为什么强调十五分钟？”

“因为从老房子到轩轩的幼儿园，开车最快也得十五分钟，这还是下雨天不堵车，平时十五分钟是到不了的。”

“难道用了什么定时装置？比如用钟表或者洗衣机、热水器上面的计时器改装的？”

“现场是你们来人勘查的，有没有那种东西你不知道？”

“我知道了，当时屋子里的燃气浓度达到了阈值，他只要拨打你父亲的电话，手机接通时据说能产生很强的静电……哦，我忘了，你父亲的手机没有接到过电话……那就是把某些常见的日用化工产品放在一起让它们慢慢起反应产生明火？”

“唉，你高估我们的学历和智商了，即使有这种方法也不是我们能想到的，而且老房子那边除了洗手的香皂，连洁厕灵都没有。算了，你别想了，当初我就是钻了牛角尖往各种稀奇古怪的方面去想，还试图上网去找答案，结果将近三年的时间就是想不明白他是怎么做到的。我一度怀疑自己是不是得了精神分裂或者被害妄想症，以至于把意外当成了谋杀。”

“但你最后还是想到了。”

“很简单，厨房的冰箱里有冰盒，冰盒里长年冻着冰块，只要把冰块放在插线板上就行了，只需要在中间垫一沓纸。冰块在室温中慢慢融化，水渗到纸上被吸收，等到纸里的水分饱和才能滴到下面的电源插孔里。我试过，如果用家里的纸抽，大约垫三十张就能把时间拉长到十五分钟。我估计老房子那边的纸抽里只剩这么多纸了，否则他应该还会多垫一些的。”

“你想到这个方法后，立刻去酒吧找老猫购买三唑仑。我把你和艾薇的照片混在一起，你的照片只有一张，但老猫一下就认出了你。”

“我总不能用自己正在服用的药吧，况且，地西泮的药效没有三唑仑强。老猫过去开酒店，是他以前在分局时的管片商户，他们经常在一起吃饭唱歌，偶尔他也会带我去，我就是那时认识老猫的。”

“你是怎么把他随身携带的VC换成三唑仑的？”

“没换过，除了周末接送轩轩，平时我根本见不到他。我拿到三唑仑后一直在等机会，那天中午他打电话让我过去接轩轩，我到那儿的时候正赶上那个狐狸精下楼，拿着一杯可乐给轩轩。我是禁止轩轩接触一切高糖分的东西的，轩轩的牙齿长得不好，医生说是小时候吃糖多了造成的。轩轩在这一点上很听话，没接对方的可乐，我把它夺过来假装要扔掉，趁机把三唑仑放了进去。我知道他会接过去的，因为当着那个狐狸精的面扔掉他脸上不好看，而且他马上要开车去南站，大热天的喝可乐也能提神。结果和我想的一样，他接过去喝了。”

“可是，你为什么要杀艾薇呢？”

“刚才你说三年前的燃气爆炸是所有事情的开始，其实，她才是导致这一切发生的罪魁祸首，没有她纪红岩就不会出轨。”

“你错了，就算没有艾薇，也会有张薇王薇李薇，如果纪红岩能把持得住，就不会有后面的一切了。”

“你说的有道理，不过女人天性就是自私的，至少在当时，我是那么深爱着他。你无法想象我悟到爆炸案可能另有隐情时的震惊，也无法想象我这三年来因为找不到延时引爆方法，怀疑自己时的彷徨和内心所受的煎熬，说自己活在人间炼狱并不夸张。多少次我把整瓶安眠药拿在手里，心想与其这样痛苦地活着不如去那边找爸爸，可是，轩轩怎么办？直到我终于破解了他的方法，我确定了自己的怀疑没有错，却悲哀地发现，我所知道的一切都不能成为法庭上的证据。陈律，如果换成是你，你会怎么办？”

陈律默然无语，他很想说作为警察不能执法犯法，却说不出口，同时也无法说出让她忘记父亲的惨死和放弃复仇的话。

“哦，我忘了你是警察，在执法者面前怎么能讨论犯罪呢？”

“我还有最后一个疑问。”

“你问吧，我已经回答了那么多，不差这一个问题，只要我知道的，就会告诉你。”

“自从刚才见到你，我提的每一个问题你都没有辩解或抵赖，很多事情甚至是你主动告诉我的。尤其是三年前已经定性的爆炸案，中间涉及大量的细节，你要是不主动说出来，这个案子短期内是不会搞清楚的，一天搞不清楚一天就无法移交检察机关提起公诉，我相信你也明白这个道理。”

“我明白你的意思，不过杀了人终归要偿命的，无论理由多么正当，这不是个允许私刑存在的社会。我主动告诉你不是为了祈求宽恕，而是我有个请求，能让我最后看一眼轩轩吗？”

重新回到客栈，赵苒发现院子里停满了警车，穿着制服的警察不断在塌掉了半边的客栈里进进出出。和其他游客一起被警员隔开的杨海平夫妻紧张地朝这边看着，目光中充满了担忧，赵苒强笑了一下，冲他们摇摇头。

轩轩被领进没有受到爆炸波及的接待室，赵苒扑过去把他搂在怀里，一名警员想要阻止，被陈律拦住了。

“妈妈对不起你……”赵冉再也控制不住了，泪水一下子涌了出来。

轩轩似乎吓坏了，呆呆地看着妈妈。

“妈妈对不起你……”赵苒疯狂地在儿子的脸上、额上、头发上用力亲吻。

轩轩也跟着哭起来，抬起小手去擦她脸上的泪水：“妈妈不哭，我会原谅妈妈的。”

“真的吗？无论妈妈做了什么事？”

“嗯，无论做了什么事，妈妈永远都是妈妈。”

陈律感到眼角有点湿，叹了口气，把头扭了过去。

“轩轩，亲妈妈一下。”

啵儿的一声，轩轩在妈妈脸颊上重重亲了一下。

赵苒用轩轩的身体挡住门口警察的视线，快速从口袋里掏出一瓶地西泮，拧开盖子，最后看了一眼儿子，仰头倒进嘴里。

“你干什么——”陈律发现时已经晚了，地上只剩下一个空瓶子和少量白色的药片。

奇怪的是，赵苒没有感觉到那股熟悉的苦味，嘴里反而充满了一种令人舒爽地带着甜味的凉意。她回味了一下，立刻知道那是什么了，猛地向正被警察带离房间的轩轩望去，见轩轩边走边回头看自己，娇嫩的小脸上挂着纯真的笑容。

赵苒却惊恐地瞪大了眼睛，她的身体战栗起来，仿佛看见了世上最可怕的东西……

51

“刘丹的部分整理完了吗？”韩长庚摁灭手里的烟头，问坐在对面的陈律。

“完了。”陈律从身边整理好的案卷中抽出相应的部分递给他。

在回到局里按照司法程序重新进行录像审讯的时候，刘丹又对案情做了大量的细节补充。

刘丹是从何蜜琳申请报销的一张餐饮发票上的日期发现端倪的，发票日期是6月30日，就是发生车祸的那一天。但最开始她并没有意识到这与车祸有关，她气愤的是对方把工作以外的私人费用拿到公司来报销，因为那天是周六。

接着，发票专用章上的单位名头引起了她的注意——锦上温泉，这是一家位于开发区的刚刚开业不久的温泉度假村。

很少有一个人去度假村消费的，加之邱志达素常与何蜜琳关系暧昧，那天陪何蜜琳去度假村的人会不会是邱志达？如果能抓到两个人在一起的证据，把它发给邱志达的老婆，让他们夫妻大闹一场，也算给自己出了一口恶气。

抱着这个想法，刘丹连当天本应代表公司参加胡中兴交通肇事案的庭审都没去，直接赶到了度假村。她通过贿赂服务生顺利拿到了自己想要的监控视频，结果却发现了一个惊人的事实，当天两人是开着公司那辆蓝色别克商务车去的。换句话说，根本不存在胡中兴当天开同一辆车去开发区送货这回事。

结合餐馆视频的内容和上面显示的时间，刘丹很快猜到了那起车祸的真相——在回城途中，邱志达酒驾肇事，临时找来胡中兴替自己顶罪。这个发现令她震惊之余又兴奋不已，终于可以痛痛快快地报复一下邱志达了。

其实刘丹拿到手的视频一共有三段，还有一段是度假村停车场的监控，内容是邱志达与何蜜琳从别克商务车里下来。这段视频她觉得没有必要发给肖婷，有了另外两段就足以证明邱志达出轨了，停车场的视频她打算交给另一个更有需求的人。

即便如此，当肖婷找到徐淼时，对那起车祸了解颇深的徐淼凭借律师的职业敏感立刻看到了肖婷没有看到的东西。这一点在徐淼那里得到了证实。

李家祺是被刘丹用老公贾学明的一个不经常使用的号码约到月亮湾

的，联系肖婷的也是这个号码，可是由于徐淼被肖婷临时找去，导致出发的时间延误了半天，直到晚上她才赶到月亮湾，刚下车就被邱志达等人拉去聚餐喝酒。

一场宿醉后，第二天刘丹在邱志达的诱导下发现何蜜琳就是向公司告密的人，立刻把报复对象转移到何蜜琳身上，李家祺则被抛在了脑后，她约李家祺来月亮湾的本意并不是为了帮助对方。这就造成了始终无人联系自己的李家祺疑神疑鬼，躲在客栈里暗中观察每一个人，当他发现赵苒偷偷离开客栈独自一人去龙王庙的时候，就悄悄跟了上去，结果却目睹了一场惊心动魄的杀人案。

后面的情况就要参照赵苒的口供了，她打晕艾薇后，原本打算把对方抛下断崖，伪装成失足溺水，让当天的天文大潮把对方的尸体带到大海深处——这一点不但被韩长庚准确言中，甚至当晚就已经隐隐地把怀疑的目光投向了赵苒，却被临时横插一脚的李家祺给岔了过去。

事后看来，李家祺当时为了追寻妻子死亡的真相已经完全不顾及法律，开始病急乱投医了。在他眼中，当时住在客栈里的每一个人都有可能是联系自己的人，只是因为某种原因迟迟没有现身，至于赵苒是否杀了人，杀死的人是谁都与自己无关。他不希望警方在自己得知真相前带走客栈里的任何一个人，于是在韩长庚面前故意揭穿赵苒，同时利用事先准备的烧纸现场帮她制造了不在场证明，这样做的目的是逼迫赵苒主动来找自己说明真相。

可是赵苒并不是约他来月亮湾的那个人，无论她怎么解释，深陷执念中的李家祺都不相信，反而认为赵苒故意戏弄自己。直到郭少卿向他出示了行车记录仪，才知道自己误会了赵苒，在做出与真凶同归于尽的决定后，他托郭少卿把艾薇的手机转交给赵苒。

尽管全部案发经过已经很完整了，但中间还是有些环节比较模糊。

比如赵苒坚称自己是从正门进出客栈的，可是当时没有一个人看到她。客栈里的那间小仓库很长时间没有打扫过，所有东西上都落了一层灰尘，被触碰过的地方会留下无法掩盖的印痕，唯独出现在窗台上的花盆和泥土，恰好将那上面原本可能存在的脚印覆盖住了。

比如杀死艾薇的那把带有锯齿的刀。赵苒说是从家里带去的，事后扔到海里了，但是警方在搜查她家住宅的时候，发现厨房刀架里的刀是全套的，一把也不少。韩长庚一度怀疑赵苒使用的就是观澜客栈厨房里的剖鱼刀，只是在严鹏拿走检测之前被人调换了。这么想的依据是，案发当晚月亮湾刚好有一家客栈的厨房着火了，客栈老板说自己也有一把形制相同的刨鱼刀，不过火场垃圾在雨停后就被运走了，无法查证刀的下落。

比如艾薇去月亮湾的目的。案发当日早上，艾薇还和家里人通话，讨论父亲的病情和筹集医药费的事，可是当天下午却出现在月亮湾。赵苒称是她主动联系的对方，说纪红岩死后无亲无故，自己有办法继承到纪红岩的财产，但是需要艾薇的帮忙，事成后两人平分，因为自己要带孩子去月亮湾度假，就让对方抽时间来月亮湾商量这事，艾薇一听就答应了。这个理由就像李家祺为了与妻子合葬想通过承认艾薇是自己杀的，而把破案的功劳硬安给陈律一样拙劣。

而最大的疑问，来自艾薇的手机。

据赵苒交代，她当时并不是要单独拿走艾薇的手机，而是想把艾薇的整个挎包带走，目的是尽量延缓警察发现死者的身份，为自己赢得制造不在场证明的时间。但是当时包里的东西摔得到处都是，那两个学生马上就到山顶了，她只来得及捡起离自己最近的手机，由于过度慌乱，下山的时候又将手机遗失了，被跟踪在她身后的李家祺捡到。

李家祺托郭少卿转交赵苒时并没有告知对方手机的来历，只含糊地说交给赵苒就行，她知道怎么回事。而郭少卿接过来的时候，手机是关机的，两张SIM卡也是拆下来的。出于好奇，他在交给赵苒之前把卡装上去开机试了一下，却发现需要指纹解锁，自己根本打不开。正是这时的开机，使局里一直监控这部手机的技术组定位到了手机的准确位置，丁珺得知后立刻把这个消息告诉了陈律。

艾薇设置的密码锁难不住公安系统的电脑专家，可是陈律在解锁后的手机里发现的最大可疑之处，是艾薇给家里的几笔合计金额将近40万元的汇款记录，汇款时间全部集中在纪红岩发生车祸之后，其中最大的一笔是18万元。问题是当时艾薇正准备把时装店转让出去，短短半个多月的时间，她从哪儿弄来这么一大笔钱？

“老韩，你说赵苒为什么当时不把手机扔掉？就算来不及把艾薇的尸体抛下断崖，扔掉手机的时间还是有的，一抬手不就扔到海里了吗？”

“说明这个手机对她很重要，里面有她想要的东西。”韩长庚顿了一下，接着道，“赵苒给我的感觉很不对劲，只要是我们想知道的，问什么答什么，甚至连我们一时没有想到的问题，她也主动说出来了，没有丝毫隐瞒，就像提前准备好了答案一样。她越是这样配合，我越感到不安，总觉得她在掩饰什么。”

“还有什么比杀人更严重的？她连杀人的罪名都认下了，还能掩饰什么？”

“说不好，但是直觉告诉我，赵苒拿走它一定是有用意的。”

陈律下意识地点开手机里的一段视频，是车祸当天拍摄的，地点在纪红岩家里，内容是纪红岩、艾薇和轩轩一起吃汉堡的情景。因为在这之后不久，赵苒来接轩轩的时候就往纪红岩的可乐中投放了三唑仑，这段视频陈律和韩长庚已经看过了很多遍。

当时的情景是艾薇用手指挖了一些汉堡里的沙拉酱抹在纪红岩脸上，纪红岩离开座位去追她，这时镜头晃得很厉害，同时画面外传来两人打闹的声音。在抖动的画面中，有一只小手偷偷把什么东西放进了对面纪红岩的可乐杯中。

过了一会儿，镜头稳定下来，小手再次出现，重复了刚才的动作，不同的是这次换了桌上另一杯没有动过的可乐。这次的画面很清晰，可以看到放进可乐里的是几粒白色药片状的东西。小手的主人也出现在画面里，是轩轩。接着，打闹声停下来，纪红岩走进镜头，端起面前的可乐喝了下去。艾薇拿着手机继续拍摄，中间穿插着艾薇和纪红岩父子的三人合影，很快，这段视频结束。

陈律拿起身旁的一个档案袋，从里面取出赵苒企图用来自杀的那瓶地西洋——当天赵苒服下了那么大剂量却没有死的原因，是这个瓶子里装的根本不是地西泮，而是薄荷糖。

薄荷糖是轩轩偷偷放进去的。

赵苒被带走后，陈律怕自己吓到孩子，特意找来一位面相和善的年轻女警对轩轩进行了询问。

原来轩轩多次看到妈妈独自躲在房间里无声痛哭的场景，他不知道因为什么，但是害怕极了，因为妈妈每次痛哭的时候手里都会拿着这瓶安眠药，有几次瓶盖都已经打开了。他听说过安眠药吃多了会死人，就趁妈妈不注意偷偷地把瓶子里的安眠药倒进了抽水马桶，换成了从同学那里要来的和原来的药片很相似的薄荷糖，没想到因此救了妈妈一命。

陈律打开瓶子，从里面倒出几粒薄荷糖，确实，形状大小和地西泮非常相似，难怪赵苒当时没有分辨出来。

身后响起敲门声，陈律回头看去，只见满脸倦容的郭少卿站在门口。

52

几日不见，郭少卿的眼窝深深陷进去了，鬓角多了一抹扎眼的白发，整个人显得憔悴了很多。

陈律起身把他让进来："给你打电话是有点问题想咨询你，电话里不好说，只好请你过来一趟，顺便把这件东西给你。"

"什么东西？"

陈律从抽屉里取出一枚钻戒："她让我把这个给你，同时跟你说一声，对不起。"

郭少卿鼻子一酸，眼泪差点掉下来，他强忍着问道："她怎么样？"

陈律尽量把语气放得轻松："挺好的，身体和精神状态都不错。"

"什么时候开庭？"

"这个说不好，我们结完案要提交检察院，对方审查后认为没问题了，才会向法院提起公诉，目前我们正处在结案阶段。”

“就是说不能探视了？”

陈律摇头：“我们有纪律。”

“理解。”郭少卿小心地把钻戒收起来，“你刚才说有问题要问我？”

“你是最熟悉赵苒的人了，你平时听她说起过艾薇这个人吗？”

“没有。”

“那关于赵苒呢？她最近有过什么看上去比较奇怪的举动？”

“倒是有一件……其实也不能叫奇怪吧，她原来有辆车，刚买了不到半年，就让我帮她卖掉。”

“红色的铃木迷你？”

“对，就是这辆车。”

“刚买半年为什么就卖掉？”

“她说当初买车是为了接送轩轩上下学方便，后来她家楼下的公交车变更路线了，直接通到轩轩学校，坐公交比自己开车方便，而且她技术不好经常剐蹭，于是就把车卖了。但是我无意中发现，她家楼下的公交车并不通轩轩的学校。”

“她这么做的原因是什么？”

郭少卿迟疑了一下，说：“我想她最近可能需要用钱。发生那次车祸之后，她去银行取了好几次钱，每次都很急。有一次需要取18万，是我陪她去的，因为没有预约，跑了好几家银行才凑齐。”

陈律一怔，感觉脑子里闪过一丝念头，问道：“她取这么多钱干吗？”

“当时我也问过，但她不说。我想她一定遇到什么为难的事情了，但是她的性子比男人还要刚强，卖车那次我就跟她说如果着急用钱就告诉我，但她从来没向我张过口。”

陈律看到他伤心地掩住脸，起身接了一杯水递给他。

郭少卿接过去喝了两口，说：“我本来想领养轩轩的，但是他们说不合手续。”

“轩轩现在跟着谁了？”

“小苒的舅舅把他接走了，准备给他办转校，主要是不想让轩轩的同学知道他家里的情况。”

“轩轩还不知他爸爸的事吧？”

“这孩子很聪明，虽然我和他妈妈都瞒着他，但不知他怎么就知道了。”

“这么看换个环境是对的，别担心，小孩子的适应能力很强的。”

郭少卿叹了口气，把水杯放到桌子上，无意中看到旁边的东西：“薄荷糖？”

“你知道？”

“轩轩用这东西捉弄过我。”

郭少卿想起当天的情景，嘴角不由得露出一丝笑意：“当时他递给我一瓶可乐，说要给我变个魔术。我刚把瓶盖拧开，他就往瓶子里扔进一粒白色的东西，结果瓶子里的可乐立刻喷出来，淋了我一身。被我逮住才告诉我是同桌给他的薄荷糖，平时藏在书包里不敢拿出来，那天正好趁他妈妈不在，就拿我试试薄荷糖是不是过期了，因为他上次捉弄别人的时候可乐没有喷出来。”

陈律也笑起来：“这孩子是够淘气的。”

郭少卿点头，接着说：“我问他捉弄过几个人了，他说不算我四个人了，前三次都成功了，只有上一次没成功，他连续试了两杯可乐都没有喷出来。我问他上次捉弄的是谁，他死活不说。”

陈律的笑容慢慢凝固在脸上。

“怎么了？”郭少卿察觉到他的异样。

“没什么，我送你下楼。”

出了办公室，两人默默地沿着楼梯下楼，走到停车场，一路都没有说话，直到郭少卿打开车门坐进去，陈律瞅着他微微佝偻的身影，说：“你该注意休息了。”

郭少卿点点头。

陈律转身准备上楼，刚走了几步，忽听对方叫了自己一声：“陈律——”

“什么事？”陈律转过身。

郭少卿迟疑着张了两下嘴，最后道：“没什么，你也注意休息。”

陈律一路飞跑上楼，进了办公室，兴奋地道：“老韩，我知道赵苒想掩盖的事情是什么了。”

“是什么？”

“动机，杀死艾薇的真正动机。”

“说来听听。”韩长庚点起一支烟。

陈律在心中整理了一下思路，说：“赵苒不是因为三年前的爆炸案迁怒艾薇，而是因为纪红岩发生车祸后，对方抓到了她的把柄，不断地勒索她，最后终于不堪忍受，才杀死了对方。赵苒取银行存款、卖车，都是为了筹集赎金给艾薇，回头我们查一下赵苒近期的取款金额和资金流向，一定能和艾薇的汇款信息对得上。”

“艾薇抓到了什么把柄？”

“那起车祸的另一个真相——纪红岩喝下的那杯可乐中的三唑仑，不是赵苒在他上车前放进去的，而是他在家里吃汉堡的时候轩轩放进去的，这一幕恰好被艾薇拍下来了。艾薇当时或许没有注意，但是车祸发生后，她看到这段视频立刻想到这才是导致纪红岩开车昏睡致死的原因。那个时候艾薇为了给父亲治病，把挣来的钱全给家里打过去了，甚至还要转让门店筹钱，对她来说，这正是个勒索钱财的好机会。”

陈律兴奋地喝了口水，接着道：“实际上轩轩当时放进可乐里的不是他以为的薄荷糖，而是三唑仑。因为赵苒得知纪红岩就是当初杀害她父亲的凶手后，就时刻想着复仇，不过自打离婚后，她根本没有机会接触到纪红岩，而轩轩有这个机会。赵苒本来因为轩轩牙齿不好严禁他接触一切含糖的东西，但是她一定在无意中见过轩轩用薄荷糖加可乐捉弄过别人，于是偷偷地把轩轩书包里的薄荷糖换成了三唑仑，她猜到如果有机会轩轩一定会用这个方法捉弄他爸爸的。结果和她预料的一样，轩轩真的捉弄了纪红岩，但这次连试了两杯，都没有出现可乐井喷的现象，以至于轩轩怀疑薄荷糖过期了，这才拿郭少卿做实验。殊不知在事成之后，赵苒立刻把原来的薄荷糖换回去了。”

陈律一路飞跑上楼，进了办公室，兴奋地道：“老韩，我知道赵苒想掩盖的事情是什么了。”

“是什么？”

“动机，杀死艾薇的真正动机。”

“说来听听。”韩长庚点起一支烟。

陈律在心中整理了一下思路，说：“赵苒不是因为三年前的爆炸案迁怒艾薇，而是因为纪红岩发生车祸后，对方抓到了她的把柄，不断地勒索她，最后终于不堪忍受，才杀死了对方。赵苒取银行存款、卖车，都是为了筹集赎金给艾薇，回头我们查一下赵苒近期的取款金额和资金流向，一定能和艾薇的汇款信息对的上。”

“艾薇抓到了什么把柄？”

“那起车祸的另一个真相——纪红岩喝下的那杯可乐中的三唑仑，不是赵苒在他上车前放进去的，而是他在家里吃汉堡的时候轩轩放进去的，这一幕恰好被艾薇拍下来了。艾薇当时或许没有注意，但是车祸发生后，她看到这段视频立刻想到这才是导致纪红岩开车昏睡致死的原因。那个时候艾薇为了给父亲治病，把挣来的钱全给家里打过去了，甚至还要转让门店筹钱，对她来说，这正是个勒索钱财的好机会。”

陈律兴奋地喝了口水，接着道：“实际上轩轩当时放进可乐里的不是他以为的薄荷糖，而是三唑仑。因为赵苒得知纪红岩就是当初杀害她父亲的凶手后，就时刻想着复仇，不过自打离婚后，她根本没有机会接触到纪红岩，而轩轩有这个机会。赵苒本来因为轩轩牙齿不好严禁他接触一切含糖的东西，但是她一定在无意中见过轩轩用薄荷糖加可乐捉弄过别人，于是偷偷地把轩轩书包里的薄荷糖换成了三唑仑，她猜到如果有机会轩轩一定会用这个方法捉弄他爸爸的。结果和她预料的一样，轩轩真的捉弄了纪红岩，但这次连试了两杯，都没有出现可乐井喷的现象，以致于轩轩怀疑薄荷糖过期了，这才拿郭少卿做实验。殊不知在事成之后，赵苒立刻把原来的薄荷糖换回去了。”

“赵苒杀死艾薇后为什么要拿走她的手机？”

“她想销毁证据，掩藏真正的杀人动机。”

韩长庚沉默片刻，道：“你错了，她想掩藏的不是自己的杀人动机，而是人们的记忆。”

陈律怔住。

“利用自己的儿子，让他亲手杀死自己的爸爸，天下没有任何父母愿意人们知道这样可怕的事情。赵苒宁可重判，也要把所有的责任扛下来，就是要保守这个秘密，因为这件事一旦传出去，轩轩的一生都将笼罩在亲手杀死生身父亲的阴影下。”

韩长庚从衣领里取出挂在胸前的硬币，把它捏在手里，缓缓地说：“守住这个秘密，是这个单身妈妈能为自己的孩子做的最后一件事，也是最有意义的一件事。”

陈律呆呆地看着他手中的硬币，半晌，问道：“就算我们帮她守住了这个秘密，轩轩呢？那个孩子很聪明的，大人们都没有告诉他爸爸死了，但他还是知道了，你说他会不会知道是妈妈借他的手杀死了爸爸？”

韩长庚起身走到窗前，向外面望去，高远的蓝天下，一只雏鹰在自由地翱翔。他垂下目光，看着手机屏幕中轩轩无邪的笑脸，坚定地摇头：“不会的，我们永远都不会让他知道这个秘密。”

白色的捷达行驶在公路上，透过敞开的车窗，郭少卿看到头顶的天空中有一只雏鹰，伴着自己的车在飞翔。

那是只重生的鹰吗？郭少卿忍不住在想，那晚自己把行车记录仪交给李家祺，真的是为了帮助对方找到车祸的真相吗？陈律曾经说过，他不希望李家祺找到车祸的真相，原因是担心对方可能会做出某些出格的事情，难道这不是自己交出行车记录仪的初衷吗？李家祺与邱志达的同归于尽固然令人震惊，但是在交出行车记录仪的瞬间，自己是不是已经隐约猜到了这个结果？

不由自主的，眼前浮现出陈律办公桌上的那部手机，当时屏幕定格在轩轩向可乐里投放薄荷糖的瞬间。郭少卿仿佛听到一个稚嫩的声音在耳边说："我知道妈妈的一个秘密。"

尾声

"老兄，看看你的新家怎么样？嗯，不说话就当你没意见了。不用谢我，这里一大半用的是你自己的钱，对了，你倒是留句话啊，或者留张字条也好，我差点把你的包直接烧了，谁知道你在包里缝了个暗袋，里面装了那么多现金……"

陈律把带来的几样供果摆放在墓碑前，又点了三支线香插在香炉里，然后坐在墓前的条石上，从包里掏出一瓶白酒，小口抿了一口，望着阳光照耀下的山林，叹道："这地方多好啊，山清水秀的，虽然离市区远点儿，在园区里的位置也偏了点儿，但没办法，我目前只能帮你到这儿了，不过我想你也不愿意和一大帮陌生人挤在一块吧？再等等，等我转正涨了工资……哦，不行，转正了也涨不了几个钱，那就等我日后挂了衔就好了，警监警督不敢想，一级警司……算了，二级警司吧，这相当于派出所所长的级别了，等我日后努努力，退休前怎么也能熬到手了吧，到时攒点钱给你换个大房子，反正我不着急，你的时间也有的是……"

陈律叹息一声，抿一口白酒，再往墓碑前倒一口白酒，然后再叹息一声："老兄啊，昨天冯硕来找我了，对，就是你小舅子，虽然你不愿意认他们家这门亲戚。你知道他来干什么吗？他提了一大包钱，我不知道哪儿来的，估计是他姐姐的赔偿金吧，当着我的面泼上汽油一把火给点了，说这是他姐姐拿命换来的钱，他不要，宁可烧给你们也不要，他不想欠你们的……唉，又是一个傻子，他说等拿到电竞职业证书就来笑话你。我看那小子咬牙切齿地，没准真能在这条路上走出来，到时候你就等着他来笑你吧……这世上哪有互不相欠的事情？人活着干吗算得那么清楚啊……算了，不说了，有时间再来看你，我走了，不用送了。”

陈律醺然起身，把剩下的小半瓶白酒浇在墓碑上，沿着陵道下山。在墓园门口等班车的时候，手机响起来，看了一眼号码，是老周打来的，忙接起来：“师父——”

“小子，今晚有没有任务？”

“今天我休班，没有任务。”

“那晚上来家里吃饭，收拾干净点，你师娘给你介绍对象。”

“她是干吗的？长得怎么样？”

“看你长得跟豆芽菜似的，还好意思挑人家长相，晚上来了就知道了。对了，你师娘说上次的蛋糕不错，带一个来吧，要水果味的，估计人家姑娘也爱吃。”

“好嘞，师父，您有什么念想没有，晚上我一起带过去。”

“我唯一的念想就是抽烟，你会带吗？”没等陈律说话，老周就挂了线。

陈律赶紧给琳琳西点屋打电话订了个水果蛋糕，说过一会儿自取，接电话的姜琳琳爽快地答应了。

坐班车一路走走停停晃荡回市内，又换了两趟公交，终于在黄昏时分赶到了琳琳西点屋。

陈律进了门，没看到姜琳琳，只有梁小瑕在看店：“你表姐呢？”

“有事出去了。”梁小瑕眉头紧锁，看上去心事重重。

“你怎么了？”陈律问道。

梁小瑕摇摇头，从柜台上拿过已经打好包装的蛋糕。

陈律正要掏钱，梁小瑕说：“不用了。”

陈律奇道：“什么意思？不希望我下次再来？”

梁小瑕有点扭捏：“不是这个意思，我想请你帮个忙。”

“帮忙归帮忙，蛋糕钱得收。”

陈律掏出钱来递过去，梁小瑕死活不肯接。

“看来要帮的忙有难度啊。”

“对我来说有难度，对你们警察来说是举手之劳。”

“捞人？这可不是举手之劳，先告诉我是谁犯事了，我帮你打听打听。”

“不是捞人，是找人。听说你们警察内部有网站，历年的失踪人口都有登记，我想请你帮忙查一下，看看有没有这个人的记录。”

“这个简单，把他的姓名和住址给我，其他信息要是有的话就更好了。”

“就知道你能帮忙，谢谢你。”

梁小瑕高兴地跳了一下，笑容回到脸上，从自己的小包里拿出一张纸条：“都写在上面了。”

“好，我明天就查，有了结果就告诉你。”

忽然间，陈律去接纸条的手僵在半空中，他看到梁小瑕的胸前戴着一条银色的项链，中间的吊坠是一枚打了孔的硬币……

全书完